# 古典文獻研究輯刊

十七編

曾永義 主編

## 第22冊

白居易古文研究（上）

王偉忠 著

國家圖書館出版品預行編目資料

白居易古文研究（上）／王偉忠 著 — 初版 — 新北市：花木
蘭文化事業有限公司，2018〔民 107〕

目 4+242 面；19×26 公分

（古典文學研究輯刊 十七編；第 22 冊）

ISBN 978-986-485-339-7（精裝）

1.（唐）白居易 2. 古文 3. 文學評論

820.8                                         107001710

ISBN-978-986-485-339-7

古典文學研究輯刊

十七編　第二二冊　　　　　ISBN：978-986-485-339-7

# 白居易古文研究（上）

作　　　者　王偉忠
主　　　編　曾永義
總 編 輯　杜潔祥
副總編輯　楊嘉樂
編　　　輯　許郁翎、王筑　美術編輯　陳逸婷
出　　　版　花木蘭文化事業有限公司
發 行 人　高小娟
聯絡地址　235 新北市中和區中安街七二號十三樓
　　　　　　電話：02-2923-1455／傳眞：02-2923-1452
網　　　址　http://www.huamulan.tw 信箱 hml810518@gmail.com
印　　　刷　普羅文化出版廣告事業
初　　　版　2018 年 3 月
全書字數　373829 字
定　　　價　十七編 26 冊（精裝）新台幣 50,000 元

# 白居易古文研究（上）

王偉忠　著

## 作者簡介

王偉忠出生臺灣花蓮，祖籍福建惠安。畢業東吳大學中文系、臺灣師大國文四十學分班、臺北市立教育大學中國文學研究所博士班。曾任教臺北市立奎山中學十二年、新北市立林口國中一年，今任教新北市立泰山高中、並在實踐大學、黎明科技學院兼任助理教授。任教課程：國語文、應用文、閱讀與寫作、現代散文、唐詩宋詞、中西戲劇等。

## 提　　要

　　白居易主要生活於中唐，兼工詩文，才氣縱橫，爲人稱許。後人因其詩名而忽視其古文，本文特以「白居易古文」提出研究；以白居易古文寫作的淵源與思想、文體與風格、特色與藝術、評價、地位與影響等提出探討。採歸納、演繹的推理、比較、分析等方法，析論白居易的古文，期能以另一種面貌，將白居易介紹給世人認識。

　　白居易的古文，無論在文體或內容上，皆以關注現實、關心民生爲主；行文平易自然，語言通俗易懂；以婉曲有致寫意，以眞情眞趣寫實，將其內心的感受表達出來，此爲其創作古文的特有風格。白居易古文的結構，以簡易爲主，不標新立異，以嚴謹的態度寫作，寄慨深遠而有寓意。

　　本論文對於白居易古文有以下發現：其一，論淵源及動機，計有：詩經精神、儒家思想、科舉考試、學習陶潛、古文運動、貶謫解脫等六種；其二，論思想，可歸納爲：儒家、政治二種思想；其三，古文文風多元化，計有：論說——情理兼文理的百道判、說理圓融的策林、說理明確的書論；實用文——說理明志的奏表、平實淺易的詔誥；記敘文——眞情流的祭銘、清新雋永的記序；抒情文含描述——情理有韻的散賦、韻味濃厚的箴贊等；其四，論古文特色，可歸納爲：經世濟民、關懷女性、兼融佛道、小品平易等；其五，論散文藝術，計以韻散兼具體製、實用文的結構、五種主要句型、以及八種修辭技巧等呈現。末章則綜論歷代對白居易古文的評價，並與唐宋散文家比較，以凸顯其地位；終乃論述其散文對後世之影響。

# 目

# 次

# 第一章　緒　論

　　白居易（西元 772～846 年）是唐代偉大的現實主義詩人，字樂天，晚年自號香山居士。祖籍太原，至曾祖白溫移居下邽（今陝西省渭南縣），出生於新鄭縣（今屬河南省）。祖父白鍠、父白季庚皆明經出身，做過縣令、州別駕一類小官。白鍠長於五言詩，有詩集問世；白季庚為官清廉，多有政績。母陳夫人粗通詩書，丈夫死後，她便「親執詩書，晝夜教導」子女。白居易就是生長在這樣一個比較正直、有文化修養的小官僚家庭。

　　白居易幼年跟隨父親在中原一帶度過，正遇上叛軍作亂，十幾歲避難越中。十六年北返長安，曾因詩文投謁當名士顧況，頗受讚揚。二十九歲進士及第，三十歲應「才識兼茂明於體用科」試，及第後做了幾年尉官。三十七歲拜左拾遺。此時期白居易最為意氣風發，賦詩撰文，上書獻策，積極參與政治活動。然因「諷諭詩」之作，得罪權貴，於憲宗元和十年（西元815年），年四十四，被貶江州任司馬；又相繼任忠州、杭州、蘇州刺史。在刺史任內有機會深入廣泛地接觸現實生活，目睹人民生活的苦難，豐富磨練了白居易的創作實踐。六十四歲為太子賓客及太子少傅，分司東都洛陽，進封馮翊縣侯；七十一歲以刑部尚書致仕。七十五歲病死在洛陽，追贈尚書左僕射。

## 第一節　研究動機、目的與範疇

　　白居易一生，坎坷多難，晚年官高，皆為閒職虛位。白居易受儒家思想影響，主張君子賢人治國，倡導仁政愛民，渴慕「兼善天下」之志，從而在其思想上逐漸形成了關心國事與民生疾苦，有心為國、為民做一番事業。但

現實無情，白居易一生遭到不少挫折、打擊，以致大志未伸，鬱憤難平，唯有「獨善其身」及「吏隱」，始能明哲保身，實非得已。

　　白居易詩文計有三千八百餘首，現存詩二千八百多首。文有書、奏、策、狀、記、賦等凡八百五十四篇。然有鑑於後人因白居易詩名而忽視其古文，本論文特以前人研究成果爲基礎，取白居易古文，就淵源、思想、文體、風格、特色、藝術、評價以及對後世的影響等，提出研究，期能讓後人更了解白居易的古文，此爲本論文撰寫的目的。

## 一、研究動機

　　白居易在中唐文士中，以詩文稱譽於當代，後人研究其作品，皆以詩歌爲主。其實白居易的古文創作，並不亞於韓、柳。後人因白居易以「詩」聞名，而忽略其古文，實屬偏見。據劉昫《舊唐書·白居易傳》云：

　　　　元和主盟，微之、樂天而已。臣觀元之制策，白之奏議，極文章之壺奧，盡治亂之根荄。非徒謠頌之片言，盤盂之小說。就文觀行，居易爲優，放心於自得之場，置器於必安之地，優游卒歲，不亦賢乎。贊曰：『文章新體，建安、永明。沈、謝既往，元、白挺生。但留金石，長有莖英。不習孫、吳，焉知用兵？〔註1〕

由此可知，白居易古文實爲中唐文壇巨擘。後人論唐文而獨尊韓愈，是依據《新唐書·韓愈傳》：

　　　　每言文章自漢司馬相如、太史公、劉向、揚雄後，作者不世出，故愈深探本元，卓然樹立，成一家言。其原道、原性、師說數十篇，皆奧衍閎深，與孟軻、揚雄相表裏，而佐佑六經云。至它文造端置辭，要爲不襲蹈前人者。……贊曰至貞元、元和間，愈遂以六經之文爲諸儒倡。障隄末流，反刓以樸，剗僞以眞。然愈之才，自視司馬遷、揚雄，至班固以下不論也。當其所得，粹然一出於正，刊落陳言，橫騖別驅，汪洋大肆，要之無牴牾聖人者。〔註2〕

以新、舊唐書比較，可見舊唐書以爲元和一代文章正宗，應推元、白而非韓愈；至北宋歐陽脩、宋祁修新唐書，始抑元、白而尊韓愈。歐陽脩所倡導之

---

〔註1〕　〔後晉〕劉昫：《舊唐書·白居易傳》（臺北：鼎文書局，1979 年 12 月），卷166，列傳116，頁4360。

〔註2〕　〔宋〕歐陽脩等：《新唐書·韓愈傳》（臺北：鼎文書局，1979 年 12 月），卷176，列傳101，頁5255～5265。

北宋古文運動，本爲尊韓運動，則新唐書之推尊韓愈，自屬必然。

自來論古文，鮮有注意元稹、白居易者，實出於宋代古文家之見解。白居易是中唐著名詩人，文章也有其成就。茲將現存幾種文集是否收錄白居易古文的情況，表列如下：

表 1-1：

| 文集 | 編者 | 收錄數目 | 備註 |
| --- | --- | --- | --- |
| 文苑英華（文章總集 1000 卷） | 〔北宋〕李昉 | 全收錄入 | 因循《舊唐書》說愛其文 |
| 唐文粹（詩文選集 100 卷） | 〔北宋〕姚鉉 | 共收 27 篇 | 推崇韓愈、柳宗元之故 |
| 古文辭類纂（文章選集 74 卷） | 〔清〕姚鼐 | 無收錄 | 尊崇秦漢及唐宋八大家之文風 |
| 全唐文（文章總集 1000 卷） | 〔清〕董誥主編 | 全收錄入 | 以「全」爲收錄標準 |
| 涵芬樓古今書抄文章選 100 卷 | 〔清〕吳曾祺 | 共收 28 篇 | 碑、銘、記、論、贊等各有選錄 |
| 古文觀止（文章選集 12 卷） | 〔清〕吳楚材、吳調侯編選 | 無收錄 | 尊崇秦漢及唐宋八大家之文風 |
| 唐宋文舉要（文章選集 12 卷） | 〔清〕高步瀛〔民國〕 | 無收錄入 | 崇桐城文風、推崇唐宋八大家 |

本表繪製參考胡作法《白居易文初探》，製表人：王偉忠

由表中可知，白居易文章，被收錄者，僅見於《文苑英華》、《全唐文》。此與歐陽脩的《新唐書‧白居易傳》有關，歐陽脩在傳後稱云：「居易在元和、長慶時，與元稹俱有名，最長於詩，它文未能稱是也。」又，明代茅坤首提「唐宋八大家」，並將他們文集編輯成冊。後人遂以歐、茅二人之主張爲依據，將白居易排除八大家之外。其次，是歷代文論者，未將白居易古文提出討論，白居易的文章未被後人重視，可想而知。

以《全唐文》現存白居易古文而言，共有二十六卷，數量比專力於古文創作的一般作家多，而且賦體之文、制策之文、詔表書狀、記論贊序、碑銘之類，各體皆擅。其中，制策之作，揣摩時事，直言無忌，很有特徵；而抒情達志之作，影響深遠，超越時賢。〔註3〕其實白居易古文如判、策、表章、

〔註3〕劉衍：《中國古代散文史》（北京：高等教育出版社，2004 年，6 月），頁204。

奏狀、賦、書記、序、銘文、傳記、碑銘、祭文等文體的創作，多年來皆爲學界所忽視、淡忘，誠屬偏見，此即本論文寫作的動機。

從上述引《舊唐書》文中可知，白居易在上述文體中，當時是受到重視的。元稹〈白氏長慶集・序〉云：「明年拔萃甲科。由是〈性習相近遠〉、〈求玄珠〉、〈斬白蛇〉及〈百道判〉，新進士競相傳於京師矣。」〔註4〕白居易亦驚訝感嘆道：「日者，又聞親友間說：禮、吏部選舉人，多以僕私詩賦判，傳爲準的。」〔註5〕又白居易於翰林學士與中書舍人所創制的詔誥文，每爲新入學士求訪，寶重過於六典〔註6〕。而元稹所言者，係指白居易當時所撰寫以駢、古兼用之實用文而言；此無異是另一種文體運動之革新，與韓、柳所提倡之古文運動是一致的。

研究者所以研究白居易古文，端愛其文平易近人，愛其爲文以眞實淺易，隨時隨地，發揮儒家「仁愛」、「爲國」、「爲民」之精神；愛其得志則眞心爲民服務；愛其眞性情、不虛僞；愛其怡然瀟灑有個性。白居易古文自然樸實，文美情眞，立意至善，誠可視爲白話文之先驅。

白居易古文以平實爲務，手法自然；於當時文壇而言，其實用古文可謂氣象一新，影響深遠。其次，是其敘事（有記、序、碑誌銘文、雜文等）、抒情（有祭文、偈、箴贊等）、說理（有策、判、書等）應用（有奏、章、表等）古文之創作，在唐代古文中，別具特色，尤其是白居易序、記、雜文等文體的創作，對晚唐以後及晚明小品文起過重大之影響，殊值留意。

白居易爲唐代一位天賦極高，頗具實力與影響力的文學家。無論詩文數量、或體裁種類、抑或是詩文內容，均令唐人與後人對其豐碩之創作感到欽羨與佩服。白居易的文學成就，於詩歌中體現最深，最富感染力與影響力，因而歷代讀者、論者、研究者，對白居易詩歌之喜愛與研究，毫無疑問遠超過其古文。而其古文既有可觀，自當予以重視；本論文之寫作，雖屬起步，誠信必可引發學界賡續關注。

---

〔註4〕〔唐〕元稹撰，冀勤點校：《元稹集》（新北市：漢京文化事業有限公司 1983年10月），卷51，頁554～555。

〔註5〕〈與元九書〉見錄於〔唐〕白居易撰，顧學頡校點：《白居易集》（新北市：漢京文化事業有限公司，1984年3月），卷45，頁959～966。

〔註6〕〔唐〕元稹撰，冀勤點校：《元稹集》（新北市：漢京文化事業有限公司，1984年3月），「樂天於翰林中書，取書詔批答詞等，撰爲程式，禁中號曰白樸。每有新入學士求訪，寶重過於六典也。」，卷22，頁247～248。

## 二、研究目的

　　後人研究白居易作品者甚夥，然皆針對白居易家世、生平、交遊、詩、新樂府、詞、賦等，進行探析；也有學者專注於白居易律賦、新樂府詩的研究，或專注探討其諷諭詩及閒適詩創作之思想、背景、風格、藝術、特色等，至於白居易的古文則鮮少論及。

　　近年來有幾位學者從事白居易古文研究：國內學者如：羅聯添《白居易古文校記》，以白居易文集爲主，從事文字的校正。姜素英《白居易古文研究》，以白居易的哀祭文、墓誌銘、書信、記序、箴銘、序跋、策林等一百五十八篇，提出研究，並肯定白居易在古文史上的地位，本論文時得諸多啓示，尤其在白居易古文的地位上。林巧玲《白居易碑誌文研究》，專對白居易碑誌銘文二十六篇，作深入研究與探討，在特色方面的寫作，給予啓發。大陸學者謝思煒《白居易集綜論》，針對白居易集的版本問題、生世、思想、宗教信仰、人生思想、文學思想，及白居易詩歌之創作與李商隱之關係，作深入的研究與探討，提供重要的參考資料。傅興林《白居易散文研究》，將白居易〈百道判〉、〈策林〉、〈制誥〉、〈章表〉、〈律賦〉五種文體，以知人論世之法進行深入之研究，有其獨特的見解，爲本論文提供重要的資料與啓示。而後又有江西師範大學碩士研究生蕭瑩星的《元白派散文研究》，以元、白詩派的概念與成員研究其古文特色，以制詔、奏狀、表、策、判賦、碑誌書信等文體作研究；其次，是山東師範大學碩士研究生謝仲偉的《論白居易的散文》，以白居易創作古文的相關因素與文體的的探討爲主，以「實用文」爲主，即是判、策、制詔、奏、表等爲其研究對象；再次，則是安徽大學胡作法的碩士論文《白居易文初探》，以律賦、碑誌、書、序等文體爲主，並探討其古文之藝術等，在論文寫作上，諸多的助益。上述幾位學者所研究的皆限於一定範圍，未能將白居易古文提出總體的探討與研究，殊覺不足，此爲本論文提出研究的主要原因。

　　本論文之研究，特將《白居易集》卷三十八至七十一卷的《詩賦》、〈箴贊〉、〈祭文〉、〈記序〉、〈書論〉、〈奏狀〉、〈詔誥〉、〈百道判〉、《策林》各類文體提出探討。而以白居易古文的淵源、古文的思想、文體風格、特色、藝術以及古文的價值與古文的影響，有別其他學者的研究。期以前人研究成果爲基礎，做爲本論寫作的依據，並以抛磚引玉之方式，喚醒後世學者肯定白居易的古文對當代與後世之影響，此爲本論文研究的目的。

　　白居易所處之時代，正是安史之亂以後，唐王朝正面臨嚴重的考驗，無論社會、經濟、政治或是文學運動等，皆因戰亂而產生重大的後遺症，整個國家社會陷入動盪不安。頹廢與改革兩大勢力混雜並存，國家未來走向十分不明確，亦難預料。白居易在此矛盾中為求生存而奮鬥一生，所得結果則是以「吏隱」為其生存之道。白居易是儒、釋、道三家集一身，而有此觀念，雖是環境使然，亦與其個人修為有關，故欲知白居易之為人處世，唯有自其古文中探求，方能得知其所以「吏隱」之理由，是有他不得已的苦衷。

　　由現存白居易古文中，處處可見中唐時局之變化，以及白居易的人生態度由原先積極轉為消極。白居易十年之間三次登科，由進士第、書判拔萃，到才識兼茂名制舉科考，而踏入為官從政之途，多年辛苦終於有成就，及至中年始見轉變。白居易早年任左拾遺期間，積極參與從政，為國、為民提出建言，中年以後則以消極態度從政，晚年更以「明哲保身」、「獨善其身」，甚至「吏隱」立朝。當中緣由，可以從他的「記序文」中求得，以了解他晚年的生活。

　　再者，有關白居易「詔誥文」與「奏狀文」的寫作，與韓愈、柳宗元所倡導之「古文運動」是有關係的。因韓愈所倡言之古文運動，是以「文以貫道」為號召，柳宗元則以「文以明道」響應。在此倡導下，以復古為名，目的是要對抗六朝以來，只重形式而無內容的「駢體文」。白居易在古運動中，雖無明顯口號、理論來支持，然就其古文寫作而言，明顯是一位實踐者。他與元稹任翰林學士與左拾遺之際，從事「奏誥章表」之寫作，以「駢古兼用」之文體，將舊制改為新制的實用文，此即是另類之古文改革，與韓、柳古文運動相呼應。

　　其次，白居易實用古文之創作，在思想上是有所本的：以儒家思想為中心，學習陶淵明平實淺易的行文風格與態度來寫作；於古文運動中，繼承前輩柳冕的文學主張，以「文學致用」來反映「民生疾苦」；以「經世濟民」的思想，關懷女性，為百姓發聲，作為他寫作古文的主要依據，這也是白居易古文特色之一。後人想為白居易的古文定地位，必須從現存古文中求取，才能真正了解白居易積極從政的目的。

　　白居易實用古文之創作，以《詩經》「補察時政，洩導人情」的精神為主，以「歌生民病」為務。讀其《策林》七十五篇與任左拾遺、中書舍人時所寫的奏狀等文章，無非依此精神而來，以真情、真意為民口舌、苦民所苦；出

任蘇、杭刺史時，皆能一一實踐其抱負，又於七十三高齡，爲減百姓之苦，「東都龍門潭之南有八節灘、九峭石，船筏過此，例反破傷。舟人機師，推挽束縛，大寒之月，躶跣水中，飢凍有聲，聞於終夜。予嘗有願，力及則救之。會昌四年，有悲智僧道遇，適同發心，經營開鑿，貧者出力，仁者施財。嗚呼！從古有礙之險，未來無窮之苦，忽乎一旦盡除去之。茲吾所用適願快心、拔苦施樂者耳，豈獨以功德福報爲意哉？因作二詩，刻題石上。以其地屬寺，事因僧，故多引僧言見志。」〔註7〕此乃白居易抒發他在垂暮之年，出資開鑿石灘，免除船工百姓苦難的喜悅之情。他以七十三歲高齡的老人，在風燭殘年、行將就木的時候，不顧自己本不寬裕的經濟狀，出資開鑿八節灘，爲窮苦百姓謀利益。這正他慈悲、心善、仁愛的儒家與佛家的思想使然，亦是白居易「兼善天下」最具體的表現。

白居易從政時，亦如歷代文人一般，內心有懷才不遇之感，與不平、怨恨、憤懣等情緒，在無奈的政治逆境中，白居易所創作的古文，是由日常生活中表現平實簡樸的風格。所謂：「俾吾爲秋毫之杪，吾亦自足，不見其小。俾吾爲泰山之阿，吾亦無餘，不見其多。是以達人，靜則脗然與陰合跡，動則浩然與陽同波。委順而已，孰知其他？時耶命耶？」（見〈無可奈何〉）此爲白居易晚年「圓融委順」智慧之表現，也是儒、釋、道三家想雜揉而成的思想所致，如白居易在「〈醉吟先生傳〉文中所云：「凡酒徒、琴侶、詩客、多與之遊。遊之外，棲心釋氏，通學小中大乘法。與嵩山僧如滿爲空門友。平泉客韋楚爲山水友，彭城劉夢得爲詩友，安定皇甫朗之爲酒友。每一相見，欣然忘歸。」〔註8〕這是白居易晚年日常生活的寫照。

然就今日學者所有研究資料觀之，皆以其詩歌爲主，或自有政治、思想、信仰、交友等方面著手之研究。如：謝佩芬在〈近四十年來臺灣地區白居易研究概況〉〔註9〕一文中，將白居易詩歌方面、或相關生平事跡之研究給與統計：傳記方面有十餘篇、詩歌方面有二十九篇、思想方面有三篇，至於古文

---

〔註7〕 〔唐〕白居易：《白居易集》（新北市：漢文文化事業有限公司，1984年3月），卷37，頁845。

〔註8〕 〔唐〕白居易：《白居易集》（新北市：漢文文化事業有限公司，1984年3月），卷70，頁1485。

〔註9〕 謝佩芬：〈近四十年來臺灣地區白居易研究概況〉《中國唐代學會會刊》第三期。1992年10月。又見姜素英：《白居易散文研究》（國立臺灣師範大學國文研究所碩士論文），頁4～6。

方面的研究則少之又少。羅聯添在所編《唐代文學論著集目》〔註10〕、《隋唐五代文學論著集目‧續編》〔註11〕二書，載錄許多資料，對研究白居易的學者幫助很大，但皆以詩歌研究爲主。羅先生爲國內研究唐代文學的專家，有關白居易的古文的著作，只有《白居易古文校記》一書問世〔註12〕，且僅限於校記。至於他所編撰的《唐代文學論著集目》、《隋唐五代文學論著集目‧續編》二書目，也無法從中獲知有關白居易古文的資料，誠屬可惜。至於大陸學者陳友琴所編的《白居易資料彙編》一書〔註13〕，輯錄歷代學者對白居易詩歌之評論與對後世的影響，亦未提供古文相關資料，難免遺珠之憾。研究者有鑑於此，遂針對白居易古文提出研究，期能以另一種面貌將白居易介紹給予世人認識。

## 三、研究範疇

本論文所論涉「白居易古文」，特以《白居易集》各類文體，由 38 卷至 71 卷，以表格方式陳列如次，作爲撰寫論文之依據：

表 1-2：

| 文體 | 篇數與卷數 | 備註 |
|---|---|---|
| 制詔 | 共 433 篇：有中書 233、翰林 200 | 文體構成較複雜，有表、贊、祭文等文體。 |
| 表 | 共 18 篇 | 若含卷 56、57 中之表則有 54 篇 |
| 奏狀 | 共 58 篇 | 有 58、59、60、61 四卷 |
| 判 | 101 篇 | 有 66、67 二卷 |
| 試策 | 86 篇 | 此數字爲《策林》75 篇含卷 47 中的試策、策問 11 篇。有 62、63、64、65 四卷 |
| 論 | 1 篇 | 46 卷 |
| 賦 | 15 篇 | 38 卷 |

〔註10〕 羅聯添：《唐代文學論著集目》（臺北：學生書局印行，1979 年 7 月），頁 81 ～94。又見又見姜素英：《白居易散文研究》（國立臺灣師範大學國文研究所碩士論文），頁 6～7。

〔註11〕 羅聯添：《隋唐五代文學論著集目‧續編》（臺北：五南出版社印行，1997 年 6 月），初版。

〔註12〕 羅聯添：《白居易散文校記》（臺北：學生書局印行，1986 年 2 月），初版。

〔註13〕 陳友琴：《白居易資料彙編》（北京：中華書局，2004 年 1 月），4 版。

| 祭文 | 25 篇 | 除 40 卷外，尚有 56、57 二卷中有 6 篇祭文，當為應制公文 |
| 碑銘 | 25 篇 | 除 41、42 二卷外，尚有 46 卷的《太原白氏家狀二道》 |
| 書啓 | 26 篇 | 44 卷 |
| 記 | 24 篇 | 43 卷 |
| 序 | 19 篇 | 除 43、44、45 三卷外，含 10 篇詩序見於各詩卷中 |
| 贊 | 6 篇 | 39 卷 |
| 箴 | 1 篇 | 39 卷 |
| 銘 | 1 篇 | 39 卷 |
| 偈 | 2 篇 | 39 卷與 71 卷 |
| 辭傳 | 2 篇 | 70 卷《落齒辭》與《醉吟先生傳》 |
| 頌 | 1 篇 | 46 卷 |
| 吟 | 1 篇 | 《不能忘情吟》71 卷 |
| 解 | 1 篇 | 69 卷 |
| 議 | 1 篇 | 46 卷 |
| 謠 | 3 篇 | 39 卷 |
| 雜體 | 3 篇 | 《自誨》、《無可奈何》、《盤石銘》，不知歸入何類，且以雜體名之 |

（說明：以上所列篇數、卷數依現存《白居易集》七十一卷繪製而成。總體而言，對外集中的作品未曾入列，并不影響白居易古文的定性分析，而且外集中少數篇章之歸屬尚有懸疑，故此處不予以列入。製表人：王偉忠）

由表格可知，白居易古文的創作具備各種文體共八百五十四篇。今若依若依姚鼐《古文辭類彙》十三類文體有：論辯、序跋、奏議、書說、贈序、詔令、傳狀、雜記、箴銘、頌贊、辭賦、哀祭等。白居易古文於此十三類，文體無不賅備：論辯則有〈李陵論〉、〈晉諡恭世子之議〉、〈三教論衡〉等；序跋則有〈因繼集重序〉、〈新樂府詩序〉、〈策林序〉等；奏議則有〈奏陳情狀〉、〈論和糴狀〉、〈奏所聞狀〉等；書說則有〈與元九書〉、〈與楊虞卿書〉、〈與劉蘇州書〉等；贈序則有〈送侯權秀才序〉等；詔令則有〈與承宗詔〉、〈與吉甫詔〉、〈除裴武太常卿制〉等；傳狀則有〈太原白氏家狀〉、〈醉吟先生傳〉等；碑誌則有〈有唐善人墓碑〉、〈傳法堂碑〉等；雜記則有〈記畫〉、〈草堂記〉、〈養竹記〉等；箴銘則有〈箴言〉、〈磐石銘〉、〈續座右銘〉等；

頌贊則有〈中和節頌〉、〈繡阿彌陀佛贊〉、〈畫鵰贊〉等；辭賦則有〈落齒辭〉、〈汎渭賦〉、〈求玄珠賦〉等；哀祭則有〈哀二良文〉、〈祭小弟文〉、〈祭龍文〉等。白居易古文不唯眾體齊備，且內容包羅萬象，血肉充實；形式不僅完美，而且能與內容統一，爲內容服務。誠如元稹於《白氏長慶集・序》文所云：「大凡人之文各有所長，樂天之長，可爲多矣。……賦、贊、箴、戒之類長於當；碑、記、敘事、制誥長於實；啓、奏、表、狀長於直；書、檄、詞、策、剖判長於盡。總而言之，不亦多乎哉！」。

　　綜合上述可知，白居易的文章創作以實用文居多，占有全部作品百分之八十以上。此類作品實用性文章（特別是表、狀、制誥等文章）既有精工之對偶形式，又深符「文以明道」儒學的應用，故而被稱爲是「極文章之壼奧，盡治亂之根荄」。〔註14〕本論文即以上述文體提出個人見解、探討論述，對於議題之研究期能有所突破。其次，論文的寫作僅以白居易所撰寫之「古文」爲主，致力於「古文」作品核心問題之探討；以知人論世之方式，認識白居易其人其事爲主要目標。本論文寫作並不涉及「白居易僞文與版本」等所有相關問題之考證，而以白居易各類古文，分類論述，並以深入淺出方式，提出論述與探討，期能拋磚引玉，引起學者之注意，開展探究之領域。

## 第二節　研究文獻與方法

　　本論文寫作，是以顧學頡校點，《白居易集》、朱金城箋校《白居易集箋校》二書爲主要參考文本；其次是羅聯添的《白居易散文校記》、謝思煒的《白居易文集校注》作爲寫作時相關文字的參考，以前人研究白居易的相關成果，亦列入參考資料。至於生平行事等，則參考史傳、方志、年譜等。茲說明如次：

### 一、研究文獻

1、就作者生平、思想等背景資料而言，除正史外，擬參考私人纂錄之別史及後人發表之相關資料。如：《新唐書・白居易傳》、《舊唐書・白居易傳》與碑誌銘、祭文等古人所撰寫的相關資料爲主；以及近代學

---

〔註14〕〔後晉〕劉昫：《舊唐書・白居易傳》（臺北：鼎文書局，1979 年 12 月），卷166，轉引自朱金城《白居易集箋校》（上海：古籍出版社 1988 年 12 月第 1版）附錄 1 傳記，頁 3963。

者所作的年譜，如：羅聯添《白居易年譜》、朱金城《白居易年譜》
等；資料彙編，如傅璇琮、張忱石等所撰《唐五代名人傳記資料彙編》，
作爲有關白居易生平事蹟之參考。此外。後人相關之研究，如：陳寅
恪《元白詩箋證稿》、劉維崇《白居易評傳》、施鳩堂《白居易研究》、
楊宗瑩《白居易研究》；大陸學者蹇長春《白居易評傳》、謝思煒《白
居易集綜論》、彭安湘《白居易研究新探》、蕭韋韜《白居易生存哲學
本體研究》等著作，則作爲撰寫白居易相關思想及時代背景方面的資
料參考。

2、就作品而言，除彙刻之總集外，白居易之別集，歷來之選集，亦在參
考之列。又近代學者所撰寫相關論文與研究成果，或新譯詩文選，或
新譯、賞析詩文等，亦爲蒐集對象。如：姜素英《白居易散文研究》、
林巧玲《白居易碑誌文研究》、賴詠鈴《白居易蘇杭形勝詩研究》、傅
興林《白居易散文研究》等，作爲本論文文類論述的參考資料。又，
江西師範大學蕭瑩星碩士論文《元白派散文研究》、山東師範大學謝
仲偉的碩士論文《論白居易的散文》、安徽大學胡作法的碩士論文《白
居易文初探》，以及《陶淵明集》、《新譯白居易詩文》、《唐代散文》、
《唐代古文選注》、《歷代古文析評・唐宋部》、《古文評註》、《宋代古
文選注》、《唐宋八大家文選》、《唐宋八大家鑑賞辭典》、《古代遊記選
注》、《三袁詩文選注》、《清代古文選注》、李贄《焚書・續焚書》、《陶
庵夢憶》、《鄭板橋全集》、《袁枚全集》、《古文析評》、《古文鑑賞辭典》、
《古文觀止》、《古代小品文鑑賞辭典》、《歷代辭賦鑑賞辭典》等，則
可作爲白居易古文相關資料的參考。

3、就學者研究有涉及到白居易的相關資料而言，如：呂武志《杜牧散文
文研究》、《唐末五代散文研究》；呂正惠《元白比較研究》、《元和詩
人研究》；廖美雲《元白新樂府研究》，大陸學者傅興林《白居易散文
研究等及拙著《劉禹錫古文研究》等研究成果，可作爲撰寫白居易古
文創作與分析寫作的參考。

4、就文體分類而言，如：蕭統《文選》、劉勰《文心雕龍》、吳訥《文章
明辨》、姚鼐《古文辭類纂》，以及今人陳必祥《古代散文文體概論》、
諸斌杰《中國古代文體概論》、薛鳳昌《文體論》等著作，亦可作爲
文體分類的參考。

5、就版本而言，除坊間翻印者，罕見之舊鈔本、鈔本，亦蒐集，以爲字句有出入時之依據。

6、就集評而言，除詩話摘錄外，時人及後人之序跋亦列入參考；今人之專集研究及單篇文章，亦爲蒐羅之對象。

7、就前人研究概況而言，以近十年國內與大陸地區有關「白居易詩文研究」之相關博碩學位論文，以及相關學報與學術論文等，均爲蒐集對象。

8、就近代學者所彙編資料而言，如：羅聯添《唐代文學論著集目》、《唐代文學論集上下冊》、《隋唐五代文學論著集目·續編》；謝佩芬《中國唐代學會會刊》第三期，〈近四十年來臺灣地區白居易研究概況〉；陳友琴所編的《白居易資料彙編》等，可作爲綜合資料的參考。

大陸學者朱金城《白居易集箋校》云：

> 白居易的古文，在當時也享有很高的聲譽。他的小品文如〈盧山草堂記〉、〈冷泉亭記〉、〈遊大林寺序〉等，清新雋永，在唐古文中別具特色，對唐以後及晚明的小品文起過重大的影響。他著的文學理論文〈與元九書〉，文字流暢生動，感情眞摯，說理邏輯性極強，具有獨創風格。他寫的制誥和奏議也非常有名，尤其是和元稹一起，敢毅然革去當時通行的駢體制誥，而採用比較樸素的古文，不能不承認他們和韓愈、柳宗元一樣同是古文革新運動實踐者。「制從長慶辭高古，詩到元和體變新」（餘思未盡加爲六韻重寄微之詩），就是他們革新詩歌和古文最眞實的記載，前一句「辭高」古是辭高於古代的意思，也是研究唐代古文不可忽視的重要材料。〔註15〕

白居易一生坎坷，歷經代、德、順、憲、穆、敬、文、武宗八位君王。而其一生豐富之詩文創作，爲後人望塵莫及，留有三千八百餘篇的詩文，八百五十四篇的古文。本論文以《古文辭類纂》分類法，將現存古文概略分爲：百道判、策林、奏表、詔誥、祭銘、書傳、記序、賦、謠贊頌等九大類。

白居易極爲重視自己的作品，其生前即自編詩文集，並爲之序云：

> 白氏前著《長慶集》五十卷，元微之爲序。後集二十卷，自爲序；今又續後集五卷，自爲記：前後七十五卷，詩筆大小凡三千八百四十首。集有五本：一本在盧山東林寺經藏院，（太和九年夏勒成

---

〔註15〕朱金城：《白居易集箋校·前言》（上海：古籍出版社，1988 年 12 月），頁 12。

六十卷合二千九百六十四首有記），一本蘇州南禪寺經藏內，（開成
四年二月二日爲六十七卷凡三千四百八十七首有記），一本在東都聖
善寺鉢塔院律庫樓，（開成元年爲六十五卷凡三千二百五十首有
記），一本付姪龜郎，一本付外孫談閣童。各藏於家，傳於後。其日
本、新羅諸國及兩京人家傳篇者，不在此記。又有《元白唱和因繼
集》共十七卷，《劉白唱和集》五卷，《洛下遊賞宴集》十卷，其文
盡在大集內錄出，別行於時。若集內無而假名流傳者，皆謬爲耳。
〔註16〕

白居易於會昌五年（西元 845 年）五月一日作〈白氏長慶集後序〉，序中清楚
告知，自編集子分爲前集、後集、續集三部分，並抄成五本，分置各處保管，
後因戰亂之故而有古佚。據《新唐書‧藝文志》著錄，《白氏長慶集》原七十
五卷，至宋代因戰亂而亡佚四卷，所以今存七十一卷，合詩文三千七百餘首，
是唐代作者自編詩文保存最完整之詩文集，作品數量之夥，堪居唐人之冠。

　　自古以來研究白居易之論文頗夥。大陸學者謝思煒對白居易之版本源流
有詳盡之研究，他指出：宋朝時已有顯量白集印本，南宋著名學者陳振孫編
有《白文公年譜》，沈括《夢溪筆談》、葉夢得《避暑錄話》、吳曾《能改齋漫
錄》、洪邁《容齋隨筆》、程大昌《演繁露》、王林《野客叢書》等筆記，皆有
大量篇幅考證所涉及各類史事、制度、風俗、典故與語言問題；此外，各種
詩話中對白詩的賞鑒評判資料也極爲豐富。明代與清代也有多種白集刊本，
尤其是清康熙間汪立名刊行《白香山詩集》，在陳振孫所編年譜基礎上，對白
詩編年作了更細緻的考訂，並嘗試復原白集前、後集的原貌。此外，查慎行
的《白香山詩評》，盧文弨、何焯等人所作的白集校勘，也都具有重要的學術
價值。〔註17〕

　　二十世紀以後，歷史學家陳寅恪與岑仲勉兩位學者對白居易之研究，成
果卓越。如陳寅恪《元白詩箋證稿》，以詩、史互證法，藉由元、白之思想歷
程與詩歌創作來深入剖析唐代的社會風俗，見解獨到而深入。岑仲勉《岑仲
勉史學論文集》一書，收有七篇文章，詳細考證白集版本源流，並對詩文之
眞僞進行深入而有系統的研究，解決不少文本方面的問題。兩位先生以歷史

---

〔註16〕白居易：《白香山詩集》（臺北：世界書局，1979 年 6 月），頁 3～4。
〔註17〕謝思煒：《白居易詩集校注》前言，（北京：中華書局，2009 年 11 月一版二刷），
　　　　卷一，頁 8。

背景作爲人事線索來探討、闡釋文學的方法，對學術而言，頗具貢獻與影響。

在陳、岑兩位先生之後，有關白居易詩文研究的學者，不論在臺灣、大陸方面，其研究成果亦頗豐碩。無論是文本、校本、選本、年譜、生平事蹟、傳記資料的蒐集，或是研究著作、論文集方面，均有不錯的成績。今以表格方式陳述臺灣、大陸兩地有關白居易研究博、碩士論文如次：

（一）臺灣方面

表 1-3：

| 學位類別 | 作者 | 論文名稱 | 學校名稱 | 畢業年度 |
|---|---|---|---|---|
| 博士 | 張修蓉 | 《中唐樂府詩研究》 | 國立政治大學 | 1981 年 |
| | 俞炳禮 | 《白居易詩研究》 | 國立臺灣師大 | 1987 年 |
| | 曹愉生 | 《唐代詩論與畫論之關係研究——僅以詩論與畫論之專著研究》 | 國立臺灣大學 | 1990 年 |
| | 林明珠 | 《白居易詩探析》 | 東吳大學 | 1996 年 |
| | 莊蕙綺 | 《中唐詩歌「由雅入俗」的美學意涵研究》 | 國立政治大學 | 2004 年 |
| | 陳家煌 | 《白居易詩人自覺研究》 | 國立中山大學 | 2006 年 |
| | 陳金現 | 《宋詩與白居易的互文性研究》 | 國立中山大學 | 2007 年 |
| | 吳　玉 | 《白居易新樂府詩教大義與音律表達研究》 | 國立臺中教育大學 | 2009 年 |
| 碩士 | 矢野光治 | 《白居易及其詩對日本文學之影響》 | 國立臺灣大學 | 1970 年 |
| | 俞炳禮 | 《白居易諷諭詩之研究》 | 國立政治大學 | 1980 年 |
| | 韓庭銀 | 《白居易詩與釋道之關係》 | 國立政治大學 | 1985 年 |
| | 林明珠 | 《白居易敘事詩研究》 | 東吳大學 | 1989 年 |
| | 莊蕙綺 | 《中唐詩歌中之夢研究》 | 國立政治大學 | 1994 年 |
| | 陳美霞 | 《白居易詩文用韻考及其與唐代西北方音之比較》 | 輔仁大學 | 1995 年 |
| | 姜素英 | 《白居易散文研究》 | 國立臺灣師大 | 1995 年 |
| | 陳家煌 | 《白居易生命歷程對詩風影響之研究》 | 國立中山大學 | 1998 年 |
| | 楊曉玫 | 《中唐佛理詩研究》 | 玄奘人文社會學院／宗教學研究所 | 1999 年 |
| | 邱曉淳 | 《白居易敘事研究》 | 國立高師大 | 2000 年 |

| | 蔣淨玉 | 《白居易詩歌中的陶淵明風範》 | 國立中正大學 | 2001 年 |
|---|---|---|---|---|
| | 沈芬好 | 《白居易詩集中季節詩研究》 | 南華大學 | 2002 年 |
| | 何享憫 | 《白居易詩歌之歷史人物形象探討》 | 玄奘人文社會學院／中國語文研究所 | 2003 年 |
| | 蔡淑梓 | 《白居易諷諭詩的創作理論與修辭實踐》 | 玄奘人文社會學院／中國語文研究所 | 2003 年 |
| | 蔡叔貞 | 《白居易「閒適」詩研究—以「情性」爲考察基點》 | 國立成功大學 | 2003 年 |
| | 李妮庭 | 《閒樂：宋初白居易接受研究》 | 國立東華大學 | 2003 年 |
| | 胡淑貞 | 《白居易賦研究》 | 逢甲大學 | 2003 年 |
| | 蔡霓眞 | 《白居易詩歌及樂舞研究》 | 中國文化大學／在職專班 | 2004 年 |
| | 潘振宏 | 《宋詩話中的白俗觀》 | 玄奘人文社會學院／中國語文研究所 | 2005 年 |
| 碩 | 陳武鋼 | 《白居易思想及其國防理念研究》 | 玄奘人文社會學院／中國語文研究所 | 2005 年 |
| | 簡意文 | 《白居易詩中的衣食雅趣》 | 國立高師大／國文教學碩士 | 2005 年 |
| | 莊美緩 | 《白居易禪詩研究》 | 國立高師大／國文教學碩士 | 2005 年 |
| 士 | 侯配晴 | 《白居易敘事詩美學研究—以諷諭詩、感傷詩爲主》 | 臺北教育大學／應用語言文學研究所 | 2005 年 |
| | 蕭雅蓮 | 《白居易新樂府詩語言藝術研究》 | 國立彰師大 | 2005 年 |
| | 林巧玲 | 《白居易碑誌文研究》 | 國立中興大學 | 2006 年 |
| | 王宏仁 | 《白居易茶詩的文化內涵與生活美學》 | 南華大學／文學研究所 | 2006 年 |
| | 陳怡玲 | 《白居易花木詩研究》 | 國立中正大學 | 2006 年 |
| | 吳新蓮 | 《白居易詩之鏡子書寫—以先唐至白居易爲考察序列》 | 國立中正大學 | 2007 年 |
| | 黃姝毓 | 《白居易諷諭詩用韻之研究》 | 國立彰師大 | 2007 年 |
| | 林子娟 | 《白居易新樂府詩研究》 | 國立高師大學 | 2008 年 |
| | 陳天佑 | 《白居易〈秦中吟〉美學研究》 | 華梵大學 | 2009 年 |
| | 葉秀娟 | 《《詩經》與元白詩作關係研究》 | 國立高雄師範大學 | 2009 年 |
| | 成育瑩 | 《物感與人情：白居易詩中的身體感與審美情趣》 | 成功大學 | 2009 年 |

| 碩 | 梁靜惠 | 《元白敍事詩與中唐傳奇關係析探》 | 臺灣師範大學 | 2009 年 |
|---|---|---|---|---|
| | 張育樺 | 《劉禹錫、白居易交往詩研究》 | 國立屏東教育大學 | 2010 年 |
| | 賴詠鈴 | 《白居易蘇杭行勝之研究》 | 中國文化大學 | 2011 年 |
| 士 | 胡慕雲 | 《白居易詩文女性書寫研究》 | 東海大學 | 2011 年 |
| | 周文德 | 《白居易〈八漸偈〉之研究》 | 佛光大學 | 2012 年 |
| | 蕭雯華 | 《白居易生命際遇對其樂舞詩風之影響》 | 國立高雄師範大學 | 2012 年 |

以上是臺灣研究白居易之學位論文。製表人：王偉忠

　　本表製作，係參考賴詠鈴《白居易蘇杭形勝之研究》一文。由表中可知，國內有關白居易古文之研究，除姜素英的《白居易散文研究》，林巧玲的《白居易碑誌文研究》外，可說少之又少。

## （二）大陸方面

表 1-4：

| 學位類別 | 作者 | 論文名稱 | 學校名稱 | 畢業年度 |
|---|---|---|---|---|
| 博 | 謝思煒 | 《白居易集綜論》 | 北京師範大學 | 1996 年 |
| | 丘柳漫 | 《白居易與中唐社會》 | 廈門大學 | 2002 年 |
| | 毛妍君 | 《白居易閒適詩研究》 | 陝西師範大學 | 2006 年 |
| | 傅興林 | 《白居易散文研究》 | 陝西師範大學 | 2006 年 |
| | 蕭偉韜 | 《白居易生存哲學綜論》 | 陝西師範大學 | 2008 年 |
| | 鄒　婷 | 《白居易的詩歌創作與中國佛學》 | 蘇州大學 | 2008 年 |
| 士 | 邱月兒 | 《元稹與白居易之唱和詩研究》 | 復旦大學 | 2009 年 |
| | 謝思煒 | 《白居易綜合論述》 | 中國社會科學 | 2007 年 |
| | 文艷蓉 | 《白居易生平與創作實證研究》 | 浙江大學 | 2009 年 |
| 碩 | 于元元 | 《白居易與牛李黨爭》 | 黑龍江大學 | 2001 年 |
| | 王　玫 | 《劉禹錫白居易唱和詩研究》 | 首都師範大學 | 2002 年 |
| | 伍淑萍 | 《白居易的諷諭詩情感分析》 | 暨南大學 | 2003 年 |
| | 顏　菲 | 《試論白居易的女性觀》 | 湘潭大學 | 2004 年 |
| 士 | 張學成 | 《白居易矛盾心態簡論》 | 浙江師範大學 | 2004 年 |
| | 李　娟 | 《論白居易的人生觀》 | 南京師範大學 | 2004 年 |

| | 康冬妮 | 《白居易的佛教信仰》 | 四川大學 | 2004 年 |
|---|---|---|---|---|
| 碩 | 蕭偉韜 | 《白居易生存哲學簡論》 | 陝西師範大學 | 2005 年 |
| | 涂清華 | 《「獨善」與「兼濟」的平衡和斷裂》 | 中共中央黨校 | 2005 年 |
| | 高林清 | 《以易傳之事，爲絕妙之詞》 | 福建師範大學 | 2005 年 |
| | 陳　龍 | 《白居易及其詩歌創作與東都洛陽生活》 | 新疆師範大學 | 2006 年 |
| | 傅　怡 | 《白居易及其詩歌對《源氏物語》的影響》 | 華中師範大學 | 2006 年 |
| | 焦尤杰 | 《白居易洛詩研究》 | 鄭州大學 | 2006 年 |
| | 杜　娟 | 《白居易山水詩研究》 | 安徽大學 | 2006 年 |
| | 鐘素梅 | 《詩歌與戲曲之間的文體類型比較研究》 | 四川大學 | 2006 年 |
| | 張　穎 | 《論白居易的閒適思想與閒適詩》 | 廈門大學 | 2006 年 |
| | 倪春雷 | 《論宋代文人對白居易的接受》 | 曲阜師範大學 | 2007 年 |
| | 徐柏泉 | 《白居易經濟思想研究》 | 重慶師範大學 | 2007 年 |
| | 楊　惠 | 《白居易集詩歌副詞研究》 | 南京師範大學 | 2007 年 |
| | 于美娟 | 《白居易詩題地名疏證》 | 華中師範大學 | 2007 年 |
| | 文　佳 | 《白居易詩歌在南宋的傳播與接受》 | 廣西大學 | 2007 年 |
| | 謝仲偉 | 《論白居易的散文》 | 山東師範大學 | 2007 年 |
| 士 | 翟海霞 | 《白居易與江州之貶》 | 廣西師範大學 | 2007 年 |
| | 崔玲玲 | 《白居易感傷詩研究》 | 廣西師範大學 | 2007 年 |
| | 肖宙鋒 | 《白居易閒適詩思想研究》 | 華南師範大學 | 2007 年 |
| | 胡作法 | 《白居易文初探》 | 安徽大學 | 2007 年 |
| | 谷　青 | 《盛中唐禪學流變中王維白居易的詩歌創作》 | 中南民族大學 | 2007 年 |
| | 趙現平 | 《元稹、白居易唱和詩三論》 | 廈門大學 | 2007 年 |
| | 拓明霞 | 《論白居易的「二元組合」詩樂思想》 | 中南大學 | 2007 年 |
| | 毛麗柯 | 《宋代對白居易詩歌思想藝術的批評》 | 河南大學 | 2008 年 |
| | 吳　娟 | 《論白居易《百道判》與《唐律疏議》及儒家經典對應研究》 | 吉林大學 | 2008 年 |
| | 王新杰 | 《了卻歸洛願，適性作閒人》 | 福建師範大學 | 2008 年 |

| | | | | |
|---|---|---|---|---|
| 碩 | 盧　捷 | 《白居易中隱思想與其詩歌創作之關係研究》 | 福建師範大學 | 2008 年 |
| | 許　崢 | 《白居易詩文之「和」研究》 | 中南大南 | 2008 年 |
| | 王婷婷 | 《白居易近體研究》 | 黑龍江大學 | 2008 年 |
| | 汪紅燕 | 《中唐浮世繪》 | 中南民族大學 | 2008 年 |
| | 楊青舟 | 《白居易、李商隱「感傷詩」比較研究》 | 東北師範大學 | 2008 年 |
| | 吳小蘭 | 《論白居易的涉箏詩寫作》 | 浙江大學 | 2008 年 |
| | 蕭瑩星 | 《元白派散文研究》 | 江西師範大學 | 2009 年 |
| | 高志欣 | 《白居易在下邽時期的創作》 | 西北大學 | 2009 年 |
| | 張亞祥 | 《白居易與蘇軾懷古詩比較研究》 | 西南大學 | 2009 年 |
| | 常雅婷 | 《阿瑟・韋利的白居易詩歌翻譯研究》 | 首都師範大學 | 2009 年 |
| | 馮　娟 | 《伽達默爾闡釋學視角下的白居易詩歌英譯》 | 長沙理工大學 | 2009 年 |
| | 鄭　慧 | 《白居易詩歌在唐代的傳》 | 東北師範大學 | 2009 年 |
| | 陳　耀 | 《白居易的江南情結》 | 浙江工業大學 | 2009 年 |
| | 謝覓之 | 《白居易的女性詩與女性》 | 浙江工業大學 | 2009 年 |
| | 呂世媛 | 《白居易諷諭詩修辭研究》 | 重慶師範大學 | 2009 年 |
| | 宋繼棟 | 《白居易後期創作心態研》 | 蘭州大學 | 2009 年 |
| 士 | 袁君煊 | 《白居易病中詩研究》 | 廣西師範大學 | 2010 年 |
| | 姜學龍 | 《關聯理論視角下的隱喻翻譯》 | 陝西師範大學 | 2010 年 |
| | 張晶芬 | 《白居易感傷詩研究》 | 陝西理工學院 | 2010 年 |
| | 周　勘 | 《以許淵沖「三美」理論比較白居易〈長恨歌〉兩個譯本》 | 外交學院 | 2010 年 |
| | 陳貽麗 | 《從禪宗流變看盛中唐時期士人詩歌自然意象之異同》 | 雲南大學 | 2010 年 |
| | 戶美娟 | 《白居易詩歌偏正式復合詞研究》 | 四川師範大學 | 2010 年 |
| | 王域誠 | 《宋詩對白居易詩的受容與超越》 | 江西師範大學 | 2010 年 |
| | 李　璇 | 《白居易散文接受情況研究》 | 北京師範大學 | 2011 年 |
| | 聞世宇 | 《白居易音樂詩創作研究》 | 黑龍江大學 | 2011 年 |
| | 葉　楠 | 《白居易忠州詩研究》 | 重慶工商大學 | 2011 年 |
| | 彭　芳 | 《元白相似性考》 | 河南師範大學 | 2011 年 |
| | 曲敏佳 | 《白居易新樂府詩研究》 | 內蒙古師範大學 | 2011 年 |

| | | | | |
|---|---|---|---|---|
| 碩 | 鮑 樂 | 《從仕宦履歷盾白居易「中隱」遞嬗及其意義》 | 華東師範大學 | 2011 年 |
| | 朱思思 | 《詩人白居易與箏樂藝術》 | 江西師範大學碩士論文 | 2011 年 |
| | 易 蘭 | 《論《源氏物語》對白居易詩歌受容》 | 華東師範大學 | 2011 年 |
| | 李揚揚 | 《元稹白居易相異性研究》 | 河南師範大學 | 2011 年 |
| | 歐陽多根 | 《白居易詩歌對《源氏物語》與《紅樓夢》的影響之比較》 | 上海師範大學 | 2011 年 |
| | 魏 娜 | 《中唐詩歌新變研究》 | 浙江大學 | 2011 年 |
| | 梁玉剛 | 《晚唐白體詩研究》 | 西北師範大學 | 2012 年 |
| | 葉 琦 | 《白居易和陸游的涉商詩比較研究》 | 東南大學 | 2012 年 |
| | 劉海燕 | 《被淹沒的傳統——論林語堂對白居易的接受》 | 四川師範大學 | 2012 年 |
| 士 | 高萍萍 | 《白居易的賦及其賦論研究》 | 中國海洋大學 | 2012 年 |
| | 顧瑞敏 | 《白居易丁憂時期心態研究》 | 河北師範大學 | 2012 年 |
| | 代穎慧 | 《白居易奏議初探》 | 黑龍江大學 | 2012 年 |
| | 劉園園 | 《白居易詠物詩研究》 | 安徽大學 | 2012 年 |
| | 劉存斌 | 《白居易飲酒詩研究》 | 鄭州大學 | 2012 年 |
| | 宋喜娥 | 《白居易交情詩研究》 | 湖南大學 | 2012 年 |
| | 胡芳芳 | 《白居易洛中詩研究》 | 河北大學 | 2012 年 |
| | 邱美玲 | 《中晚唐五代白居易詩歌接受研究》 | 新疆師範大學 | 2012 年 |

以上是大陸研究白居易之學位論文，製表人：王偉忠

　　本表參考賴詠鈴《白居易蘇杭行勝之研究》繪製而成。由表中可知，大陸有關「白居易古文」之研究，除傅興林《白居易散文研究》與謝仲偉《論白居易的散文》、胡作法《白居易文初探》、蕭瑩星《元白派散文研究》外，有關白居易古文之研究，亦可謂寡矣！

　　由以上所列的表格觀之，今人研究白居易的詩集，成果頗為可觀；研究白居易的古文，則相對鮮少。此外，或有以白居易單篇古文，提出探討發表己見者，皆為零星論述，又不夠翔實，或只限於片面探討。至於博、碩學位

論文，也只是以白居易各種不同文體提出研究，未見全面性研究。因此本論文乃以白居易各類文體提出研究，名爲「白居易古文研究」，期能達到全面觀照的境地。

　　本論文依據上述資料撰寫「白居易古文研究」有不同於先前學者所研究的。特別將白居易古文的特色凸顯出來，以古文的寫作淵源而言：有詩經精神、科舉考試、儒家思想、學習陶潛、古文運動、貶謫解脫等；古文的思想，則有儒家、政治二種思想；就古文多元化而言可分爲：論說文有──情理兼文理的百道判、說理圓融的策林、說理明確的書論；實用文有──說理明志的奏表、平實淺易的詔誥；記敘文有──眞情流露的祭銘、清新雋永的記序；抒情含描述文有──情理有韻的古賦、韻味濃厚的箴贊九種文體；至於白居易古文的特色則有：經世濟民、關懷女性、兼融佛道、小品平易。其次，在藝術技巧方面則有韻古兼具的體製、實用古文三段式的結構、五種主要的句型、八種修辭等，來呈現白居易古文寫的技巧。末論，白居易古文的評價與影響；就古文評價而言，有白居易古文的地位、白居易與古文運動、白居易與宋代的古文運動三項來探討；其次，是白居易古文對後世的影響，晚唐的諷刺小品的創作、宋代古文以平實淺易寫情、晚明與清代則以情趣的小品文寫意。無論諷刺小品、自然平易、眞情眞意的小品文等，都受到白居易「平易淺近」、「眞情眞意」、「自然樸實」的文風影響所致。白居易因「詩名」之故，他的古文竟爲後人所忽視，所以研究者特將「白居易古文」提出研究，並以上述觀點來說明，以凸顯白居易古文的特色，讓後人眞正認識白居易，故以另一種研究法來呈現。

## 二、研究方法

　　本論文以「文獻分析」、「推理方式」循序漸進，從文體、環境到情境，由廣遠而切近；從大時代的環境背景，縮影到個人身歷其境之情感抒發，以探討白居易古文的淵源、思想、文體、風格、特色、藝術、評價與影響等方面。又以分析、歸納、整理、演繹、比較等方法加以整合，俾呈現個人研究的心得；同時選出意義最深刻、全面的範文來說明、印證。在研究主題確立後，即開始著手文獻資料的搜集與閱讀，並參酌前人之研究，以見得失；其次，加上兩岸近來文化學術交流便利，得以參考大陸學者的研究心得，俾豐富充實本論的研究成果。

　　關於文類的分析，首先從全文開始，再析分各篇章文句，自各家所書有關白居易古文之闡釋箋註中，了解字句之意義。再從各家評論中，尋找多數人對此文之見解，詳細探討、深究此文撰寫之「原因、背景、寓意及影響」。如此，便能貫通連接，找出同類之篇章，使其前後呼應；再分析相同之章法、字句等；了解其統整文意及爲文之眞諦，始進行論述。

　　在論述中會引白居易的詩句佐證古文，有意凸顯白居易「詩文」的創作是一貫性的，以「平易近人」、「眞切淺易」爲務：以「眞情眞意」、「自然平實」爲創作的依據；而不以「艱澀」、「華麗」爲是。爲文以「爲君、爲臣、爲民、爲物、爲事而作，不爲文而作也。」〔註18〕更可證明白居易於中唐之際，除「詩名」外，其「實用古文」的創作，以《詩經》、「儒家」思想爲原動力，以反映民生、揭發時弊爲要務。故能被劉昫所稱讚：「元和主盟，微之、樂天而已。臣觀元之制策，白之奏議，極文章之壺奧，盡治亂之根荄，非徒謠頌之片言，盤盂之小說。……贊曰：文章新體，建安、永明。沈、謝既往，元、白挺生。」〔註19〕所言正是。

　　整理文稿之際，則別其蕪雜，留其精華。若有引文有重複應用者，是因篇章與其他章節性質不同，或章節相近使然。又，去取之際，不囿於一家之言，必如我所思，經我肯定，眞正了解白居易爲文目的後，始予以採納，庶免入主奴之失。

## 第三節　相關名詞定義

### 一、古文定義

　　古文非韻文，非每句或每幾句押韻；亦非駢文，須對仗、用典故、求工整。古代所謂之「古文」，可包含哲學、政治、經濟、史地等著作；亦即非韻文撰寫，皆可歸入古文範疇。其文體亦廣，如銘、記、書、序、誄、傳、誥、頌、讚、檄、論、賦等，凡以古文表意者，皆可視爲古文或古文。

〔註18〕〔唐〕白居易：《白居易集》（新北市：漢文文化事業有限公司，1984 年 3 月）卷 3，頁 52。

〔註19〕〔後晉〕劉昫：《舊唐書・白居易傳》（臺北：鼎文書局，1979 年 12 月），卷 166，列傳 116，頁 4360

所謂古文，蓋有四種解說：一指古文字解，指目前通行以前之文字，如甲骨、鐘鼎、大篆、小篆等，均稱爲「古文」；二指古代典籍解，如孔安國有《古文尚書》，爲典籍之「古文」；三指經學學派，如西漢有今文經學、古文經學之分；四指古體文，視「古文」爲文體之名。其名義紛歧若是，所以僅云「古文」，則易與名同實異者混淆〔註20〕。

先秦、兩漢古文極盛，駢文未興，故無「駢」、「古」之異。魏晉以還，駢文盛行，對偶聲律，日趨工整，用典益繁，文辭華麗，流弊於焉產生。至中唐韓愈出而倡導，統稱之爲「古文」。

宋代歐陽脩也以古文倡導學者，其〈蘇氏文集序〉云：「子美之少於予，而學古文，反在其後。天聖之間，予進士於有司，見學者務以言語聲偶摘裂，號爲時文，以相誇尚。……其後天子患時文之弊，下詔書諷勉學者以近古，由是其風漸息，而學者稍趨於古焉。」〔註21〕是知宋代古文運動之興起，實爲不滿當時號爲「時文」之西崑四六文而提出的。歐陽脩當時爲有別於「時文」、「今文」，故稱所作古文爲「古文」；或緣標榜古聖賢之道，而稱「古文」；目的爲有別於駢文、韻文之形式，又稱之爲「古文」。而「古文」一詞，遂亦爲唐、宋以後古文家所承用。

清代曾國藩〈復許孝廉振褘書〉云：「古文者，韓退之氏厭棄魏晉六朝駢儷之大，而返之於六經兩漢，從而名焉者也。名號雖殊，而其積字而爲句，積句而爲段、而爲篇，則天下之凡名爲文者一也。」〔註22〕據此可知，韓文公懼文之不古，遂用古文破駢文之束縛，承三代、兩漢之餘風，而創作新古文。古文遂取代當時盛行之駢文，使其內涵更合乎「古道」。由於韓愈所師法者，爲古聖賢所作，內涵「古道」之文者，故稱爲「古文」，古文之名由是而爲後世所使用。

清姚鼐將古文分爲十三類：論辨、序跋、奏議、書說、贈序、詔令、傳狀、碑志、雜記、箴銘、頌贊、辭賦、哀祭。今特將其分類，以圖表方式，大致陳述如次：

---

〔註20〕 方元珍：《王荊公散文研究》（臺北：文史哲出版社，1973年3月），頁3。

〔註21〕 〔宋〕歐陽修：《歐陽脩全集》（臺北：河洛圖書出版社，1975年12月），頁123～124。

〔註22〕 〔清〕曾國藩：《曾文正公全集・文集》（臺北：大俊圖書有限公司，1982年10月》，頁62。

表 1-5：

| |
|---|
| 1、論辨類：姚氏以為：「原於古之諸子，各以所學著書詔後世。」其所錄自賈誼〈過秦論〉三篇始，皆為說理之古文，以孔孟之道為文至矣。旨在辨正是非，如：司馬談論〈六家要指〉；韓愈〈原道〉、〈原性〉、〈獲麟解〉；柳宗元〈封建論〉、〈桐葉封弟論〉等皆屬之。 |
| 2、序跋類：序原為一部書或一篇詩、文前之文章，以說明其內容、性質或作意；跋則置於書後，作一補充說明。姚氏所錄自《史記·十二諸侯年表序》始，也包括韓愈〈讀儀禮〉、柳宗元〈論語辯〉等。其後目錄之序亦含貶，曾鞏尤擅為之。 |
| 3、奏議類：皆為臣下稟告君王之文，源於《尚書》。漢以來有表、疏、議、上書、封事之異名，其實一類。惟對策雖亦臣下告君之辭，而體少別，如賈山〈至言〉、董仲舒〈賢良策對〉、蘇軾〈教戰守策〉、蘇轍〈君術策五〉等皆屬之。 |
| 4、書說類：姚氏以為「昔周公之告召公，有〈君奭〉之篇。春秋之世，列國士大夫、或面相告語、或為書相遺，其義一也。戰國說士說其時主，當委質為臣，則入之奏議類；其已去國、或說異國之君，則入此編。」所錄自〈趙良說商君〉始，包括戰國說士游說本國士大夫或他國君、臣之言，以及由漢至宋士大夫彼此酬寄，或上致公卿大臣之書信，如司馬遷〈報任安書〉、韓愈〈答尉遲生書〉、蘇轍〈上樞密韓太尉書〉等皆屬之。 |
| 5、贈序類：此類文章是取古代「君子贈人以言」之美意，用以「致敬愛、陳忠告之誼」，所錄自韓愈〈送董邵南序〉、〈送孟東野序〉，以及歐陽脩〈送楊寘序〉等皆屬之。 |
| 6、詔令類：詔令源於《尚書》之誓誥，乃帝王下令與臣屬或告示天下之公文，如漢高帝〈十一年求賢詔〉、司馬相如〈諭巴蜀檄〉、韓愈〈祭鱷魚文〉、等皆屬之。 |
| 7、傳狀類：傳狀類雖源於史氏，而義不同。古人為達官名人作傳者，是史官之職責。文士作傳，凡為圬者、種樹之流作傳；若為名位稍顯，即不當為之立傳，而當作「行狀」。如韓愈〈圬者王承福傳〉、〈贈太傅董公行狀〉等。古之國史立傳，不甚拘品位，所紀事尤詳。又實錄書人臣卒，必撮序其生平賢否，今實錄不紀臣下之事。史館凡仕非賜諡及死事者，不得為傳。如蘇軾〈方山子傳〉、方靈臬〈白雲先生傳〉等皆是。 |
| 8、碑誌類：碑文是刻於石碑上之文辭，「其體本於《詩》，歌頌功德，其用施於金石。」如周之時有〈石鼓刻文〉即是。至於墓誌文，有時立於墓上，有時埋於壙穴之中；且為便於標識死者之墓穴，而作誌銘。如班固〈封燕然山銘〉、韓愈〈貞曜先生墓誌銘〉、〈柳子厚墓誌銘〉等皆是其例。 |
| 9、雜記類：姚氏以為「雜記類者，亦碑文之屬。碑主於稱頌功德，記則所紀大小事殊，取義各異。故有作序與銘詩，全用碑文體者；又有為紀事而不以刻石者。柳子厚紀事小文，或謂之序，然實記之類也。」如柳宗元〈序飲〉、〈序棋〉；韓愈〈鄆州谿堂詩並序〉等。 |

| 10、箴銘類：三代以降，已有此體，乃「聖賢所以自戒警之義」，其辭尤質，而意尤深。若張載作西銘，豈獨其理之美耶！其文固未易幾也。如劉禹錫〈陋室銘〉，即有自我惕勵之意；且以韻文爲之。他如揚雄〈酒箴〉、韓愈〈五箴〉等皆屬之。 |
|---|
| 11、頌贊類：「亦《詩頌》之流，而不必施之金石者也」。如揚雄〈趙充國頌〉、韓愈〈子産不毀鄉校頌〉，皆韻文也。而柳宗元〈伊尹五就桀贊〉，則以古文爲序，以韻文爲贊；又蘇軾〈韓幹畫馬贊〉、〈文與可飛白贊〉等皆屬之。 |
| 12、辭賦類：姚氏以爲「辭賦類者，風雅之變體也，楚人最工爲之，蓋非獨屈子而已。余嘗謂漁父及楚人以弋說襄王，宋玉對王問遺行，皆設辭無事實，皆辭賦類耳……漢世校書有辭賦略，其所列者甚當。」如東方朔〈非有先生論〉，即無韻者。而司馬相如〈子虛賦〉、〈上林賦〉等漢代大賦，假設問答，韻古間出，古文氣亦重。他如劉伶〈酒德頌〉、陶淵明〈歸去來辭〉等，亦皆屬之。 |
| 13、哀祭類：哀辭、祭文皆爲哀悼死者之作，率爲韻文，如韓愈〈祭柳子厚文〉、蘇軾〈祭柳子玉文〉等。然亦有少數例外，如韓愈〈祭十二郎文〉，即以古文爲之。 |

本表依《古文辭類彙・序目》繪製而成，製表人：王偉忠

　　綜觀以上十三類古文，皆爲古文，然亦有韻文者，如碑誌、箴銘、頌贊、辭賦、哀祭等皆是韻文。又〈古文辭類纂・序目〉云：「夫文無所謂古今也，惟其當而已。得其當，則六經至於今日，其爲道也一；知其所以當，則於古雖遠，而於今取法，如衣食之不可釋，不知其所以當，而散棄於時，則存一家之言，以資來者，容有俟焉。於是以所聞習者編次論說古文辭類纂。」〔註23〕蓋爲文之要，在於辭妥義愜，不在古今之分，若能抒情佈意，激起共鳴，則古文、今文皆千古至文，又何必強爲區分？

## 二、散文定義

　　晉人木華〈海賦〉云：「若乃雲錦散文於沙汭之際，綾羅被光於螺蚌之節」〔註24〕李善注云：「言沙汭之際，文若雲錦；螺蚌之節，光若綾羅也」〔註25〕此爲「散文」一詞最早出現之所在。清代羅惇曧《文學源流》云：「周秦逮於漢初，駢古不分之代也。西漢衍乎東漢，駢古角出之代也。魏晉歷六朝至唐，

---

〔註23〕姚鼐輯，王文濡校注：《評註古文辭類纂》（臺北：華正書局，1974 年 4 月），頁 3。
〔註24〕〔唐〕李善：《文選》（臺北：華正書局，1979 年 6 月），卷 2，頁 233。
〔註25〕〔唐〕李善：《文選》（臺北：華正書局，1979 年 6 月），卷 2，頁 233。

駢文極盛之代也。古文挺起於中唐，策論靡然於趙宋，散文興而駢文蹶之代也。宋四六，駢文之餘波也。元、明二代，駢古並衰，而散文終勝駢。明末迄乎國朝。駢古並興，而駢劫差強於古。」〔註26〕羅氏將「駢」「散」對舉，詳其意義，蓋散文亦不過古文之別名耳。而現代所用散文之名，則大抵與韻文對立，凡有韻之詩賦詞曲，與有聲律之駢文，皆不得入內；與昔之義同爲古文，仍包含有辭賦頌贊之類，其廣狹迥然不相侔。

　　「散文」一詞又見於宋代。宋人羅大經云：「山谷詩、騷妙天下，而散文頗覺瑣碎局促。」又引周必大之語云：「四六特拘對耳，其立意措辭貴渾融有味，與散文同。」〔註27〕足見宋人已用「散文」一詞品評他人著作，是相對於詩、騷、四六文而言也。及至清代，「散文」一詞屢見不鮮。如孔廣森〈答朱滄湄〉云：「六朝文無非駢體，但縱橫開闔，一與古文同。」〔註28〕袁枚〈胡稚威駢體文序〉云：「古聖人以文明道，而不諱修詞。駢體者，修詞之工者也。六經濫觴，漢魏延其緒，六朝暢其流；論者先散行後駢體，似亦尊乾卑坤之義。然古行可蹈空，而駢文必徵典。駢文廢，則悅學者少，爲文者多，文乃日散。若夫四六者，俗名也。」〔註29〕皆以駢文、古文相對而言。然所謂「古文」，不含詩、騷、駢文在內。詩、騷皆韻文，有格律之限制；駢文有字句對偶、平仄諧調，頗受束縛。「古文」則不受格律限制，不講押韻、對仗、平仄，不受字句長短所限，不拘形式，任由作者自在抒寫；偶有押韻、對偶之文句，亦以單行爲主，參差錯落，長短不一，與詩、騷、駢文之工整形式有別，故稱「古文」。

　　就文辭而言，「古文」反對駢偶靡麗之文，改以古體行文。而古文之定義，廣義而言：凡不押韻、不重排偶，古體單行之文章，包括經、史、子、集中之作品，皆可視之爲廣義古文。其次，就文辭言，與古文並無二致。陳柱《中國古文史》曾云：「蓋散文亦不過古文之別名耳，而現代所用散文之名，則大抵與韻文對立。其領域則凡有韻之詩賦詞曲，與有聲律之駢文，皆不得入內；與昔之誼同古文，得包辭賦頌贊之類，其廣狹不侔已。」〔註30〕然則「散文」、

〔註26〕陳柱：《中國散文史》（臺北：臺灣商務印書館1975年4月），頁2～3。
〔註27〕羅大經：《鶴林玉露》卷2丙編〈文章有體〉（北京中華書局，2007年4月），頁265。
〔註28〕邱燮友等：《國學導讀》（臺北：三民書局2004年7月），頁617。
〔註29〕〔清〕袁枚：《小山倉房文集》（臺北：文海出版社，1979年7月），頁198～199。
〔註30〕陳柱：《中國散文史》（臺北：臺灣商務印書館1975年4月），頁3。

「韻文」、「駢文」三者鼎足而立，已成爲今日學術界習見之用法，因此本論文以「白居易古文研究」名之。今人論古文之類別，捨棄古文之分法，而以其性質的不同，將它分爲論辯、抒情、敘事、傳記四類；或以四類之外，而有記遊、詠物與實（應）用類之古文，皆難以釐清界限。因古文作品千變萬化，文章中可夾敘、夾議，亦可同時抒情、敘事或詠物，無論如何分類，皆不免顧此失彼。爲研究白居易古文之便，本論文之寫作，但以大略觀之，而不過分拘泥其類別。

# 第二章 白居易的生平、文集與文論

　　白居易是中唐有名的社會寫實詩人，其古文平易近人，重視文學的實用性，影響後世深遠。白居易古文之孕育，自有其寫作背景，蓋與其時代、家世、仕宦三種因素有關，因而也影響其詩文的創作。《白氏長慶集》編於穆宗長慶年間，初爲好友元稹編成五十卷，以後白居易又多次增編；至會昌五年（西元 845 年），匯編成七十五卷的《白氏文集》，共收詩文三千八百四十篇。至宋已亡佚四卷，今存紹興初年刻本。今依《新唐書・白居易列傳》、《舊唐書・白居易列傳》及（清）汪立名、朱金城、羅聯添等人之年譜，並參考竃長春《白居易評傳》，陶敏與魯茜的新譯《白居易詩文選》等爲參考，將白居易一生平事略，大致分四個時期概述如次：

## 第一節　生平事略

　　白居易（西元 772～846 年），字樂天，晚年自號香山居士。祖籍太原，至曾祖白溫始移居下邽（今陝西省渭南縣），白居易出生於新鄭縣（今屬河南省）。祖父白鍠、父白季庚皆明經出身，做過縣令、州別駕之類小官。白鍠長於五言詩，有詩集問世；白季庚爲官清廉，多有政績。祖母陳夫人粗通詩書，丈夫死後，她便「……洎鄺城歿，夫人撫訓幼女，爲節婦。及居易、行簡生，夫人鞠養成人，爲慈祖母。……」〔註 1〕又〈襄州別駕府君事狀〉云：「……

---

〔註 1〕　〔唐〕白居易撰、顧學頡校點：〈唐故坊州鄺城縣尉陳府君夫人白氏墓誌銘并序〉《白居易集》（新北市：漢京文化事業有限公司，1984 年 3 月），卷 42，頁 929～930。爲省篇幅，以下引文皆卷頁數爲之。

及別駕府君即世，諸子尚幼，未就師學：夫人親執詩書，晝夜教導，恂恂善誘，未嘗以一呵一杖加之。十餘年間，諸子皆以文學仕進，官至清近，實夫人慈訓所致也。夫人爲女、孝如是，爲婦、順如是，爲母、慈如是：舉三者與百行可知矣。……」（卷 46，頁 984）白居易由此更加苦學力文，「晝課賦，夜課書，間又課詩，不遑寢息」，以至「口舌成瘡，手肘成胝」（〈與元九書〉）。貞元十五年（西元 799 年），終爲宣城所貢，「十年之間，三登科第」歸功於母親的訓導，可見白居易對慈母的感情是深厚的。白居易生長在正直、有文化修養小官僚家庭薰陶下，對其日後待人處世有極大影響。

## 一、艱辛多難的青少時期

唐代宗大歷七年（西元 772 年）至德宗貞元十四年（西元 798 年），共二十六年。

白居易幼年隨父親在中原一帶度過，時值叛軍作亂，十一、二歲以後，避居越中。十六歲始至長安（或曰江南），曾以詩文〈賦得古原草送別〉「離離原上草，一歲一枯榮。野火燒不盡，春風吹又生。遠芳侵古道，晴翠接荒城。又送王孫，萋萋滿別情。」（卷 13，頁 262）投謁當時名士顧況，甚受讚揚。在藩鎮作亂、社會動盪不安之歲月中成長。青少年時又因避亂，度過顛沛流離的生活，體會一般百姓之疾苦。在此環境生活下，對其日後之創作，有極深遠之影響。

但是艱難困苦、顛沛流離的生活，並未妨礙白居易努力學習、充實自己。他在〈與元九書〉中云：「及五六歲，便學爲詩。九歲，諳識聲韻。十五六，始知有進士，苦節讀書。二十已來，晝課賦，夜課書，間有課時，不遑寢息矣。以至於口舌成瘡，手肘成胝，既壯而膚革不豐盈，未老而齒髮早衰白，瞥瞥然如飛蠅垂珠在眸子中也，動以萬數。蓋以苦學力文所致，又自悲矣。家貧多故，二十七，方從鄉賦；既第之後，雖專於科試，亦不廢詩。及授校書郎時，已盈三四百首。」（卷 45，頁 962）可見白居易在艱難生活中，仍勤奮學習，爲其日後入仕途，作了充分的準備。

## 二、志在兼濟的從政時期

唐德宗貞元十五年（西元 799 年）至憲宗元和十年（西元 815 年），共十六年。

貞元十五年，白居易二十八歲。是年春，白居易自兄幼文浮梁主簿任所返洛陽省母，有〈傷遠行賦〉之作。秋，應鄉試於宣州（安徽宣城縣），試〈射中正鵠賦・窗西列遠岫詩〉，爲宣歙觀察使崔衍所貢，往長安應進士試。貞元十六年春，年二十九，於中書侍郎高郢主試下，試〈性習相遠近賦、玉水記方流詩〉、策五道，以第四人及第，十七人中最少。及第後，歸洛陽。暮春南遊，至浮梁，有〈祭符離六兄文〉。九月，至符離，外祖母陳氏卒；十一月，權窆於符離。貞元十八年，又登書判拔萃科（有百道判之擬作），授予校書郎官職。貞元二十年春天，白居易舉家遷回祖籍所在地華州下邽（陝西渭水南北）之金氏村，結束多年困頓漂泊的生活。

憲宗元和元年（806），白居易三十五歲，罷校書郎。與元稹居華陽觀，閉戶累月，揣摩時事，成《策林》七十五篇，堪稱鴻篇巨作。四月應制科舉，登「才識兼茂明於體用科」及第後，授盩厔縣尉（今陝西周至縣）。元和二年冬，召入爲翰林學士。元和三年，任爲左拾遺，依舊充任翰林學士；此期間，有制詔二百篇，並與楊汝士妹完婚，時白居易三十七歲，任翰林學士、左拾遺。此時期，有奏狀、章表之作，共五十八篇；爲白居易意氣風發，事業與家庭，皆充滿光明前景。同時創作諷諭詩，反映當時政治與社會之黑暗面。如：〈賀雨〉、〈秦中吟〉、〈新樂府〉等，或諷諭時政，或打擊權貴，名重一時；同時上書獻策，如：〈論制科人狀〉、〈論王鍔欲除官事宜狀〉等，聲討不法，並極積勸諫，曾爲憲宗所惡。同時積極參與朝廷的政治活動，如不滿朝綱不振、吏治腐敗、藩鎮跋扈、同情「永貞革新」等，時時於詩文中流露其不滿情緒。由於極積創作諷刺詩，嘲諷時政，抨擊社會黑暗，反映民生疾苦，使「權豪貴近者相目而變色」，「執政柄者扼腕矣」、「握軍要者切齒矣」（卷45，頁962～963），此爲白居易爲民喉舌之諷諭詩及忠君爲民的赤誠表現，亦爲日後白居易被疏遠、貶謫種下禍根。

元和六年四月，白居易因母親陳氏病故，回下邽守喪。將近四年故里閒居，使白居易更深切體會百姓疾苦，並在遠離市朝之田園生活中感受自適與滿足。當時，削平藩鎮叛亂之戰爭仍在進行，對「中興之主」唐憲宗，白居易仍存有幻想，不甘寂寞冷淡蟄居生活，急切想早日重返朝廷。元和九年冬，在好友崔羣與錢徽協助下，白居易終於被詔回朝，授太子左贊善大夫。官階雖升，卻是輔佐太子的閒官，白居易顯然已被排斥在政治權力核心之外，但報國熱忱並未消減。

　　元和十年六月三日凌晨，力主以武力平藩之宰相武元衡於上朝路上，被淄青節度使李師道派遣刺客刺死，御史中丞裴度受重傷。此是自唐立國以來罕見，屬於惡性政治之事件。於是，白居易第一位上書「急請捕賊以雪國恥」（見《舊唐書‧白居易傳》）。宰相對白居易正直敢言耿耿於懷，終於藉口白居易作為東宮之官卻先於諫官「越職言事」，奏貶白居易為江州刺史。而忌恨白居易的王涯等人，則以白母陳氏因看花墜井而死，白居易卻作〈賞花〉、〈新井〉等詩，有傷名教，乃於元和十年，再貶為江州司馬。在長安等候發落期間，白居易先後作〈自誨〉、〈無可奈何〉、〈讀史五首〉等詩文，以發洩心中之憤懣，其心情抑鬱痛苦可想而知。此一沉重之打擊，終於成為白居易思想與生活之轉捩點，由原先「兼善天下」之雄心壯志，轉為消極之「獨善其身」。

## 三、宦情日減的閒適時期

　　唐憲宗元和十一年（西元 816 年）至文宗大和二年（西元 828 年），共十四年。

　　白居易赴江州擔任司馬，元和十年十二月，自編詩集十五卷，凡八百首。又有〈與元九書〉、〈讀張籍古樂府〉、〈琵琶引〉、〈與楊虞卿書〉等詩文之創作。在江州司馬任上，白居易寄情山水，往來佛寺，與方外人士頻繁交往；並築廬山草堂，經常居於草堂中創作小品佳文，如〈草堂記〉、〈遊大林〉、〈與元徽之書〉、〈江州司馬廳記〉等。元和十三年，代李景儉為忠州刺使，得力於崔羣之力；以後又相繼出任杭州、蘇州刺史。白居易因此更深入廣泛地接觸現實生活，目睹人民之苦難，更豐富其文學創作之實踐。

　　白居易貶謫江州後，心情受沉重打擊，難以排遣。唯有潛心佛老，寄情山水，由「兼濟」轉為「獨善」。然於匡廬靈秀山水、江州司馬優裕俸祿與閒適生活，仍無法使其忘卻現實，撫平「天涯淪落人」（卷12，頁243）的心理創傷。因此，除用大量詩歌宣洩內心憤懣外，並踏上「宦途自此心長別，世事從今口不言。豈止形骸同土木？兼將壽夭任乾坤。胸中壯氣猶須遣，身外浮榮何足論？還有一條遺恨事，高家門館未酬恩！」（〈重題〉詩之三，卷16，頁343）的隱逸之路。

　　元和十五年初，憲宗去世，穆宗即位。長慶元年，白居易被召回長安擔任尚書司門員外郎。十二月，充考重訂科目官；二十八日，改授主客郎中、知制誥、中書舍人（期間有二百三十三篇誥書之作）。有〈續虞人箴〉、〈荔枝

圖序〉、〈論重考科目人狀〉、〈東坡種花二首〉等詩文之創作。此時，白居易見牛、李黨爭開始表面化，穆宗不接受平藩鎮之意見，白居易不願捲入政治風暴，於長慶三年，乃自請外放，先後出守杭州與蘇州刺使。在二州任內，做出利國利民之事。如在杭州治理西湖，疏浚六井，解決大面積農田抗旱及防澇。白居易任內仍未放棄「兼濟」之志，唯以「明哲保身」，決不捲入黨爭漩渦爲原則。在杭州任內，屢遊西湖，有〈冷泉亭記〉、〈祭龍文〉、〈錢塘湖春行〉、〈餘杭行勝〉等詩文創作。長慶四年冬，元稹爲白居易編《白氏長慶集》五十卷，并作序。敬宗寶慶二年，任蘇州刺使任內；二月末，落馬傷足，臥三旬。五月末，又以眼病肺傷，請百日長假；九月初，假滿，罷官。此年冬天，與劉禹錫在揚子津（揚州）相遇，二人結伴歸洛陽，始有詩文唱和。是時，其弟行簡卒。

　　文宗大和元年春，白居易回長安，先後擔任祕書監與刑部侍郎。官職升遷並無喜悅心情，因此時朝廷中「牛李黨爭」白熱化，妻兄楊虞卿正爲牛黨主要幹部，此爲白居易帶來尷尬與煩惱。白居易以寓言或詠史方式，將心中感覺，寄託於詩文，先後寫下〈對酒五首〉、〈繡婦歎〉、〈春詞〉、〈恨詞〉等委曲深婉之政治詩。大和三年春，白居易毅然決然請假告病，假滿停官回洛陽履道坊，被任命爲太子賓客分司東都，又完成《劉白唱和集》二卷。從此，開始長達十八年「隱在留司間」之「吏隱」生活，再無回長安之念頭。

## 四、寥落寂寞的吏隱時期

　　唐文宗大和三年（西元 829 年）至武宗會昌六年（西元 848 年），共十八年。

　　大和三年春，白居易回洛陽履道宅，決心終老於此。大和四年，被任爲河南尹；大和七年卸任後，爲太子賓客及太子少傅，分司東都洛陽。大和九年，朝廷任命爲同州刺使，辭疾不赴任，改授太子少傅，分司東都。白居易年經時，曾以〈不致仕〉諷刺年老官僚戀棧不願退休，故於武宗會昌元年春，年七十一，以刑部尚書致仕。

　　此期間，白居易生活優裕穩定，寫作不輟；安居履道里優遊林園泉石，與酒朋詩侶飲宴唱和，遂寫下大量作品，內容含賅：閒居衰病老無子之詠嘆、壯志未酬懷才不遇之感慨、對美好青春華年之傷逝、對已故知交摯友之懷念、對昔日閒遊良辰美景之追憶、對政治生涯之回憶與總結、對新生詞曲之興致

抒寫，對「甘露事件」〔註2〕之痛惜與悲憤。白居易於七十三歲高齡，獨自出資，爲百姓開鑿龍門八節灘，亦寫下造福民眾後之欣喜與激動。

　　會昌六年，白居易七十五歲，病死在洛陽，追贈尚書左僕射。家人遵照白居易遺命，安葬於洛陽南面香山寺如滿禪師塔旁，與龍門隔伊水相對。據說，當時洛陽士人與四方遊客經過墓前時，皆酹酒祭奠。唐宣宗李忱曾作〈弔白居易〉詩唱云：「綴玉聯珠六十年，誰教冥路作詩仙。浮雲不繫名居易，造化無爲字樂天。童子解吟〈長恨〉曲，胡兒能唱〈琵琶〉篇。文章已滿行人耳，一度思卿一愴然。」〔註3〕這首詩將白居易一生的爲人處世態度，與文學成就，作了適當的評論。他五度辭官，不陷入黨爭，的確做到了居易以俟命，的確能夠樂天知命。他的「長恨歌」、「琵琶行」，不但當時已滿行人耳，千年以下，世世代代，大家仍然吟唱不絕。此詩可謂白居易一生最佳之寫照。

　　綜觀白居易一生，坎坷多難。晚年官高，皆爲閒職虛位。白氏受儒家思想浸染，主張君子賢人治國，倡導仁政愛民，渴慕「兼濟」之心。從其早年思想行爲，可知其關心國事與民生疾苦，極想做一番雄心大業，從〈爲人上宰相書一首〉、〈初授拾遺獻書〉、〈論制人狀〉、〈請罷兵第三狀〉等篇章，可知其志。可惜，白居易從年輕到中老年一再遭到無情打擊，備受挫折，以致壯志未伸，鬱憤難平。由其詩文表現即可知之，〈與元九書〉、〈與楊虞卿書〉

---

〔註2〕 載運、龔書鐸主編：《中國通史》（新北市：中經社出版，2005 年 2 月）「大和九年（西元 835 年）十一月二十一日，唐文宗早朝於紫宸殿時，金吾大將軍韓約奏報左金吾仗院內石榴樹上夜降甘露。宰相李訓等建議皇帝親往一看，於是，文宗前至含元殿，命宰相和中書、門下省官先往觀看。官員們回來，奏稱疑非真甘露。文宗乃再命宦官神策軍左右護軍中尉仇士良、魚志弘等，帶領宦官去察看。仇士良等主左金吾仗院時，受到韓約、李訓伏兵的攻擊打死、打傷宦官數十人。這時宦官挾持文宗退入內殿後，立即派遣神策軍 500人，持刀出東閣門，逢人即殺，死者六七百人。接著關閉宮城各門搜捕，又殺千餘人。李訓、王涯、韓約等先後被捕殺。事發時，鳳翔節度使鄭注正率親兵 5000 人赴長安，中途知事敗，返鳳翔，也被監軍殺死。經過這次宦官的大屠殺，朝官幾乎爲之一空。從此宦官更加專橫，凌逼皇帝，蔑視朝官，文宗因此憂鬱而死。」，頁 230。

〔註3〕 〔清〕胡震亨：《全唐詩》（臺北：宏業書局，1977 年 6 月出版）「憲宗第十三子。初名怡，封光王。會昌六年立爲皇太叔。恭儉好善，虛襟聽納。大中之政有貞觀風。每曲宴與學士倡和，公卿出鎮，多賦詩餞行，直科第，留心貢舉，常微行，采輿論，察知選士之得失。其對朝臣，必問及第與所試賦題。主司姓氏，苟有科名對者，必大喜。或佳人物偶不中第，必數歎息移時，常於內自題鄉貢進士李道龍云。在位十三年，諡號獻文，詩六首。」，卷 4，頁 49。

等，更有明顯的傾訴與吐露

## 第二節　文集簡述

　　白居易（西元 772～846 年）的詩文集，即《白氏文集》（現存七十一卷）〔註4〕，到底是怎樣成書？這不僅是文獻學範圍的討論問題，而且在探究白居易所有關文學問題時，也成為一個重要關鍵。《白氏文集》，就是白居易自己編定的，而且是他在世七十五年間幾經修訂的。可以說，他的詩文集成書過程，就是他的文學思想的一種體現。〔註5〕

　　白居易生前已將自己生平所喜愛的詩文編輯成冊，並留記序。眾所周知，白氏長慶集》為白居易代表作品集，是其知己元稹主動為之編成的詩集，初為五十卷，元稹為序；而後白居易親自續編二十卷、自為序；又續後集五卷，始有七十五卷（今存七十一卷）。

　　長慶四年，白居易五十三歲，除太子左庶子，分司東都。元稹為編《白氏長慶集》五十卷，并作序云：

> 《白氏長慶集》者，太原人白居易之所作。居易，字樂天。……
> 長慶四年，樂天自杭州刺史以右庶子詔還，予時刺會稽，因得盡徵
> 其文，手自排纘，成五十卷，凡二千一百九十一首。前輩多以前集、
> 中集為名，予以為陛下明年當改元，長慶訖於是，因號曰《白氏長
> 慶集》。〔註6〕

大和二年（828 年），白居易五十七歲，繼元稹為其所編之《白氏長慶集》五十卷後，續編二十卷、《後集》五卷，自為序云：

> 白氏前著《長慶集》五十卷，元微之為序。後集二十卷，自為
> 序；今又續後集五卷，自為記：前後七十五卷，詩筆大小凡三千八
> 百四十首。集有五本：一本在廬山東林寺經藏院，（太和九年夏勒成
> 六十卷合二千九百六十四首有記），一本蘇州南禪寺經藏內，（開成

---

〔註4〕　本稿以四部叢刊初編所收那波道圓翻宋本《白氏長慶集》為底本，并隨時參照諸本。引用白居易作品的編號系日本花房英樹：《白氏文集的批判的研究》。

〔註5〕　〔日〕靜永健：〈白居易詩集四分類試論—關於閒適詩和感傷詩的成立〉《唐代文學研究・第五期》（桂林：廣西師範大學出版社，1994 年 10 月第一版），頁 454～467。

〔註6〕　楊軍：《元稹集編年箋注・散文卷》（西安：三秦出版社，2008 年 12 月），頁 922～924。

四年二月二日爲六十七卷凡三千四百八十七首有記），一本在東都聖
善寺鉢塔院律庫樓，（開成元年爲六十五卷凡三千二百五十首有
記），一本付姪龜郎，一本付外孫談閣童。各藏於家傳於後。其日本、
新羅諸國及兩京人家傳篇者，不在此記。又有《元白唱和因繼集》
共十七卷，《劉白唱和集》五卷，《洛下遊賞宴集》十卷，其文盡在
大集內錄出，別行於時。若集內無而假名流傳者，皆謬爲耳。會昌
五年夏五月一日，樂天重記。〔註7〕

由上述引文此可知，白居易將其所編詩文集之過程，分成三階段整理；總計
《長慶集》五十卷〔註8〕，後二十卷、續後集五卷，最後定本爲七十五卷。然
其詩文集有五本，分別置於廬山東林寺、蘇州南禪寺、東都聖善寺；一本付
姪龜郎、一本付外孫談閣童，分別藏於五處不同的地方。

　　白居易生前已將自己生平所喜愛的詩文編輯成冊，並留記序，自述生前
友人及自編輯《白氏長慶集》七十五卷之經過。從最初詩集十五卷開始，至
最後定本《白氏長慶集》七十五卷本，是自元和十年（西元 815 年）至會昌
五年（西元 848 年），經過三十餘年之歷程，始竟全功。《白氏長慶集》不僅
是白居易活到七十五歲的文人自我表現，同時也是當時社會、百姓生活寫實
與紀錄。藉由白居易著作，除了解白居易其人其事外，更能深入認識中唐的
歷史。

## 附：白居易年譜與古文創作簡表

表 2-1：

| 紀年 | 西曆年 | 年齡 | 事蹟摘要與古文創作 | 備註 |
|---|---|---|---|---|
| 代宗大曆七年 | 772 | 1 | 居易正月二十一日生於鄭州新鄭縣東郭宅。時父季庚四十四歲，母陳氏十八歲。公生六、七月時便默識「之」、「無」二字 | 元結卒。劉禹錫、崔群生。 |

〔註7〕　白居易：《白香山詩集》（臺北：世界書局，1979 年 6 月），頁 3～4。又見《白
　　　　居易集・外集卷下・文》，頁 1552～1553。
〔註8〕　楊軍：《元稹集編年箋注・散文卷》（西安：三秦出版社，2008 年 12 月 1 版），
　　　　「長慶四年樂天自杭州刺史以右庶子詔還，予時刺會稽。因得盡徵其文，手
　　　　自排續，成五十卷，凡二千一百九十一首。前輩多以前集中集爲名，予以爲
　　　　皇帝明年當改元，長慶訖於是矣，因號曰白氏長慶集。」，頁 3。

| 八年癸丑 | 773 | 2 | | 柳宗元生。 |
|---|---|---|---|---|
| 十四年己未 | 779 | 8 | | 元稹、牛僧孺生 |
| 德宗建中 | 780 | 9 | 暗識聲韻，父授徐州彭城令 | 始實行兩稅法 |
| 三年壬戌 | 782 | 11 | 兩河用兵避難越中徐州 | 朱滔、田悅、李希烈稱王號。 |
| 四年癸亥 | 783 | 12 | 至越州 | 涇原兵亂，德宗幸奉天。朱泚自稱皇帝。 |
| 貞元丁卯 | 787 | 16 | 始至（或曰江南）長安謁顧況。作「賦得古原草送別」、「除夜寄弟妹」詩。 | 李德裕生。 |
| 四年戊辰 | 788 | 17 | 作「王昭君」二首 | 賈島生。 |
| 五年己巳 | 789 | 18 | 在京師見中和節頌。作「病中作」詩 | 裴度進士及第。董晉爲宰相。 |
| 六年庚午 | 790 | 19 | | 李賀生 |
| 七年辛未 | 791 | 20 | 至徐州符離。「醉中走筆贈劉五主簿」云：是時相遇在符離，我年二十君三十。 | |
| 八年壬申 | 792 | 21 | 弟金剛奴（幼美）死。 | 韓愈進士及第。 |
| 九年癸酉 | 793 | 22 | | 柳宗元、劉禹錫進士及第。元稹十五歲明經及第。陸贄爲宰相。始課茶稅。董晉相。 |
| 十年甲戌 | 794 | 23 | 在襄陽。父季庚卒於襄陽別駕官舍，年六十六。長兄幼文在浮梁。 | |
| 十五年己卯 | 799 | 28 29 | 宣州鄉試以「試射中正鵠賦」「窗中列遠岫詩」（38 卷）及第，由太守崔衍薦於朝。<br>傷遠行賦（38 卷）<br>祭城北門文（40 卷）<br>哀二良文（40 卷）<br>與陳給事書（44 卷）<br>中和節頌（46 卷）<br>箴言并序（46 卷）<br>晉諡恭世子議（46 卷） | 張籍進士及第。諸路軍進討吳少誠。 |

| | | | 漢將李陵論（46卷）<br>禮部試策五道（47卷） | |
|---|---|---|---|---|
| 十六年庚辰 | 800 | 29 | 高郢主試進士以「省試性習相遠近賦、玉水記方流詩」（38卷），第四名及第。<br>求玄珠賦（38卷）<br>漢高皇帝斬白蛇賦（38卷） | 戴叔倫進士及第。 |
| 十七年辛巳 | 801 | 30 | 在徐州符離。<br>動靜交相養賦并序（38卷）<br>祭符離六兄文（40卷）<br>祭烏江十五兄文（40卷） | 柳宗元爲藍田尉。 |
| 十八年壬午 | 802 | 31 | 鄭珣瑜領選部，居易試「書判拔萃」科入等授校書郎。作「百道判」（66～67卷）有101篇。 | 韓愈爲四門學士。 |
| 十九年癸未 | 803 | 32 | 授校書郎。假居長安常樂里。<br>養竹記（4卷3）<br>許昌縣令新廳壁記（43卷）<br>記畫（43卷） | 杜牧生。元微之試判拔萃科及第。劉禹錫爲監察御史。 |
| 二十年甲申 | 804 | 33 | 移家秦中，卜居渭上。<br>泛渭賦（38卷）。<br>八漸偈（39卷） | 武元衡爲御史中丞。 |
| 順宗永貞元年乙酉 | 805 | 34 | 爲校書郎。與元稹交遊。<br>唐楊州倉曹參軍王府君墓誌銘（42卷）<br>爲人上宰相書一首（44卷） | 牛僧孺進士及第。正月德宗崩，順宗即位。鄭餘慶爲宰相。八月改元永貞。順宗讓位與憲宗，自爲太上皇。「永貞革新」失敗，柳宗元貶永州司馬。劉禹錫貶朗州司馬。 |
| 憲宗元和元年丙戌 | 806 | 35 | 與元稹居華陽觀，閉戶累月，揣摩時事，成《策林》（有62、63、63、65等四卷）有七十五篇。才識兼茂明於體用科及第。除盩厔縣尉。<br>鄒虞畫贊并序（39卷） | 元微之爲左捨遺。李紳進士及第。正月順宗崩。鄭餘慶罷相。 |

| | | | 繡觀音菩薩像贊（39 卷）<br>畫水月菩薩贊（39 卷）<br>才識兼茂明於體用科策一道<br>（47 卷） | |
|---|---|---|---|---|
| 二年丁亥 | 807 | 36 | 爲集賢校理。十一月授翰林學士。<br>奉勅作「試策制誥」（47 卷）凡 16 篇。<br>故滁州刺史贈刑部尙書滎陽鄭公墓誌序（42 卷）<br>唐河南元府君夫人滎陽鄭氏墓誌銘（42 卷）<br>進士策問五道（47 卷）<br>奉勅制書詔批答詩五首（47 卷） | 白行簡進士及第。武元衡、李吉甫爲相。 |
| 三年戊子 | 808 | 37<br><br><br>39 | 爲制策考官。除左拾遺，上疏論王鍔賂謀宰相。<br>翰林制詔（有 54、55、56、57 等四卷）共 200 篇。<br>有「奏狀」之作（有 58、59 等二卷）凡 35 篇。<br>祭楊夫人文（40 卷）<br>初授拾遺獻書（58 卷） | 韓愈爲國子博士。四月制舉牛僧孺、皇甫湜、李宗閔並登第三等，宰相李吉甫惡其切直訴於上，翰林學士王涯等人坐親累，貶虢州，王鍔入朝。 |
| 四年己丑 | 809 | 38 | 時因久旱，將降德音，公欲令實惠及人，上陳五事，上皆從之。<br>大唐故賢妃京兆韋氏墓誌銘并序（42 卷） | 韋叢卒。 |
| 五年庚寅 | 810 | 39 | 五月除京兆府戶曹參軍。金鑾子死。<br>公上疏〈論元稹第三狀〉（卷 59）有奏狀 34 篇<br>唐故會王墓誌銘并序（42 卷） | 元微之貶江陵士曹。權德與爲宰相。 |
| 六年辛卯 | 811 | 40 | 四月，母陳氏卒，年五十七。退居渭上。 | 李吉甫、李絳爲相。高郢卒。 |
| 七年壬辰 | 812 | 41 | 在渭村。 | 李漢進士及第。夏大旱。魏博軍亂。 |

| 八年癸巳 | 813 | 42 | 在渭村。<br>祭小弟文（42 卷）<br>唐故坊州鄜城縣尉陳府君夫人白氏墓誌銘并序（42 卷）<br>唐太原白氏之殤墓（4 卷）<br>記異（43 卷） | 李商隱生、武元衡爲相。 |
|---|---|---|---|---|
| 九年甲午 | 814 | 43 | 冬，召至長安授太子左贊善大夫。 | 孟郊卒。元微之移通州司馬。李吉甫卒。 |
| 十年乙未 | 815 | 44 | 在長安，居昭里。爲太子左贊善大夫。六月，居易上因宰相武元衡被刺，上疏請捕賊。八月以越權之罪貶江州司馬。自編詩集十五卷，凡八百首。與元積書，暢論詩歌應以揭露民生疾苦爲主旨。<br>自誨（39 卷）<br>自補逸書（46 卷）<br>與元九書（45 卷） | 柳宗元貶柳州刺史。劉禹錫轉連州刺史。正月吳元濟反，五月遣御史中丞裴度宣慰淮西行營。六月盜殺宰相武元衡，裴度傷首。裴度爲同平章事。 |
| 十一年丙申 | 816 | 45 | 貶江州司馬。<br>與楊虞卿書（44 卷）<br>答戶部崔侍郎（45 卷） | 李賀卒二十七歲。韓愈爲中書舍人。李逢吉、王涯爲相。 |
| 十二年丁酉 | 817 | 46 | 在江州。於廬山香鑪峰下築草堂。<br>祭浮梁大兄文（40 卷）<br>祭匡山文（40 卷）<br>祭廬山文（40 卷）<br>唐江州興果寺律大德湊公塔碣銘并序（41 卷）<br>代書（43 卷）<br>草堂記（43 卷）<br>遊大林寺序（43 卷）<br>與元微之書（43 卷） | 韓愈爲刑部侍郎，作「平淮西碑」。七月以裴度爲淮西宣慰招討使。十月李朔夜襲蔡州擒吳元濟遂送京師。十一月賜裴度爵晉公。崔羣爲相，李逢吉罷相。 |
| 十三年戊戌 | 818 | 47 | 十二月除忠州刺史。<br>三謠并序（蟠木、素屏、朱藤謠）（39 卷） | 權德輿卒。王涯罷相。李夷簡、皇甫鎛、程异爲相。 |

| | | | | |
|---|---|---|---|---|
| 十四年己亥 | 819 | 48 | 三月赴忠州刺史任。弟白行簡隨行，不期而遇元稹，同遊黃牛峽口石洞中，置酒三日而別，並作「三遊洞序」。<br>傳法堂碑（41 卷）<br>三遊洞序（43 卷）<br>東林寺經藏西廊記（43 卷） | 柳宗元卒，四十七歲。韓愈作「諫迎佛骨表」貶潮州刺史。李師道被殺。崔羣罷相，令狐楚爲相。 |
| 十五年庚子 | 820 | 49 | 自忠州召還，拜尚書司門員外郎，轉主客司郎中，知制誥。<br>作「制誥文」（48、49、50 卷舊體凡 85 篇。<br>續虞人箴（39）<br>荔枝圖序（45） | 元微之爲祠部郎中，知制誥。憲宗暴崩。閏月穆宗即位。 |
| 穆宗長慶元年辛丑 | 821 | 50 | 加朝古大夫，始著緋。又轉上柱國，除中書舍人，知制誥。住長安新昌里。<br>四月，錢徽十四人及第，李宗閔婿汝士皆及第，李德裕、元稹與李宗閔有隙因同李紳言於上，以爲不公，詔居易、王起重試，自是德裕、宗閔各朋黨，相傾軋垂四十年。<br>有「詔文之作」（51、52、53卷新體）凡 148 篇。<br>有「奏狀」之作（60、61卷）凡 24 篇。<br>畫鵰贊并序（39 卷）<br>祭李侍郎文（40 卷）<br>有唐善人墓碑（41 卷）<br>送侯權秀才序（43 卷） | 元微之爲工部侍郎。裴度爲鎭州行營都招討。李建卒。太和公主嫁回紇。李宗閔、李德裕黨爭。 |
| 二年壬寅 | 822 | 51 | 國是日荒，賞罰失宜，河溯再亂，公連疏言軍事及時政，皆不見用，居易自請外任。七月，除杭州刺史。十月至杭州。<br>續座右銘并序（39 卷）<br>貘屛贊并序（39 卷） | 二月元微之爲相，四月罷相爲同州刺史，李逢吉爲相。六月韓愈爲吏部侍郎。 |

| | | | 無可奈何（39卷）<br>繡阿彌陀佛贊并序（39卷）<br>唐故通議大夫和州刺史吳郡張公神并序（41卷）<br>唐贈尚書工部侍郎吳郡張公神道碑銘并序（41卷） | |
|---|---|---|---|---|
| 三年癸卯 | 823 | 52 | 在杭州任刺史。<br>雞距筆賦（38卷）<br>黑龍飲渭賦（38卷）<br>敢諫鼓賦（38卷）<br>君子不器賦（38卷）<br>賦賦（38卷）<br>大巧若拙賦（38）<br>祈皋亭神文（40卷）<br>禱仇王神文（40卷）<br>祭龍文（40卷）<br>冷泉亭記（43卷）<br>與濟法師書（45卷） | 十月元微之轉越州刺史。牛僧孺為相。裴度為山南東道節度使。 |
| 四年甲辰 | 824 | 53 | 杭州刺史任期滿，除太子左庶子分司東都洛陽。在杭州築堤捍湖、濬李泌六井。元稹所編「白氏長慶集」五十卷成。<br>祭浙江文（40卷）<br>與濟法師書（45卷） | 韓愈卒，五十七歲。李紳貶端州刺史。正月，穆宗崩，敬宗即位。 |
| 敬宗寶歷元年乙巳 | 825 | 54 | 三月，除蘇州刺史。五月赴任。<br>故京兆元少尹文集序（68卷）<br>如信大師功德幢記（68卷）<br>吳郡詩石記（68卷）<br>蘇州刺史謝上表（68卷）<br>故饒州刺史吳府君神道碑銘并序（69卷） | 正月牛僧孺罷相，為武昌節度史。以李絳為太子少師分司東都。 |
| 二年丙午 | 826 | 55 | 在蘇州刺史任。二月，落馬傷足，臥三旬。五月末，又眼病肺傷，請百日長假，九月初，假滿，以病免官，歸洛陽。作「自詠」、「百日假 | 白行簡卒。劉禹錫為和州刺史。十二月，宦官劉克明弒帝立絳王悟，王守澄討劉克明，殺悟 |

| | | | 滿」、「喜罷郡」、「答白太守行」等創作。<br>華嚴經社石記（68卷）<br>吳興靈鶴贊（68卷） | 立江王涵。韋處厚爲平章事。 |
|---|---|---|---|---|
| 文宗太和元年丁未 | 827 | 56 | 三月徵拜祕書監祕賜金紫。楊州與劉禹錫相遇偕伴回洛陽。十月麟德殿與義門沙門、道士楊弘元講「三教論衡」（68卷）。<br>海州刺史裴君夫人李氏墓誌銘（68卷） | 六月，王播爲平章事。 |
| 二年戊申 | 828 | 57 | 正月，除刑部侍郎。<br>因繼集重序（69卷）<br>祭郎中弟文（69卷）<br>酒功頌（70卷）<br>繡西方幀讚并序（70卷）<br>白居易自編續後「白氏長慶集」二十、五卷 | 元微之爲尚書左丞。劉禹錫爲主客郎。 |
| 三年己酉 | 829 | 58 | 春，牛李黨起，公稱病免官，以太子賓客分司東都洛陽，定居洛陽履道里，自此不復出矣。<br>劉白唱和集解（69卷）<br>蘇州重玄寺法華院石壁經碑文（69卷）<br>池上篇并序（69卷）<br>祭中書韋相公文（69卷） | 七月，李宗閔爲相。牛李黨爭起。 |
| 四年庚戌 | 830 | 59 | 十二月，除河南尹。<br>祭李司徒文（69卷） | 牛僧孺爲相。李宗閔、李德裕相爭。 |
| 五年辛亥 | 831 | 60 | 愛子阿崔死。<br>祭微之文（69卷）<br>唐故湖州長城縣令贈戶部侍郎博陵崔府君神道碑銘并序（69） | 元微之卒於武昌，年五十三。劉禹錫爲蘇州刺史。 |
| 六年壬子 | 832 | 61 | 在洛陽，爲河南尹。七月，元稹葬於咸陽。結交香山寺僧，稱香山居士。<br>與劉蘇州書（68卷） | 崔群卒，六十一歲。牛僧孺罷相，十二月爲揚州大都督府長史。 |

| | | | | |
|---|---|---|---|---|
| | | | 沃州山禪院記（68 卷）<br>修香山寺記（68 卷）<br>薦李晏韋楚狀（68 卷）<br>唐故武昌軍節度處置等使正議大夫檢校戶部尚書鄂州刺史兼御史大夫賜紫金魚袋贈尚書右僕射河南元公墓誌銘并序（70 卷）<br>祭崔相公文（70 卷）<br>伊闕山平泉處士韋楚（68 卷） | |
| 七年癸丑 | 833 | 62 | 四月，以病免，河南尹任期滿，再授賓客分司東都洛陽。 | 崔玄亮卒。劉禹錫為蘇州刺史。二月李德裕為相。四月李宗閔罷相。 |
| 八年甲寅 | 834 | 63 | 大唐泗州開元寺臨壇律德徐泗濠三州僧正明遠大師塔碑銘并序<br>（69 卷）<br>唐故溧水縣令太原白府君墓誌銘并序（70 卷）<br>畫彌勒上生幀讚并序（70 卷）<br>序洛詩（70 卷）<br>白氏長慶集後序（外集卷下） | 十月李宗閔為相。李德裕罷相為山南東道節度使。 |
| 九年乙卯 | 835 | 64 | 自編《白氏文集》六十卷，計詩文二千九百六十四篇。一本納廬山東林寺。「甘露變起」，公有感而以寓言方式賦詩。<br>東林寺白氏文集記（70 卷）<br>唐故虢州刺史贈禮部尚書崔公墓誌銘（70 卷）<br>磐石銘并序（70 卷）<br>祭崔常侍文（70 卷） | 十月加裴度中書令。十一月李訓、舒元輿、鄭注等謀誅宦官不克，仇士良殺李訓、鄭注、元輿、王涯等「甘露事件」。鄭覃、李石同平章事。 |
| 開成元年丙辰 | 836 | 65 | 九月除同州刺史，辭。十月改授太子少傅分司洛陽，進封馮翊縣侯。編《文集》六十五卷，納洛陽聖善寺。 | 劉禹錫自汝州刺史移同州刺史，代白居易。令狐楚卒。李固為相。 |

| | | | 東都十律大德長聖善寺鉢塔院主智如和尚荼毗幢記（69卷）聖善寺白氏文集記（70卷）唐故銀青光祿大夫太子少保安定皇甫公墓誌銘并序（70卷）看題文集石記因成四韻以美之中古大夫守河南尹賜紫金魚袋李紳（70卷） | |
|---|---|---|---|---|
| 二年丁巳 | 837 | 66 | 唐故銀光青祿大夫秘書監曲江縣開國伯贈禮部尚書范陽張公墓誌銘并序（70卷）蘇州南禪院千佛堂轉輪經藏石記（70卷）齒落辭并序（70卷） | 司空圖生。國子監石經成。牛僧孺爲東都留守。 |
| 三年戊午 | 838 | 67 | 醉吟先生傳（70卷） | 劉禹錫爲太子賓客分司東都。楊嗣復、李珏爲相。 |
| 四年己未 | 839 | 68 | 十月，得風痺之疾，釋放聲妓、賣駱馬。編《文集》七十卷納蘇州千佛堂。多自爲醉吟先生墓誌銘并序（70卷）。蘇州南禪院白氏文集記（70卷）不能忘情吟并序（71卷） | 三月裴度卒，七十五歲。 |
| 五年庚申 | 840 | 69 | 九月增修改飾洛陽香山寺經藏。香山寺白氏洛中集記（71卷）唐東都奉國寺禪德大師照公塔銘并序（71卷）白蘋州五亭記（71卷）畫西方幀記（71卷）畫彌勒上生幀記（71）香山寺新修經藏堂記（71）唐東都奉國寺禪德大師照公塔并序（71卷） | 正月文宗崩。皇太弟殺陳王成美，遂即位。九月李德裕爲相。 |

| 武宗會昌元年辛酉 | 841 | 70 | 淮南節度使檢校尚書右僕射趙郡李公家廟碑銘并序（71卷）<br>六讚偈并序（71） | 三月貶楊嗣爲潮州刺史、李珏爲韶州刺史。 |
|---|---|---|---|---|
| 二年壬戌 | 842 | 71 | 辭太子少傅，以刑部尚書致仕，以白衣居士自稱。<br>佛光和尚眞讚（71） | 劉禹錫卒，七十一歲。李紳爲相。白敏中爲翰林學士。牛僧孺爲太子少保。 |
| 三年癸亥 | 843 | 72 | | 賈島卒，五十歲。 |
| 四年甲子 | 844 | 73 | 作「開龍門八節石灘」賦詩爲記。 | 貶牛僧孺循州長史，李宗閔流封州。 |
| 五年乙丑 | 845 | 74 | 三月於洛中爲七老會，夏又合如滿僧李元爽爲九老圖。《白氏文集》七十五卷完成。 | 禁道教以外之宗教。 |
| 六年丙寅 | 846 | 75 | 八月，公卒，年七十五。宣宗以詩弔之，贈尚書右僕射。<br>醉吟先生墓誌銘并序（71卷） | 李紳卒。三月立光王忱爲皇太叔，帝崩。太叔即位，是爲宣宗。明年丁卯改元大中。李德裕罷相。白敏中爲相。 |

（本表整理自清代汪立名《白香山年譜》、大陸學者朱金城《白居易年譜》，臺北：文史哲出版社，1991年）及參考《白居易集》繪製而成。製表人：王偉忠）

綜觀本表可知，白居易的一生，處於代宗貞元至武宗會昌年間，無論是文學、政治等，史事的變化，皆與白居易有牽連。如文學上的韓、柳「古文運動」及元、白「新樂府運動」；政治上有王叔文等人的「永貞革新」；李紳、元稹與李逢吉的對立；李德裕與牛僧孺、李宗閔的「牛李黨爭」〔註9〕等。面

〔註9〕 載運、龔書鐸主編：《中國通史》（新北市：中經社出版，2005年2月）
「牛李黨爭開始——長慶三年（西元803年），穆宗即位後下令牛僧孺提升爲宰相。本來，牛僧孺和李德裕都有出任宰相的希望。在這之前，李德裕被任命爲浙西觀察使已有8年時間。這次任命牛僧孺爲相。使牛李兩黨之間的矛盾進一步激化。縱觀穆宗、敬宗、文宗三朝，除了太和九年（西元835年）甘露之變前，兩黨被當時掌權的李訓、鄭注排斥出朝外，其他時間大體上是兩黨交替在朝執政。牛黨全是科舉，代表進士出身的官僚，新興的庶族地主；李黨代表北朝以來山東士族出身的官僚，對科舉不滿，主張改進，甚至一度建議取消進士科，這是沒落的門閥士族的要求。牛黨主張對割據的藩鎮姑息

對此向勢，白居易以中立不偏私，為其待人處事的原則，更以「吏隱」做為處世的態度，安居於洛陽長達十八年之久。李訓、鄭注等人的「甘露之變」，白居易避居他地，而逃過一劫；但白居易同情罹難者，而有諷刺詩文之創作，以明其志。

又，由此簡表可知，白居易文體之豐碩，非當代文士所能及。此緣白居易能不為環境、時間所限，堅持寫作，毅力堅定，從青年至年老，始終如一，固因個性使然，亦為人勤奮所至也。由表可知白居易古文不唯眾體齊備，且內容包羅萬象，血肉充實；形式不僅完美，而且能與內容統一，為內容服務。誠如元稹於《白氏長慶集・序》文所云：「大凡人之文各有所長，樂天之長，可為多矣。……賦、贊、箴、戒之類長於當；碑、記、敘事、制詔長於實；啟、奏、表、狀長於直；書、檄、詞、策、剖判長於盡。總而言之，不亦多乎哉！」

## 第三節　古文理論

本節是針對白居易古文理論的探討，參考資有謝思煒《白居易集綜論》、羅根澤《中國文學批評史》、胡適《白話文學史》等書。白居易的詩歌理論，以《詩經》六義為基礎，提出「補察時政」、「諷諭為主」；同時創作〈新樂府〉、〈秦中吟〉、〈賀雨〉等諷諭詩，在當時極為轟動，因而遭權貴、執政者不悅，而後有江州司馬之貶謫。其實白居易古文之創作，深受其詩歌寫作之影響，以「補察時政，洩導人情」、「救濟人病，裨補時闕」作為創作古文之理論。因此，白居易古文之寫作，雖無韓、柳以「文以貫道」、「文以明道」的確立，然以詩歌理論，作為他創作古文的依據，在他的古文集中，隨處可見。如「文以禮樂」、「文章盛衰為興亡理亂之本」、「文藻與儒道合」、「文學致用與教化」、「詩文反映民生」等主張，即是他古文創作的理論依據。於是後人即準此，評論元、白文與韓、柳文之不同。

韓、柳之古文之所以為宋人所接受並光大，實因「明道」、「崇儒」、以「儒教為傳統」使然。元、白文於元和、長慶年間，以「實用文」（即今日所稱應用文）為主，著力「詔誥、奏狀、策問、判、律賦」等官方文體，為他們寫作的目標，此與他們任翰林學士與中書舍人的要職有關。元和年間，元、白

---

妥協，反對用兵；李黨則力主削藩伐判強化中央集權。」，頁228。

「實用文」因屬使用性文體，為當時士子、士人所爭相學習、模仿，也對後世文人在古文的寫作上產生了深刻的影響。

白居易與元稹都是有意作文學改革新運動的人：元、白根本主張，翻成現代的術語，可說是「為人生而創作！」文學是救濟社會，改善人生的利器；即便不能「補察時政」，至少也要能「洩導人情」；凡不能這樣的，都是「不過嘲風雪，弄花草而已」（卷 45〈與元九書〉）。白居易在江州時，作長書與元稹論詩，元稹在通州也有「敘詩」（《元稹集》卷 30〈敘詩寄樂天書〉）寄白居易。這兩篇文章在文學史上要算是重要的宣言與主張。〔註10〕

白居易與元稹是志同道合的好友，文學觀十分相似，一起倡導「新樂府」運動。元和五年，元稹得罪權貴，從監察御史降為江陵士曹參軍。元和十年（西元 815 年）（而後再遷移通州等地），白居易因上書觸犯權貴，貶為江州司馬。白居易十多年宦海沉浮，卻落得做了一位有職無權的閒官，內心自是憂憤交集。〈與元九書〉中總結「新樂府運動」的理論與實踐，闡發了自己關於詩歌創作的觀點與文學主張。同時明確提出其見解，今就以《白居易文集》中，有關古文理論提出探討與說明：

## 一、文章合為時而著

「文章合為時而著，歌詩合為事而作」，為白居易於詩歌理論上的特殊建樹，也是其古文寫作的依據。結合時事，為現實、政治服務、而做起「補察時政，洩導人情」之功能，也是古文創作，最主要的任務之一；亦即要做到「反映生民疾苦」與「傷民病痛」。如《策林》第二十〈平百貨之價〉言：「故古穀以收之，則下無廢財棄物也。歛古得其節，輕重便於時，則百貨自平，四人之利咸遂；雖有聖智，未有易此而能理者也。」〈論和糴狀〉為百姓的和糴之弊提出見言；〈奏請加德音中節目二件〉第一目言：「緣今時旱，請更減放江淮旱捐州縣百姓，今年租稅」；〈奏閿鄉縣禁囚狀〉所云：「有囚十數人，並積年禁繫，其妻兒皆乞於道路，以供獄糧。」又，〈論姚文秀打殺妻狀〉云：「姚文秀殺妻，罪在十惡；若宥免，是長兇愚。」凡此等篇章，即是以民生為主，也是他古文的主要內容。

此種主張客觀上使文學更接近百姓、更能反映人民的生活疾苦，無疑提高了古文的地位，成了為百姓反映社會的工具。如：〈百道判〉一百〇一篇，

〔註10〕胡適：《白話文學史》（臺北：遠流出版社，1986 年 6 月），頁 182。

即是為政治、農民、軍事、教育、家庭、禮樂、品德等而作。如:〈得景妻有喪。景於妻側奏樂,妻責之,不伏。〉,即是為婦女家庭而作。此外《策林》七十五篇,是白居易反映民本主義思想與其為政之道;無論是君道、治道,皆以反映民生為其創作的源泉。其次是〈奏狀〉的寫作。如〈論姚文秀打殺妻狀〉、〈論和糴狀〉、〈請東放宮人〉、〈奏閿鄉縣囚狀〉等,皆是白居易為百姓向執政者提出要求與說明,真實發揮為民、為時而作的文章功能;同時向執政者告知社會現況,也是白居易對君王諫言的主要根據。

白居易的古文寫作中,偶爾有其寫作理論的呈現。如《策林·六十八議文章》文中明顯表達文章創作的主要觀點:批評當時的文章流弊。所謂:「書事者罕聞於直筆,褒美者多觀其虛辭。今欲去偽抑淫,芟蕪剷穢;黜華於枝葉,反實於根源:引而救之,其道安在?」(卷65,頁1368~1369),指斥文風之浮蕩不實,缺乏敢於針砭時弊的「直筆」。因而提出「欲去偽抑淫,芟蕪剷穢;黜華於枝葉,反實於根源」的主張,要求文章創作應去除華而不實的浮靡之詞與徒有其表的華麗形式,而將文章回歸「根源」。因此,白居易的主張是「臣謹按:《易》曰:『觀乎人文,以化成天下』,《記》曰:『文王以以理。』則文之大矣哉!」(卷65,頁1368~1369)其說即是以儒家思想為要義,承載「倡雅頌、美教化、興王道」之政教功能。

白居易認為文章應有「上以紉王教,繫國風,下以存炯戒,通諷諭:故懲勸善惡之柄,執於文士褒貶之際焉;補察得失之端,操於詩人美刺之間焉。今褒貶之文無覈實,則懲勸之道缺矣;美刺之詩不稽政,則補察之義廢矣。」(卷65,頁1368~1369)白居易認為文章不如此,則是無用之文。由此可知,白居易為文的主張是以「致用」為主。

## 二、歌詩合為事而作

白居易認為文章應該為反映時代,詩歌應該為反映現實。白居易認為文學創作不僅被動地反映社會生活,應當與當前的政治鬥爭相聯繫,積極參與現實生活。白居易以為詩歌的創作不是於世無補之雕蟲小技,而是可以發揮「補察時政,洩導人情」、「救濟人病,裨補時闕」的功能與目的。白居易在〈策林·六十九採詩〉一文中明確指出:「以補察時政」為詩歌主要目的,他說:

> 大凡人之感於事,則必動於情;然後興於嗟嘆,發於吟詠,而

形於歌詩矣。故聞〈蓼蕭〉之詩，則知澤及四海也。聞〈禾黍〉之
詠，則知時和歲豐也。聞〈北風〉之言，則知威虐及人也。聞〈碩
鼠〉之刺，則知重斂於下也。聞『廣袖高髻』之謠，則知風俗之奢
蕩也。聞『誰其穫者婦與姑』之言，則知征役之廢業也。故國風之
盛衰，由斯而見也；王政之得失，由斯而聞也；人情之哀樂，由斯
而知也。然後君臣親覽而斟酌焉：政之廢者修之，闕者補之，人之
憂者樂之，勞者逸之。所謂善防川者，決之使導；善理人者，宣之
使言：故政有毫髮之善，下必知也；教有錙銖之失，上必聞也。則
上之誠明，何憂乎不下達？下之利病，何患乎不上知？上下交和，
內外胥悅。若此，而不臻至理，不致昇平，自開闢以來，未之聞也。
〔註11〕

白居易認爲詩歌是人感情的自然眞實流露，文中清楚指出設置採詩官可以察知
民情的哀樂、風俗的盛衰、政教的得失，從而達到君臣親覽、勞者逸之的效果。
在總結數千年詩歌創作經驗的基礎上，白居易提出了「文章爲時而著，歌詩合
爲事而作」的主張，要求詩文創作反映時代精神，反映社會生活。文中提出設
置採官可以察知民情的哀樂、風俗的盛衰、政教的得失，從而達到「上下交和，
內外胥悅」的至治，所以應設採官的制度。又於〈與元九書〉中云：

《國風》變爲《騷辭》，五言始於蘇、李。蘇、李、騷人，皆不
遇者，各繫其志，發而爲文。故「河梁」之句，止於傷別；「澤畔」
之吟，歸於怨思：彷徨抑鬱，不暇及他耳。然去《詩》未遠，梗概
尚存：故興離別，則引雙鳧一鴈爲喻；諷君子小人，則引香草惡鳥
爲比；雖義類不具，猶得風人之什二三焉。於時，六義始缺矣。晉、
宋已還，得者蓋寡。以康樂之奧博，多溺於山水；以淵明之高古，
偏放於田園。江、鮑之流，又狹於此。如梁鴻〈五噫〉之例者，百
無一二焉。於時、六義寖微矣。陵夷至於梁、陳間，率不過嘲風雪，
弄花草而已。噫！風雪花草之物，三百篇中，豈捨之乎？顧所用何
如耳。設如「北風其涼」，假風以刺威虐也。「雨雪霏霏」，「因雪」
以愍征役也。「棠棣之華」，感華以諷兄弟也。「采采芣苢」，美草以

---

〔註11〕 〔唐〕白居易撰，顧學頡點校：《白居易集》（新北市：漢京文化事業有限公
司，1984年3月），卷65，頁1370。按：爲省篇幅，以下引文，皆逕標卷、
頁於其後，不再一一附注。

樂有子也。皆興發於此而義歸於彼；反是者可乎哉？（卷45，頁961）
文中所論述詩歌發展的歷史與現狀，通感詩道的崩壞。對詩文之創作，白居
易是反對自我欣賞、陶醉於狹隘的自我情懷之中，脫離了現實主義的創作方
向。白居易文中所言的「時」、「事」，指詩文內涵而言；所反映的事件，則是
以國家與人民為對象。白居易關心國家的命運，同情人民的疾苦，表現出匡
時救弊的高度熱情。如〈賀雨〉、〈秦中吟〉等詩之創作，即是緊密當時的政
治鬥爭與現實生活，揭露社會矛盾而創作的。

　　白居易在「補察時政」與「洩導人情」之主張，可在文集中得知，如〈與
元九書〉云：「聖人感人心而天下和平。感人心者，莫先乎情，莫使乎言，莫
切乎聲，莫深乎義。」〈策林・六十八・議文章〉提及「臣伏思之，恐非先王
文理化成之教也。且古之為文者，上以紉王教，繫國風，下以存炯戒，通諷
諭；故懲勸善之柄，執於文士襃貶之際焉；補察得失之端，操於詩人美刺之
間焉。」

　　又於〈策林・六十九・採詩〉中倡言：「聖王酌人之言，補己之過，所以
立本，導化源也。將在乎選觀風之使，建採詩之官，俾乎歌詠之聲，諷刺之
興，日採於下，歲獻於上者也。所謂言之者無罪，聞之者足以自誡。」〈讀張
籍古樂府〉、〈寄唐生〉、〈秦中吟〉十首，〈新樂府〉五十首，以及任左拾遺時，
所上書的奏狀文等篇章，皆以儒家思想反映民生，為民喉舌，更是寫社會史
而創作。

　　大陸學者傅興林《白居易散文研究》云：「奏狀的思想價值：陳情感恩，
剖心明志；憂慮軍國，建言獻策；糾彈歪風，揭斥權貴；體恤人情，為民請
命；密陳面奏，直諫救失。」此乃白居易為文的目的。所謂「體恤人情，為
民請命」，即是白居易「文章合為時而著」的主要依據。

　　白居易之所以成為社會詩人與社會詩論家，在於他總是以《詩經》為其
創作的依據，並以「上以補察時政，下以洩導人情」為其文學主張，而以「洩
導人情」為其作詩的路向；「補察時政」是對當權者的施政方針而言，同時也
是其寫作文章的原動力。當權的人如何看到詩人的詩歌，白居易以為惟有恢
復古代的採詩制度，方有善政可言。〔註12〕

　　由此可知白居易以《詩經》創作諷諭詩，無形中也影響了他古文的寫作，

---

〔註12〕羅根澤：《隋唐文學批評史》（臺北：商務印書館，1966年8月1版），頁118
　　　～123。

直陳時事如他的「奏狀章表」的寫作即是反映現實的百姓生活。又其貶官之後的「記序書銘」之作，也是以寫意寫人生而作，產生了廣泛而深遠的社會影響。與他的淺俗淺易的詩風相立，是韓愈為代表的險怪奇崛詩、文風格不同，也是中唐兩個主要詩派、文風和創作的兩大羣體。

## 三、文學致用與教化

白居易詩歌中的文學主張與古文中的文學理論，實可以互相印證，同時也可印證文學以「致用」的主張。白居易主張學習古代採詩制度，通過收集民間詩歌，訪知民間疾苦。如其於〈采詩官〉所云：「采詩官，采詩聽買人言。言者無罪聞者誡，下流上通上下泰……君耳唯聞堂上言，君眼不見門前事，貪吏害民無所忌，奸臣蔽君無所畏。君不見：厲王胡亥之末年，羣臣有利君無利？君兮君兮願聽此：欲開壅弊達人情，先向歌詩求諷刺。」（卷4，頁90）這是〈新樂府〉詩組的最後一首，是一首總結歷代王朝滅亡原因的諷刺詩。指出歷代不置采詩官的結果是民情不達，奸臣蔽君，表達借詩來傳達民情、補察時政的政治理想。

白居易以為欲知政令之得失，收集民間詩歌是最佳選擇，藉此也以得知百姓的心聲，此乃一舉兩得之事，何樂而不為？又《策林・十王澤流人心感》云：「夫欲使王澤旁流，人心大感，則在陛下恕己及物而已。夫恕己及物者無他，以心度心，以身觀身，推其所為以及天下者也。……念其憚勞，則土木之役輕矣。念其惡貧，則服御之費損矣。念其凍餒，則布帛禾麥之稅輕矣。念其怨曠，則妓樂嬪嬙之數省矣。推而廣之，念一知十。……」（卷62，頁1297），此為白居易對人民生活疾苦之同情，而提出自己的觀點；又《策林・二十五立制度》的主張以「立制度，節財用，均貧富，禁兼并，止盜賊，起廉讓」（卷63，頁1320～1321）為施政的目標，提出減少人民負擔之具體措施。

其次，《策林・六十八議文章》云：「臣伏思之，恐非先王文理化成之教也。且古之為文者，上以紉王教，繫國風；下以存炯戒，通諷諭。故懲勸善惡之柄，執於文士褒貶之際焉」卷65，頁1368～1369）；上述引文與〈采詩官〉詩中所言的主張相近：「若求興諭規刺言，萬句千章無一字。不是章句無規刺，漸及朝廷絕諷議。諍臣杜口為冗員，諫鼓高懸作虛器。」此為反映百姓之苦而作，詩中鮮明地將白居易「補察時政」的主張，清楚的給說出來。由

此可知，白居易詩文的創作，頗有異曲同工之妙，具有教化之功能。

白居易極重視文學的「致用」，對社會教化之功能與意義，故於《策林‧七十二使臣盡忠，人愛上》在乎明報施之道，文中提出：「君愛人如赤子，則人愛君如父母。君視人如土芥，則人視君如寇仇。」（卷 65，頁 1374）呼應〈新製布裘〉詩所云：「桂布白似雪，吳綿軟於雲，布重綿且厚，爲裘有餘溫。朝擁坐至暮，夜覆眠達晨。……丈夫貴兼濟，豈獨善一身？安得萬里裘，蓋裹周四垠。穩暖皆如我，天下無寒人。」（卷 1，頁 24）此與杜甫〈茅屋爲秋風所破歌〉的精神相同，可知白居易是一位有博愛襟懷，人道主義的對人。

其次，在他的諷諭詩卷一〈慈烏夜啼〉云：「昔有吳起者，母歿喪不臨」、〈燕詩示劉叟〉詩云：「思爾爲鶵日，高飛背母時；當時父母念，今日爾應知」（卷 1，頁 19）即是對劉叟背棄父母不顧，而作詩譏諷。二詩所言即是「孝親」之意，具有教化的功能。大陸學者傅興林《白居易古文研究》論及《策林》的精神特質云：「以民爲本的儒家情懷，與有犯無隱的批評精神；在思想方面則有：矜民恤情之核、禮樂文教之功。」由上述可知，白居易文學理論，具有非常進步的思想與理念。

白居易於〈性習相遠近賦〉云：「勿謂習之近，徇跡而相背重阻；勿謂性之遠，反真而相去幾許。亦猶一源派別，隨混澄而或濁或清；一氣脈分，任吹煦而爲寒爲暑。是以君子稽古於時習之初，辯惑於成性之所。……故得之則至性大同，若水濟水也；失之則眾心不等，猶面如面焉。誠哉！性習之說，吾將以爲先。」（卷 38，頁 868），白居易明白指出「性習之說」之關鍵在於「教」，此乃強調後天教化的致用功能。又，於〈君子不器賦〉提及「審其時，有道而無道卷；慎其德，捨之藏而用之行。語其小，能立誠以修辭；論其大，能救物而濟時。以之理心，則一身獨善；以之從政，則庶績咸熙。既居家而必達，亦在邦而允釐。」（卷 38，頁 876），文中所言「順時」，即是順時而教化的致用功能。

又於〈射中正鵠賦〉云：「聖人弦木爲弧，剡本爲矢；唯弧矢之用也，中正鵠而巳矣。是謂武之經，禮之紀。故王者務以選諸侯，諸侯用而貢多士。將俾禮無秕稗，位有降殺；廣場闢而者牆開，射夫同而鐘鼓戒。有以致國用，終歲貢；使技癢者出於羣，藝成者推於眾。在乎矢不虛發，弓不再控，射、繹志也，信念茲而在茲。」（卷 38，頁 865～866，即以射箭想到合禮合樂、和容、和志，明確指出爲國所用的功能，此乃禮樂教化的重要性。

元稹〈白氏長慶集序〉云：「然而二十年間，禁省、觀寺、郵候牆壁之上無不書，王公妾婦、牛童馬走之口無不道。至於繕寫模勒，衒賣於市，或持之以交酒茗者，處處皆是。其甚者，有至於盜竊姓名，苟求自售，雜亂間廁，無可奈何」〔註13〕文中翔實敘述白居易詩歌創作和流傳情況。由此可知，白居易詩之創作是有其社會功用與教化功能，因此，為民眾所樂意接受而流傳。

## 四、文藻與儒道並行

白居易在為君王、宰相所撰寫制誥文中，也可見其創作之主張。如〈錢徽司封郎中知制誥制〉云：「中臺草奏，内庭掌文，西掖書命，皆難其人也。非慎行敏識，茂學懿文：四者兼之，則不在此選。祠部郎中、翰林學士錢徽：藹然儒風，粲然詞藻，縝密若玉，端直如弦。自參禁司，益播其美；貞方敬慎，久而彌彰。應對必見於據經，奏議多聞於削藁：迨今六載，其道如初。嘉其忠勤，宜有遷擢。」（卷55，頁1164），由誥文中可知，白居易對錢徽文有「藹然儒風，粲然詞藻」以及「應對必見於據經，奏議多聞於削藁」十分認同而肯定錢氏才識與文藻。又〈獨孤郁守本官知制誥制〉云：「考功員外郎、史館修撰獨孤郁：為人沈實，敏行寡言，粲然文藻，秀出於眾。累升諫列，再秉有筆；洎掌功論，率以直聞。求之周行，不可多得。而掖垣近職，綸閣重選；俯詢時議，爾宜居之。」（卷54，頁1138），此誥也稱讚獨孤郁有，「粲然文藻，秀出於眾」之才能。由此可知，白居易所謂文章之優者，必須具備「文藻」與「儒道」兩要件，方能勝任要職。又，〈元稹除中書舍人、翰林學士賜紫金魚袋制〉云：

> 勅：仲尼曰：「志有之：言以足志，文以足言，言之無文，行而不遠。」故吾精求雄文達識之士，掌密命，立内庭；甚難其人，爾中吾選。……而能芟繁詞，劖弊句，使吾文章言語，與三代同風。引之而成綸綍，垂之而為典訓。凡秉筆者，莫敢與汝爭能。是用命爾為中書舍人，以司詔令。嘗因暇日，前席與語，語及時政，甚開朕心。是用命爾為翰林學士，以補訪問。（卷50，頁1047～1048）

白居易以皇帝口吻，對元稹文章之評價是肯定而讚同的：「爾能芟繁詞，劖弊句，使吾文章言語，與三代同風。引之而成綸綍，垂之而為典訓。凡秉筆者，

---

〔註13〕元稹：《元稹集》（新北市：漢京文化事業有限公司，1983年10月），卷51，頁554～555。

莫敢與汝爭能。」足以證明，白居易對文章的社會功能是肯定的，而人才必須具備才識與文藻，同時要有儒家仁慈博愛的思想。對元稹能掃除駢文的柔靡，恢復古文的尚實作爲，也充分給予肯定。

由上引文可知，白居易「實用文」（應用文）之創作，是有其用意與目的；亦可知白居易古文創作，與對新樂府、詩歌所主張的社會功用是有互補的。白居易「奏狀、制誥」之作，被限制在朝廷內部，不易流傳於外，然就文體的應用而言的確有其影響。〈與元九書〉云：「僕當此日，擢在翰林，身是諫官，手請諫紙，啓奏之外，有可以救濟人病，裨補時闕，而難於指言者，輒詠歌之，欲稍稍遞進聞於上，上以廣宸聰，副憂勤；次以酬恩獎，塞言責；下以復吾平生之志。」（卷 45，頁 962），由此可知，此類文字的創作直接閱讀者是上層的統治者，所以白居易對於百姓的關注更多，通過詩歌與奏狀、零星篇章的古文創作，將百姓疾苦傳播並告知統治者。白居易的創作，在一定程度上，是爲「致用」而作的，也就是有目的而爲之，此種作爲是值得肯定與認同的。

白居易在〈故京兆元少尹文集序〉中，明白提出他對文章的見解：

> 天地間有粹靈氣焉，萬類皆得之，而人居多，就人中文人得之又居多。蓋是氣凝爲性，發爲志，古爲文。粹勝靈者，其文沖以恬。靈勝粹者，其文宣以秀。粹靈均者，其文蔚溫雅淵，疏朗麗則，撿不扼，達不放，古常而不鄙，新奇而不怪，吾友居敬之文，其殆庶幾乎？……長慶元年冬疾，彌留，將啓手足，無他語，與其子途云：「吾平生酷嗜詩，白樂天知我者，我殆，其遺文得樂天爲之序，無恨矣。」……嗚呼！居敬！若職業之恭慎，居處之莊潔，操行之貞端，襟靈之曠淡，骨肉之敦愛，丘園之安樂，山水風月之趣，琴酒嘯詠之態：與人久要，遇物多情：皆布在章句中，開卷而盡可知也。故不序。（卷 68，頁 1424～1425）

此序雖爲元宗簡而作，亦是白居易爲其古文創作藝術而發言。他以爲文章寫作，仍天地靈氣之抒發，文章的寫作應「簡潔而不淺陋爲要」、「放達而不輕佻」、「新穎而不怪兀」、「高古而不鄙俗」，方能達到「溫和」、「平淡」、「雅麗」蘊藉之美，此種風格，正是白居易晚年創作風格之體現。序中又言：「若職業之恭慎，居處之莊潔，操行之貞端，襟靈之曠淡，骨肉之敦愛，丘園之安樂，山水風月之趣，琴酒嘯詠之態：與人久要，遇物多情：皆布在章句中，開卷

而盡可知也。故不序」此段言論，與他爲自己所作〈醉吟先生墓誌銘〉中所云：「凡平生所慕所感所得所喪所經所逼所通，一事一物已上，布在文集中，開卷盡可知也，故不備書。」（卷 71，頁 1503～1504）道理相似，同時明白告知他文章的創作是有心、有目的，以「溫和」、「平淡」、「雅麗」爲文章的首要，這是白居易古文創作理論，儘有的一點線索。

此等零星的古文理論，可以印證白居易詩歌理論與古文理論是一致的。他如〈與元九書〉，或是「制誥」、「奏狀」、「序文」、「傳記」等文體，不時可見其古文理論，甚至賦中亦可見之。如〈賦賦〉一文就提出：「賦者，古詩之流也……全其名，則號之爲賦；雜用其體，亦不出乎詩。四始盡在，六義無遺。是謂藝文之儆策，述作之元龜。……況賦者，《雅》之列，《頌》之儔；可以潤色鴻業，可以發揮皇猷。客有自謂握靈蛇之珠者，豈可棄之而不收？」（卷 38，頁 877）所謂「不歌而誦」的賦體作爲一種文學的表現形式而言，它是古韻結合的文賦體的苗裔，其中古文部分重在敘事，韻的部分則重在鋪描，白居易所創作的賦文即有此特色。徐師曾《文體明辨》本名「文賦」，乃爲一種純然以古形式雜有韻語，而無限韻對偶規格之賦體，別於俳賦、律賦而言，一如文章中之古文別於駢文之稱。〔註 14〕

其次，是賦之作有，音韻諧和、對偶工整、形式精美的特質。白居易賦賦之作文末所提出的「四始盡在，六義無遺。是謂藝文之儆策，述作之元龜」、「可以潤色鴻業，可以發揮皇猷」將賦的功能、特色完全說出，同時肯定賦的作用，是可以發揮諷刺及關懷現實的社會，更重要的是能作賦也是一個人才華能力的表現。更何況賦還可以潤飾朝政，幫助君王出謀劃策呢？「我」善作賦，豈能「棄之而而收？」

綜上所述，白居易出身下級官吏家庭清貧。一生歷經代宗、德宗、順宗、憲宗、穆宗、敬宗、文宗、武宗八個皇帝，前後歷官四十餘年。白居易古文的創作雖無實際理論與口號，然在其零星的古文篇章中，仍可見其理論。如上述徵文中的〈故京兆元少尹文集序〉、〈元稹除中書舍人翰林學士賜紫金魚袋制〉、《策林·六十八議文章》、〈賦賦〉、〈與元九書〉等皆是其例。白居易更肯定賦的創作是有感而發，賦的創作必須顧及思想與內容，此與〈與元九書〉所言「文章合爲時而著，歌詩合爲事而作」、「救濟人病、裨補時闕」之主張是一致的。其次，就賦的題材、主題、思想和藝術技巧等而言，白居易

---

〔註 14〕李曰剛：《辭賦流變史》（臺北：文津出版社，1987 年 2 月），頁 205。

古文賦的創作，對後世古文賦的寫作起了極大的影響，如宋代文賦，在語言的平易化、白描手法的應用方面，就深受白居易古賦寫作的影響。尤其是日常生活與民生方面的反映，更豐富了賦的內容。同時與其〈新樂府詩序〉所言：「爲君、爲臣、爲民、爲物、爲事而作，不爲文而作」的創作宗旨是相同的。在賦體的創作上，白居易主張「立意爲先，能文爲主」注重文質相偕，具體反映白居易的文學思想的多面性，同時可與《風》、《騷》並存於世。

# 第三章　白居易古文寫作的淵源與思想

　　唐代經安史之亂的破壞，國力受損甚鉅，前後經九年始平亂。但唐室借外兵以平內亂，招致代宗時回紇、吐蕃的入寇。於是民生凋弊，社會制度遭到破壞。到了憲宗時，藩鎮的勢力總算削平，外患也漸次平息，中唐呈現中興的象氣。在文學藝術上，配合時代的潮流，要求道德的重整，社會秩序的恢復，於是在古文方面，有韓愈、柳宗元的古文運動；在詩歌方面，有李紳、白居易、元稹等的新樂府運動。他們針對時代的需要，提出儒道文學的理想，要求作品合乎寫實、諷諭的精神，以佐助教化，改革社會的風氣。他們一方面尋繹傳統文學的根源，另一方面展開新文學的枝葉，遂成中唐文學的新風氣、新面貌。

　　白居易的古文與他的詩一樣，大都平易流暢，不尚艱難。這是在韓、柳古文之外，別樹一幟，自有它可取之處。白居易古文在政治與儒家思想上是有一定的關係，這兩者之間，對於了解白居易古文的創作，具有重要的意義。而為文以意為主，所謂意者，即是思想內涵。蓋文章之事，貴在積理，理充則能闡幽造極，方能發揚光耀。本章參考施鳩堂《白居易研究》、楊宗瑩《白居易研究》、劉崇維《白居易評傳》、龔長春《白居易評傳》、《新譯白居易詩文選》、《陶淵明集》等書。準此，本章擬就白居易古文寫作的淵源與思想，進行探討，以明其古文內涵之所以然。

# 第一節 寫作的淵源

白居易爲文喜用儒家思想，將孔孟的詞語，應用於文句中。探其淵源，則有「祖述詩經」、「科舉考試」、「儒家思想」、「繼承陶潛」、「古文運動」、「貶謫解脫」六項，茲說明如次：

## 一、詩經精神

「詩」之溫柔教化，「文」之明做人處世、治學之道，汲取古聖先賢之智慧，建立正確價值觀，爲人不離本，此人格基模建構由是而建立的。白居易〈與元九書〉說他認爲詩歌應該「經之以六義」，反映政治的昌盛與衰亡，而最早的《詩經》正是這樣的典範。但自周衰秦興，中經漢、魏、晉、宋，至於梁、陳，六義已經由刓缺、浸微，終於發展到完全被廢棄的地步；甚至爲人所傳誦的名篇，也只是「嘲風雪，弄花草而已」。白居易主張詩文的創作應該繼承《詩經》以來的優秀傳統，特別是要學習杜甫爲勞苦人民呼號的詩篇。白居易痛心詩道的崩壞，曾經廢寢忘食地致力於創作「救濟人病，裨補時闕」的詩歌，希望能夠重新把《詩經》的精神給發揮起來。

### （一）反映時弊

元和年間，白居易爲參與「才識兼茂明於體用科」的考試，與元稹在華陽觀，閉戶讀書，揣摩時事而作〈策林〉七十五篇中有四篇提到《詩經》的教化功能。白居易於〈第六十八‧議文章〉提出其主張，引用《易》說法：「觀乎人文，以化成天下。」爲加強其理論的依據，而以《禮記》作爲論證，其文云：

> 《記》曰：「文王以文理。」則文之用大矣哉！自三代以還，斯文不振，故天以將喪之弊，授我國家。國家以文德應天，以文教牧人，以文行選賢，以文學取士。……且古之爲文者，上以紉王教，繫國風，下以存炯戒，通諷諭：故懲勸善惡文之柄，執於文士褒貶之際焉；補察得失之端，操於詩人美刺之間焉。今褒貶之無覆實，則懲勸之道缺矣：美刺之詩不稽政，則補察之義廢矣。雖彫章鏤句，將焉用之？……伏惟陛下：詔主文之司，諭養文之旨，俾辭賦合炯戒諷諭者，雖質雖野，採而獎之；碑誄有虛美愧辭者，雖華雖麗，禁而絕之。若然，則爲文者，必當尚質抑淫，著誠去僞，小疵小弊，蕩然無遺矣。則何慮乎皇家之文章，不與三代同風者歟？（卷65，

頁 1369）

文中白居易明顯提出「諷諭」與「補察得失」、「美刺之意」的文學功能：爲了充分說明文學有「諷諭」與「補察得失」、「美刺之意」。白居易於認爲文章應以尚質、著誠如此則「小疵小弊，蕩然無遺」。又於〈六十九篇·採詩〉文中，提出「採詩」的功能，以「補察時政」、「洩導人情」爲其創作的目的，其言曰：

> 臣聞：聖王酌人言，補己之過，所以立理本，導化源也。將在乎選觀風之使，建採詩之官，俾乎歌詠之聲，諷刺之興，日採於下，歲獻於上者也。所謂言之者無罪，聞之者足以自誡。大凡人之感於事，則必動於情；然後興於嗟嘆，發於吟詠，而形於歌詩矣。故聞〈蓼蕭〉之詩，則知澤及四海也。聞〈禾黍〉之詠，則知時和歲豐也。聞〈北風〉之言，則知威虐及人也。聞〈碩鼠〉之刺，則知重斂於下也。聞『廣袖高髻』之謠，則知風俗之奢蕩也。聞『誰其穫者婦與姑』之言，則知征役之廢業也。故國風之盛衰，由斯而見也；王政之得失，由斯而聞也；人情之哀樂，由斯而知也。然後君臣親覽而斟酌焉：政之廢者修之，闕者補之，人之憂者樂之，勞者逸之。所謂善防川者，決之使導；善理人者，宣之使言：故政有毫髮之善，下必知也；教有錙銖之失，上必聞也。則上之誠明，何憂乎不下達？下之利病，何患乎不上知？上下交和，內外胥悅。若此，而不臻至理，不致昇平，自開闢以來，未之聞也。老子曰：『不出戶，知天下。』斯之謂歟？（卷65，頁 1370～1371）

〈採詩〉之提倡，因時代不同，就會有其時效的不同，白居易對此確有其功勞。因此，他以採詩補察時政，洩導人情，方能使「上下交和，內外胥悅」形成和諧昇平的局面。他與元稹所倡導的「新樂府運動」，即是以《詩經》精神來實踐其諷諭時弊，反映社會黑暗與民生疾苦。

白居易〈新樂府〉五十首，是有目的、有計劃寫作的大型組詩。這組詩詩歌，作於元和四年左拾遺任內，從形式到內容都是受《詩經》的深刻影響。詩前有總序、言簡意賅地闡明了自己創作的主張。組詩繼承了《詩經》「美刺比興的傳統精神，從內容來看可分爲「美」、「刺」兩類。有的對聖王賢臣的歌頌和讚美，有的是對社會黑暗面和不合理的現象給揭露出來，並給與無情的打擊。

其次，是〈秦中吟〉是一組諷刺詩的總題，共有五言古體詩十首，作於貞元末年、元和初年。當時白居易初入仕途，在長安，先任校書郎，後任左拾遺、翰林學士等職，正是政治熱情高漲的時期。〈秦中吟〉十首所歌詠的都是「聞見之間，有足悲者」的人和事。它的題材全部來自當時的現實生活，所以詩一出爐，即爲「權豪貴近者相目而變色」。白居易又在策林〈第七十篇·納諫〉中提到：

> 臣聞：天子之耳，不能自聰，合天下之耳聽之，而後聰也。天子之目，不能自明，合天下之目視之，而後明也。天子之心，不能自聖，合天下之心思之，而後聖也。若天子唯兩耳聽之，兩目視之，一心思之：則十步之內，不能聞也；百步之外，不能見也；殿庭之外，不能知也；而況四海之大，萬樞之繁者乎？聖王知其然，故立諫諍議之官，開獻替啓沃之道；俾乎補察遺闕，輔助聰明。猶懼其未也，於是設敢諫之鼓，建進善之旌，立誹謗之木：工商得以流議，士庶得以傳言；然後過日聞而德日新矣。是以古之聖王，由此途出焉。

> 臣又聞：不棄死馬之骨，然後良驥可得也；不棄狂夫之言，然後佳謀可聞也。苟臣管見之中，有可取者，陛下取而行之；苟臣芻言之中，有可採者，陛下採而用之……然則先王勤勤懇懇，勸從諫，誠自用者，又何哉？豈不以自古以來，君雖有得，未有愎諫而理者也；況其有失乎？臣雖有失，未有從諫而亂者也，況其有得乎？勤懇勸誠之義，在於此矣。伏惟陛下鑒之。（卷65，頁1371）

此文爲白居易諫君王須「廣視聽」之作。論述言辭懇切，充分消除天子神聖的光環，將其還原或降抑爲非聖非明的本眞狀態。其次，是「察納雅言」，天子耳不能盡聽、目不能盡視、心不能盡思的壅弊程度。白居易的用意無非是要激發君王納諫的內動反省與思考。白居易《策林》之作，在恢復古代聖王之政，確實下了一番工夫。

白居易於元和二年，爲府試官，在進士策問五道之第三道中提出：

> 問：大凡人之感於事，則必動於情，發於歎，興於詠，而後形於歌詩焉。故聞「蓼蕭」之詠，則知德澤被物也；聞「北風」之刺，則知威虐及人也；聞「廣袖」「高髻」之謠，則知風俗之奢蕩也。古之君人者採之，以補察其政，經緯其人焉。夫然，則人情通而王澤

流矣。今有司欲請於上，遣觀風之使，復採詩之官，俾無遠邇，無
美刺，日採於下，歲聞于上；以副我一人憂萬人之旨，識者以爲何
如？（卷 47，頁 1001～1002）

由此可知，白居易是有心的，同時經過一番縝密計劃，得意言出，彰明了心
中的爲政之道與做法，同時以實際行動付之實踐。白居易無論在古文創作、
詩歌寫作，或是文學理論主張，都以《詩經》作爲詩文創作之依據。〈與元九
書〉云：「夫文尚矣！三才各有文，天之文，三光首之；地之文，五材道之；
人之文，六經首之。就六經言，《詩》又首之。何者？聖人感人生而天下和平。
感人心者，莫先乎情，莫始乎言，莫切乎聲，莫深乎義。詩者，根情、苗言、
華聲、實義。」（卷 45，頁 960）此爲文章創作觀念的自覺，肯定詩歌是「根
情、苗言、華聲、實義」之作，加上主司的取士導向，使得白居易於貞元年
間即以詩賦名聞京師。元稹〈白氏長慶集序〉云：「貞元末，進士尚馳競，不
尚文，就中六籍皆擯落。禮部侍郎高郢始用經爲進退，樂天一舉擢上第。」（《元
稹集》頁 554～555）由此可知，白居易的詩、文、賦於當時即頗受士人喜愛
而爭相學習仿作。

　　白居易於會昌三年（西元 843 年）至六年中，於洛陽，時以刑部尙書致
仕。作〈禽蟲十二章〉，是由十二首寓言體七絕組成之組詩，詩前有序文，說
明作詩的用意。組詩是信手拈來，隨感而發，序云：

莊列寓言，〈風〉、〈騷〉比興，多假蟲鳥以爲筌蹄。故《詩》義
始於〈關雎〉、〈鵲巢〉，道說先乎鯤、鵬、蜩、鷽之類是也。予閒居
乘興，偶作一十二章，頗類志怪放言。每章可致一哂，一哂之外，
亦有以自警其衰耄耽執之惑焉。頃如此作，多與故人微之、夢得共
之。微之、夢得嘗云：此乃九奏中新聲，八珍中異味也。有旨哉！
有旨哉！今則獨吟，想二君在目，能無恨乎！（37 卷，頁 858）

此文在說明組詩寫作的原因與寓意，並表示對亡友之悼念。此組詩以《詩經》
諷諭之意爲之，但非作於一時，乃白居易晚年有感隨意而作。其詩第六首曰：
「獸中刀槍多怒吼，鳥遭羅弋盡哀鳴。羔羊口在緣何事，闇死屠門無一聲？」
（有所也）此詩以羔羊馴順爲論，而以遭殺戮當爲悲嘆，蓋爲「甘露事變」
中慘遭殺害之官吏而作。據史書記載，甘露事變，本來是在文宗支持下，朝
官謀誅宦官的行動。當時謊稱，金吾仗舍內石榴樹上降下了甘露，請文宗去
觀看，藉此機會企圖將宦官一網打盡，但由於事機不密，而失敗，朝臣遭毒

殺泰半，牽連很廣。

又，其第七首以諷諭口吻說明世人好爭權奪利，殊覺可笑，詩云：「蟭螟殺敵蚊巢上，蠻觸交爭蝸角中。應似諸天觀下界，一微塵內鬥英雄。」（自照也）此詩借蟭螟等動物，諷諭文宗朝廷，朝官朋黨，黨爭白熱化。詩中借用釋老之寓言說理，形象生動，批判朝廷上的黨爭，紛紛擾擾，看似轟轟烈烈，煞有其事，然於冷眼旁觀者而言，不過是蚊睫蟭螟、蝸角蠻觸一般，毫無意義可言，和諸天神佛看下界一樣，渺小不足道。白居易對此爭奪感到厭倦，方有此驚世之作；同時以此自我警惕，慎勿陷入黨爭之中。白居易能安然生存其間，蓋「吏隱」態度使然。

## （二）教化功能

唐代古文運動，世人只注意韓愈、柳宗元，然在韓、柳之前，已有陳子昂、元結、蕭穎士、李華、獨孤及、梁肅、柳冕諸人，提倡古體，不過向未形成一個有力的運動。當中以柳冕在韓愈之前，提倡復興古文最為用心，也是韓、柳古文運動之先驅者〔註1〕。柳冕提出「教化中心說」，主張為復興儒道而復興古文，亦即以復興古文為工具以達到復興儒道之目的。柳冕繼承唐初史家之文學復古主張〔註2〕，強調以古文為教化之功用。其主張見於〈謝杜相公論房杜二相書〉：

> 且今之文章與古之文章立意異矣。何則？古之作者，因治亂而感哀樂，哀樂而為詠歌，因詠歌而成比興。故〈大雅〉作則王道盛矣，〈小雅〉作則王道缺矣，〈雅〉變〈風〉則王衰矣，詩不作則王澤竭矣。至於屈、宋哀而以思，流而不返，皆亡國之音也。至於西漢，揚、馬以降，置其盛明之代，而習亡國之音，所失豈大哉！然而武帝好聞〈子虛〉之賦，歎曰：「嗟乎！朕不得與此人同時。」故武帝好神仙，相如為〈大人賦〉以諷，飄飄然反有凌雲之志。子雲非之曰：「諷則諷矣，吾恐不免於勸也。」子雲知之，不能行之於是

---

〔註1〕 劉大杰：《中國文學發展史》（臺北：華正書局，1977年，5月），頁358。
〔註2〕 劉大杰：《中國文學發展史》（臺北：華正書局，1977年，5月），頁357。「唐初的史家，如李百藥《北齊書》、魏徵《隋書》、姚思廉《梁陳書》、令孤德棻《周書》、李延壽《南北史》諸人，在檢考前代的興衰得失時，一致認為六朝的淫靡文風，給予政治以不良的影響。於是都借著文苑傳、文學傳的序文，來攻擊六朝文學的風氣，同時又發揮宗經、尊聖、補助教化、切合實用的儒家傳統的文學理論。

風雅之文變爲形似，比興之體，變爲飛動，禮義之情，變爲物色。
詩之六義盡矣！何則？屈、宋唱之，兩漢扇之，魏晉江左隨波而不
返矣。故蕭、曹雖賢，不能變淫麗之體，二荀雖盛不能變聲色之詞；
房、杜雖明，不能變齊梁之弊。是則風俗好尚，繫在時王，不在人
臣明矣。故文章之道，不根教化，別是一枝耳！當時君子恥爲文人，
語曰：「德成而上，藝成而下，文章技藝之流也。〔註3〕

文中明確表達其尚古之態度，以爲文章立意有別，古文之作以發志爲文，以
教化爲主；對時代治亂、風俗良窳，有移風易俗之功。上古之文如《詩經》，
即以此爲教化。相對於屈、宋以下所作之詩賦，皆以哀樂爲是，柳冕不表贊
同，認爲是亡國之音也。對此觀點，柳冕與白居易之復古主張是相同的，兩
人都很重視《詩經》之教化功能。柳冕於〈答孟判官論宇文生評史官書〉中
云：「然後見〈雅〉、〈頌〉之聲入其室者，然後見道德之奧，雖道有污隆，性
有深淺，然當其所得莫不有聖人之道。故言而爲經動，而爲教者也。」（《全
唐文》，卷527，頁6790）又〈與徐給事論文書〉云：「文章教化，形於治亂，
繫於〈國風〉。故在君子之心爲志，形君子之言爲文，論君子之道爲教。《易》
云：「觀乎人文以化成天下」，此君子之文也。自屈、宋已降，爲文者本於哀
艷，務於恢誕，亡於比興，失古義矣。雖揚馬形似，曹、劉骨氣，潘、陸藻
麗，文多用寡，則是一枝，君子不爲也。」（《全唐文》，卷527，頁6790～6791）
其〈答荊南裴尚書論文書〉文中再次提及《詩經》之教化功能：「堯舜歿，〈雅
頌〉作；〈雅頌〉寢，夫子作。未有不因於教化爲文章，以成〈國風〉。是以
君子之儒學而爲道言，而爲經行，而爲教聲，而爲律和，而爲音如日月麗乎！」
（《全唐文》，卷527，頁6791）柳冕之見解是對當時文學之衰弊有感而發。

　　白居易的文學主張與其所處時代背景有關，也正是韓、柳古文運動復古
最盛之際。依據白居易〈與元九書〉、〈新樂府序〉、〈採詩〉三文，可知白氏
所提倡的文學理論正與柳冕相同，如〈與元九書〉云：

就《六經》言，《詩》又首之。何者？聖人感人心而天下和平。
感人心者，莫先乎情，莫使乎言，莫切乎聲，莫深乎義。詩者，根
情，苗言，華聲，實義。上自聖賢，下至愚騃，微及豚魚，幽及鬼
神；羣分而氣同，形異而情一。未有聲入而不應，情交而不感者。

聖人知其然，因其言，經之以六義。緣其聲，緯之以五音。音有韻，
義有類；韻協則言順，言順則聲易入。類舉則情見，情見則感易交。
於是乎孕大含深，貫微洞密。上下通而一氣泰，幽樂合而百志熙。
五帝三皇所以直道而行，垂拱而理者，揭此以爲大柄，決此以爲大
寶也。故聞元首明股肱良之歌，則知虞道昌矣。聞五子洛汭之歌，
則知夏政荒矣。言者無罪，聞者足戒，言者聞者，莫不兩盡其心焉。
洎周衰秦興，採詩官廢，上不以詩補察時政，下不以歌洩導人情：
乃至於謠成之風動，救失之道缺，於時六義始刓矣。（卷 45，頁 960）

白居易認爲文學必須爲政治服務，必須爲現實而作，用來「補察時政，洩導
人情」，使它成爲一種社會致用的功能，決不能爲藝術而藝術。他在文中特別
強調詩歌的致用功能，內容與形式的統一。主張「根情」、「實義」就是內容，
「苗言」、「華聲」就是形式，內容是詩歌的靈魂，形式必須爲內容服務。白
居易又於〈新樂府序〉云：

凡九千二百五十二言，斷爲五十篇。篇無定句，句無定字，繫
於意，不繫於文。首句標其目，卒章顯其志，《詩》三百之義也。其
辭質而徑，欲見之者易諭也。其言直而切，欲聞之者深誡也。其事
覈而實，使采之者傳信也。其體順而肆，可以播於樂章歌曲也。總
而言之，爲君、爲臣、爲民、爲物、爲事而作，不爲文而作也。（卷
3，頁 52）

文中白居易肯定詩歌的作用與功能，文辭樸實直率，使人容易明白。語言耿
直切實，讓人深自警惕。記錄眞實，使人相信而易以流傳。五十篇之作，文
體和諧而流暢，更便以歌唱來傳播，也就是「補察時政，洩導人情」的社會
致用功能。

其次，是《策林·採詩》云：

故聞〈蓼蕭〉之詩，則知澤及四海也。聞〈華黍〉之詠，則知
時和歲豐也。聞〈北風〉之言，則知威虐及人也。聞〈碩鼠〉之刺，
則知重歛於下也。聞「廣袖高髻」之謠，則知風俗之奢蕩也。聞「誰
其穫者婦與姑」之言，則知征役之廢業也。故國風之盛衰，由斯而
見也；王政之得失，由斯而聞也；人情之哀樂，由斯而知也。（卷
65，頁 1370）

此爲白居易提出設置採詩官，就可以察知民情的哀樂、風俗的盛衰、政治的

得失。白居易關懷民生疾苦和國家命運、改革政治的勇氣，是值得令人敬佩的。

　　讀此三文可知白居易於中唐古文運動與唐初古文運動之間，是一座橋梁，白居易所主張的復古說，標舉「六義」，推尊「風雅」，此種觀念，正承繼「詩經」反映現實、諷諭時勢、針貶社會之精神，與柳冕所主張之「教化」功能相同。由文中又可知，白居易文學主張，比柳冕更注重文學之教化功能。柳冕雖注重，僅是理論上主張，未切入實際創作中。白居易的主張正可彌補柳冕創作上的缺失。如《策林六十八‧議文章》更深入提出教化的功能：

　　　　自三代以還，斯文不振，故天以將喪之弊，授我國家。國家以
　　　文德應天，以文教牧人，以文行選賢，以文學取士：二百餘載，煥
　　　乎文章。故士無賢不肖，率注意於文矣。……且古之為文者，上以
　　　紉王教，繫國風，下以存炯戒，通諷諭：故懲勸善惡之柄，執於文
　　　士褒貶之際焉；補察得失之端，操於詩人美刺之間焉。今褒貶之文
　　　無覆實，則懲勸之道缺矣；美刺之詩不稽政，則補察之義廢矣。雖
　　　彫章鏤句，胡焉用之？（卷65，頁1369）

文學的創作是作者思想、感情、認知、是非觀念，價值判斷的取向，也是作者對現實政治、社會、人生態度的見解，也可說是人情、禮儀、風俗、道德的取捨的判斷。白居易〈議文章〉中所提出的「補察時政」、「美刺」、「褒貶」、「懲勸」等的功能即是上述所說作的價值判斷、人生態度、道德取捨的社會功能，同時有利國家的發展。《策林六十九‧採詩》亦云：

　　　　臣聞：聖王酌人之言，補己之過，所以立理本，導化源也。將
　　　在乎選觀風之使，建採詩之官，俾乎歌詠之聲，諷刺之興，日採於
　　　下，歲獻於上者也。所謂「言之者無罪，聞之者足以自誡。」大凡
　　　人之感於事，則必動於情；然後興於嗟嘆，發於吟詠，而形於歌詩
　　　矣。

　　　　故國風之盛衰，由斯而見也；王政之得失，由斯而聞也；人情
　　　之哀樂，由斯而知也。然後君臣親覽而斟酌焉：政之廢者修之，闕
　　　者補之，人之憂者樂之，勞者逸之。……上下交和，內外胥悅。若
　　　此，而不臻至理，不致昇平，自開闢以來，未之聞也。（卷 65，頁
　　　1370）

採詩之作是回答是否應當設置採詩官員的問題，明白指出設置採詩官可以補

察時政、洩導民情,同時可達到「上下交和,內外胥悅」的理想。由此可知白居易主張《詩經》之教化,不僅限於教化之功,而是有「救濟人病,裨補時闕」,為國、為民的觀念;更意識到文學對社會、政治上的功能,尤其是由下往上的諫言功能,這絕非柳冕所能企及的。

白居易古文的創作,實際上已不受駢文約束,自創出平易近人的古文風格。從他的文集中,處處可見到復古與教化功能的觀點。惟一感到遺憾的是,白居易所提的理論,未能將「文學」與「儒道」融合成一種理論,即是韓愈所謂「文」與「道」而言。謝思煒在《白居易集綜論》書中說得十分明白:

> 白居易採詩的建議確實在當時,曾發生過一定的影響,但總的
> 來看,作詩固然可以提倡規諷,但隨著時代的改換,附會於道德目
> 的「採詩」、「諷諭」、「規勸」制度卻早已失去了現實存在的基礎,〈策
> 林〉之論不過是一種理想化的設計罷了。〔註4〕

謝氏所言不無道理,然在中唐紛亂政治鬥爭中,白居易為了要實踐其理想的政治目標,在「制舉科考」前夕,以儒家觀點,以《詩經》精神擬作《策林》七十五篇可見,詩經「諷諭」、「規勸」等對儒家思想,已深植於白居易心中。

## 二、科舉考試

唐代的科舉制度,特別是進士科的詩賦取士,給文學帶來深遠的影響。作為封建社會上層,建築一部的科舉制度,它在唐代的歷史條件下,無疑在政治上起了進步作用的。科舉制度原是封建時代選拔官員的一種制度,它在唐代被正式確立。唐代士子為達成「兼濟」天下的心願,都以科舉考試來完成此願望的。今就白居易參與科舉考試的文體分述如下:

### (一)賦與策論

所謂考試文體,指歷代朝廷為了甄選人才,通過以文字作為測試手段要求應試者寫出的文體。就唐代考試而言,可分為兩種:一種是禮部試,一種是吏部試。禮部試由禮部主持,面向全國士子測試,其中以進士科是受人重視。禮部考試是資格考試,士子考中,表示有出仕的資格。考試目的在選拔治國之才;而所謂治國之才,只就一般而言,專指某一特定層面。禮部試考賦、詩,和策論。吏部試由吏部主持,測試已經過禮部試的合資格的人;考

---

〔註4〕 謝思煒:《白居易集綜論》(北京:中國社會科學出版社,1997 年 8 月),頁
349。

中了便可以委派爲官。由於這些人立刻要當官，所以要求他一切要合爲官的條件；考試內容便據此擬出。相對於禮部的一般性，吏部試具體多了。吏部從身、言、書、判四方面進行測試。〔註5〕「身」指考生身體是否豐偉，「言」指考生言詞是否辨正，「書」指考生楷法是否遒美，「判」指考生文理是否優長。第四項的「判」屬於文字範疇的考試，考生要寫一道判詞。判詞對做官尤其地方官十分重要，然而判詞的形式跟通常的詩賦是不相同的。

　　貞元十五年（西元 799 年）白居易年二十八歲。秋，應鄉試於宣州，試〈射中正鵠賦〉、〈窗中列遠岫詩〉，爲宣歙觀察使崔衍所貢，往長安應進士試。貞元十六年（西元 800 年）白居易年二十九歲。正月，在長安。二月十四日，於中書侍郎高郢主試下，試〈性習相近遠賦〉、〈玉水記方流詩〉、〈策第五道〉，以第四人及第，十七人中年最少。茲舉〈射中正鵠賦〉以「諸侯立誠眾士知訓」爲韻，任不依次用韻，限三百五十字已上成。爲例：

　　　　聖人弦木爲弧，剡木爲矢；唯弧矢之用也，中正鵠而已矣。是謂武之經，禮之紀。故王者務以選諸侯，諸侯用而貢多士。將俾乎禮秕稗，位有降殺；廣場闢而堵牆開，射夫同而鐘鼓戒。有以致國用，終歲貢；使技癢者出於羣，藝成者推於眾。在乎矢不虛發，弓不再控。

　　　　射、繹志也，信念茲而在茲。鵠、小鳥焉，取難中而能中。乃設五正，張三侯，叶吉日於清晝，順殺氣於素秋。禮事展，樂容修。既五善而斯備，將百中而是求。於是誠心內蘊，莊容外奮。升降揖讓，合君子之令儀；進退周旋，伸先王之彝訓。故禮舉而義立，且無聲而有聞。

　　　　及夫觀者坌入，射者挺立。矢既挾，弓既執；抗大侯，次決拾。指正則掌內必取，料鵠乃縠中所及。雕弧乍滿，當晝而明月彎彎；銀鏑急飛，不夜而流星熠熠。其一發也，驃若徹札；其再中也，電如貫笠。玉霜降而弓力調，金風勁而弦聲急。愜羣心而踴躍，駭眾目而翕習。若然者，安知不能空彎而雁驚，虛引而猿泣者也？

　　　　剡乃正其色，溫如栗如；游於藝，匪疾匪徐。妙能曲盡，勇可

〔註5〕廖健行：《科舉考試文體論稿：賦與八股文》（臺北：臺灣書店印行，1999年5月），前言，頁1～5。

　　貫餘。豈不以志正形直，心莊體舒。不出正分，信得禮之大者；無
　　失鵠也，豈反身而求諸？斯蓋弓矢合規，容止有儀；必氣盈而神王，
　　寧心礜而力疲。則知善射者，在乎合理合樂，不必乎飲羽；在乎和
　　容和志，不必乎主皮。夫如是，則射之禮，射之義，雖百世而可知。

　　（卷38，頁 865～866）

白居易律賦有十五篇，所涉及的題材內容則較為寬泛多樣，依據白居易賦所
體現出的題材特性，可分為五類有體物、言情、紀事、說理、論文等。此五
種賦，體現出以物為描寫中心、以抒發感情為務、以記敘事情經過為主、以
闡發哲理為旨要、以論述文體特性為是。如〈射中正鵠賦〉、〈漢高皇帝親斬
白蛇賦〉、〈黑龍飲渭賦〉等篇即是紀事賦。〈射中正鵠賦〉就是白居易參加鄉
試時的作品，後兩篇為白居易私試或應酬之作品。

　　〈射中正鵠賦〉就命題而言，是紀事之賦。似應在出手不凡，射技高超
等行武的鋪排方面下工夫。實質上白居易假「以武從禮，以禮馭武」為主要
的論述。甚至可說是以武從禮、以禮馭武的主題，發揮其說理的目的。如射
鵠是「乃設五正，張三侯，叶吉日於清晝，順殺氣於素秋。禮事展，樂容修。
既五善而斯備，將百中而是求。於是誠心內蘊，莊容外奮。升降揖讓，合君
子之令儀；進退周旋，伸先王之彝訓。故禮舉而義立，且無聲而有聞。」射
鵠後比射鵠前的風度更有過之而無不及，更有體現溫淳爾雅、氣定神閒的儒
者風彩。對於射者的精湛武功的描寫，如「及夫觀者坌入，射者挺立。矢既
挾，弓既執；抗大侯，次決拾。指正則掌內必取，料鵠乃彀中所及。雕弧乍
滿，當晝而明月彎彎……安知不能空彎而雁驚，虛引而猿泣者也？」既有實
寫又有虛寫，既有正面刻畫又有側面烘托，可說把射鵠者的技藝誇飾到了極
致。

　　末段的論述最為精彩，也是本文的主要目的「翄乃正其色，溫如栗如；
游於藝，匪疾匪徐。妙能曲盡，勇可貫餘。……則知善射者，在乎合理合樂，
不必乎飲羽；在乎和容和志，不必乎主皮。夫如是，則射之禮，射之義，雖
百世而可知。」則是以「武為皮而禮為骨」、「武可輕而禮為重」的觀點來張
顯本意，不僅符合試賦之主題，而有「冠冕正大」的作用。又合乎儒家一貫
所強調的禮樂至上、禮樂治國的思想相吻合。由此可知，白居易早年未入仕
前，儒家思想中禮樂觀念就已深植其心了。

　　其次，是元和三年，進士策問五道之二，文曰：

問：《書》曰：「眚災肆赦。」又曰：「宥過無大。」而《禮》云：「執禁以齊眾，不赦過。」若然，豈爲政以德不足恥格，峻文必罰，斯爲禮乎？《詩》稱「既明且哲，以保其身。」《易》稱「利用安身，以崇德也。」而《語》云：「無求生以害仁，有殺身以成仁。」若然，則明哲者不成仁歟，殺身非崇德歟？

對：聖王以刑禮爲大憂，理亂繫焉；君子以仁德爲大寶，死生一焉。故邦有用理而大理者，有用刑而小康者。古人有崇德而遠害者，有蹈仁而守死者。其指歸之義，可得而知焉。在乎聖王乘時，君子行道也。何者？當其王道融，人心質，善者眾而不善者鮮，一人不善，眾人惡之，故赦之可也。所以表好生惡殺，且臻乎仁壽之域矣。而肆赦宥過之典由茲作焉。

及夫人道隱，至德衰，善者鮮而不善者眾，一人不善，眾人効之，故赦之不可也。所以明懲惡勸善，且革澆漓之俗矣。而執禁不赦之文，由茲興焉。此聖王所以隨時以立制，順變而致理，非謂德政之不若刑罰也。

然則君子之爲君子者，爲能先其道，後其身。守其常，則以道善乎身；罹其變，則不以身害乎道。故明哲保身亦道也，巢、許得之。求仁殺身亦道也，夷、齊得之。雖殊時異致，同歸於一揆矣。何以覈諸？

觀乎古聖賢之用心也，苟守道而死，死且不朽，是非死也。苟失道而生，生而不仁，是非生也。向使夷、齊生於唐、虞之代，安知不明哲保生歟？巢、許生於殷、周之際，安知不求仁殺身歟？蓋否與泰各繫於時也，生與死同歸於道也。由斯而觀，則非謂崇德者不爲成仁，殺身者不爲明哲矣。

嗚呼！聖王立教，同出而異名。君子行道，百慮而一致。亦猶水火之相戾，同根於冥數，共濟於人用也。亦猶寒暑之相反，同本於元氣，共濟於歲功也。則用刑措刑之道，保身殺身之義，昭昭然可知矣！謹對。（卷47，頁995～996）

對策是唐以前就有的文體。西漢文帝時，下詔「舉賢良方正直言極諫者」到朝廷考試，被皇帝選中就授予官職，從此，賢良文學或賢良方正就成爲朝廷

選拔官吏的科目之一。考試的內容往往是提出政事或經義等問題，寫在簡策上，稱「策問」；應試者針對問題回答自己對政事的意見，稱為對策。《文心雕龍‧議對》云：「對策者，應詔而陳政也。」即是此意。

　　唐代科舉考試也考策問，如本文白居易應禮考試，所考五篇對策即是。此為第二道對策，所提問者即是以經義為主，以五經為要旨。又所問的問題皆「修身」、「治國」儒家思想為旨歸。此種科舉考試，對唐代的經學研究也深具影響。有些士子為準備參加制科考試，往往事先在家中深入研究經義和朝廷的政治得失，自己試驗出題，自己回答，如白居易的《策林》七十五篇就是自試性的對策。其言云：

> 元和初，予罷校書郎，與元微之將應制舉，退居於上都華陽觀，
> 閉戶累月，揣摩當代之事，構成策目七十五門。及微之首登科，予
> 次焉。凡所應對者，百不用其一二。其餘自以精力所致，不能棄捐，
> 次而集之，分為四卷，命曰策林云耳。（卷62，頁1287）

白居易《策林》七十五篇，雖為科舉模擬之作，就其思想而言，則有儒家治國求才的策略：「為君之道、施政良方、求賢之方、吏治之法、慎刑之術、治軍之道、體恤百姓、禮樂教化」等辦法的提出。就其精神特質而言，也以儒家為依歸，則有：「以民為本的儒家情懷、重振國威的使命意識、有犯無隱的批評精神、尚明崇聖的復古理念、客觀理性的辨證色彩」等。〔註6〕《策林》七十五篇，是白居易早年積極從政的「兼濟天下」最佳的表現與驗證。

## （二）百道判

　　貞元十九年（西元803年）白居易年三十二歲。春，與元稹、崔玄亮等人同以書判拔萃科登第。〔註7〕〈百道判〉對白居易而言，是唐代科舉制的最大受益者之一，他在科舉考試中，所取得的突出成績，也是常人所望塵莫及的。《舊唐書‧白居易傳》云：「貞元十四年，始以進士就試，禮部侍郎高郢擢升甲科，吏部判入等，授秘書省校書郎。元和元年四月，憲宗策試制舉人，應才識兼茂明於體用科，策入第四等，授盩厔縣尉、集賢校理。」〔註8〕除「貞元十四年」的記載有誤應為貞元十六年外，上述關白居易進士及第、書判拔

---

〔註6〕 傅興林：《白居易散文研究》（北京：中國社會科學出版，2007年12月），頁142～292。

〔註7〕 朱金城：《白居易年譜》（臺北：文史哲出版社，1991年12月），頁25。

〔註8〕 〔後晉〕劉昫：《舊唐書》（臺北：鼎文書局，1979年12月），卷166，頁4340。

萃、才識兼茂明體用科登第的三級跳式的科考事實，記錄是非常清而正確的。據傅興林《白居易散文研究》文中對〈百道判〉的思想價值十分的肯定，他提出七種見解：對家庭、婚姻、科舉、教育、喪葬禮儀、爲政之道、軍界問題、品行操守、觸律犯禁等，問題的思考周密而嚴謹。至於〈百道判〉的精神特質，傅氏則以「鮮明的法制觀念、濃厚的儒家思想、突出的人文精神、強烈的現實情懷等要義。如「得甲告其子行盜。或誚其父子不相隱。甲云：『大義滅親』」。白居易以認爲：

> 　　法許原親，慈通隱惡。俾恩流於下，亦直在其中。甲忝齒人倫，
> 忍傷天性。義方失教，曾莫愧於父頑；攘竊成姦，尚不爲其子隱。
> 道既虧於庭訓，禮遂闕於家肥。且情比樂羊，可謂不慈傷教；況罪
> 非石厚，徒云大義滅親。是不及情，所宜致誚。（卷67，頁1416）

依據《唐律・名例律六》載：「同居相爲隱」條：「諸司居，若大功以上親及外祖父母、外孫，若孫之婦、夫之兄弟及兄弟妻，有罪相隱……皆勿論。」由此判文得知，父子乃情也，推究事情產生的原因，父是可隱惡的。然甲之父以「大義滅親」爲由，不顧父子之情，而告發兒子罪行，因而遭到批評譏諷。

　　白居易以此，提出他的見解，引用「瞽子，父頑、母嚚，象傲。」與《論語・季氏》「子嘗獨立，鯉趨而過庭。曰：『學《詩》乎？』對曰：『未也。』不學《詩》，無以言。鯉退而學《詩》。他日，又獨立。鯉趨而過庭。曰：『學禮乎？』對曰：『未也。』不學禮，無以立。鯉退而學禮。」《尚書・堯典》舜父的典故與《論語・季氏》的典故，用來責備甲父沒有盡到「庭訓」的責任。

　　其次，是樂羊與石厚的典故，事見《淮南子・人間訓》樂羊爲戰國魏將，爲攻中山，犧牲兒子而取信中山人，終免爭戰之害。又引《左傳》的典故，石厚是春秋時，衛國人。衛桓公爲其弟州吁與寵臣石厚所害，石厚的父親石碏不恥其行，派人殺兒子石厚於陳。石碏，純臣也。大義滅親，其是之謂乎。此文意謂本題「盜行」之子的罪行，並不如石厚那麼嚴重，須要做到「大義滅親」的舉動。

　　由此可知，白居易〈百道判〉之作，有：「體制精巧，窮極變化、情理相兼、條分縷析、引經據典，博奧典雅、抑揚起伏，委婉達意、對仗精工，比喻貼切」等的藝術技巧。〔註9〕

---

〔註9〕　傅興林：《白居易散文研究》（北京：中國社會科學出版，2007年12月），頁82〜111。

　　總而言之，白居易在進士第後的守選期內，於貞元十八年參加了書判拔萃科考試並於次年成功登第。為了磨煉筆力、提高應試能力，參加考試前，他以極富功利的態度，主動出擊，強化訓練，自擬題目，自作解答，而創作了〈百道判〉。而後為當代士子及後世學子爭相學習、仿作的範文，其就非凡是白居易所料未及的。

## 三、儒家思想

　　白居易一生有所成就實受儒教感化所致，其祖父輩皆為儒生出身。經由其傳記敘述與墓誌銘文等史料記載可知，其祖父白鍠，性格耿直，能辨正邪，又工詩文。其父季庚，明經出身，武功文勳，才操性格，皆足以啟發幼年的白居易。又有外祖母陳氏及其賢母從旁協助撫養，白居易年少即受儒教家庭薰育感化。十五、六歲時，初知有進士科，更起功名進取的念頭，遂克苦勤勉，畫課賦，夜課書，間課詩，此為白居易受儒教影響最大的時機。貞元十六年（西元 800 年），年二十九歲時，「進士」及第，以經藝見取；貞元十八年（西元 802 年），更以試「書判拔萃」入等，此乃白居易以儒學立身之第一階梯，可謂受儒教影響最深刻之時期。

　　以白居易「試策第五道」為例，以印證白居易當時，如何以儒教之精神應舉，試策於政治、經濟之抱負。問：《周禮》：「庶人不畜者祭無牲，不耕者祭無盛，不蠶者不帛，不績者不緷。」皆所以恥不勉、抑遊惰，欲人務衣食源也。然為政之道，當人所利而利之：故修其教，不易其俗；齊其政，不易其宜。由是農商工賈，咸遂生業。若驅彼齊人，強以周索，牲盛布帛，必由己出；無乃物力有限，地宜不然；而匱神廢禮，誰曰非闕？且使日中為市，懋遷有無者，更何事焉！」

　　　　對曰：利用厚生，教之本也；從宜隨俗，政之要也。《周禮》云：不畜無牲，不田無盛，不蠶不帛，不績不緷，蓋勸厚生之道也。《論語》云：因人所利而利之。蓋明從宜之義也；夫田蠶績，四者土之所宜者多，人之所務者眾，故《周禮》舉而為條目；且使居之者無遊情，無墮業焉。其餘非四者，雖不具舉，則隨土物生業而勸導之可知矣。非謂使物易業，土易宜也。夫先王的教本，提政要，莫先乎任土辨物，簡能易從，然後立為大中，垂之不朽也。若謂驅天下之人，責其所無，強其所不能；則何異夫求萍於中逵，植橘於江北，

反地利，違物性孰甚焉？豈直易俗失宜，匱神廢禮而已？且聖人辨
九土之宜，別四人業，使各利其利焉，各適其適焉；猶懼生生之物
不均也，故日中爲市，交易而退：所以通貨食，遷有無，而後各得
其所矣。由是言之，則《大易》致人之制，《周官》勸人典，《論語》
利人之道，三科具舉，有條而不紊矣！謹對。（47 卷，頁 994〜995）
白居易以儒家經典爲依據，將其爲政之理念，清晰說明，善用比喻的技巧說
明事理，並提出其政治與經濟的抱負；白居易自幼飽讀詩書，及長爲官，即
有「達則兼善天下」的壯志，此乃孔孟之道之實踐。年事漸長，閱歷漸多，
更關心國事與民生疾苦，同時提出「由是言之，則《大易》致人之制，《周官》
勸人典，《論語》利人之道，三科具舉，有條而不紊矣！」的主張。由此可知，
儒家思想是厚實的。

　　白居易現存判文共一百零一篇，作於貞元十八年（西元 802 年）參與「試
書判拔萃科」之前，是其考試前夕所模擬習作的練習文。爲白居易設想與虛
構一百餘個可能出現之案例，然後根據當時法律與社會風俗，進行分析評判。
即使是虛構，卻是以當社會實況爲基礎，所以白居易所擬的判文，可視爲當
時的社會的縮影，殊值得研究與探討。

## （一）百道判

　　張鷟的《龍筋鳳髓判》和白居易的《百道判》爲現存判文最著名，它成
爲後代應試士子的學習的規範與仿作對象。宋代洪邁所作《容齋隨筆》卷十
二《龍筋鳳髓判》條稱白居易《甲乙判》「不背人情，合於法意，援經引史，
比喻甚明」，因此，「讀之愈多，使人不厭。」這說明白居易《百道判》之作，
深得人們的喜愛。如第六十六判〈得景領縣，府無蓄，廩無儲。管郡詰其慢
職。景云：王者富人藏於下故也〉（卷 67，頁 1408），此涉及典型慢政失職之
過。由判題可知，景爲一縣之主，既不蓄糧又不儲錢。郡守質問其怠職慢政，
景聲稱此是施行古之王者富人之術，使錢糧藏於百姓家之故。景所云，似有
古道慈悲之心，然《論語・顏淵》篇云：「百姓不足，君孰與不足？百姓不足，
君孰與足？」〔註 10〕由此可知景是一位掠美名假善良之失職縣官。又，如第
二十七判〈得景爲縣官判事，案成後，自覺有失，請舉牒追改。刺史不許，
欲科罪。景云：令式有文〉（卷 66，頁 1391），據此可知，縣官判事結案後自

---

〔註10〕楊伯峻：《論語譯注》（北京：中華書局 1980 年 8 月），頁 127。

覺有犯錯，請求發放公文追改自己的判決。剌史不答應，還要治景之罪。白
居易認為縣官判事有誤是可更改，其於判詞言道：

> 政尚從寬，過宜在宏。苟昨非之自悟，則夕改而可嘉。景乃案
> 察，參諸簿領；當推案務劇，詎免毫釐之差？屬裒帷政苛，不容筆
> 削之改。誤而不隱，悔亦可追。縣無罔上之姦，州有刻下之虐。先
> 迷後覺，判事雖不三思；苟有必知，牒舉明無二過。揆人情而可恕，
> 徵國令而有文，將欲痛繩，恐非直筆。（卷66，頁1391）

夫厚性寬中近於仁，犯而能改誠可貴，縣官知己誤判，即時追回判文，此乃
恕厚的表現。恕以養心，修德行道，以此為依歸，是主政之道。依《唐律疏
議》卷二名例：「公事失錯，謂緣公事。致罪而無私曲者，事未發露而自覺舉
者，所錯之罪得免。」〔註11〕是知白居易以此條例撰寫判文，為景脫罪，不
僅保證法律之嚴肅性，同時對黎民百姓負責任的態度。

白居易《百道判》雖是模擬之作，然皆人性關懷之情為主，依儒家精神
而擬判，可謂有「仁愛」之心，具人溺己溺的襟懷。白居易撰寫《百道判》
判文簡短精煉，觀點鮮明，立論正確，體製精巧，窮極變化；又能情理兼顧，
條分縷析；引經據典，說理清晰，博奧典雅，抑揚起伏有致；且對仗精工，
比喻貼切，極富說服之能事。所以能被當時的考生，爭相學習模仿的典範判
文。白居易《百道判》的創作，就思想價值而言，有對家庭、婚姻、科舉、
教育、喪葬禮儀、為政、軍界、品行、操守、犯禁、觸律等問題之探討；就
精神特質而言，有鮮明的法制觀念、濃厚的儒家思想、突出的人文精神神、
強烈的現實情懷等功能；同時兼有孝親、友悌、忠敬、仁愛、誠信、義勇、
厚恕、清廉、勤儉、力學的思想與主張。

## （二）策林

白居易於憲宗元和元年（西元806年）罷校書郎，與元稹借居華陽觀，
閉門讀書，揣摩時事，成《策林》七十五篇。就其內容而言，可分為「君道」
與「治道」二種。君道是為君之道，治道則是治國法則。傅興林《白居易散
文研究》指出：「策林的思想內容有：為君為聖之道、施政化民之略、求賢
選能之方、整肅吏治之法、省刑慎罰之術、治軍御兵之要、矜民恤情之核、
禮樂文教之功」，所言誠是，策林七十五篇，正是白居易早年以儒家思想作為

---

〔註11〕〔唐〕長孫無忌：《唐律疏議》（臺北：臺灣商務印書館，2005年4月臺一版
第九次印行），頁84。

創作依據。

白居易對於儒家忠恕之解說，自有其一貫主張，《策林·第十、王澤流人心》云：

> 夫欲使王澤旁流，人心大感，則在陛下恕己及物而已。夫恕己及物者無他，以心度心，以身觀身，推其所爲以及天下者也。故己欲安，則念人之重擾也。己欲壽，則念人之嘉生也。己欲逸，則念人之憚勞也。己欲富，則念人之惡貧也。己欲溫飽，則念人之凍餒也。己欲聲色，則念人之怨曠也。陛下念其重擾，則煩暴之吏退矣。念其嘉生，則苛虐之官黜矣。念其憚勞，則土木之役輕矣。念其惡貧，則服御之費損矣。念其凍餒，則布帛麥禾之稅輕矣。念其怨曠，則妓樂嬪嬙之數省矣。推而廣之，念一知十。蓋聖人之道也，始則恕己以及人，終則念人而反己。故恕之又恕之，則王澤不得不流矣。念之又念之，則人心不得不感矣。澤流心感，而天下不太平者，未之聞也。（卷62，頁1297）

文中所言「恕己及物」就是推己及人的主張，即是「忠恕」精神的發揮，此乃儒家根本理論。所謂見善若出諸己，不欲勿施於人，如斯者，幾近厚恕之旨矣。由「恕己及人」到「念人及己」的雙向互動功能，是白居易最推崇的，足見他是以儒家中心爲主。又，《策林》之第四〈美謙讓〉云：「勞謙之心，合天運之不息；勤卹之德，合地道之無疆也」；第五〈塞人望、歸人心〉云：「古之天子，口不敢戲言，身不敢妄動；動必三省，言必再思」；第六〈政必成、化必至〉云：「陛下但推其誠，勤懷政，慎其始，敬其終，日月用而不知自臻其極；此先王終日所務者也，終日所行者也」；第七〈不勞而理〉云：「順其心以出令，則不嚴而理；因其欲以設教，則不勞而成。故風號無文而人從，刑賞不施而人服。三五所以無爲而天下化者，由此道也」此乃懿德美行也。由上可知白居易近似魏徵給唐太宗的〈諫太宗十思疏〉。

又，第五十〈議守險〉云：德與險兼用「然則以道德爲藩，以仁義爲屏，以忠信爲甲冑，以禮法爲干櫓者；教之險，政之守也」。其次，第五十五〈止獄措刑〉云：在富而教之「當周成、康之時，天下富壽，人知恥格；故囹圄空虛四十餘年。當漢文、景之時，節用勸農，海內殷實，人人自愛，不犯刑法；故每歲隄獄，僅至四百」；他如第六十〈救學者之失〉則以「禮、樂、詩、書」四者教民從善好禮；第六十二〈議禮樂〉云：「序人倫，安國家，莫先於

禮；和人神，移風俗，莫尚於樂。二者所以並天地，參陰陽，廢一不可也」，仍依儒家思想而言；第六十三〈沿革禮樂〉主張「夫禮樂者，非天降，非地出也；蓋先王酌於人情，張爲通理者也。苟可以正人倫，寧家國，是得制禮之本意也；苟可以和人心，厚風俗，是得作樂之本情矣。」所以君子不以其所能病人，不以人之所不能愧人，由此可知，白居易對禮樂教化的重視。

再次，則是第六十五〈議祭祀〉提出「禮行於祭祀，則百貨可極焉，斯之謂矣」；第七十二〈使臣盡忠、人愛上〉要求君王應以明報施道，文云：「昔者五帝接其臣以道，故臣致其君以德也……君視臣如股肱，則臣視君如元首。君待臣如犬馬，則臣待君如路人。君愛人如赤子，則人愛君如父母。君視人如土芥，則人視君如寇讎，孔子云：『審吾之所以適人，知人之所以來我也。』則盡忠愛上之來，在於此不在於彼矣。」（卷65，頁1374）等，凡此皆本於儒家思想所作，其餘篇章雖非盡然全是，但多含有儒家深厚的色彩。總之，白居易受儒家思想的感化由上述引文可知，歷歷可證的。

### （三）詔誥

白居易詔誥之作，約占其古文總數百分之五十以上。白居易所作詔誥有兩個時期：一爲元和三年（西元807年）至元和六年（西元811年），任翰林學士兼左拾遺時；一爲元和十五年（西元820年）至長慶二年（西元822年），任主客郎中、知制誥時。因爲詔誥之作，皆是政治性的公文，所以總體而言，文字的史料價值高於文學價值。然言及白居易撰寫詔誥的思想淵源時，其文化價值則是不可忽略視的。傅興林《白居易散文研究》論及詔誥時，明白指出：「翰林制詔與中書制誥的文化價值有：倡言忠君孝親、推崇弘恩博愛、標舉婦道母儀、宣揚釋道二教」，傅氏所言誠然。翰林制詔與中書制誥雖爲君、爲宰相所作的官方文書，然白居易仍有其個人思維、理念寄托於文字當中。如《白居易集》卷四十八〈高鈇等一十人亡母鄭氏等贈太君制〉云：

> 勑：起居郎高鈇亡母滎陽郡太君鄭氏等：予有侍臣，咸士之秀
> 者，或左右以書吾言動，前後以補吾闕遺；森然在庭，各舉其職。
> 爰思乃教，知所從來：豈非善稟於親，行成於內，徙鄰斷織，訓使
> 然耶？不追封邑之榮，曷顯統家之慶？可依前件。（卷48，頁1020）

由詔文可知，高鈇在任起居郎中時，盡心盡職，因而母憑子貴，封高鈇之母爲太君。傅興林《白居易散文研究》書中翔實記載有關翰制詔與中書制誥的認識價值，指出兩種文字皆是：「職官的職能、職官的地位、職事官充使職及

試可即眞的命官程式；與及加官、追贈、賜勛封爵、回授回贈等多樣官制的
記載；以批答文中的君臣禮儀、典章制度及中唐形勢的記錄；或是有關詔誥
文中所反映的對外關係等事宜。」高鈇亡母之受爵，即是詔誥中一種封爵的
誥文。

其次，卷四十九〈高芳穎等四人各贈刺史制〉，乃針對爲國捐軀之功臣，
特與賜封，詔云：

　　　　勅：故某官高芳穎：昔文王葬枯骨，之無知也，但惻隱之心，
　　不忍棄也；故天下皆歸仁焉。況捐軀之魂，死節之骨，見危併命，
　　朕甚閔之！深州故十高某等四人，皆從戰陣，連最王事，褒贈之數，
　　宜其有加。并命追榮，以光地下，可依前件。（卷49，頁1037）

《釋名》曰：「義者，宜也。裁制事物，使合宜也。」是以君子行必思義。惟
勇之所至，始能殺身成仁，捨生取義；義勇者大道之所以行者也。昔周文王
爲政時，對無從辨識、默默無聞爲仁犧牲生命者之枯骨收斂、安葬；對當日
唐穆宗爲政，則體現爲對見危拚命、死於王事之亡魂褒贈追封，給與肯定支
持，此儒家惻隱之心的表現。文王、穆宗之義行善舉內容雖殊，而憫恤博愛
之精神，則是儒家思想有以致之也。

又，《白居易集》卷五十七中的〈與回鶻可汗書〉云：「皇帝敬問迴鶻可
汗：夏熱，想比佳適。可汗有雄武之姿，英果之略，統制諸部，君長一方，
纂承前修，繼守舊好；故得邑落蕃盛，士馬精強，連挫西戎，永藩中夏。況
嚮風之義，每勤於朝聘；事大之敬，常見於表章：動皆由衷，言必合禮。朕
所以深嘉忠款，遐想風規，至於寢興，不忘歎矚。勉弘令德，用副誠懷！」（卷
57，頁1224～1225），威武英果之可汗對唐朝天子示敬稱臣，稱霸一方的回鶻
甘心拱衛唐王朝的，可證巍巍唐王朝在蕃國心中的地位，是無可撼搖的。此
爲四方所敬服者，係是儒家孔子「恭則不悔，寬則得眾，信則人任焉，敏則
有功，惠則足使人」的精神感化，與孟子「仁者無敵」、「保民而王」的精神
發揚所至。他如〈冊回鶻可汗加號文〉、〈與新羅王金重熙等書〉、〈與吐蕃宰
相鉢闡布敕書〉、〈答吐蕃北道節度論贊勃藏書〉等，皆是對外關係而作。由
上述外交之文書，可見當時唐王朝成爲萬國朝尊之對象，「國際」地位之崇高，
是任何一個民族都無法與之匹敵的。

（四）奏狀

憲宗元和三年（西元808年），在長安任左拾遺、翰林學士時，以諷諭作

爲輔弼，因身爲諫官，本負有拾遺補闕及規諫政事之責任。白居易對憲宗雖是感遇知恩，而有所爲而爲，然亦不出儒家的教義。

元和四年（西元 809 年），白居易爲百姓解租稅之苦，上奏書與憲宗，其〈奏請加德音中節目二件〉之一：「緣今時旱，請更減放江淮旱損州縣百姓今年租稅」，係爲當地百姓說請，其言云：

> 右，伏以聖心憂軫，重降德音，欲令實惠及人，無如減放租稅。昨正月中所降德音，量放去年錢米。伏聞所放數內，已有納者；縱未納者，多是逃亡，假令不放，亦徵不得。況旱損州縣至多，所放錢米至少，百姓未經豐熟，又納今年稅租，疲乏之中，重此徵迫：人力困苦，莫甚於斯！卻是今年，伏望聖恩，更與宰臣及有司商量：江淮先旱損州作分數，更量放今年租稅。當疾困之際，降惻隱之恩，感動人情，無出於此。敢竭愚見，以副聖心。（卷 58，頁 1237～1238）

人之本在於仁。仁愛之行，在於致利除害，兼愛無私，善及眾人，化於萬物。君子之行仁愛也，以天地生物之心而爲心，此乃仁人志士之行也。白居易此奏，乃爲江、淮百姓請命。《資治通鑑》卷二三七，《唐紀》五十三載憲宗元和四年三月：「上以久旱，欲降德音，翰林學士李絳、白居易上言，以爲『欲令實惠及人，無如減其租稅。』又言『宮人驅使之餘，其數猶廣，事宜省費，物貴徇情。』又請『禁諸道橫斂以充進奉。』……」〔註 12〕又見《新唐書》卷一一九本傳載：「四年，天子以旱甚，下詔有所蠲貸，振除災沴。居易見詔節未詳，即建言乞盡免江淮兩賦，以救流瘠，且多出宮人。憲宗頗采納。」〔註 13〕由此可知，白居易誠是一位仁者，是一位儒家的實踐者。

## （五）奏表

表是一種敘述性的文章，用以表述某情緒或事件。白居易奏表之作，其情緒與事件皆與政治有關。白居易奏表創作凡卷五十八篇，共十二道；其中四道爲白居易自己上呈穆宗頭的謝表與賀表，另外八道則是白居易代當時執政的宰相所上的賀表、認官表、謝官表、陳情表、請上尊號表等。其奏表之作主要時期爲二：一是長慶元年至長慶二年，任主客郎中、知制誥時；一爲出外任，任忠州刺史、杭、蘇刺史等地方官員時。中書舍人是類似宰相私人

〔註 12〕 「宋」司馬光：《資治通鑑》（北京：中華書局，1997 年 11 月），頁 7657。
〔註 13〕 「宋」歐陽脩等：《新唐書》：（臺北：鼎文書局，1979 年 12 月），卷 119，頁 4300。

秘書的官職，白居易任主客郎中時的奏表創作，皆為宰相而作。長慶元年〈為宰相賀赦表〉，是當時穆宗命臣下制書大赦天下所作，目的在於頌揚皇帝的聖明之舉。表云：

> 況陛下承二百祀鴻業之重，纂十一聖耿光之初。始奉嚴禋，新開寶曆。天下之目，專專然觀陛下之動；天下之耳，顒顒然聽陛下之言。斯則陛下出一言，不終日必達於朝野；舉一事，不浹辰必聞於華夷。當疲人求安思理之秋，是陛下敬始慎微之日。苟行一善，則可以動人聽而式歌舞；況具眾美，信足以感人心而致和平。康哉可期，天下幸甚！臣等謬居重位，幸屬鴻休，慚竊股肱，喜深骨髓。歡欣悚躍，倍萬常情。無任舞慶幸之至！（卷61，頁1276）

盡己之謂忠，承命之謂敬。忠者，在乎心；敬者，形之於容。由引文可知，與其說這是賀詞不如說是勸言。白居易所提示者，天下百姓所關注者，乃皇帝一舉一動、一言一行，將對內政外交、朝野上下產生極大之影響。因此，勸穆宗更應該敬始慎微，發善言、行善政，感化人心。此表與白居易於元和元年（西元806年）所作《策林》第五篇〈塞人望歸眾心〉所言旨意相同：

> 是以古之天子，口不敢戲言，身不敢妄動；動必三省，言必再思。況陛下初嗣祖宗，新臨兆庶：臣伏見天下之目，專專然以觀陛下之動也；天下之耳，顒顒然以聽陛下之言也。則陛下出一言，不終日而達於朝野；動一事，不浹辰而聞於華夷。蓋是非之聲，無翼而飛矣。損益之名，無脛而走矣。陛下得不慎之哉？伏惟觀於斯，察於斯，使一言一動，無所苟而已矣。言動不苟，則天下之望塞焉，天下之心歸焉。（卷62，頁1292）

此是白居易期待君王能「慎言」，在有所做為之際，應該深思熟慮。由上述表、策對舉可知，白居易無論在朝在野，其忠君愛國之心，始終如一，此乃儒家思想深植其心使然。

再如〈為宰相讓官表〉，係為杜元穎所作，以杜氏口氣言道：「下乖人望，上紊朝經……臣謬因文學，忝列班行；先朝乏人，挺居內職……忽登相位。名浮於實，任過其才。」此係禮節謙讓之辭，亦是儒家所謂謙讓之美德。又〈為崔相陳情表〉，是為崔植替父母乞求追贈而作，肯定崔植「烏反哺，羊跪乳」的孝親之舉，這也儒家忠孝的表現。

白居易外任時，亦曾有奏表之作。元和十四年，白居易任忠州刺史時，

有〈忠州刺史謝上表〉、〈賀上尊號後大赦天下表〉、〈賀平淄青表〉，前兩篇是
爲感謝與頌揚皇上的奏表，後一篇則是由衷表達對於平定「罪盈惡稔，眾叛
親離」的李師道而作。其文云：

> 臣聞：亂常干紀，天殛神誅。李師道苞藏禍心，暴露逆節，罪
> 盈惡稔，眾叛親離，未勞師徒，自取擒戮。伏惟睿聖文武皇帝陛下：
> 文經天地，武定華夷，凡是猖狂，無不誅剪。兩河清晏，四海會同；
> 昇平之風，實自此始。臣名參共理，職忝分憂，抃舞歡呼，倍萬常
> 品。守官有限，不獲稱慶闕庭。無任慶快踴躍之至！謹具奏聞。謹
> 奏。元和十四年四月九日（卷 61，頁 1282）

此表作於元和十四年（西元 819 年）四月九日。白居易於表中，對李師道包
藏禍心、大逆不道的罪行進行痛砭，對憲宗文韜武略給與肯定而歌頌，並表
達對割據之節度使的憎惡與對四海清晏之時代的嚮往。白居易曾於元和四年
（西元 809 年）上過〈論魏徵舊宅狀〉，對憲宗欲接受李師道之請進行阻諫，
足見白居易早對李師道不軌之行徑已瞭然於心，其洞穿看透的睿智，更是高
人一等。至於任中書舍人時所上的〈論行營狀〉、〈爲宰相賀殺賊表〉等奏表，
所表露的是對河北諸將的懷疑、厭惡之情。總之，無論是在翰林學士任上，
抑或是在中書舍人任上，白居易反對藩鎮之態度始終鮮明而強烈，其忠君爲
國之心則始終如一。

## 四、學習陶潛

從現存《白居易集》讀之，無論是詩或文，對白居易影響最深刻者，首
推東晉「少有高趣」的大詩人陶淵明；其人格風範、行事作風，亦深深受陶
淵明影響。如〈池上寓興〉詩云：「水淺魚稀白鷺飢，勞心瞪目待魚時：外容
閒暇中心苦，似是而非誰得知」（卷 36，頁 828），以及〈自問此心呈諸老〉
詩所言：「朝問此心何所思，暮問此心何所爲？不入公門慚斂手，不看人面免
低眉。」（卷 37，頁 855），皆可見其落寞的心境，確是難以排遣，白居易無
奈的心情，由其詩文中可得知。

據《舊唐書·白居易傳》卷一百六十六載：「又效陶潛五柳先生傳、作醉
吟先生傳以自況。文章曠達，皆此類也」〔註 14〕而白居易於大和八年（西元

---

〔註 14〕〔後晉〕劉昫：《舊唐書·白居易傳》（臺北：鼎文書局，1979 年 12 月），卷
166，列傳 116，頁 4355。

834 年）年六十三歲時，曾作〈北窗三友〉詩云：

> 今日北窗下，自問何所爲？欣然得三友，三友者爲誰？琴罷輒
> 舉酒，酒罷輒吟詩。三友遞相引，循環無已時。一彈愜中心，一詠
> 暢四支；猶恐中有間，以醉彌縫之。豈獨吾拙好？古人多若斯。嗜
> 詩有淵明，嗜琴有啓期；嗜酒有伯倫，三人皆我師。……興酣不疊
> 紙，走筆操狂詞。誰能持此詞，爲我謝親知；縱未以爲是，豈以我
> 爲非？（卷 28，頁 665～666）

由詩中可知琴、詩、酒，命名爲「三友」。白居易對「三友」喜愛的感情，以
及「三友」支撐他稱爲三師的古代先賢的事跡。然於三人之中最初提到的是
陶淵明，他影響了白居易的創作意識，〔註 15〕是顯而易見的。陶淵明是白居
易一生中最喜愛的詩人，對白居易心態的塑造、性格的熏陶，無疑有著深刻
的影響。陶淵明的形象可謂「親近」、「實在」，與白居易相近，思想、性情亦
相近，類似「吏隱」矛盾衝突，都爲白居易走進陶淵明所構建的生存哲學，
也爲白居易提供良好的養料。

　　白居易的詩文創作，無論是神貌、形式、思想等與陶淵明的作品相比較，
不難發現，陶、白二人是相似的，可以說影響白居易最深的詩人是陶淵明。
大陸學者蕭偉韜在《白居易生存哲學本體研究》書中說道：「現存《白居易集》
中的詩詞共有二千八百九十二首，其中明顯有陶淵明印記的至少有一百五十餘
首，約占詩集的百分十九，其受陶淵明影響作品在唐代詩人中，其詩數量爲
最多者。足可見白居易受陶淵明影響浸潤是異常深刻的。」〔註 16〕白居易受
陶淵明詩文浸潤是異常深遠的，元和八年（西元 813 年），白居易守母喪時，
曾仿陶淵明體詩作十六首，這是一組模仿陶淵明〈飲酒〉詩而作的詩歌，編
入閒適詩中。詩序云：「余退居渭上，杜門不出，時屬多雨，無以自娛。會
家醞新熟，雨中獨飲，往往酣醉，終日不醒。懶放之心，彌覺自得。故於此
而有以忘於彼者。因詠陶淵明詩，適與意會，遂傚其體，成十六篇。醉中狂
言，醒輒自哂；然知我者，亦無隱焉。」（卷 5，頁 104～108）此序明白指出
白居易〈效陶潛體詩〉十六首之時間、地點與寫作之緣由，同時明白說出其

---

〔註 15〕（日）西村富美子：〈白居易詩中的「北窗」及「竹窗」的問題——與陶淵明
　　　　『與子儼疏的關係』〉《唐代文學研究》第五期（桂林：廣西師範大學出版社版，
　　　　1994 年 10 月），頁 481～482。
〔註 16〕蕭偉韜：《白居易生存哲學本體研究》（南京：南京大學出版社，2009 年 12
　　　　月第一版），頁 102。

心愛慕之情。

## （一）記序

憲宗元和十一年（西元 816 年），白居易貶官至江州時，曾遊廬山，經過陶淵明故里而訪之，觀其遺跡，想其爲人，對陶淵明的高潔品格表達了由衷的讚美和欣羨之情，因而賦詩一首。詩前序文云：「予夙慕陶淵明爲人，往歲渭川閒居，嘗有《效陶體詩》十六首。今遊廬山，經柴桑，過栗里，思其人，訪其宅，不能默默」，這是詩的小序，說明寫作的緣由。又題此詩云：

> 垢塵不污玉，靈鳳不啄羶。鳴呼陶靖節，生彼晉宋間；心實有
> 所守，口終不能言。永惟孤竹子，拂衣首陽山；夷齊各一身，窮餓
> 未爲難。先生有五男，與之同飢寒。腸中食不充，身上衣不完。連
> 徵竟不起，斯可謂眞賢。我生君之後，相去五百年；每讀〈五柳傳〉，
> 目想心拳拳。昔常詠遺風，著爲十六篇。今來訪故宅，森若君在前。
> 不慕樽有酒，不慕琴無絃；慕君遺榮利，老死此丘園。柴桑古村落，
> 栗里舊山川；不見籬下菊，但餘墟中烟。子孫雖無聞，族氏猶未遷；
> 每逢姓陶人，使我心依然。（卷 7，頁 128）

詩以〔玉、鳳〕起興，比喻陶淵明高貴純潔品德，直接進行正面讚頌；接著補敘昔日對他的仰慕之情，和詩歌追和之作；最後說到訪其舊宅，睹其物，誦其詩，想見其人，表達深切的敬仰懷念之情，層次分明。貫串全詩的對陶淵明「眞隱」的衷心讚美。由詩中可知，白居易讚賞陶淵明，反映其經歷宦海風波後萌生退隱思想，陶淵明之精神全面影響白居易之思想與生活，同時有心學習陶淵明「隱居」的生活。

陶淵明之偉大，在於他畢生所追求的是一個「眞」字。他在〈五柳先生傳并贊〉中表現得最眞實、最貼切：「贊曰：黔婁之妻有言：「不戚戚於貧賤，不汲汲於富貴。」味其言，茲若人之儔乎？啣觴賦詩，以樂其志。無懷氏之民歟？葛天氏之民歟？」〔註 17〕此文爲陶淵明自託名「五柳先生」而作的

---

〔註 17〕〔晉〕陶淵明撰，郭維森、包景誠譯注：〈五柳先生傳并贊〉《陶淵明集》（臺北：地球出版社，1994 年 8 月），「先生不知何許人也。亦不詳其姓字，宅邊種有五柳樹，因以爲號焉。閒靜少言，不慕榮利，好讀書，不求甚解，每有會意，便欣然忘食。性嗜酒，家貧不能常得。親舊知其如此，或置酒而招之。造飲輒盡，期在必醉。既醉而退，曾不吝情去留。環堵蕭然，不蔽風日。短褐穿結，簞瓢屢空，晏如也。常著文章自娛，頗示己志。忘懷得失，以此自終。」，頁 393～396。

一篇自傳。陶淵明以「眞」期許自己：是任自然的「眞」、愛自由的「眞」，與及人性的「眞」。所以陶淵明爲文以「情眞」、「景眞」、「事眞」、「意眞」行文，呈現「平淡」、「樸素」、「自然」的風格。

白居易爲中唐有名詩人，詩名滿天下，也以「眞」來創作其詩歌。以「眞人」、「眞事」、「眞情」、「眞意」、「眞心」對待每件「人、事、物」；凡詠一時一物，皆發於一笑一吟，率然成章，眞正成爲反映時代的「鏡子」。如〈秦中吟〉、〈新樂府〉、〈賀雨〉等創作，即是其例。白居易的古文創作與詩相似，其言志、記事、寫景的小品文，即呈現平易近人、情眞意切的特色。至如〈草堂記〉、〈冷泉亭記〉、〈三遊洞序〉等遊記；〈與元微之書〉、〈傷遠行賦〉等抒情小品；乃至祭文、傳記之寫作，如〈祭小弟文〉、〈祭浮梁大兄文〉、〈祭楊夫人文〉、〈醉吟先生傳〉等，皆以「眞情」、「眞意」行文，具有陶氏的身影、形式與思想。如陶淵明之〈桃花源記〉：

> 晉太元中，武陵人捕魚爲業。緣溪行，忘路之遠近。忽逢桃花林，夾岸數百步，中無雜樹，芳草鮮美，落英繽紛。漁人甚異之。復前行，欲窮其林。林盡水源，便得一山。山有小口，髣髴若有光。便捨船，從口入。初極狹，纔通人。復行數十步，豁然開朗。土地平曠，屋舍儼然，有良田、美池、桑竹之屬。阡陌交通，雞犬相聞。其中往來種作，男女衣著，悉如外人。黃髮垂髫，並怡然自樂。
>
> 見漁人，乃大驚，問所從來，具答之。便要還家，設酒殺雞作食。村中聞有此人，咸來問訊。自云先世避秦時亂，率妻子邑人來此絕境，不復出焉，遂與外人間隔。問今是何世，乃不知有漢，無論魏晉！此人一一爲具言所聞，皆歎惋。餘人各復延至其家，皆出酒食。停數日，辭去。此中人語云：『不足爲外道也。』既出，得其船，便扶向路，處處誌之。
>
> 及郡下，詣太守，說如此。太守即遣人隨其往，尋向所誌，遂迷不復得路。南陽劉子驥，高尚士也，聞之，欣然規往，未果。尋病終。後遂無問津者。〔註18〕

在惡劣環境中，與人誠摯相待，啓迪在追求進步與反樸歸眞中尋求合理的人

〔註18〕〔晉〕陶淵明撰，郭維森、包景誠譯注：《陶淵明集》（臺北：地球出版社 1994年 8 月），頁 369～372。又見溫洪隆注譯：《新譯陶淵明集》（臺北：三民書局，2010 年 5 月）

生態度，培養和睦無爭的處世態度，不忘追求理想的精神，是值得學習的。此篇記文當是晉亡以後所作。記中「避秦時亂」、「無論魏晉」，據洪邁《容齋隨筆》載：「乃寓意於劉裕，託之於秦，借以爲喻。」〔註19〕寫作時間當在晉亡以後之劉宋時代。「桃花源」爲陶淵明虛構之故事，也是作者理想村落的名字，實際上無此村落。陶淵明理想世界是人人勞動，人人過著自由自在的生活，無剝削痛苦的生活，無憂無慮和樂而安寧。在「桃花源」可以避開剝削壓迫慘痛生活，以及時常爆發戰亂、政治惡鬥、爾虞爾詐之虛僞人生。文中可知，他們的生活環境，而是一種自然的純樸的生活習俗，談吐語言，淳樸感情，而不虛假。

又，此記之作，結構嚴謹，如先寫漁人如何發現桃花源，其次寫漁人在桃花源中的所見所聞，再次寫漁人離開桃花源以後的情況，層次分明。其次作者所用的語言質樸自然，看似平淡，卻富有情趣，如寫桃花林的景色，饒有詩意；寫桃花源中人，連用「大驚」、「咸來問訊」、「皆歎惋」等詞語，突出了他們與世隔絕的心情，餘味無窮，更令人嚮往過著安康的生活。

白居易〈廬山草堂記〉的寫作，這是一篇記廬山隱居草堂的記敘文，記草堂的興建經過，結構陳設、環境物和交遊，表現了作者癖愛山水，回歸自然的情趣。無論在構思、理念、氣勢、用意等，與陶淵明〈桃花源記〉是不謀而合的。文中白居易清楚表達其隱居、終老於此之心願：

> 噫！凡人豐一屋，華一簀，而起居期間，尚不免有驕穩之態。
> 今我爲是物主，物至致知，各以類至，又安得不外適內和，體寧心恬哉？昔永、遠、宗、雷輩十八人，同入此山，老死不返。去我千載，我知其心是以哉！矧余自思：從幼迨老，若白屋，若朱門，凡所止，雖一日二日，輒覆簣土爲臺，聚拳石爲山，環斗水爲池，其喜山水，病癖如此。
>
> 一旦寒剝，來佐江郡，郡守以優容撫我，廬山以靈勝待我，是天與我時，地與我所，卒獲所好，又何求焉？尚以冗員所羈，餘累未盡，或往或來，未遑寧處。待予異時弟妹婚嫁畢，司馬歲秩滿，出處行止，得以自遂；則必左手引妻子，右手抱琴書，終老於斯，以成就我平生之志。清泉白石，實聞此言。時三月二十七日，始居

---

〔註19〕〔宋〕洪邁：《容齋隨筆・三筆・桃源行》（上海：古籍出版社，1998年3月），卷10，頁536～537。

新堂（卷43，頁933～935）

文章於記敘描寫中揉入議論與抒情，將草堂美好的環境景色和自己熱愛自然山水，厭惡世俗名利，追求恬淡安逸的心情結合起來，渾然成爲一體。隱居草堂可避開政治打擊、官場鬥爭，眞正享受寧靜之「桃花源」生活，又可與方外人士享受遊山玩水之樂趣；反襯出外界社會的醜惡，令人感到厭煩，唯有寄情山水。

大和三年夏，白居易晚年，始得請爲太子賓客，分秩於洛下，息躬於池上。白居易〈池上篇〉清楚說出：「凡三任所得，四人所與，洎吾不才身，今率爲池中物矣。每至池風春，池月秋，水香蓮開之旦，露清鶴唳之夕：拂楊石，舉陳酒，援崔琴，彈姜〈秋思〉，頹然自適，不知其他。酒酣琴罷，又命樂童登中島亭，合奏〈霓裳古序〉聲隨風飄，或凝或古，悠揚於竹烟波月之際者久之。曲未竟而樂天陶然已醉，睡於石上矣。睡起偶詠，非詩非賦。阿龜握筆，因題石間，視其粗成韻章，命爲〈池上篇〉云爾。」〔註20〕白居易請告罷刑部侍郎，改任太子賓客，分司洛陽，脫離惡鬥的政治，回到履道宅。自己多年苦心經營的園林，感到無比的輕鬆和愉悅，晚年隱居洛陽，從此以後，他可以安逸生活。更有陶淵明「結廬在人境，而無車馬喧。問君何能爾？心遠地自偏。」之韻味，細細品味〈池上篇并序〉序和詩記敘了履道宅中景物增添修葺的經過，描述了晚年恬淡逍遙的閒居生活，表現出初歸洛陽時的喜悅之情。與〈桃花源記〉頗爲相似，先是敘文，次是詩作；兩篇敘文更甚於詩，又兩人生活方式十分接近，白居易宛如是陶淵明的再生。若言陶、白之差異，則是陶爲眞正過著田園生活，白居易則是「吏隱」生活，如此之異而已。

## （二）祭傳

除遊記、雜記、山水等古文外，白居易又仿傚陶氏其他文體，如祭文、傳記文等，風格也十分類似，皆以「眞情」、「眞意」爲之。如白居易〈祭弟

---

〔註20〕〈池上篇‧并序〉見錄於《白居易集》（新北市：漢京文化事業有限公司，1984年3月），卷69，頁1450～1451。「十畝之宅，五畝之園：有水一池，有竹千竿。勿謂土狹，勿謂地偏：足以容膝，足以息肩。有堂有亭，有橋有船；有書有酒，有歌有絃。有叟在中，白鬚飄然：識分之足，外無求焉。如鳥擇木，姑務巢安；如龜居坎，不知海寬。靈鶴怪石，紫菱白蓮：皆吾所好，盡在我前。時引一盃，或吟一篇。妻孥熙熙，雞犬閒閒。優哉游哉！吾將終老乎其間。」

文〉：

> 維元和八年，歲次癸巳，二月，某朔，二十五日，仲兄居易、季兄行簡，以清酌之奠，致祭于亡弟金剛奴。
>
> 嗚呼！川水一逝，不復再還；手足一斷，無因重連。惟吾與爾，其苦亦然！黃壚白日，相見無緣。每一念至，腸熱骨酸；如以刀火，刺灼心肝。況爾之生，生也不天；苗而不秀，九歲天焉！昔權殯爾，灃南古原。今改葬爾，渭北新阡。祔先塋之北次，就卑位於東偏。冀神魂之不孤，庶窀穸之永安。
>
> 嗚乎！自爾捨我，歸於下泉；日來月往，二十二年。吾等罪逆不孝，殃罰所延；一別爾後，再罹凶艱。灰心垢面，泣血漣漣。松檟之下，其生尚殘。昔爾孤於地下，今我孤於人間。與其偷生而孤苦，不若就死而團圓。欲自決以毀滅，又傷孝於歸全。進退不可，中心煩冤；仰天一號，痛苦萬端！
>
> 嗚乎！爾魂在几，爾骨在棺；吾親奠酹，與爾牀前。苟神理之有知，豈不聞吾此言？尚饗！（卷40，頁894）

祭文有駢文，有古文，一般都寫得感情真摯，淒楚感人，白居易祭弟文作於元和八年（八一三），白居易四十二歲。其弟死於貞元八年，白居易在弟死後二十二年，為祔先塋之墳，而寫此文，以駢古兼備，字裏行間，真情流露兄弟之情：「自爾捨我，歸於下泉；日來月往，二十二年」，讀之令人為其動容；昔爾孤於地下，今我孤於人間，與其偷生而孤苦，不若就死而團圓。白居易祭文之作感情深摯，激動人心與陶淵明〈祭程氏妹文〉極類似：

> 維晉義熙三年五月甲辰，程氏妹服制再周，淵明以少牢之奠，俛而酹之。嗚呼哀哉！寒來往暑，日月寖疎。梁塵委積，庭草荒蕪。寥寥空空，哀哀遺孤。肴觴虛奠，人逝焉如？
>
> 誰無兄弟？人亦同生。嗟我與爾，特百常情。慈妣早世，時尚孺嬰。我年二六，爾纔九齡。爰從靡識，撫髫相成。咨爾令妹，有德有操。靖恭鮮言，聞善則樂。能正能和，惟友惟孝。行止中閨，可象可傚。我聞為善，慶自己蹈。彼蒼何偏，而不斯報！昔在江陵，重罹天罰。兄弟索居，乖隔楚越。伊我與爾，百哀是切。黯黯高雲，蕭蕭冬月。白雪掩晨，長風悲節。感惟崩號，興言泣血。

　　　　尋念平昔，觸事未遠。書疏猶存，遺孤滿眼。如何一往，終天
不返！寂寂高堂，何時復踐？藐藐孤女，曷依曷恃？煢煢遊魂，誰
主誰祀？奈何程妹，於此永已！死如有知，相見蒿里。嗚呼哀哉！
〔註21〕

這是以淵明爲哀悼程氏妹所寫的一篇祭文。寫於晉安帝義熙三年五月（西元
407 年），陶淵明時年四十三歲。據〈歸去來兮辭・序〉程氏妹在晉安帝義熙
元年十一月（西元 405 年）死於武昌，陶淵明辭去彭澤縣令的官職，前往奔
喪。

　　祭文之撰寫，有四言韻文，亦可用古體爲之。陶淵明之祭妹文是以四言
韻文爲主，字裏行間，將兄妹之情，表現無已。祭文開場白先寫年月日，以
下方是正式祭辭。而後寫妹死後家中悽涼景象。首先，是追念兄妹情誼，哀
歎天理不公，以情眞、意眞敘述其妹之德懿，謙遜恭敬；寡言少語，品行端
正，情性溫和；既能友愛又能盡孝。而後敘述妹死後遺物、遺事、遺孤；文
末五句尤爲哀痛。如文中「梁塵委積，庭草荒蕉。寥寥空空，哀哀遺孤」、「黯
黯高雲，蕭蕭冬月。白雪掩晨，長風悲節」、「如何一往，終天不返！寂寂高
堂，何時復踐？藐藐孤女，曷依曷恃？煢煢遊魂，誰主誰祀」等，句句浸透
著哀痛，兄妹之情、懷母之思，足教讀者，噓噓不已，摧心斷腸。

　　白居易祭弟文，也以四言爲主，然其中亦有古句出現：「祔先塋之北次，
就卑位於東偏。冀神魂之不孤，庶窀穸之永安。嗚乎！自爾捨我，歸于下泉。」、
「昔爾孤於地下，今我孤於人間。與其偷生而孤苦，不若就死而團圓。欲自
決以毀滅，又傷孝於歸全。進退不可，中心煩冤。仰天一號，痛苦萬端。」
是用排比句法，此與當時古文運動有關。除句法、行文形式有別陶淵明外，
其實白居易祭文之寫作，以「平實淺易」、「眞情眞意」特色。陳柱在《中國
古文史》云：

　　　　天下事物，苟非中庸，必有相對。文章亦然。有主難者，必有
主易者；有深者，必有主淺者。故樊紹述之艱深；必有白樂天之淺
易，惟淺易與草率不同，第一要件即是在眞切。眞切則文字雖淺易
而意味實深長，此實爲最高之文境。反是，則可謂以艱深之文字其
淺陋耳。白樂天之文，自來論文者不選，而吾則以爲陶淵明以後一

〔註21〕〔晉〕陶淵明撰，郭維森、包景誠譯注：〈祭程氏妹文〉《陶淵明集》（臺北：
　　　　地球出版社，1994 年 8 月），頁 430～436。

人而已。〔註22〕

陳氏對白文顯然極肯定與認同，而且以陶淵明以後，唯一的繼承人，是針對白居易古文的「真切」、「淺易」而提出其觀點。如白居易的〈醉吟先生傳〉，即是擬〈五柳先生傳〉而作：

> 醉吟先生者，忘其姓字、鄉里、官爵，忽忽不知吾為誰也。宦遊三十載，將老，退居洛下……酒既酣，乃自援琴，操宮聲，弄《秋思》一遍。若興發，命家僮調法部絲竹，合奏《霓裳羽衣》一曲。若歡甚，又命小妓歌《楊柳枝》新詞十數章。放情自娛，酪酊而後已。

> 妻孥弟姪，慮其過也，或譏之，不應；至於再三，乃曰：凡人之性，鮮得中，必有所偏好。吾非中者也，設不幸，吾好利，而貨殖焉；以至於多藏潤屋，賈禍危身：奈吾何？設不幸，吾好博弈，一擲數萬，傾財破產，以致於妻子凍餓，奈吾何？設不幸，吾好藥，損衣削食，鍊鉛燒汞，以至於無所成，有所誤，奈吾何？

> 古所謂得全於酒者，故自號為醉吟先生，於時，開成三年，先生之齒，六十有七，鬢盡白，髮半禿，齒雙缺；而觴詠之興猶未衰。
> 顧謂妻子云：今之前，吾適矣；今之後，吾不自知其興何如？（卷70，頁 1485～1486）

開成三年（西元 838 年），白居易六十七歲，任太子少傅司。「醉吟先生」為白居易托名自稱，源於陶淵明〈五柳先生傳〉，這是白居易晚年退居洛陽後所寫的一篇自傳。表面上似乎很曠達，其實他「兼濟天下」的理想破滅後所產生的一種逆反心理，借酒澆愁，暫時麻醉而已。

文章首段敘述詩、酒、琴等遊樂，任情盡興。以下則是借回答家人而發議論，為放縱於酒而辯護，視劉伶為榜樣。繼而寫盡醉長吟，醉吟相仍，解說自號之緣由。文中塑造醉吟先生曠達自適之形象，以排比句式行文，抒發情意與生活樂趣，文末則以敘懷表志，為其行文風格。細讀〈醉吟先生傳〉，可見白居易心態、笑貌、喜好一一呈現於筆端；意興灑然，甚得自然之妙。孫兆民《古文評註・醉吟先生》評曰：「唐六如曰：『達言妙論，可使醉者頓醒，愁者頓粲。』過商侯曰：『高致落落，亦知止，亦安分，令人可感傷。』」

---

〔註22〕陳柱：《中國散文史》（臺北：臺灣商務印書館，1975 年 4 月），頁 227～228。

〔註23〕所以如是，蓋因其文字淺易，情感眞實使然。其次，是陶淵明的〈自祭文〉：

> 歲惟丁卯，律中無射。天寒夜長，風氣蕭索。陶子將辭逆旅之
> 館，永歸於本宅。故人悽其相悲，同祖行於今夕。羞以嘉蔬，薦以
> 清酌，候顏已冥，聆音愈漠。
>
> 嗚呼哀哉！茫茫大塊，悠悠高旻。是生萬物，余得爲人。自余
> 爲人，逢運之貧。……勤靡餘勞，心有常閒。樂天委分，以至百年。
>
> 惟此百年，夫人愛之。懼彼無成，愒日惜時。存爲世珍，沒亦
> 見思。嗟我獨邁，曾是異茲！寵非己榮，涅豈吾緇？……余今斯化，
> 可以無恨。壽涉百齡，身慕肥遁。從老得終，奚所復戀。
>
> 寒暑逾邁，亡既異存，外姻晨來，良友宵奔，葬之中野，以安
> 其魂。窅窅我行，蕭蕭墓門。奢侈宋臣，儉笑王孫。廓兮已滅，慨
> 焉已遐，不封不樹，日月遂過。匪貴前譽，孰重後歌？人生實難，
> 死如之何？嗚呼哀哉！〔註24〕

撰寫祭文一般是生者祭死者而作。此篇祭文爲陶淵明於宋文帝元嘉四年（西
元 427）九月，是爲自己祭奠自己所撰寫的文字，也是陶淵明絕筆之作。首段
敘說死時親友爲他送終的情景，次段則是追敘自己一生的坎坷遭遇和躬耕隱
居的生活。第三段則是言其人生哲學與眾不同，寵辱皆忘，樂天知命，故死
而無憾，也無所留戀。末段則是言死後，親友前來奔喪送葬，我既不厚葬，
也不願裸葬，生前既不重視榮譽，誰還重視死後的贊歌〔註25〕。

此篇祭文雖有「故人悽其相悲」以及「嗚呼哀哉」等悲哀文字，卻與〈祭
程氏妹文〉、〈祭從弟敬遠文〉不同，既未寫對人生之留戀，也不寫死後的悲
哀，而是以平靜之心態，曠達之襟懷，敘說自己生平志趣。以「率眞」、「性
本自然」述說自己人生，是從貧富、榮辱、死生等問題態度中體現出來的。

白居易晚年所作〈醉吟先生墓誌銘〉，清楚說出自己平生志趣：「凡平生
所慕、所感、所得、所喪、所經、所逼、所通，一事一物已上，布在文集中，

---

〔註23〕孫兆民：《古文評註》（臺南：綜合出版社，1969 年 12 月），卷 3，頁 6。

〔註24〕〈自祭文〉見錄於〔晉〕陶淵明撰，郭維森、包景誠譯注：《陶淵明集》（臺
北：地球出版社，1994 年 8 月），頁 444～449。

〔註25〕郭維森、包景誠《陶淵明集》（臺北：地球出版社，1994 年 8 月），頁 443～
450。

開卷而盡可知也，故不備書。……」而以自祭的態度，告知家人，啟手足之
夕，語其妻與姪曰：「吾之幸也，壽過七十，官至二品，有名於世，無益於人；
褒優之禮，宜自貶損。我歿，當斂以衣一襲，送以車一乘，無用鹵簿葬，無
以血食祭，無請太常諡，無建神道碑；但於墓前立一石，刻吾《醉吟先生傳》
一本可矣』。語訖命筆，自銘其墓云：樂天樂天，生天地中，七十有五年。其
生也浮雲然，其死也委蛻然。來何因？去何緣？吾性不動，吾形屢遷。已焉
已焉！吾安往而不可？又何足厭戀乎其間？」（卷71，頁1504），白居易對死
生，看得淡看得輕，無所畏懼、無所顧忌，蕭灑在人世間走一遭，「其生也浮
雲然，其死也委蛻然。來何因？去何緣？吾性不動，吾形屢遷。已焉已焉！
吾安往而不可？又何足厭戀乎其間？」此種人生態度與陶淵明的「率真」、「性
本自然」之作風相似，對貧富、榮辱、死生等問題的見解也相同，足見陶、
白兩人的人生態度與處世方法是相同的。

## 五、古文運動

　　唐代古文運動，自德宗貞元至憲宗元和時代，由韓愈等人所倡導與推動。
所謂「古文」，即是先秦兩漢以來的諸子古文、史傳古文，以奇句單行為特徵。
中國古文於先秦兩漢就有極光輝之成就，兩漢的古文，一方面繼承先秦傳統，
一方面又受辭賦之影響，開始駢儷化。至魏晉，始出現駢文。「駢文」之創作，
講求聲律、對偶與辭藻；駢文的出現，豐富了文學的體裁。但在南北朝時代，
此種文體迅速向形式主義畸形發展，幾乎佔據了除詩歌以外的一切文學領
域；當時官方、私人所應用的文字，都以駢文為主，如詔令、表疏、啟、策、
議、對、書、記、論、說等。〔註26〕

　　到了唐代，駢文繼續流行，初唐四傑「王、楊、盧、駱」的文章，也都
以駢儷體見稱。當駢文氾濫之際，已為有心人士所重視。如陳子昂、蕭穎士、
李華、元結、獨孤及、梁蕭、柳冕等人在創作時，不以駢文為主，曾以復興
「古文」為號召，反對駢文。陳子昂等人也曾提出一些古文的理論與要求，
同時嘗試著用古文來創作，然效果不彰，卻為古文運動作預先準備，他們是
古文運動的推手。

　　由於駢文流行已久，影響深遠，因而韓愈之前，抵制駢文勢力的活動奏

---

〔註26〕韓小默：〈古文運動〉《中國文學大辭典》（臺北：百川書局，1994年9月），
　　　　頁1387。

效不大。安史亂後，隨之而來的宦官專權、藩鎮割據勢力甚囂塵上，大唐帝國面臨分裂危機，經濟發生嚴重衰退。加以佛、老盛行，思想上腐蝕著朝野，削弱了中央集權的力量。此種局面，唯有儒家道統的復活，方能解決困境。韓愈以恢復孔孟儒家正統思想爲己任的「古文」復興運動，新的儒學觀念因而產生。

## （一）雜文

韓、柳古文運動，深深影響後世古文運動，尤其是宋代。中唐元和年間，韓愈師法《史》、《漢》筆調創作〈毛穎傳〉、〈圬者王承福傳〉、〈張中丞傳後敘〉等人物傳記的作品，對傳奇的寫作有深遠的影響。白居易的古文創作中，凡「記異」、「記畫」之作，即是傳奇的寫作筆法。傳奇創作可說白居易小品文創作的延續，如〈記畫〉：

> 張氏得天之和，心之術，積爲行，發爲藝；藝尤者，其畫歟？畫無常工，以似爲工；學無常師，以眞爲師。故其措一意，狀一物，往往運思，中與神會；髣髴焉若驅和役靈於其間者。時予在長安中，居甚閒，聞甚熟，乃請觀於張。張爲予盡出之。厥有山水、松石、雲霓、鳥獸，暨四夷、六畜、妓樂、華蟲咸在焉。凡十餘軸。無動植，無小大，皆曲盡其能；莫不向背無遺勢，洪纖無遁形。迫而視之，有似乎水中了然分其影者。然後知學在骨髓者，自心術得；工侔造化者，由天和來。張但得於心，傳於手，亦不自知其然而然也。至若筆精之英華，指趣之律度，予非畫之流也，不可得而知之。今所得者，但覺其形眞而圓，神和而全，炳然儼然，如出於圖之前而已耳。張始年二十餘，致功甚近。予意其生知之藝，與年而長，則畫必爲希代寶，人必爲後學師。恐將來者失其傳，故以年月名氏紀于圖軸之末云。時貞元十九年，清河張敦簡畫。六月十日，太原白居易記。（，卷43，頁937）

「雜文」包括的範圍很廣，或寫一時之感，或記一得之見，或爲讀書心得，或議論時弊等。此文以敘述爲主，寫白居易一時感而作，將人物的專長，給予清楚的寫出：「心之術，積爲行，發爲藝，藝尤者其畫歟」，而後翔實描寫，再以特寫筆法描述張氏作畫的技巧張顯出來：「然後知學在骨髓者，自心術得；工侔造化者，由天和來。張氏得於心，傳於手，亦不自知其然而然也。至若筆精之英華，指趣之律度，予非畫之流也，不可得而知之。」隨性而爲，

隨筆而書，此爲雜記的寫作的特色。至於其他文類，如：記、序、書信、等，皆以抒情、寫志、寫趣爲主，而無載道之論，多能根據一個論點，作周詳的敘述，或說明其見解。又，其寫感情洩瀉更是精湛而深刻，如〈不能忘情吟并序〉序中所言：

> 樂天既老，又病風，乃錄家事，會經費，去長物。妓有樊素者，年二十餘，綽綽有歌舞態，善唱〈楊枝〉，人多以曲名名之，由是名聞洛下。籍在經費中，將放之。馬有駱者，駔壯駿穩，乘之亦有年。籍在長物中，將鬻之。圉人牽馬出門，馬驤首反顧一鳴，聲音間，似知去而旋戀者。素聞馬嘶，慘然立且拜，婉孌有辭。辭畢涕下。予聞素言，亦愍默不能對。且命迴勒反袂，飲素酒。自飲一盃，快吟數十聲。聲成文，文無定句，句隨吟之短長也，凡二百三十四言。噫！予非聖達，不能忘情，又不至於不及情者。事來攪情，情動不可柅，因自哂，題其篇曰不能忘情吟。（卷71，頁1502）

本文是一篇序文，記敘放妓、賣馬的經過，說明作〈不能忘情吟并序〉的緣由。自序中所言，得知白居易是以騷體歌吟，敘述老病中遣妓賣馬之事，以抒發自己對世俗生活留戀之情。

其次，是記文之創作，也受當時古文運動的影響。如〈許昌縣令新廳記〉是一篇官署的壁記。白居易此篇廳記的寫作風格，卻不蹈陳規，而有突破敘寫官員任職與提升情況之成例，於行文中飽含著作者以儒家治世、「兼濟天下」之思想，是白居易早年的作品。其文云：

> 民非政不乂，政非官不舉，官非署不立：是三者相爲用。故古君子雖有一日必葺其牆屋者，以是哉！許昌縣居梁、鄭、陳、蔡間，要路由於斯。當建中、貞元之際，大軍聚於斯：兵殘其民，火焚其邑：大田生荊棘，官舍爲煨燼。乘其弊而爲政作事者其難乎！
>
> 去年春，叔父自徐州士曹掾選署厥邑令。於是約己以清白，納人以簡直，立事以強毅。以清白，故官吏不敢侵于民；以簡直，故獄訟不得留于庭；以強毅，故軍鎮不能干於縣。由是居二年，民用康，政用暇。乃曰：儲蓄，邦之本，命先營囷倉。又曰：公署，吏所寧，命次圖廳事。取材於土物，取工於子來，取時於農隙；然後豐約量其力，廣狹稱其位，儉不至陋，壯不至驕；庇身無燥濕之憂，視事有朝夕之利。官由是而立，政由是而舉，民由是而乂。建一物

而三事成，其孰不韙之哉？

　　嗚呼！吾家世以清簡垂爲貽燕之訓，叔父奉而行之，不敢失墜；小子舉而書之，亦無愧辭。若其官邑之省置，風物之有亡，田賦之上下，蓋存乎圖諜，此略而不書。

　　今但記斯廳之時制，與叔父作爲之所由也。先是，邑居不修，屋壁無紀，前賢姓字，湮泯無聞。而今而後，請居厥位者，編其年月名氏，自叔父始。時貞元十九年冬十月一日記。（卷 43，頁 935～936）

唐代百官諸廳還行壁記，不但朝廷官署有記，地方官署也有壁記的寫作。此文作於貞元十九年（西元 803 年），時白居易任校書郎。此篇記文是爲許昌叔父所作。文一開始先介紹許昌地理位置與戰略地位，并提及「建中」、「貞元」之際，藩鎮混戰給許昌帶來災難：「兵殘其民，火焚其邑，大田生荊棘，官舍爲煨燼，乘其弊而爲政，作事者其難乎」。就在兵荒馬亂之後，其叔父出任許昌縣令，即以「約己以清白，納人以簡直，立事以強毅」，爲行事原則。二年以後，許昌縣：「民用康，政用暇。乃曰：儲蓄，邦之本，命先營囷倉。又曰：公署，吏所寧，命次圖廳室。取材於土物，取工於子來，取時於農隙。然後豐約量其力，廣狹稱其位，儉不至陋，壯不至驕，庇身無燥濕之憂，視事有朝夕之利。官由是而立，政由是而舉，民由是而安。」這也是白居易早年有「兼濟天下」思想之體現，也是最佳的印證。

## （二）誥詔

　　白居易所處的時代，古文運動正飛躍發展，並且取得巨大成就。白居易古文創作，也是他文學創作的另一面成就。一般詔令、制詔屬歷史和政治史的研究範圍，都沒有什麼文學價值；但也有的誥令、制詔寫得很有文采，《新唐書・元稹傳》稱元稹「知制誥，變詔書體，務純厚明切」，說明元稹、白居易等人對詔令這種文體的改革是作出了貢獻。

　　白居易政論文與新體制詔文的寫作，都以古文句法入文。如《策林》與〈論制科人狀〉、〈論和糴狀〉、〈論承璀職名狀〉等奏狀，皆議論深切，文字平易。《舊唐書》元、白合傳評論云：「元之制策，白之奏議，極文章之壺奧，盡治亂之根荄。」這是自元和至唐末五代時期流行的見解，由此可知，元、白的文章在當時的影響極爲深遠。

　　元和二年至六年白居易任翰林學士，供奉於內廷的學士院，專掌內制管理：「拜免將相，號令征伐」等重要制誥的草擬。元和十五年至長慶元年十月，白居易拜中書舍人，「專掌詔誥侍從，署敕，宣旨，勞問，授納訴訟，敷奏文表，分判省事……」〔註27〕白居易二種制詔合計四百三十三道；其中有三卷是新制，凡一百四十八道。白居易新制詔之寫作，以駢、古兼用爲之。陳寅恪《元白詩箋證稿》第四章中說得很清楚：「今白氏長慶集中書制詔有「舊體」、「新體」之分別。其所謂「新體」，即微之所主張，而樂天所從之復古改革公式文字新體也」〔註28〕，白居易制書有新舊之分，是由於受元稹改革制誥之影響，以及韓、柳古文運動推行有關。

　　白居易制詔文的寫作，與他奏狀文寫作相同，皆以古文句入文；尤其是新制的詔文，少用駢文，改用古文或駢古兼用。如〈武寧軍陣亡大將軍李自明贈濠州刺史制〉：

> 　　敕：王師之討蔡平郾也，自明爲武寧禆將，隸於元戎；凡所指蹤，必先致命，三軍之士，於今稱之。有勞未圖，無祿早代：生不及賞，歿而加恩。庶使猛將義夫，聞而相勸曰：死猶不忘，況生者乎？可贈濠州刺史」（卷53，頁1109）

《尸子》曰：「十萬之軍，無將必大亂，夫義，萬事之將也。國之所以立者，義也；人之所以生者，亦義也。」君子失義則失其所生。詔文所云，即是讚美李自明的義勇。詔文開頭一、二句，以古句敘其出身；以四言九句，敘述經過；末句又以古句讚美李自明功績、受封爵位。

　　再如，卷五十一中書制詔四中之〈蕭俛一子回授三從伸制〉：

> 　　勅：吏部尚書蕭俛：頃在臺庭，時逢郊禮，大行慶澤，先及輔臣。當延賞於胤嗣，願推恩於友愛；厥有典例，因而從之。咨爾弟伸，可恭成命。可河中府參軍」（卷51，頁1078）

「悌」，德之序也。《釋名》曰：「悌，第也。相次第而生也。」悌有順遜之義，故善兄長曰悌。友悌之道，在於和順，即《文選》所云：「子之友悌，和如琴瑟。」諺曰：「同氣連枝各自榮，些些言語莫傷情，一回相見一回老，能得幾

---

〔註27〕唐杜佑：〈職官〉《通典》（臺北：臺灣商務印書館，2002年11月），卷21，頁564。又見《通典》（北京：中華書局，1988年）。

〔註28〕陳寅恪：《元白詩箋論證》（臺北：世界書局，2010年1月三版），頁117。又見（西安：三聯書店，2001年10月）。

時爲弟兄？」兄友弟恭，悌道之本也。君子立德，以孝悌爲先。《詩》曰：「宜兄宜弟，令德壽豈。」堯舜之道，亦孝悌而已。文中一句「願推恩於友愛」可知蕭俛並未將此次獲賜之勛爵回授給自己的子嗣，而是主動申請將可以回授於兒輩之勛爵再經轉移，推讓於堂弟蕭伸所謂「推恩於友愛」是也。蕭俛此舉讓堂弟即刻由平民布衣著上官袍，成爲朝廷命官，任河中府參軍。

其次，此篇詔文句型已不是四六駢句，而是「六、四、四、四、四、六、六」再接以「四、四、四、四、六」的句式行文，變化雖小，然已有古文排比的句型出現。此與古文運動所推行「陳言務去」、「辭必己出」之風格與旨趣，是不謀而合的。白居易文集中的有三卷（51、52、53 卷），即是新體「中書制詔」，共一百四十八篇，是以駢、古兼用的古文體寫成的；一方面是創新體制，另一方則即呼應韓、柳的古文運動，爲另一種文體的改革。白居易制詔文的改革影響深遠，在宋代尤其是如此。如歐陽脩的〈第三箚子〉、〈再辭轉禮部侍郎狀〉等文；王安石的〈辭赴闕三狀〉、〈乞免就試狀〉等文；曾南豐的〈福州謝到任表〉、〈辭中書舍人狀〉；蘇軾的〈奏浙西災傷第二狀〉、〈論給田募役狀〉等文；蘇轍的〈文彥博免致仕合得五恩澤詔〉、〈范百祿免翰林學士不允詔〉等文。他們在白居易改革制詔的基礎上進一步解放駢體，此種文體的改變，是由元、白二人肇其先，深深影響宋以後的實用文的寫作。

## （三）古賦

白居易現存賦有十五篇，內容有五種：記事、體物、言情、說理、論文等。風格除律體應有之音律諧協、對偶精工巧之特色外，還體現出唐代賦體文的新特色，即是「以文爲賦」。唐人以文爲賦，賦體之文有新的發展，此與唐人韓愈提倡古文運動有關，故有以古文爲賦的文體出現。

所謂律賦，是唐代適應科舉考試之要求，由駢賦衍變而來，是具固定格律要求的一種文體。其格式限制大有三：一是脫胎於駢，自然要求對偶；二是受近體詩的影響，用韻與平仄皆講究；三是字數限制約三百至四百字之間。貞元、元和之際更是律賦鼎盛時期，白居易、元稹等人皆是當時律賦名家。白居易在「古文運動」影響下，在限制頗多的律賦中，能打破四六對偶之常格，又能以古文的筆法求其變化，無疑是給此一凝困板滯的文體煥發出一線生機。誠如白居易在〈與元九書〉中所云：：「日者，又聞親友間說：禮、吏部舉選人，多以僕私試賦判爲准的；其餘詩句，亦往往在人口中。」元稹《白氏長慶集・序》亦云：「貞元末，進士尚馳競，不尚文，就中六籍尤擯落。禮

部侍郎高郢始用經藝爲進退，樂天一舉擢第。明年，拔萃甲科。由是〈性習相遠近〉、〈求玄珠〉、〈斬白蛇〉等賦，及百道判，新進士競相傳於京師矣。」茲舉〈省試性習相遠近賦〉爲例：

> 噫！下自人，上達君；德以愼立，而性由習分。習則生常，將俾夫善惡區別；愼之在始，必辯乎是非糾紛。原夫性相近者，豈不以有教無類，其歸於一揆？習相遠者，豈不以殊途異致，乃差於千里？昏明波注，導爲愚智之源；邪正歧分。開成理亂之軌。安得不稽其本，謀其始；觀所恒，察所以？考成敗而取捨，審臧否而行止。俾流遁者反迷塗於騷人，積習者遵要道於君子。

> 且夫德莫於老氏，乃曰道是從矣；聖莫聖於宣尼，亦曰非生知之，則知德在修身，將見素而抱樸；聖由志學，必切問而近思。在乎積藝業於黍累，愼言行於毫釐。故得其門，志彌篤兮，性彌近矣。由其徑，習愈精兮，道愈遠爾。其旨可顯，其義可舉，勿謂習之近，徇迹而相背重阻；勿謂性之遠，反真而相去幾許。亦猶一源派別，隨混澄而或濁或清；一氣脈分，任吹煦而爲寒爲暑。

> 是以君子稽古於時習之初，辯惑於成性之所。然則性者中之和，習者外之徇。中和者思於馴致，外徇戒於妄進。非所習而習則性傷，得所習而習則性順。故聖與狂，由乎念與罔念；福與禍，在乎愼與不愼。愼之義，莫罪乎率道爲本，見善而遷。觀炯誡於既往，審進退於未然。故得之則至性大同，若水濟水也；失之則眾心不等，猶面如面焉。誠哉！性習之說，吾將以爲教先。（卷38，頁867～868）

此賦從命題、謀篇至遣詞造句，皆破常規，尤多用古句、長句，極爲揮灑自如。由形式可知，此賦均出律賦之常規而入古體之門戶。其句式亦頗具特色，如：「且夫德莫於老氏，乃曰道是從矣；聖莫聖於宣尼，亦曰非生知之。則知德在修身，將見素而抱樸」與「其旨可顯，其義可舉，勿謂習之近，徇迹而相背重阻；勿謂性之遠，反真而相去幾許」等句型，皆是律賦中少見之長句，亦是具有靈動之氣的古句。此外，白居易還創造更高、更繁、更古的排偶句型，即排偶對舉的雙方各以兩句以上的單句組成，形成字面與句面彼此相偶對的長句。如「性相近者，豈不以有教無類，其歸於一揆？習相遠者，豈不以殊途異致，乃差於千里？」與「然則性者中之和，習者外之徇。中和者思於馴致，外徇戒於妄進。」即是其例，由此可知，白居易賦文之創作，深受

「古文運動」的影響是有一定的程度的。

　　其次，白居易賦文之創作有其特色，即：語取雅正；意出《詩經》直接陳述的「賦」；同時以自覺創作爲務，以展現其情志。其造語則以「平易淺近」爲主，如〈性習相近遠賦〉中，白居易以《論語・陽貨》「性相近也，習相遠也」，之思想爲綱，論證孔安國「君子愼所習」之觀念。通過「夫性相習近者，豈不以有教無類」、「習相遠，豈不殊途異志」之論述，終歸於「性習之說，吾將以爲先」之主張。又〈君子不器賦〉，取自《論語・爲政》，賦中之「用之則仕，舍之則藏」的心態與其「達則兼濟天下，窮則獨善其身」的人生主張相呼應，亦是其儒家人格的寫照。再者，「氣甚流走」與「清雄絕世」作品，語言亦平易淺近，足見白居易古文亦長於說理與議論。如〈雞距筆賦〉中的「……不名雞距，無以表入木之功。及夫親手澤，隨指顧；秉以律，動有度。染松煙墨，灑鵝毛之素。莫不畫爲屈鐵，點成垂露。若用之交戰，則摧敵而先鳴；若用之草聖，則擅場而獨步。察所以，稽其故：雖云任物以用長，亦在假名善喻。向使但隨物棄，不與人遇：則距畜縮於晨雞，毫摧殘於寒兔。又安得取名於彼，移用在茲？」（卷38，頁872～873），即呈現文意十足，氣勢不凡的風貌。白居易非常注意語言的使用，故在〈新樂府序〉中主張語言之使用應是：「其辭質而徑，欲見之者論也；其言直而切，欲聞之者深誡也；其事覈而實，使采之者傳信也；其體順而肆，可以播於樂章歌曲也。」（卷3，頁52），此序清楚指出，賦的寫作在文句的呈現上，以直切表達、語言通曉、平易質樸，如樂章歌曲一般易以歌唱，以自然順肆爲原則，同時也易以流傳。

## 六、貶謫解脫

　　元和十年（西元815年），白居易爲太子左贊善大夫，因宰相武元衡被平盧節度使李師道等派人刺死，大臣裴度也被刺客擊傷，一時京師都震恐，舉朝失措。白居易激於義憤，即日上疏「急請捕賊，以雪國恥」，引起宦官及舊官僚集團不滿，於是年八月，被貶爲江州司馬。白居易以「是非不由己，禍患安可防」（〈雜感〉），懷著淒楚不平之情離開長安。

　　貶謫江州時期，是白居易創作的豐收期。元和十年十月至江州，於十二月自編詩集十五卷，約八百餘首。「一篇〈長恨〉有風情，十首〈秦吟〉近正聲」（〈編集拙詩成十五卷因題卷後戲贈元九李十二〉），此是白居易對自己前期創作的自我評價。元和十一年，白居易借爲長安倡女感今傷昔，而聯繫到

自己中道左遷、天涯淪落之情懷，創作傳誦千古之傑作〈琵琶行〉。同時，又寫出著名的〈與元九書〉，對文學思想作了較有系統的表述。又〈與楊虞卿書〉，是將自己貶官的經過清楚說明，端緣作「諷諭詩」得罪當權貴使然。對此，白居易自言：「始得名於文章，終得罪於文章」，我們存細的閱讀他留下的文集，即可知白居易所言是不虛假的。

匡廬靈秀山水，爲白居易寄情山水之所，江州司馬優裕俸祿與閒適生活，更讓白居易心閒神定，專心拜訪方外人士，以解鬱鬱不樂之心情。此種悠閒生活，仍無法使白居易忘卻現實，撫平「天涯淪落人」的心理創傷。白居易除了創作大量詩歌，宣洩內心憤懣外，別無良方，誠如其〈重題〉詩中所云：「宦途自此心長別，世事從今口不言。豈止形骸同土木？兼將壽夭任乾坤。胸中壯氣猶須遣，身外浮榮何足論？還有一條遺恨事，高家門館未酬恩！」（卷16，頁342），於是只有走向「隱逸」之途，這也很無奈的作爲。

白居易貶官以後，其志向由積極的「兼濟」，轉向消極的「獨善」。文風也開始轉變，詩文的創作，以敘事抒情、述志爲務。著名的山水創作，如：〈草堂記〉、〈冷泉亭記〉、〈荔枝圖序〉等；書信兼議論的創作，如：〈與元九書〉、〈楊虞卿書〉等；雜記如〈東林寺經藏西廊記〉、〈吳郡詩石記〉、〈錢塘湖石記〉、〈江州司馬廳記〉等，皆是其例。茲舉〈江州司馬廳記〉爲例：

> 自武德已來，庶官以便宜制事，大攝小，重侵輕；郡守之職，總於諸侯帥；郡佐之職，移於部從事。故自五大都督府至于上中下郡，司馬之事盡去，唯員與俸在。凡內外文武官左遷右移者第居之。凡執伎事上，與給事於省寺軍府者遙署之。凡仕久資高，耄昏軟弱不任事，而時不忍棄者實莅之。莅之者，進不課其能，退不殿其不能，才不才，一也。若有人畜器貯用，急於兼濟者居之，雖一日不樂。若有人養志忘名，安於獨善者處之，雖終身無悶。官不官，繫乎時也；適不適，在乎人也。
>
> 江州左匡廬，右江湖，土高氣清，富有佳境。刺史，守土臣，不可遠觀遊；羣吏，執事官，不敢自暇佚，惟司馬綽綽可以從容於山水詩酒間……案《唐六典》：上州司馬秩五品，歲廩數百石，月俸六七萬，官足以庇身，食足以給家。州民康，非司馬功；郡政壞，非司馬罪。無言責，無事憂。噫！爲國謀，則尸素之尤蠹者；爲身謀，則祿仕之優穩者。予佐是郡，行四年矣，其心休休如一日二日，

　　何哉？識時知命而已。又安知後之司馬不有與吾同志者乎？因書所
　　得，以告來者。時元和十三年，七月八日記（卷43，頁932～933）

壁記是唐代新興的一種文體。是中央臺省的官員寫在官署大廳的牆壁上，記
錄前後官員的除授，逐漸傳到地方州縣，成爲習俗。其主要內容是記敘官署
設置的始末和官員除改的情況。此文記敘至武德以來，司馬成爲有職有俸無
事無權的官職，只適合「安於獨善」居家活。本文是白居易在江州生活與心
境的寫照，將情感寄託於字句中。文中雖蘊藏抑鬱不平之氣，但出語平緩，
讀來並不感到壓抑，反而有「鬱結之志」。同時有「識時知命」曠達、閒適之
感，此即是白居易言情、述志獨有的古文特色。與白居易初至江州時，寫給
〈與元九書〉、〈楊虞卿書〉等書信中，表現強烈憤懣不平之語，已有明顯不
同，蓋「心境」轉變使然〔註29〕。

## 第二節　古文的思想

　　白居易曾自述，早年之學以「儒家」爲主，故其古文寫作深受孔孟思想
的影響。白居易的政治思想在不少論著與詩歌裡都有所表現，但他於元和元
年爲準備應制舉著成《策林》七十五篇，終使他的政治思想得到了系統而且
明確的表達。而本節所要探討的，主要是有關白居易的古文思想，茲分儒家、
政治、佛教、道教等析論如次：

### 一、儒家思想

　　白居易最先接觸的是儒家思想，此與其生長社會環境有關。從蒙童開始，
他就攻讀儒家經典，接受儒家思想陶冶，到晚年更爲彌篤：「僕本儒家子，待
詔金馬門。塵忝親近地，孤負聖明恩。」（卷11，頁217）此詩作於忠州刺史
任內，有自我反省之意。會昌元年，白居易七十歲，曾作詩檢視自己一生所
爲：「上遵周孔訓，旁鑒老莊言，不唯鞭其後，亦要軛其先。」（卷36，頁819
～820），會昌二年，在一次飲酒作樂之餘，又賦詩告戒弟子：「吾爲爾先生，
爾爲吾弟子；孔門有遺訓，復坐吾告爾。先生饌酒食，弟子服勞止；孝敬不
在他，在茲而已矣。」（卷 36，頁 822～823）白居易毫不掩飾，直接道出其
儒家思想。由引文可知，白居易無論是自我檢視或是告誡弟子或是反恭自省，

---

〔註29〕陶敏、魯茜：《新譯白居易詩文選》（三民書局，2009 年 11 月），頁 508～512。

皆以儒家爲其行事準則，而且坦率道出其儒家思想。儒家講求仁、義、禮、智、信，講求忠孝、操守、秩序、三從四德、綱常倫理等，是一種人文教養；與日常生活、人際關係、社會規範、政治安定等，都有密切關係。

## （一）仁愛精神

「判」原指裁決獄訟的判詞。唐代科舉考試進士及第後，還需經吏部選試合格後方能授官。吏部考試就是考「判詞」，判詞之作皆以四六駢文體爲主要的寫作，以則測驗應試者判案的吏治能力。於是判也就成爲文體的一種。許多士子爲了準備考試，平時就練習寫作這種文體，於是留下了許多的判文。

德宗貞元十八年（西元 802 年），白居易參與「書判拔萃科」考試，擬創〈百道判〉，即以儒家思想爲中心。現存《白居易集》第六十六、七二卷爲〈百道判〉，是針對中唐當時的家庭、社會、國家問題而撰寫的。此中，與「家庭、婚姻」相關有十六篇，涉及「科舉、教育」有十一篇；論「喪葬、禮儀」的有二十篇；論「爲政、軍政」的有二十六篇；其餘有關「品行、操守」的有十篇，有關「道德、法律」等相關問題的有十八篇。白居易百道判雖是考前擬作參考題，然其內容思想皆以儒家「仁民愛物」爲依據，以儒家精神作爲對案件是非曲直之判斷與取捨標準。如卷六十六：

> 判題：得乙以庶男冒婚丁女，事發離之。丁理饋賀衣物，請以所下
> 　　　聘財折之，不伏。

> 判詞：婚以匹成，嫡庶宜別；訟由情察，曲直可知。將令人有所懲，
> 　　　必在弊之不及。相時庶孽，冒乃婚姻。情以矯誣，始聞好合。
> 　　　事欺彰露，旋見仳離。既生非偶之嫌，遂起納徵之訟。辭多
> 　　　執競，理有適歸。乙則隱欺，在法而聘財宜沒；丁非罔冒，
> 　　　原情而饋禮可追。是非足明，取與斯在。（卷 66，頁 1400）

由判詞可知，白居易爲弱女子申辯，：「丁非罔冒，原情而饋禮可追。」白居易撰寫〈百道判〉之作，係依事件發生之原因，以關懷同理心處理案件，同時以合理、合情、合法的態度，撰寫判詞；依事實論述，據事實做結，依人道爲衡度，同時也替婦女爭取應有的權益，爲弱勢團體發聲。

次如六十六卷：

> 判題：得景居喪，年老毀瘠，或非其過禮：景云：哀情所鍾。

> 判詞：孝乃行先，則當銜恤；子爲親後，安可危身？景喪則未終，

> 老其將至：懷荼蓼之慕，誠合盡哀；迫桑榆之光，豈宜致毀？
> 所以爰資肉食，唯服麻線。況血氣之既衰，老夫耄矣；縱哀
> 情之周極，吾子忍之。苟滅性而不勝，則傷生而非孝。因殺
> 立節，庶畢三年之喪；順變從宜，無及一朝之患。既虧念始，
> 當愧或非。（卷66，頁1380）

由判詞可知，白居易是讚許景之孝心表現，但依情依理而言，白居易是反對
的，因景已是一位耄耋之人，豈可一味沉溺哀情苦痛之中？傷害身體，因此
才有「順變從宜」的見意，而後再以「無及一朝之患」相勸。由此案例可知，
白居易撰寫判文時，是針對事實而爲之，不是依感情行文。

次如六十六卷：

> 判題：得乙女將嫁於丁，既納幣，而乙悔。丁訴之，乙云：未立婚
> 　　　書。

> 判詞：女也有行，義不可廢；父兮無信，訟所由生。雖必告而是遵，
> 　　　豈約言之可爽？乙將求佳婿，曾不良圖：入幣之儀，既從五
> 　　　兩；御輪之禮，未及三周。遂違在耳之言，欲阻齊眉之請。
> 　　　況卜鳳以求士，且靡咎言；何奠雁而從人，有乖宿諾。婚書
> 　　　未立，徒引以爲辭，娉財已交，亦悔而無及。請從玉潤之訴，
> 　　　無過桃夭之時。（卷66，頁1392）

依《唐律疏議》戶婚所載：「雖無許婚，但受娉財亦是」〔註30〕由判文中可知，
白居易對婚姻的重視。豈能因已「奠雁而從人」而做出「婚書未立，徒引以
爲辭，娉財已交，亦悔而無及。」白居易判詞依此律而作，認爲已有納幣之
禮，女也有行，義不可廢，而以「請從玉潤之訴，無過桃夭之時」，應即時成
禮完婚。

其次，如六十七卷：

> 判題：得景爲大夫、有喪。丁爲士，而特弔。或責之，不伏。

> 判詞：官有常尊，禮無不敬。位若殊於等列，弔則異其節文。景爲
> 　　　大夫，丁乃元士。居喪而哭，合遵朝夕之期；特弔以行，奚
> 　　　越尊卑之序。既乖前典，乃速斯言。且禮貴明微，位宜慎守。
> 　　　俟非其事，信干食菜之榮；儀失其宜，徒展贈芻之意。是曰

---

〔註30〕〔唐〕長孫無忌著：《唐律疏議》（臺北：臺灣商務印書館，1965年5月一刷），
　　　二戶婚，頁177。

無上，將何以觀？（卷 67，頁 1407）

由判文可知，白居易依禮而爲，禮是規範，秩序、紀律，人人務必遵循，豈能因人情之故而毀之。白居易認爲「大夫」與「士」在身分地位上本應區分，「特弔以行，奚越尊卑之序」，有違常理，依禮而爲，位宜慎守，如此才合禮法。《禮記·禮運第九》云：「是故夫禮，必本於天，殽於地，列於鬼神，達於喪、祭、射、御、冠、婚，朝聘。故聖人以禮之，故天下國家可得而正也。」〔註 31〕又，《禮記·奔喪第三十四》云：「凡爲位不奠，哭天子九，諸侯七，卿大夫五，士三。大夫哭諸侯，不敢拜賓，與諸侯爲兄弟，亦爲位哭，凡爲位者壹袒。」〔註 32〕〈百道判〉是白居易以儒家思想、經典爲其寫作判文的依據，這和他童年時即熟讀儒家經典有關，儒家觀念已薰陶白居易心靈，深入其心靈。白居易又接受「仁政」之說，懂得爲民發聲，處處以民本觀念。可以說白居易撰寫《百道判》，是有鮮明的法制觀念、濃厚的儒家思想、突出的人文精神與及強烈的現實情懷。

### （二）禮樂教化

所謂「禮」，理之不可易也。禮者，因人之情而爲之節文，以爲民坊也。「樂」《說文·易象》曰：「先王以作樂崇德。」《史記·樂書》云：「而民之康樂。」《正義》曰：「樂，安也。」由此可知，「禮樂」乃儒家教化之器。

白居易早在貞元十六年，於禮部試策五道中的第三道，曾云：「古先哲王之立彝訓也，雖言微旨遠；而學者營能研精鉤深，優柔而求之，則壼奧指趣，將焉廋哉！然則禮樂之同天地者，其文可得而考也。豈不以樂作於郊，而天神和焉；禮定於社，而地祇同焉：上下之大同大和，由禮樂之馴致也。易簡之在〈乾〉、〈坤〉者，其象可得而徵也。」（卷 47，頁 997）由此可知，白居易早年已將儒家禮樂教化的思想深植於心。

白居易於元和元年與元稹在華陽觀，閉戶讀書，對當時政治等政治問題提出建議，作有《策林》七十五篇。策文所論，皆有關君道、治道問題，以及爲政、化民、省刑、慎罰、矜民、恤情等議題。《策林》是一組政論文章，

〔註 31〕 〔清〕阮元：《十三經注疏·禮記正義》（北京：中華書局，1980 年 9 月），卷 21，頁 1415。

〔註 32〕 〔清〕阮元：《十三經注疏·禮記正義》（北京：中華書局，1980 年 9 月）「此臣聞君喪而未奔，爲位而哭尊卑，日數之差也。士亦有屬吏賤不得君臣之名。」，卷 56，頁 1655。

雖是白居易擬作制舉之範文，針對中唐當時政治紊亂不安、社會民生問題、國家局勢等提出見言，篇篇論點皆以百姓之利益爲主，提出國家安定、君主修身自牧的觀念。如《策林七十二・使臣盡忠人愛上》篇中，論述皇帝與人民之關係，以「使臣盡忠，人愛上」在乎明報施之道」中明白說道：「君愛人如赤子，則人愛君如父母。君視人如草芥，則人視君如寇讎。」以孟子思想民爲貴，君爲輕的理念，貫入在自己的思想當中。又，《策林七十三・養老》一文，也是以孟子思想爲主，完全給顯示出來，其言曰：「昔者西伯善養老，而天下歸心。善養者，非家至戶見，衣而食之。蓋能爲其立田里之制，以安其業；導樹畜之產，以厚其生。使生有所養，老有所終，死有所送也。」白居易將儒家孟子的思想發揮極至，依周代既有的養民政策，以「田里」爲主的構思，用以解決養老的問題。

《樂記》云：「凡音之起，由人心生也。人心之動，物使之然也。感於物而動，故形於聲。聲相應，故生變，變成方，謂之音。比音而樂之，及幹戚羽旄，謂之樂。樂者，音之所由生也，其本在人心之感於物也。是故哀心感者，其聲噍以殺；其樂心感者，其聲嘽以緩，其喜心感者，其聲發以古；其怒心感者，其聲粗以厲；其敬心感者，其聲直以廉；其愛心感者，其聲和以柔。六者非性也感於物而後動。……凡音者，生人心者也。情動於中，故形於聲，聲成文，謂之音。」〔註33〕由此知音之起，由人心使然，而感物之情則由聲成。所謂物者，不僅指自然景物，也指社會生活；可以是能夠具體地指明的某些特定物，更可能是種種事物合爲一體的情境。而此處所謂的「感」，係是心靈由特定的情境引起的情感。

《樂記》所言非常生動，內心有悲傷的感受，發出的聲音急促而低沉；內心有快樂的感受，發出的聲音舒展而徐緩；內心有喜悅的感受，發出的聲音歡快而激昂；內心有憤怒的感受，發出的聲音粗壯而猛烈；內心有恭敬的感受，發出的聲音平直而純正；內心有愛慕的感受，發出的聲音，悅耳而柔和。儒家重視禮樂的教化，所求即是「政通人和」，是爲政最高的理想。要達到此境地，只有從「禮樂」著手，由「樂」聲音中可知民生的苦楚與喜悅。今以《策林》第六十篇〈救學者之失〉與六十二篇〈議禮樂〉二篇爲例，引證說明白居易禮樂教化之思想：

---

〔註33〕〔清〕阮元：《十三注疏・禮記・樂記》（北京：中華書局，1991 年 6 月第 5 刷）卷 37 第 19，頁 1527。

　　臣聞：化人動眾，學爲先焉；安上尊君，禮爲本焉。故古之王者，未有不先於學，本於禮，而能建國君人，經天緯地者也。國家刪定六經之義，裁成五禮之文，是爲學者之先知，生人之大惠也。故命太常以禮樂，立太學以教《詩》、《書》：將使乎四術並舉而行，萬人相從而化。然臣觀太學生徒，誦《詩》、《書》之文，而不知《詩》、《書》之旨；太常工祝，執禮、樂之器，而不識禮、樂之情。遺其旨，則作忠與孝之義不彰；失其情，則合敬同愛之誠不著。所謂去本而從末，棄精而得粗。至使陛下語學有將落之憂，顧禮有未行之歎者，此由官失其業，師非其人；故但有修習之名，而無訓導之實也。伏望審官師之能否，辨教學之是非，俾講《詩》者以六義風賦爲宗，不專於鳥獸草本之名也。讀《書》者以五代典謨爲旨，不專於章句詁訓之文也。習禮者以下上長幼爲節，不專於俎豆之數，裼襲之容也。學樂者以中和友孝爲德，不專於節奏之變，綴兆之度也。

　　夫然，則《詩》、《書》無愚誣之失，禮、樂無盈減之差，積而行立者，乃升之於朝廷；習而事成者，乃用之於宗廟。是故溫柔敦厚之教，疏通知遠之訓，暢於中而發於外矣。莊敬威嚴之貌，易直子諒之心，行於上而流於下矣。則觀之者莫不承順，聞之者莫不率從。管乎人情，出乎理道；欲人不化，上不安，其可得乎？（卷65，頁 1360～1361）

白居易是基於對國家整體之考量，將禮、樂、詩、書四術並舉而談，並希望「萬人相從而化」。對於樂，白居易極少離「禮」而言，因他認爲「安上尊君，禮爲本焉」，而後方能實行教化，故有「太常工祝，執禮、樂之器，而不識禮、樂之情。遺其旨，則作忠與孝之義不彰；失其情，則合敬同愛之誠不著。所謂去本而從末，棄精而得粗」的論述，白居易於是提出「學樂者以中和友孝爲德，不專於節奏之變，綴兆之度也」，而以教化民心以孝道、友愛、中和的禮樂要求，而非一般性的通俗音樂。

　　白居易一方面深知「樂」是一般器物，必有其外在的節奏等技術性的學習；另一方面又擔心使用樂器的專業人才，只知有器，不知有情。情者，就是白居易所謂內在於人心中的「合敬同愛之誠」，所以他才會提出「學樂者以中和友孝爲德」的說法。簡言之，學樂者心中該存有的，就是「合敬同愛」及「中和友孝」，故欲救學者之失，當以禮樂爲先，方是良策。

　　白居易於〈議禮樂〉文中，提出三個問題：「一曰：禮樂並用，其義安在？二曰：禮樂共理，其效何徵？三曰：禮之崩也，何方以救之？樂之壞也，何術以濟之乎？」白居易將三問題提出，予以申述，說：「臣聞：序人倫，安國家，莫先於禮；和人神，移風俗，莫尚於樂。二者所以並天地，參陰陽，廢一不可也。何則？禮者，納人於別而不能和也；樂者，致人於和而不能別也。必待禮以濟樂，樂以濟禮，然後和而無怨，別而不爭。是以先王並建而用之，故理天下如指諸掌耳。」白居易以為禮以濟樂，樂以濟禮，此為相輔相成之理，關係是明白可理解的。唯有如此，才能「和而無怨，別而不爭」，可見音樂在培養人與人之間「相親」的精神，禮節則是在建立人與人之間的「相敬」態度，此乃教化之功也。非以爭奪為是，應以中和無怨為施政之要，此乃先王「禮樂」並用的教化之道。

　　白居易禮樂並用的想法，與儒家傳統上對禮、樂並用的思想是相同的。其言曰：「《志》曰：『六經之道同歸，而禮樂之用為急。』故前代有亂亡者，由不能知之也；有知而危敗者，由不能行之也；有行而不至於理者，由不能達其情也；能達其情者，其唯宗周乎？」（卷65，頁1362～1363）其實禮、樂的並用，在實踐上是一種共榮共生之關係，在「共理」之基礎上，如何來檢驗其效果？白居易以周代為例，提出翔實的說明：「周之有天下也，修禮達樂者七年，刑措不用者四十年，負扆垂拱者三百年，龜鼎不遷者八百年：斯可謂達其情，臻其極也。故孔子曰：「吾從周。」白居易以古鑑今的方式來引證，雖然提出有周一代制禮作樂的成效加以說明，然而白居易自我反省後，另提出一個問題「然則繼周者，其唯皇家乎？」而白居易給的答案則是：「臣伏聞：禮減則銷，銷則崩；樂盈則放，放則壞。故先王減則進之，盈則反之；濟其不及，而洩其過：用能正人道，反天性，奮至德光焉。國家承齊、梁、陳、隋之弊，遺風未弭：故禮稍失於殺，樂稍失於奢。」（卷65，頁1362～1363）白居易深感唐「國家承齊、梁、陳、隋之弊，遺風未弭：故禮稍失於殺，樂稍失於奢」之弊，爰以為「繼周之道」，方能除眼前之弊。其言曰：「伏惟陛下：慮其減削，則命司禮者大明唐禮；防其盈放，則詔典樂者少抑鄭聲。如此，則禮備而不偏，樂和而不流矣。繼周之道，其在茲乎？」（卷65，頁1362～1363）由此可知，白居易以為禮樂之教，乃立國長治久安之道，所以他極重視禮教與音樂的結合。

　　白居易在與元稹書中，也曾說到其詩歌受民眾的歡迎，非他所能想像到：「自長安抵江西三四千里，凡鄉校、佛寺、逆旅、行舟之中，往往有題僕詩者。士庶、僧徒、孀婦、處女之口，每每有詠僕詩者。」（卷45，頁963）白居易的詩歌，致力於通俗文學的創作，也是眾人皆知。為何對俗樂「鄭聲」，採取貶抑的態度，此與白居易論「樂」的態度有關。他以雅樂為正統也是為教化的根本，非俗樂所能及的。禮樂另一社會功能就是教化，純正無的樂章，其聲快樂而不放任，節奏感人至深，可以化民成俗，使人心向善，惡念不容易產生，人們就能夠返回人的本性了。在《策林》第六十三篇〈沿革禮樂〉，白居易本著儒家精神使然。故而他提出深刻的說法：

> 夫禮樂者，非天降，非地出也；蓋先王酌於人情，張為通理者也。苟可以正人倫，寧家國，是得制禮之本意也；苟可以和人心，厚風俗，是得作樂之本情矣。蓋善沿禮者，沿其意，不沿其名；善變樂者，變其數，不變其情。故得其意，則五帝三王不相沿襲，而同臻於理矣；失其情，則王莽屑屑習古，適足為亂矣。故曰：行禮樂之情者王，行禮樂之飾者亡。蓋謂是矣。……蓋禮者，以安上理人為體，以別疑防欲為用，以玉帛俎豆為數，以周旋裼襲為容，數與容可損益也，體與用不可斯須失也。樂者，以易直子諒為心，以中和孝友為德，以律度鏗鏘為飾，以綴兆舒疾為文。飾與文可損益也，心與德不可斯順失也。夫然，則禮得其本，樂達其情；雖沿襲損益不同，同歸於理矣。（卷65，頁1363～1364）

白居易本於儒家思想，提出其禮樂政道之觀念，是有其目的的。白居易認為儒家以禮樂做為修文施教的方法，既可以修身養性，陶冶性情，又可以區別尊卑，融和感情；亦即認為禮樂文教既是個人安身立命、修身齊家之必備素養，又是國家施政的方針，也是風正俗淳、政穩治安的有力保障。

　　儒家的政治主張，是以「德禮」為先，以「刑政」為末，故曰：「道之以政，齊之以刑，民免而無恥；道之以禮，有恥且格。」（論語為政篇）樂記繼承儒家思想，對禮、樂、政、刑之功能，提出其看法：「禮以道其志，樂以和其聲，政以一其行，刑以防其姦。」而其目的均在求治，故曰：「禮、樂、刑、政四達而不悖，則王道備矣。」惟禮樂與刑政兩相比較，前者注重長期的人格陶冶力量，效果雖較緩慢，但影響深遠；後者則重在刻時之阻嚇作用，效果雖較迅速，但未及根本的教化。故在治道上彼此有相補相濟的效果，不必

有所偏廢。此種主張一方面繼承了儒家治道的積極精神，另一方面也修正法家重刑政而輕禮樂的偏見。樂記篇的禮樂思想乃根源於人性，與天地之道而來。〔註34〕因此，白居易才分別就人性根源，及天道根源兩方面，來說明禮樂的道德功能，凸顯他對禮樂教化的主張。同時也說明他對禮樂的見解，此與現實社會問題是有其密切關的係，白居易論述禮樂的教化是全面而深刻的，也是奠定他建立禮樂教化不可動搖的理念基礎。

## 二、政治思想

　　白居易前半生之思想，主要是力圖實現「達則兼濟天下」之理想，而其關鍵在於「達」。所謂「達」：即是「兼善天下」，也就是做大官，掌握權柄，然後才能通過科考贏得皇上親信，才能爲百姓解倒懸之苦。爲實現此願望，白居易惟有步入「仕途」之道，故而刻苦攻讀，考鄉試、進士及第、進而考書判、應制舉才識兼茂明考試。十年之內，三次科考皆及第，遂以兼善天下爲志業。下一步即是取得皇上之青睞與信任，於是竭力表示對皇上之忠誠，表達對國事之關心。於此需求下，凡有不利朝廷之現象或政策，白居易均極力反對，並提出建議；或以詩歌諷諭時政，細述民生之苦；或上書諫諍，陳述己見；有時甚至與憲宗面對面爭論，惹怒憲宗。白居易懷著恨鐵不成鋼之心情，既鞭撻皇權存在的缺陷，也提出應興應改的策略。

　　憲宗元和五年（西元 810 年）庚寅，三十九歲，於長安授給京兆戶曹參軍，依然爲翰林學士，初除戶曹，賀客盈門，白居易喜而言志：

> 詔授曹緣，捧詔感君恩。感恩非爲己，祿養及吾親。弟兄俱簪笏，新婦儼衣巾；羅列高堂下，拜慶正紛紛。俸錢四五萬，月可奉晨昏。廩祿二百石，歲可盈倉囷。喧喧車馬來，賀客滿我門。不以我爲貪，知我家內貧。置酒延賀客，客容亦歡欣。笑云今日後，不復憂空罇。答云如君言，願君少逡巡。我有平生志，醉後爲君陳。人生百歲期，七十有幾人？浮榮及虛位，皆是身之賓。唯有衣與食，此事粗關身。苟免飢寒外，餘物盡浮雲。（卷 5，頁 98～99）

由詩中可知，此時白居易似已看透身外浮名；所謂：「苟免飢寒外，餘物盡浮雲」，竟以「浮雲」二字看待人生，是眞澈悟之言也。

---

〔註34〕林安弘：《儒家禮樂之道德思想》（臺北：文津出版社，1988 年 11 月），頁 122。

### （一）早年積極的從政思想

白居易於永貞元二十一（西元 805）年，二月，在長安爲校書郎時。韋執誼剛任宰相〔註 35〕，白居易曾以代人投書獻給宰相，而有〈爲人上宰相書一首〉，文中白居易明顯呈現支持「永貞改革」的立場。並提出改革要即時，文曰：

> 況今方域未甚安，邊陲未甚靜，水旱之災不戒，兵戎之動無期。然則爲宰相者，得不圖將來之安，補既往之敗乎？若相公用天下之目，觀而救之，夫豈無最遠之見乎？用天下之心，圖而濟之，夫豈無最長之策乎？策之最長者，見之最遠者，在相公鑑而取之，誠而行之而已。取之也，行之也，今其時乎？爲時之用大矣哉！

> 或者曰：君臣之道至大也，可以漸合，不可以速合也；天下之化至大也，可以漸行，不可以速行也；賢人之事業至大也，行之可以枉尺而直尋也。某以爲殆不然矣。夫時之變，事之宜，其間不容息也。先之太過，後之則不及。故時未至，聖賢不進而求；時既來，聖賢不退而讓。蓋得之，則不啻乎事半而功倍也；失之，則不啻乎事倍而功半也。

> 嗟乎！或者徒知漸合其道，而不知啓沃之時，失於漸中矣；徒知漸行其化，而不知變理之時，失於漸中矣；徒知枉尺而直尋，而不知易失於時，則難生於漸中，雖枉尋不能直尺矣。近者，宰相道不行，化不成，事業不光明，率由乎有志於漸矣。（卷 44，頁 955～956）

由文可知，白居易是支持改革的，同時說出當前政治改革正是時候。此封長達三千餘字之書信，就其內容、構思、行文風格與《策林》文體是一致的。如：策林第三十五〈使百職修皇綱振〉稱「在乎革愼默之俗」，認爲世人「衒順安身者爲賢能，以直言危行者爲狂愚，以中立守道者爲凝滯」，是一種偏見；再如〈納諫〉以「上封章，廣視聽」告知國君，應以「勤勤懇懇，勸從諫，

---

〔註35〕〔後晉〕劉昫：《舊唐書・列傳》（臺北：鼎文書局，1979 年，12 月），卷 135，列傳 85，頁 3732。「韋執誼者，京兆人。父浼，官卑。執誼幼聰俊有才，進士擢第，應制策高等，拜右拾遺，召入翰林學士，年纔二十餘。德宗載誕日，皇太子獻佛像，德宗命執誼爲畫像贊，上令太子賜執誼縑帛以酬之。及順宗即位，久疾不任朝政，王叔文用事，乃用執誼爲宰相……憲宗受內禪，王伾、王叔文之徒黨並逐……及叔文之貶，果往崖州，卒於任所。」

誠自用。」能如是做，才是興盛富強之道。

比對《策林》與〈爲人上宰相書〉一文可知，無論在觀念、文字之應用上均十分類似，雖是爲人代書，其實是白居易自己上書；由此書信亦可知，白居易是積極支持革新派之政治主張。此外，也可以看出白居易早年對現實政治的熱忱，又有先見之明，眞有銳意革新的非凡勇氣與氣魄。

憲宗元和初年，白居易任翰林學士、左拾遺時，曾積極奏狀上書，表達他的政治理念。現存文集中，卷五八、五九、六十、六一共四卷，收錄五十八篇「章、表、奏、狀」，此中就有十九篇是關於諫言或陳述意見的奏狀文。

憲宗元和四年（西元 809 年），有司以年歲豐收，請令畿內及諸處和糴。官府出錢收購賤穀，以免穀賤傷農，此本良法。而令府縣古配農戶，促立期限，嚴加徵催，甚於賦稅。於是白居易上疏議論此事，寫了如〈論和糴狀〉「今年和糴折糴利害事宜」：

> 右，臣伏見有司，以今年豐熟，請令畿內及諸處和糴，令收賤穀，以利農人。以臣所觀，有害無利。何者？凡曰和糴，則官出錢，人出穀，兩和商量，然後交易也。比來和糴，事則不然，但令府縣古配戶人，促立程限，嚴加徵催；苟有稽遲，則被追捉，迫蹙鞭撻，甚於稅賦。號爲和糴，其實害人。儻依前而行，臣故曰有害無利也。今若有司出錢，開場自糴，比於時價，稍有優饒；利之誘人，人必情願。且本請和糴，只圖利人；人若有利，自然願來。利害之間，可以此辯。今若除前之弊，行此之便，是眞得和糴利人之道也。（卷58，頁 1234～1236）

白居易認爲若官府出價比時價稍高，人情必定願意，故而提出建言曰：「人若有利，自然願意來」，否則不如折糴。白居易將現有折糴政策有害於百姓，因而再次提出自己的見解，同時深入分析當中的利害關係，他說：「折糴者，折青苗稅錢，使納斛斗，免令賤糴，別納見錢：在於農人，亦甚爲利。況度支比來所支付之和糴價錢，多是雜色布段。百姓又須轉賣，然後將納稅錢。至於給付不免侵偷，貨易不免折損：所失過本，其弊端可知。」（卷58，頁 1234～1236）白居易以爲要使弊端革除必須做到「折糴」，他又說：「今若量折稅錢，使納斛斗，既無賤糴麥粟之費，又無轉賣匹段之勞：利歸於人，美歸於上。」（卷 58，頁 1234～1236）白居易年少經歷戰亂，避居南方，曾與百姓一起生活過，深知民間疾苦。又任盩厔尉及守母喪時，久居鄉間，親自受過

和糴被逼迫之苦；做畿尉時，又曾管理和糴，親自鞭撻百姓，此為其所不忍目睹者，因而將人民疾苦上書奏聞於皇上。

　　元和四年（西元 809 年）九月，成德節度使王承宗不聽朝命，十月，朝廷派吐突承璀討伐。承璀率領神策軍從長安出發，命令恆州四面藩鎮各進兵招討，師久無功。五年（西元 810 年）五月、六月。諸軍討王承宗者久無功，白居易接連上疏，如〈論承璀職名狀－承璀充諸軍行營招討處置使〉、〈請罷兵第二狀－請罷恒州兵事宜〉、〈請罷兵第三狀－請罷恒州兵事宜〉請求罷兵。《資治通鑑·唐紀卷五十四》記載：

> 諸軍討王承宗者久無功，白居易上言，以為：河北本不當用兵，今既出師，承璀未嘗苦戰，已失大將，與從史兩軍入賊境，遷延進退，不惟意在逗留，亦是力難支敵。希朝、茂昭至新市鎮，竟不能過；劉濟引全軍攻圍樂壽，久不能下。師道、季安元不可保，察其情狀，似相計會，各收一縣，遂不進軍。陛下觀此事勢，成功有何望！〔註36〕

接著白居易分析可痛惜、今可深憂的事各有兩項，先論可痛惜之事：第一，既知事不可成，毋須虛費糧餉，以府庫錢帛，百姓脂膏，資助河北諸侯，轉令富貴強大。第二，恐河北諸將，見吳少陽已受制命，必引事例輕重，同時請雪承宗。若章表繼來，即義無不許；請而後捨，模樣可知，轉令承宗膠固同類。如此，則與奪皆由鄰道，恩信不出於朝廷，實恐威權，盡歸於河北。（卷59，頁 1250～1254）以上是可為嘆息的兩件事。又陳述可深憂的兩件事：第一、今天氣已熱，兵氣相蒸，恐飢渴疾勞，疾病暴露，驅以就戰，令人不能忍受而逃亡，縱不惜身，亦難忍苦。況神策軍烏雜城市之人，例皆不慣，如此，忽思生路，一軍若古，諸軍必搖。第二、聚天下之兵，唯討王承宗一賊，自冬至夏，皆無立功，則兵力之強弱可知。恐西戎、北虜曉，乘虛而入，兵連禍生，何事不有？萬一及此，實關安危。〔註37〕此為白居易所陳述二件深

---

〔註36〕〔宋〕司馬光：《資治通鑑·通鑑唐紀》（北京：中華書局，1997 年 11 月），卷 54，頁 7672。又見〈請罷兵第二狀〉、〈請罷兵第三狀〉、〈論承璀職名狀〉、〈論元稹第三狀〉《白居易集》（新北市：漢京文化事業有限公司，1984 年 3 月），卷 59，頁 1247～1249、1250～1254。

〔註37〕〔宋〕司馬光：《資治通鑑·通鑑唐紀》（北京：中華書局，1997 年 11 月），卷 54，頁 7673。又見《白居易集》：（新北市：漢京文化事業有限公司，1984 年 3 月），卷 59，頁 1251～1252。

憂之事，可惜皇上不從。後討伐王承宗之軍隊，因師久無功，果如白居易所言，朝廷下制書洗承宗之罪名，以爲成德軍節度使，又以德、隸二州予之。

元和五年（西元 810 年年）春，白居易曾爲元稹貶官而上疏。因元稹於元和四年（西元 809 年）奉使東蜀，曾向憲宗上奏書彈劾劍南東川節度使等人不法之情事。依據《舊唐書・元稹傳》載：

> 劾奏故劍南東川節度使，嚴礪違制擅賦，又籍沒塗山甫等吏民八十八戶田宅一百一十一、奴婢二十七人、草千五百束、錢七千貫。時礪已死，七州刺史皆責罰。稹雖舉職，而執政有與礪厚者惡之。使還，令分務東臺。浙西觀察使韓臯封杖決湖州安吉令孫澥，四日內死。徐州監軍使孟昇卒，節度使王紹傳送昇喪柩還京，給券乘驛，仍於郵舍安喪柩。稹並劾奏以法。河南尹房式有不法之事，稹欲追攝，擅令停務。既飛表奏，罰式一月俸，仍召稹還京。宿敷水驛，內官劉士元後至，爭廳，士元怒，排其戶，稹襪而走廳後。士元追之，後以箠擊稹傷面。執政以稹少年後輩，務作威福，貶爲江陵府士曹參軍。〔註38〕

白居易與河南元稹相善，同年登制舉，交情隆厚。稹自監察御史貶謫爲江陵府士曹掾，翰林學士李絳、崔群上奏論稹無罪，居易繼累疏切諫，爲元稹辯冤，因而有〈論元稹第三狀〉，其文云：

> 元稹守官正直，人所共知。自授御史已來，舉奏不避權勢，只如奏李公佐等之事，多是朝廷親情。人誰無私？因以挾恨。或假公議，將報私嫌。遂使誣謗之聲，上聞天聽。臣恐元稹左降已後，凡在位者，每欲舉事，先以元稹爲戒；無人肯爲陛下當官執法，無人肯爲陛下嫉惡繩愆。內外權貴，親黨縱橫，有大過大罪者，必相容隱而已。陛下從此，無由得知。此其不可者一也。
>
> 臣又訪聞：元稹自去年以來，舉奏嚴礪在東川日，枉法收沒平人資產八十餘家。又奏王紹違法給券，令監軍押柩及家口入驛。又奏裴玢違勑旨徵百姓草。又奏韓臯使軍將封杖、打殺縣令。如此之事，前後甚多。屬朝廷法行，悉有懲罰。計天下方鎮，皆怒元稹守官。今貶爲江陵判司，即是送與方鎮。從此方便報怨，朝廷何由得

---

〔註38〕〔後晉〕劉昫：《舊唐書・元稹列傳》（臺北：鼎文書局，1979 年，12 月），卷 166，列傳 116，頁 4331。

知？臣聞德宗時，有崔善貞密告李錡必反。德宗不信，送與李錡。
李錡大怒，遂掘坑縱火，燒殺崔善貞。未數年，李錡果反；至今天
下爲之痛心。臣恐元稹左降後，方鎮有過，無人敢言，皆欲惜身，
永以元稹爲戒。如此，則天下有不軌不法之事，陛下無由得知。此
其不可者三也（卷 59，頁 1248～1249）

元稹的貶官主要是由於得罪了當時以吐突承璀爲首的宦官集團。而白居易的
奏議筆鋒犀利，說理邏輯性極強，〈論元稹第三狀〉就是一篇具有代表性的文
章。由奏文可知，當時宦官之跋扈、囂張令人髮指。白居易翔實將元稹與劉
士元起衝突事由經過，清楚敘述。白居易以爲：第一、元稹守官正直，自爲
御史，舉奏不避權勢，貶官以後，恐怕在位者以元稹爲戒，無人敢爲皇上當
官執法，嫉惡繩愆；第二、房式之事，元稹處治稍嫌過分，既已罰俸，今又
貶官。中使劉士元凌辱朝士，不問中使，先貶元稹，恐怕從此中官外出更爲
橫暴。第三、元稹彈劾許多外官，天下方鎮皆恨之入骨。今貶江陵司曹，是
將元稹送於方鎮之手，更方便渠等報怨，以後方鎮有過，孰敢言之？〔註 39〕
白居易屢次直言切諫，所言皆爲他人難以言說者憲宗仍不爲所動，貶元稹爲
江陵司曹，此事頗令白居易失望無奈。

白居易左拾遺任期屆滿，元和五年四月二十八日應當改官。皇上告訴崔
群云：「居易官卑俸薄，拘於資地，不能超等，其官可聽自便奏來。」〔註 40〕
又派中人梁守謙宣旨，於是白居易於四月二十六日奏陳情狀。以「臣聞姜公
輔爲內職，求爲京府判司，爲奉親也。臣有老母，家貧養薄，乞如公輔例。」
終除京兆府戶曹參軍。〔註 41〕

### （二）中年消極的政治思想

憲宗元和六年（西元 811 年）四月五日，母陳太夫人逝世，白居易罷官
丁憂，居住下邽渭村。直至元和八年（西元 813 年）夏天除服，仍居渭村，
未補官。至九年（西元 814 年）冬，授太子左贊善大夫。左贊善爲東宮官屬，
掌諷諭規諫太子之過失，白居易遂重回長安。

〔註39〕〔後晉〕劉昫：《舊唐書・白居易傳》（臺北：鼎文書局，1979 年，12 月），
　　　　卷 166，列傳 116，頁 4342。
〔註40〕〔後晉〕劉昫：《舊唐書・白居易傳》（臺北：鼎文書局，1979 年，12 月），
　　　　卷 166，列傳 116，頁 4342。
〔註41〕〔後晉〕劉昫：《舊唐書・白居易傳》（臺北：鼎文書局，1979 年，12 月），
　　　　卷 166，列傳 116，頁 4342。

　　元和十年（西元 815 年）六月，癸卯，天未明，宰相武元衡入朝，出所
居靖安坊東門；有賊自暗中突出射之，從者皆古走。賊執元衡馬行十餘步而
殺之，取其頭顱骨而去。又入通化坊擊裴度，傷其首，墮溝中，度氈帽厚，
得不死；傔人王義自後抱賊大呼，賊斷義臂而去。京城大駭，於是詔宰相出
入，加金吾騎士張弦露刃以衛之，所過坊門呵索甚嚴。朝士未曉不敢出門，
上於御殿久候，班猶未齊。〔註42〕七月，白居易越職言事，遭貶江州司馬。

　　白居易初至江州，心中仍憤懣難平，〈與楊虞卿書〉、〈與元九書〉信中，
盡情傾吐其抑鬱。然江州青山綠水，深深吸引白居易，而將目標轉移。由〈江
州司馬廳記〉中可知「江州左匡廬，右江湖，土高氣清，富有佳境。刺史，
守土臣，不可遠觀遊；羣吏，執事官，不敢自暇佚；惟司馬綽綽可以從容於
山水詩酒間。由是郡南樓山、北樓水、溢亭、百花亭、風篁、石巖、瀑布、
廬宮、源潭洞、東西二林寺、泉石松雪，司馬盡有之矣。苟有志於吏隱者，
捨此官何求焉？」由此可知，白居易以遊賞江州風物，寄情山水為樂，心境
更為平靜安適。白居易至江州第二年，於廬山香鑪峰下，修建一間草堂。居
草堂時曾〈與微之書〉，翔實描寫草堂風光，並說自己的心願文曰：

> 僕去年秋，始遊廬山，到東西二林間、香鑪峰下，見雲水泉石，
> 勝絕第一，愛不能捨，因置草堂。前有喬松十數株，脩竹千餘竿，
> 青蘿為牆垣，白石為橋道，流水周於舍下，飛泉落於簷間；紅榴白
> 蓮，羅生池砌，大抵若是，不能殫記。每一獨往，動彌旬日。平生
> 所好者，盡在其中。不唯忘歸，可以終老。此三泰也。（卷 45，頁
> 972～973）

白居易在資此逮此幽美之山中，真可忘盡世俗名利，常獨自往來山中；經常
與「湊、滿、朗、晦四禪師，追永遠宗雷之跡，與方外之人士交往，每相攜
遊詠，躋危登險，極林泉之幽邃。至於翛然順適之際，幾欲忘其形骸。或經
時不歸，或踰月而返，郡守以朝貴遇之，不之責。」〔註43〕白居易居此而樂
焉，故有隱居之思：「廬山以靈勝待我。是天與我時，地與我所，卒獲所好，
又何以求焉？尚以冗員所羈，餘累未盡，或往或來，未遑寧處。待予異時弟
妹婚嫁畢，司馬歲秩滿，出處行止，得以自遂；則必左手引妻子，右手抱琴

〔註42〕〔宋〕司馬光：《資治通鑑》（北京：中華書局，1997 年 11 月），卷 55，頁 7713。
〔註43〕〔後晉〕劉昫：《舊唐書・白居易傳》（臺北：鼎文書局，1979 年，12 月），
　　　　卷 166，列傳 116，頁 4344。

書，終老於斯，以成就我生平之志。清泉白石，實聞此言。時三月二十七日，始居新堂。」（卷43，頁935）此期間，白居易之作品。

### （三）晚年吏隱的閒適生活

文宗大和三年（西元 829 年）秋，白居易年五十八，在洛陽任太子賓客、分司東都，安居在履道里。白居易在所作的〈池上篇‧序〉云：「大和三年夏，樂天始得請爲太子賓客，分秩於洛下，息躬於池上。凡三任所得，四人所與，（即陳岵授酒、崔玄亮送琴、姜發教曲、楊歸厚送石）洎吾不才身，今率爲池中物矣。每至池風春，池月秋，水香蓮開之旦，露清鶴唳之夕，拂楊石，舉陳酒，援崔琴，彈姜《秋思》，頹然自適，不知其他。酒酣琴罷，又命樂童登中島亭，合奏《霓裳‧古序》聲隨風飄，或凝或古，悠揚於竹烟波月之際者久之。曲未竟，而樂天陶然已醉，睡於石上矣。睡起偶詠，非詩非賦，阿龜握筆，因題石間。視其粗成韻章，命爲《池上篇》云爾。」（卷68，頁1450）。文中清楚說出他安居履道宅中，並翔實描寫宅中景物，並敘述晚年恬淡逍遙的閒居生活，表現出初歸洛陽時喜樂的心情。此年白居易曾作〈中隱〉一詩以明志云：

> 大隱住朝市，小隱入丘樊；丘樊太冷落，朝市太囂誼。不如作
> 中隱，隱在留司官。似出復似處，非忙亦非閒。不勞心與力，又免
> 飢與寒。終歲無公事，隨月有俸錢。君若好登臨，城南有秋山。君
> 若愛遊蕩，城東有春園。君若欲一醉，時出赴賓筵。洛中多君子，
> 可以恣歡言。君若欲高臥，但自深掩關。亦無車馬客，造次到門前。
> 人生處一世，其道難兩全：賤即苦凍餒，貴則多憂患。唯此中隱士，
> 致身吉且安；窮通與豐約，正在四者間。（卷22，頁490）

這是一首說理詠懷的五言古詩，作於大和三年（西元 829 年）秋在洛陽，任太子賓客分司東都，詩中描述白居易悠閒生活，以爲「隱在留司官」之「中隱」，方是一種最好的隱居方式，而後，獨善其身的處世哲學占據了他的思想中主導的地位。白居易以儒家「樂天知命」、道家「知足知止」、釋家「隨緣自適」融合三家思想，而提出「中隱」的主張。以政治上的窮通、經濟上的豐約，得出一條處於入世、出世之間的中庸之道，對後世文士影響極大；尤其是宋代的士宦，他們學習白居易的「吏隱」生活態度；更深深影響到明、清的是士子，如李贄、三袁、鄭燮、袁枚等人的人生態度與處世方法。

開成三（西元 838 年）白居易所寫的一篇自傳，就是記敘退居洛陽後十

年的生活，描述自己沉湎酒的狀況，文曰：「醉吟先生者，忘其姓字、鄉里、官爵，忽忽不知吾爲誰也？宦遊三十載，將老。退居洛下。所居有池五六畝，竹數千竿，喬木數十株，臺榭舟橋，具體而微，先生安焉。家雖貧，不至寒餒。年雖老，未及昏耄。性嗜酒、耽琴、淫詩，凡酒徒、琴侶、詩客多與之遊。遊之外棲心釋氏，通學小、中、大乘法。與嵩山僧如滿爲空門友，平泉客韋楚爲山水友，彭城劉夢得爲詩友，安定皇甫朗之爲酒友，每一相見，欣然忘歸。洛城內外六七十里間，凡觀寺邱墅有泉石花竹者靡不遊，人家有美酒鳴琴者靡不過，有圖書歌舞者靡不觀。自居守洛川泊布衣家以宴遊召者，亦時時往。每良辰美景，或雪朝月夕，好事者相遇，必爲之先拂酒罍，次開詩篋，詩酒既酣，乃自援琴操宮聲弄《秋思》一遍。若興發，命家僮調法部絲竹，合奏《霓裳羽衣》一曲。若歡甚又命小妓歌《楊柳枝》新詞十數章。放情自娛，酩酊而後已。往往乘興履及鄰，杖於鄉，騎遊都邑，肩舁適野。舁中置一琴一枕，陶、謝詩數卷，舁竿左右旋雙酒壺，尋水望山，率情便去，抱琴引酌，興盡而返。如此者凡十年，期間賦詩約千餘首，歲釀酒約數百斛，而十年前後賦釀者不與焉。」（卷 70 頁 1485〜1486）將醉吟先生其人其居和嗜酒、耽琴、淫詩三大嗜好寫出，爲其晚年的生活寫照。

　　白居易志在淑世濟民，以儒家「仁愛」、「禮樂」爲主。儒家經典，是儒者必讀之書；行文言談之間，徵引文句，加以論述，也被歷代文人所認同。白居易爲文，也加以沿習；而溯其散文淵源，則以《詩經》爲依據。論其志向則在淑世濟民，惟持「儒術」立本，所以下筆皆根仁苗義，合乎古道；也使得他的創作更爲精湛，作品內涵更爲豐富。白居易無論爲朝官、地方官，甚至晚年閒居洛陽，也都儒家思想是從，以民生疾苦爲念。因此，白居易的古文處處表現出儒家的風範。

　　白居易勤研陶淵明的詩文，與其爲人處世的態度。受陶淵明的影響極深，因此，白居易的詩文創作以淺近平易爲主，將豐富的情感寄託在詩文中。以情眞、意眞、眞實紀錄其所見所聞。以儒家入世的態度，爲國、爲君、爲民服務，肯犧牲奉獻，不求回報。白居易在遭貶官後，心灰意冷，爲官態度，由熱情轉爲「中隱」的從政態度，實非其所願爲，情非得已。因此，他晚年的散文寫作，以純眞、感性、情趣爲主對後世小品散文影響深遠。

　　白居易古文以「平淡」、「樸素」、「自然」等風格呈現，則是受陶潛人格、文格之影響。誠如陳柱在《中國散文史》所云：「白樂天之文，自來論文者

不選，而吾則以爲陶淵明以後一人而已。」〔註44〕觀其〈醉吟先生傳〉與〈祭弟文〉、〈廬山草堂記〉等即可知之。總之，白居易無論是山水遊記，或是傳記、祭文之寫作，皆以率眞自然，清新透逸，情趣盎然爲特色，故能自成一家。又，五十八餘篇之奏狀思想價值，誠如大陸學者傅興林先生在他所作《白居易散文研究》一書中所言：「陳情感恩，剖心明志之忠誠；憂慮軍國，建言獻策向君王見言；糾彈歪風，揭斥權貴爲其矢志，不時於章奏文中流露；體恤人情，爲民請命、爲弱勢者發聲；密陳面奏，直諫救弊，曾爲憲宗私下向李絳抱怨，白居易之冒進。」〔註45〕足見白居易早年之政治抱負是積極而銳進的。白居易政論文章策林七十五篇之創作，其思想內容則是儒家思想之表現，如爲君爲聖之道、施政化民之略、矜民恤情之核、禮樂文教之功等，無不是儒家愛民、親民理念之延續。

---

〔註44〕陳柱《中國散文史》(臺灣商務印書館，1975 年 4 月)，頁 227～228。
〔註45〕傅興林《白居易散文研究》(北京：中國社會科學出版，2007 年，12 月)，頁 513～553。

# 第四章　白居易古文文風多元化

　　古代古文是一種綜合性的文學，其內容廣泛，形式多樣，各類體裁之間常有交叉，要給古文進行分類，確是一件相當困難的事。首先將文體給與明確分類者，爲三國魏曹丕，曾於所作〈典論論文〉言曰：「蓋奏宜雅，書論宜理，銘誄尙實，詩賦欲麗。」除賦以外，曹氏將古文分爲三科六類，並概述每一文類的寫作要領。繼曹丕之後，給古文進行分類者尙有晉代陸機〈文賦〉，他將古文分成八類，其言云：「體有萬殊，物無一量，紛紜揮霍，形難爲狀。辭程才以效伎，意司契而爲匠。在有無而僶俛，當淺深而不讓。……碑披文以相質，誄纏綿而悽愴。銘博約而溫潤，箴頓挫而清壯。頌優游以彬蔚，論精微而朗暢。奏平徹以閒雅，說煒曄而譎誑。雖區分之在茲，亦禁邪而制放。要辭達而理舉，故無取乎冗長。」〔註1〕陸機比曹丕分類稍細，對每一文體的特點亦說得較具體而深入。然陸機並不是針對所有文體，僅是對當時朝中的實用文體言之。又，本章之撰寫參考《文心雕龍》、《文心雕龍研究》、《杜牧古文研究》、《唐末五代古文研究》、《劉夢得研究》、《劉禹錫古文研究》、《文心雕龍》、《文體明辨序說・文章辨體序說》等論文而來。

　　其次，對文體全面進行分類的研究者，首先是晉代摯虞的《文章流別志論》，他將文體分爲「頌、詩、誄、哀辭、文、圖讖、碑銘、文章志、箴、銘、七辭、賦等文類。」〔註2〕至梁任昉《文章緣起》，又將文章分爲八十四類，除詩賦等韻文外，屬廣義之古文範疇，計有七十餘類。至於劉勰的《文心雕

---

〔註1〕　張少康：《文賦集釋》（北京：人民文學出版社出版，2002年9月），頁99。
〔註2〕　〔晉〕摯虞撰、張鵬一校補：《叢書集成續編・文章流別志論》（臺北：藝文印書館1978年4月）。

龍》，全書五十餘篇，有二十五篇是文體論，書中將文體分爲三十五類。蕭統
《文選》則是我國第一部詩文總集，他將「遠自周秦，迄於聖代」各類文章，
選編爲三十卷，共三十六類。到了北宋初年，李昉等人編輯《文苑英華》一
書，將文章按應用範圍，分成三十八類，即賦、詩、歌行、雜文、中書制詔、
翰林制誥、策問、策、判、表、狀、檄、露布、彈文、移文、啓、書、疏、
序、議、論、連珠、喻對、頌、贊、銘、箴、傳、記、謚哀、冊文、謚議、
誄、碑、志、墓表、行狀、祭文等。總之，古文的分類，至齊梁時代，分析
較爲詳盡；北宋三十八種分類，則更爲周全完備；也爲後人所接受。

　　文體係指文章的體裁，即是文章性質、風格之總稱。性質，是指作者的
才氣，也就是人的稟賦；性質、風格兼論，則稱體性。就文體而言，誠如劉
勰在《文心雕龍・體性篇》中所言：「典雅，鎔式經誥，方軌儒門，如：班固
〈典引〉、魏公〈九錫文〉；遠奧，馥采典文，經理玄宗，如：阮籍〈大人先
生論〉、嵇康〈聲無哀樂論〉；精約，用字省句，剖析毫釐，如：賈誼〈過秦
論〉、王粲〈登樓賦〉；顯附，辭直義暢，切理厭心，如：劉向〈諫起昌陵書〉、
潘岳〈閒居賦〉；繁縟，博喻釀采，煒燁枝派，如：揚雄〈甘泉賦〉、陸機〈豪
士賦序〉；壯麗，高論宏裁，卓爍異采，如：司馬相如〈大人賦〉、潘岳〈籍
田賦〉；新奇，擯古說今，危側趣詭，如：潘岳〈澤蘭金鹿哀辭〉、王融〈曲
水詩序〉；輕靡，浮文弱植，縹渺附谷，如：梁元帝〈蕩婦秋思賦〉、徐陵〈玉
臺新詠序〉。」〔註3〕即兼就性質，風格以論文體也。

　　其次，是風格說，至於影響風格之因素，劉勰則認爲有才、氣、學、習
等，其〈體性篇〉云：「然才有庸儁，氣有剛柔，學有淺深，習有雅鄭，並情
性所鑠，陶染所凝，是以筆區雲譎，文苑波詭者矣。故辭理庸儁，莫能翻其
才；風趣剛柔，寧或改其氣；事義淺深，未開乖其學；體式雅鄭，鮮有反其
習；各師成心，其異如面」〔註4〕，劉勰認爲文有「筆區雲譎，文苑波詭」之
異，乃作家作品風格所致；而作家作品風格的差異，是才、氣、學、習之差
異。換言之，即是受到時代、環境、作家個性的影響所造成的因素。劉勰將
風格之形成，分解爲「才」、「氣」、「學」、「習」四步驟：「才有庸儁、氣有剛

---

〔註3〕　高風：《文心雕龍分析研究》（臺南市：龍門圖書股份有限公司，1980 年 10
　　　　月），頁 156～157。
〔註4〕　4 范文瀾：〈體性〉《文心雕龍注》（臺北：學海出版社印行，1990 年 2 月），
　　　　第 27，卷 6，頁 505。

柔，學有淺深，習有雅鄭。」（〈體性篇〉）此四因素中，才、氣乃「情性所鑠」，即先天之稟賦；學、習爲「陶染所凝」，即後天之培養。才、氣、學、習分別制約於作品中之「辭理」、「風趣」、「事義」、「體式」（〈體性篇〉），故而形成「筆區雲譎，文苑波詭」（〈體性篇〉）；風格各異，千差萬別，文體也隨之變化而有所不同。

劉勰肯定「功以學成，才力居中，肇自血氣；氣以實志，志以定言，吐納英華，莫非情性。」（〈體性〉，頁 506）說明風格的形成，才力是關鍵，而氣又是才的根本；氣決定志，志決定至言。文學創作落實於至言，而決定至言之因素爲氣。如此方能將才與氣結合，凸顯氣的重要性，此種論調即是受到曹丕〈典論論文〉「文以氣爲主，氣之清濁有體，不可力強而致。」的觀點所影響。此氣指文章的風格與語言氣勢而言，同時也針對作者精神本體所表現的氣質而論，此爲文章風格語言之所從出也。

劉勰強調才、氣之觀點，有其合理之要求。對風格之形成而言，才氣確爲重要之因素；作者的學習條件相似，但仍有迥然相異之風格，此乃才、氣不同所致。而作品風格的特點，即爲作者才氣的特點，所謂「文如其人」是也。然而才、氣之形成乃「自然之恆資，才氣之大略」（〈體性〉，頁 506）換言之，才、氣的形成與經歷、環境、學養、習染有關，較劉勰所設想更複雜，絕非單純的天賦論所能概括。

換言之，作家作品的風格，既與人的個性有關，每個人個性不同，同時也因時代、環境、文體的不同而有不同的創作風格。所以作家作品的風格，正如其個性、時代、背景與環境、文體一樣。即是上述所言外，也有著個別的差異。其實文學創作活動是情感被觸動之後，將其情感與理念表達出來的一種外在活動。文字的書寫與表達，是作者內心世界的寄託，文學可以說是人的感情與理念的具體呈現；同時它也文學外在的表現，也是文章的風貌的呈現。內在則是感情理念的寄託與表達，內外相符才是作者才情、理智之傳達，與感情的寄託。

白居易之古文成就，面向極廣，也因體裁不同而有異。本章特以《白居易集》卷三十八至七十一之古文爲例，包括：百道判、策林、奏表、詔誥、祭銘、書傳、記序、文賦、箴贊等九類文體與風格，並參考《唐代文選》、《唐代古文選注》、《新譯白居易詩文選》、傅興林《白居易散文研究》、《賦與駢文》等書撰寫，以現代文類「論說文、應用文、記敘文、抒情文」分別論述如后：

# 第一節　論說文

　　論說文通常可分爲二種：「說明文」與「議論文」。說明文主要是介紹事物、說明事理，使人明瞭的文章，客觀性較多。議論文主要是發表意見，評論是非，使人信服的文章，主觀性較強。白居易主要論說文有百道判、策林、書論等三類。

## 一、情理兼文理的百道判

　　《白氏長慶集》七十一卷，外集二卷。其中卷六十六、七兩卷有〈百道判〉，爲白居易於貞元十八年（西元八○二年）爲應吏部「書判拔萃」試前自擬考題、自爲解答之習作。此中所反映、思考的問題，不僅具較高的學術價值，也可視爲白居易早期思想的重要文獻，也可據以探討其文學價值。因白居易於判詞中均不列涉案人名，而以假設甲乙擬寫判詞，所以被稱爲「甲乙判」。明，徐師曾《文體明辨序說》云：「按字書云：『判，斷也。』古者折獄，以五聲訟，致之於刑而已。秦人以吏爲師，專尚刑法。漢承其後，雖儒吏並進，然斷獄必貴引經，尚有近於先王議制及《春秋》誅意之微旨。其後乃有判詞，唐制，選士判其一，則其用彌重矣。故今所傳如稱某有姓名者，則斷獄之詞也；稱甲乙無姓名者，則選士之詞也。」〔註5〕所謂判詞有實判與虛判，實判爲官府衙門判定案之判詞，其事實清楚，引用法律要準確，不得含糊；而虛判則是「取備程式之用」。〔註6〕

　　唐代選拔官吏時考試、考核內容爲「身、言、書、判」四種方式；而吏部所試的四者之中，則以「判」爲尤切，蓋臨政治民，此爲第一義。〔註7〕加上「判」之考核以「才」、「德」爲標準，「凡擇人之法有四：一曰身，體貌豐偉；二曰言，言辭辯正；三曰書，楷法遒美；四曰判，文理優長。四事皆可取，則先德行，德均以才，才均以勞，得者爲留，不得爲放……凡試判登科

---

〔註5〕　〔明〕徐師曾：《文體明辨序說》（臺北：長安出版社，1978 年 12 月），頁 127
　　　　～8。

〔註6〕　《四庫全書總目提要・龍筋鳳髓判》〈唐書判〉「唐銓選人之法有四：一曰身，
　　　　謂體貌豐偉。二曰言，言辭辯正。三曰書，楷法遒美。四曰判，文理優長。
　　　　凡試判登科，謂之入等；甚拙者，謂之藍縷；選未滿而試文三篇，謂之宏辭；
　　　　試判三條，謂之拔萃，中者即授官。」

〔註7〕　〔明〕馬端臨：《文獻通考》（杭州：浙江古籍出版社，2000 年 1 月），卷 37
　　　　《選舉考十》，頁 347。

謂之『入等』」，甚拙者謂之『藍縷』。選未滿而試文三篇，謂之『宏辭』；試判三條，謂之『拔萃』，中者即授官。」〔註8〕因而應考者擬寫判詞，無不力求文辭典雅、用典精當；又擬寫判詞之人必重文采、講駢偶，重視品德。擬判雖爲虛判，就判題而言，均源自眞實之案例，唯當事人不用眞名而以化名代之〔註9〕。

白居易《百道判》之藝術成就亦十分突出：以「文筆簡易，駢古兼顧，說理清晰，引典論述，一目瞭然，令人難以反駁；而其判詞隨事而異，合情合理，因事異而有不同情感流露。」〔註10〕爲其撰寫判文特色。如：第六二道判，判題爲〈得丁陷賊庭，守道不仕。賊帥逼之，辭云：堯舜在上，下有巢許，遂免。所司欲旌其節，大理執不許。〉：

> 臣節貴忠，國經懋賞。宜遵善道，難廢彝章。丁陷在賊庭，強其祿仕。敦在三之義，因時難而名聞；守無二之忠，經歲寒而節見。逼夷、齊以周粟，引巢、許於唐臣，身以道存，情非利動。所當厚獎，何乃深疑？且人無不臣之心，所謂順也；邦有惟重之典，其可廢乎？從亂則必論辜，守道豈無旌善？野哉大理，信乃執迷；展矣所司，誠爲勸沮。（卷67，頁406～1407）

夫盡己之謂忠，承命之謂敬。忠者；存乎在心；敬者，形之於容，故《說文》曰：「忠，敬也。」忠爲立國之本，馬融曰：「忠能固君臣，安社稷，感天地，動神明。」敬爲修德之基，眞德秀〔註11〕曰：「往昔百聖相傳，敬之一言，實其心法。蓋天下之理，惟中惟誠，然敬所以中，不敬則無中也；敬而後能誠，非敬則無以爲誠也。」故謂忠敬者，德之正也。盡忠職責者謂之「忠」，清心而後能寡欲，寡欲而後能無求，忠誠堅貞氣節者，謂之忠臣。

原題申述判之事由，是此道判詞之「由頭」。因爲是虛擬試題，故於前面

〔註8〕 「宋」宋祁等：〈選舉志下〉見錄於《新唐書》（臺北：鼎文書局，1979年12月），卷45，志第35，頁1171～1172。

〔註9〕 〔宋〕洪邁：《容齋隨筆》（臺北：漢欣文化事業有限公司，1994年3月），頁314。

〔註10〕 傅興林：《白居易散文研究》（北京：中國社會科學出版2007年12月），頁39～82。

〔註11〕 陸費逵編：《辭海》，（臺灣中華書局，1978年4月）「宋浦城人，字景元，後改景希。慶元進士，官至參知政事。有直聲，立朝十年，奏疏數十萬言，皆切中要務。卒諡文忠，其學以朱熹爲宗，學者稱西山先生，所著大學衍義、讀書記、文章正宗、西山甲乙稿西山文集等。」，文集，頁145、2048。

加一「得」字。由判題可知，臨危不屈，效忠守道是品德節操之表現。經由白居易擬作之判詞「野哉大理，信乃執迷；展矣所司，誠爲勸沮。」可知白居易所堅持者乃「忠誠」之信念，豈是大理官員所固守之法律條文，而不知變通。由判題可知，所司與大理官員所持態度不同，然對於守身存道者，白居易認爲宜給予肯定。判詞云：「逼夷、齊以周粟，引巢、許於唐臣，身以道存，情非利動」〔註12〕，文中引《史記》「伯夷」、「許由」之例，說明事理，用語典雅，充分顯示白居易博雅睿智之古文風格。

又如〈得丁爲郡，歲凶，奏請賑給百姓；制未下，古之。本使科其專命。丁云：恐人困〉爲例：

> 臨邦匡乏，情本由衷；爲國救災，美終歸上。丁分條出守，求瘼居心：歲不順成，人既憂於二鬴；公有滯積，戶將饒於一鍾。是輸濟眾之誠，允叶分憂之政。然以事雖上請，恩未下流；稍違主守之文，遽見職司之舉。使以未有君命，何其速歟？郡以苟利國家，專之可也。卹貧振廩，鄧攸雖見免官；矯制發倉，汲黯不聞獲罪。請宥自專之過，用旌共理之心。（卷66，頁1386～1387）

《說文》曰：「仁，人也。」人之本，在於仁。《易》曰：「敦乎仁，故能愛。」仁愛之行，在於致利除害，兼愛無私，普及眾人，化於萬物。君子之行仁愛也，以天地生物之心而爲心。「丁分條出守，求瘼居心」即是仁愛之表現。

原題所述此判詞事由爲：某丁擔任州刺史時州中發生饑荒，上表請求開

---

〔註12〕〔漢〕司馬遷：《史記·伯夷列傳》，（臺北：河洛圖書出版社1979年1月）「而說者曰堯讓天下於許由，許由不受，恥之逃隱。伯夷、叔齊孤竹君之二子也。父欲立叔齊，及父卒，叔齊讓伯夷。伯夷曰：『父命也。』遂逃去。叔齊亦不肯立而逃之。國人立其中子。於是伯夷、叔齊聞西伯昌善養老，盍往歸焉。及至，西伯卒，武王載木主，號爲文王，東伐紂。伯夷、叔齊叩馬而諫曰：『父死不葬，爰及干戈，可謂孝乎？以臣弒君，可謂仁乎？』左右欲兵之。太公曰：『此義人也。』扶而去之。武王已平殷亂，天下宗周，而伯夷、叔齊恥之，義不食周粟，隱於首陽山，采薇而食之。及餓且死。」又見《莊子集釋·逍遙遊》（臺北：明倫出版社，1975年8月），頁22～4。「堯讓天下於許由曰：『日月出矣而爝火不息，其於光也，不亦難乎！時雨降矣而猶浸灌，其於澤也，不亦勞乎！夫子立而天下治，而我猶尸之，吾自視缺然。請致天下。』許由曰：『子治天下，天下既已治也。而我猶代子，吾將爲名乎？名者，實之賓也乎？鷦鷯巢於深林，不過一枝；偃鼠飲河，不過滿腹。歸休乎君，予無所用天下爲；庖人雖不治庖，尸祝不越樽俎而代之矣。』巢父唐堯時之高士，巢處不出，堯讓天下與巢父，不受隱而不出。」，卷61，頁1329～30。

倉與百姓發放糧物。朝廷命未頒下，某丁即開倉發放，本道使臣判處某丁擅作主張，某丁抗訴恐百姓困苦而亡故然。白居易則以爲某丁所爲雖有違反規定，然開倉救災有利國家百姓，判決應當赦免某丁所犯過失。《唐大詔令集》卷四唐代宗〈改元永泰赦〉：「刺史縣令，與君分憂。凋瘵之人，切須撫字。」卷十三唐德宗〈平朱泚後車駕還京赦〉：「二千石之任，所以分憂共理也。」白居易判詞據此而論，又引史例，如名臣「子產」、「鄧攸」、「汲黯」開倉救災之事佐證，寫來理直氣壯，振振有詞，令人難以反駁。由此可知，白居易因勢而爲，不因制度所限而不知變通，此爲其愛民的儒家思想使然。

　　百道判爲白居易應「書判拔萃」考試前，所模擬試卷之一，凡二卷一百零一篇的短文。雖爲其擬試所作之判詞，仍沿襲四六體，但已參用古體單行之古文筆法，斥去堆垛故事、拈弄辭華之陋習。又，其判文內容紛雜多樣，圍繞教育、禮制、道德、政治、農業、軍事等多方面進行預設與解決。白居易所撰寫判文「簡短精煉」、「觀點鮮明」，並以駢古兼用的語句撰寫，同時採三段法形式行文。故爲當時科考士人所引用，競相模仿，而成爲範文，足見白居易之百道判古文之創作，對當時實用體文風產生重大影響，尤其是宋代的制詔、制誥等實用文體的撰寫。

## 二、說理圓融的策林

　　策林，是白居易於元和元年，與元稹閉門於華陽觀，應制舉科考試前，所作的試策論文。現存白集中《策林》共有四卷，七十五篇。大陸學者傅興林，將《策林》的思想內容分爲八類：爲君爲聖之道、施政化民之略、求賢選能之方、整肅吏治之法、省刑慎罰之術、治軍御兵之要、矜民恤情之核、禮樂文教之功等。本論文則將《策林》內容歸納爲君道與治道二種，又可細分爲三大類：

　　第一、「修身、齊家、治國、平天下」，是儒家傳統觀念中的人生追求與價值取向的最高理想。所謂弘揚君道，針對社會最高統治者而言，即是要求君王以修身爲務，爲臣民遵守法度之表率。如〈人之困窮由君之奢欲〉一文，就是要求君王能克制欲望，方能使百姓安居樂業；〈王澤流人心感〉之作，「以心度心，以身觀身」，要求君王要有將「心比心」之修養，爲百姓設想。他如〈辨興亡之由〉、〈決雍蔽〉等篇章，也是針對君主而言，所提出的修養之道。

　　第二、「選賢任能，整飭吏治」，苟能如此，則國家必興盛、百姓必能安

康。如〈請行賞罰以勸舉賢〉、〈革吏部之弊〉、〈大官乏人〉、〈審官〉等。白居易所言,係針對時弊,提出一系列解決方法。

第三、「施行仁政,造福民生」,白居易以爲君主修身、選賢的目的都是爲了造福百姓。在施政方面,提出解決的方案有:一是減輕賦稅,以減輕人民負擔。如〈議井田阡陌〉、〈議鹽法之弊〉、〈息遊墮〉、〈議百官食利錢〉、〈使官吏清廉〉篇章的寫作即是。二是省刑慎罰,主張「德治」、「法治」並行:如〈止獄措刑〉、〈使人畏愛悅服理大罪赦小過〉、〈議赦〉、〈議肉刑〉、〈議禮樂〉、〈採詩〉等篇章,即是民富厚生之道;再以興教育,使民知法、守法,如此自可減少犯罪行爲。三是減少征伐,平息戰火,反對窮兵黷武:如〈銷兵教〉、〈議兵〉、〈復府兵置屯田〉、〈禦戎狄〉等篇章即是〔註13〕。

白居易《策林》之創作,對當時社會現問題,發表己見,同時提出解決之道;其立論均援據經史,一本於孔孟之道與儒家之精神撰寫。如:第十四篇〈辨興亡之由〉之道。這是一篇擬作的策試考題。問:萬姓親怨之由,百王興亡之漸,將獨繫於人乎?抑亦繫於君乎?問有國家興亡的根本原因和條件是什麼?白居易則以民心向背來論述,其言曰:

> 臣觀前代:邦之興,由得人也;邦之亡,由失人也。得其人,失其人,非一朝一夕之故,其所由來者漸矣。天地不能頓爲寒暑,必漸於春秋;人君不能頓爲興亡,必漸於善惡。善不積,不能勃焉而興;惡不積,不能忽焉而亡。善與惡,始繫於君也;興與亡,終繫於人也。何則?君苟有善,人必知之;知之又知之,其心歸之。歸之又歸之,則載舟之水,由是積焉。君苟有惡,人亦知之;知之又知之,其心去之;去之又去之,則覆舟之水,由是作焉。故曰:至高而危者,君也;至愚而不可欺者,人也。聖王知其然,故則天上不息之道以修己,法地下不動之德以安人。修己者,慎於中也,慄然如履春冰。安人者,敬其下也,懍乎若馭朽索。猶懼其未也,加以樂人之樂,人亦樂其樂;憂人之憂,人亦憂其憂。樂同於人,敬慎著於己,如是而不興者,反是而不亡者,自生人已來,未之有也。臣愚以爲百王興亡之漸,在於此。(卷62,頁1300)

這篇策文回答了國家興亡,與國君修爲有直接的關係,文中說明興亡由於善惡的積累,始繫於君王,終繫於百姓。白居易以國家興亡爲主題,由得民心

---

〔註13〕肖瑩星《元白派散文研究》(合肥:江西師範大學,2009年5月),頁18~20。

或失民心，實際上根本原因就在國君一人，以正反二方面來論述。國之興與亡，與百姓有關，也與君主有關，君主應知善惡之積，關係國運及政治的運作，豈能輕乎！國家興亡主要在於善政與暴政的積累，既繫乎於百姓，更繫於君王；唯有君王能修己安民，以百姓之憂樂爲憂樂，國家才能興盛而不亡。文中明白指出，君主不但要「修己」、「安人」，同時也要「愼於中」而「敬於下」，還要與百姓同憂樂，苦民所苦的同理，才能使國家興盛，百姓安康。白居易的觀點，雖由來有自，但是把問題分析得如此明白透徹，提到國家滅亡是君主自己推翻了自己，這種論述難能可貴。

《策林》七十五篇之作，反映了白居易民本主義思想與其爲政之道，極具思想價值。策論是爲考查考生對政法問題之認識能力，但長久以來受時代寫作風氣影響，考生在文字表達論述上，爲增強表達效果，經常插入一大段駢句。白居易《策林》文之創作，或以淺顯的駢文爲之，與時下流行文風相吻合，本身就構成流行文風的一部分；或以平易流暢之古文寫作，在行文上，對仗工整，用語淺顯，條理分明，論證層層遞進，充分顯示出其策論文的簡潔典雅。又，《新唐書·藝文四》有《元和制策》三卷，專收元稹、白居易、獨孤郁三人的對策，可見白居易的策文對當時是很有影響的。

## 三、說理明確的書論

古代臣僚與帝王寫信，曰「上書」；與諸王等寫信，稱「箋」。至於一般親人，友人之間通信，皆以「書」稱之。然於親人、友人之書，可直抒情懷、論述己見等，不似帝王上書，有尊卑之規定。故「書」之內容十分廣泛：敘舊、話別、見聞、風俗、家事、國情等，皆可視爲書信的內容。如：司馬遷於《報任安書》中訴說自己內心的憂憤即是也。白居易文集中與友書信有十餘篇，茲舉白居易爲劉軻〈代書〉爲例：

> 盧山自陶、謝洎十八賢已還，儒風緜緜，相續不絕。貞元初，有符載、楊衡輩隱焉，亦出爲聞人。今其讀書屬文、結草廬於巖谷間者，猶一二十人，即其中秀出者，有彭城人劉軻。
>
> 軻開卷慕孟軻爲人，秉筆慕楊雄、司馬遷爲文，故著《翼孟》三卷、《豢龍子》十卷、雜文百餘篇。而聖人之旨，作者之風，雖未臻極，往往而得。予佐潯陽三年，軻每著文，輒來示予，予知軻志不息，異日必能跨符、楊而攀陶、謝。

軻一旦盡賣所著書及所爲文，訪予告行，欲舉進士。予方淪落
江海，不足以發軻事業；又羸病無心力，不能徧致書於臺省故人。
因援紙引筆，寫胸中事授軻，且曰：「子到長安，持此札，爲予謁集
賢庾三十二補闕、翰林杜十四拾遺、金部元八員外，監察牛二侍御、
秘省蕭正字、藍田楊主簿兄弟，彼七八君子，皆予文友，以予愚直，
常信其言。苟於今不我欺，則子之道，庶幾光明矣。又欲使平生故
人，知我形體已悴，志氣已憊，獨好善喜才之心未死。去矣去矣！
持此代書。三月十三日，樂天白。」（卷 43，卷 942～943）

此文作於元和十二年（西元 817 年），貶江州時，雖言爲劉軻「代書」，實是
自我敘情之作。文中所云：「子到長安，持此札爲予謁集賢庾三十二補闕、翰
林杜十四拾遺、金部元八員外，監察牛二侍御，秘省蕭正字、藍田楊主簿兄
弟，彼七八君子，皆予文友。」既有感懷之意，亦有憤懣之情，更有今昔之
異的沉痛。他如〈與楊虞卿書〉、〈與元九書〉、〈與微之書〉等，或憤懣，或
敘情，或言志，或論理等，皆能以「平實、眞心、眞意」撰寫，而無造作虛
假之詞，此即是純眞之情的流露。

「論」，按韻書云：「論者，議也。」梁昭明《文選》所載，論有二體：
一曰史論，乃史臣於傳末作論議，以斷其人之善惡，若司馬遷之論項籍、商
鞅是也；二曰論，則學士大夫議古今時世人物，或評經史之言，正其訛謬，
如賈生之論秦過，江統之論徙戎，柳子厚之論守道，守官是也。〔註 14〕白居
易論之古文，有〈晉諡恭世子議〉、〈漢將李陵論〉、〈三教論衡〉等論文，就
〈晉諡恭世子議〉、〈漢將李陵論〉，既是史論，亦是人物的評論。此種「反駁
論法」對宋代的文士影響頗爲深遠。

以〈晉諡恭世子議〉一文之，白居易此文議論寫得精闢深刻，能見人之
所未見，發人之所未發。如《左傳》、《國語》、《穀梁傳》、《禮記》等儒家經
傳所載，驪姬以毒計陷害晉獻公太子申生，申生既不申辯，也不出走逃亡，
而自殺了事，時人以「恭世子」賜之，後人對此諡從未有異議。但白居易不
以然而提出其見解曰：「大凡恭之義有三：以孝保身，子之恭；以正承命，臣
之恭；以道守嗣，君之恭。若棄嗣以非禮，不可謂道；受命於非義，不可謂
正；殺身以非罪，不可謂孝：三者率非恭也。申生有焉。而諡曰恭，不知其
可？」（卷 46，頁 979～980）是知白居易對申生之「諡恭」提出三義反駁。

---

〔註14〕〔明〕吳訥《文章辨體序說》（臺北：長安出版 1978 年 12 月），頁 43。

其次，白居易以虞舜爲例而申辯說：「在昔虞舜，父頑母嚚。舜既克諧，嚚亦允若。申生父之昏，姬之惡，誠宜率子道以幾諫，感君心以誠。雖申生之孝，不侔於舜；而獻公之頑，亦不逮於嚚。盍以蒸蒸之義，俾不格於乎？……今申生徇其死不顧其義；輕其身不圖其君。俾死之後，殺三君，殺十五臣，實啓禍先，大亂晉國。」（卷 46，頁 979～980）白居易對申生的作爲認定是陷父於不義，更使晉國大亂。由此可見，申生對晉國不僅無功可書，而且有罪當誅，其德行絲毫不值得稱頌。至於申生之諡恭，略而無議，何其謬哉！何以覈諸？此乃白居易提出異議而反駁。同時以孔子修《春秋》，明則有凡例，幽則有微旨；其有君不君，臣不臣，父不父，子不子者，率書名以貶之。故書曰：「晉侯殺其太子申生」，不言晉人，而書晉侯，且名太子者，蓋明晉侯不道，且罪申生陷君父於不義也。又，白居易〈漢將李陵論〉之作，與〈晉諡恭世子議〉作法相同，以「翻駁」寫作風格，論述李陵之非有四：不忠、不孝、不智、不勇，不盡爲臣爲子之道、君子之道。白居易云：「論曰：忠、孝、智、勇，四者爲臣爲子之大寶也。故古之君子，奉以周旋，苟一失之，是非人臣人子矣。漢李陵策名上將，出討匈奴，竊謂不死於王事，非忠，生降於戎虜，非勇，棄前功，非智；召後禍，非孝：四者無一可，而遂亡其宗。哀哉！」（卷 46，頁 980～981）白居易認爲《史記》、《漢書》未能批評李陵之非是不合理的，故提出己見。按《禮》云：「謀人之軍，師敗則死之。」故敗而死者，是其所也。《春秋》所以美狼瞫者，爲能獲其死所。而陵所不死，得無譏焉？觀其始以步卒，深入虜地，而能以寡擊眾，以勞破逸，再接再捷，功孰大焉？因此，白居易以爲李陵不在戰場死，是不對的。

白居易的「翻駁」寫作風格與「史論」評品人物之筆法，深深影響宋代文士仿作。如蘇洵的〈管仲論〉末段云：「……吾觀史鰌，以不能進蘧伯而退彌子瑕，故有身後之諫。蕭何且死，舉曹參以自代。大臣之用心，固宜如此也。夫國以一人興，以一人亡；賢者不悲其身之死，而憂其國之衰。故必復有賢者，而後可以死。彼管仲者，何以死哉？」〔註 15〕蘇軾的〈留侯論〉文末云：「太史公疑子房以爲魁梧奇偉，而其狀貌乃是婦人女子，不稱其志氣。嗚呼！此其所以爲子房歟！」〔註 16〕王安石〈讀孟嘗君傳〉云：「世皆稱孟嘗

〔註 15〕 〔宋〕蘇洵：《蘇洵全集》（臺北：河洛圖書出版社，1975 年 10 月）卷 8，頁 79～81。

〔註 16〕 〔宋〕蘇軾：《蘇東坡全集》（臺北：河洛圖書出版社，1975 年 9 月）應詔集

君能得士，士以故歸之，而卒賴其力以脫於虎豹之秦。嗟呼！孟嘗君特雞鳴狗盜之雄耳，豈足以言得士？不然，擅齊之強，得一士焉，宜可以南面而制秦，尚取雞鳴狗盜之力哉？夫雞鳴狗盜之出其門，此士之所以不至也。」〔註17〕都是對歷史人物的評論，也都受白居易「翻駁」寫作法的影響。

# 第二節　實用文

實（應）用文是以應用、實用為主。實（應）用文就是用文字的技巧，作為人類生活的實際運用。因此，凡是人類在日常生活應用上，為處理公私事務，而所作的文字、文書，這類的文章，稱之應用文。白居易的詔誥、奏表文是皇上撰寫的文章，也有為自己向皇上抒發己見的文章。

## 一、說理明志的奏表

「疏、表、議、奏、狀」等文章，都是臣下向皇帝進呈的文章。臣民向君主敘事情或寫信，皆以「上書」稱之。《文心雕龍。章表篇》云：「漢定禮儀，則有四品：一曰章，二曰奏，三曰表，四曰議。章以謝恩，奏以按劾，表以陳請，議以執異。」〔註18〕吳訥《文章辨體序說》云：「按韻書：表，明也，標心，標著事緒使之明白以告乎上也。」〔註19〕漢、晉皆尚古文，俾陳達情事，唐、宋以後多尚四六。其用則有慶賀、辭免、陳謝、進書、貢物等，所用既殊，則其辭亦各異焉。

白居易所創作的奏、狀、表章有五十八篇，就內容觀之，更能體現作者之個人精神，與主體性，是作者個人對社會問題進行思考後的寫作。元稹言白居易奏狀文以「長於直」、「長於盡」，即是針對奏文直截了當、旗幟鮮明提出自己的主張，而且毫無保留、言無不盡。白居易奏狀章表，其內容皆是為國建言、為民請命或陳請明志而作。然奏、表、狀文的撰寫要領，主要全在破題，既要見盡題意，又忌太露；貼題目處，須字字精確。白居易「奏狀」

---

　　　卷 9，頁 776。

〔註17〕〔宋〕王安石：《王安石全集》（臺北：河洛圖書出版社，1974 年 10 月）卷46，頁 165。

〔註18〕范文瀾：《文心雕龍注》（臺北：學海出版社，1990 年 2 月），第 22 篇〈章表〉，卷 5，頁 406。

〔註19〕〔明〕吳訥：《文章辨體序說》（臺北：長安出版社 1978 年 12 月），頁 37。

的文章，以直言極諫爲主，如〈論制科人狀〉云：

　　右臣伏見内外官近日除改，人心甚驚，遠近之情，不無憂懼，喧喧道路，異口同音。皆云：制舉人牛僧孺等三人，以直言時事，恩獎登科。被落第怨謗加誣，惑亂中外，謂爲誑妄，斥而逐之，故並出爲關外官。楊於陵以考策敢收直言者，故出爲廣府節度。韋貫之同所坐，故出爲果州刺史。裴垍以覆策，又不退直言者，故免内職，除户部侍郎。王涯同所坐，出爲虢州司馬。盧坦以數舉事，爲人所惡，因其彈奏小誤，得以爲名，故黜爲左庶子。王播同之，亦停知雜。

　　臣伏以裴垍、王涯、盧坦、韋貫之等，皆公忠正直，内外咸知；所以宜授以要權，致之近地。故比來眾情私相謂曰：「此數人者，皆人之望也；若數人進，則必君子之道長；若數人退，則必小人之道行。故卜時事之否臧，在數人之進退也」則數人者，自陛下嗣位已來，並蒙獎用，或任之耳目，或委以腹心。天下人情，日望致理。今忽一旦悉疏棄之，或降於古班，或斥於遠郡。設令有過，猶可優容；況且無瑕，豈宜黜退？所以前月已來，上自朝廷，下至衢路，眾心洶洶，驚懼不安。直道者疚心，直言者杜口。不審陛下得知之否？凡此除改，傳者紛然。皆云：裴垍等不能委曲順時，或以正直忤物，爲人之所媒孽，本非聖意罪之，不審陛下得聞之否？臣未知此説虛實，但獻所聞。所聞皆虛，陛下得不明辯之乎？所聞皆實，陛下得不深慮之乎？虛之與實，皆恐陛下要知。臣若不言，誰當言者？臣今言出，身戮亦所甘心。何者？臣之命至輕，朝廷之事至大故也。

　　臣又聞：君聖則臣忠，上明則下直。故堯之聖也，天下已太平矣，尚求誹謗，以廣聰明。漢文之明也，海内已理矣，賈誼猶比之倒懸，可爲痛哭。二君皆容納之，所以得稱聖明也。今陛下明下詔令，徵求直言；反以爲罪，此臣所以未諭也。陛下視今日之理，何如堯與漢文之時乎？若以爲及之，則誹謗痛哭尚合容而納之，況徵之直言，索之極諫乎？若以爲未及，則僧孺等之言，固宜然也。陛下縱未能推而行之，又何忍罪而斥之乎？此臣所以爲陛下流涕而痛惜也。德宗皇帝初即位年，亦徵天下直言極諫之士，親自臨試，問

以天旱。穆質對云：「兩漢故事，三公當免；卜式著議，弘羊可烹。」
此皆指言當時在權位而有恩寵者。德宗深嘉之，自第四等拔爲第三
等，自畿尉擢爲左補闕，書之國史，以示子孫。今僧孺等對策之中，
切直指陳之言，亦未過於穆質，而遽斥之臣恐非嗣祖宗承耿光之道
也。書諸史策，後嗣何觀焉？陛下得不再三省之乎？

　　臣昨在院與裴垍、王涯等覆策之時，日奉宣令臣等精意考覆。
臣上不敢負恩，下不忍負心，唯秉至公，以爲取捨。雖有讎怨，不
敢棄之；雖有親故，不敢避之；唯求直言，以副聖意。故皇甫湜王
涯外甥，以其直合收，涯亦不敢以私嫌自避。當時有狀，具以陳奏。
不意群口嗷嗷，構成禍端，聖心以此察之，則或可悟矣。儻陛下察
臣肝膽，知臣精誠，以臣此言，可以聽採，則乞俯迴聖覽，特示寬
恩，僧孺等准往例與官，裴垍等依舊職獎用，使內外人意，歡然再
安。若以臣此言，理非允當，以臣覆策，事涉乖宜，則臣等見在四
人，亦宜各加黜責。豈可六人同事，唯罪兩人？雖聖造優容，且過
朝夕，在臣懼惕，豈可苟安？敢不自陳，以待罪戾？

　　臣今職爲學士，官是拾遺，日草詔書，月請諫紙，臣若默默，
惜身不言，豈惟上辜聖恩，實亦下負神道。所以密繖手疏，潛吐血
誠；苟合天心，雖死無恨。無任憂懼激切之至！（卷58，頁1230
～1232）

這是一篇奏事的狀文。狀是一種向上說明事實陳求意見的文書。本狀作於元
和三年（西元808年）長安左拾遺、翰林學士任上。元和三年，賢良方正能
言極諫科策試，舉人牛僧孺、皇甫湜、李宗閔對策直言，無所畏避，被考官
楊於陵等錄取。當時宰相李吉甫等怨恨諸人對策攻擊了自己，在皇帝面前哭
訴，落榜的舉人又把牛、李等人的對策加以歪曲攻擊，其年四月，考官和有
關人員都被貶官，牛、李等人也貶授關東地區縣尉。白居易本人曾經參與考
試對策的覆審工作，深爲被貶者不平。狀就是爲這件事進上，旨在說明內外
官除改和對舉人斥逐的不當，提出了補救的措施和建議。

　　本文是爲救助考試中，因直言無隱而得罪的制舉人和考官而作。先論列
考官被貶黜的不當，次論列制舉人被貶黜的不當，再次論覆考官被貶黜，以
同爲覆考官或貶或不貶的不當，條理清晰而分明。狀中爲了救助他人而牽連

自己，自請處分，表現出白居易正直無私和敢於進言的勇氣〔註20〕。

　　文章重點在對考制策「直言無罪」的辯護，考策人不罪，考官與覆考官當然也無罪。在辯駁中，白居易以「及」和「不及」提出說明。先舉唐堯與漢文帝的史證，說明直言無罪的事實，對憲宗「徵求直言，反以為罪」的不當。而後再以德宗獎勵穆質直言的史實，指憲宗的做法不能承接「嗣祖宗承耿光之道」、「書諸史策，以垂子孫」的不當。（同《新譯白居易詩文選》，頁465～466）

　　其次，文章以「動之以情」為主軸，強調自己的陳述是在盡諫官的職責，為皇上和國家留住人才，所以「言出身戮，亦所甘心」、「苟合天心，雖死無恨」。文中舉「唐堯、漢文、德宗」的事例佐證，實際上是說明憲宗的作為，既不賢明，又不合孝道。又，文章在用字遣詞方面，以委婉的說明為主，處處為憲宗著想；狀文又以祕密呈進為是，全為憲宗設想而為之（同《新譯白居易詩文選》，頁65～466）。又如，〈論重考科目人狀〉云：

　　　　右，臣等奉中書門下牒，稱奉進旨，令臣等重考定聞奏者。臣等竊有所見，不敢不奏。伏以今年吏部科第，不置考官，唯遣尚書侍郎二人考試。吏部事至繁劇，考送固難精詳；所送文書，未免瑕病。臣等若苦考覆，退者必多。韓皋累朝舊臣，伏料陛下不能以小事致責。臣等又以朝廷所設科目，雖限文字，其間收採，兼取人材。今吏部只送十人，數且非廣；其中更重黜落，亦恐事體不弘。以臣所見，兼請不考。已得者不妨僥倖，不得者所勝無多；貴收人才，務存大體。伏乞以臣等此狀，宣付宰臣，重賜裁量。伏聽進旨。

　　　　元和十五年，十二月十三日，重考定科目官、將仕郎守尚書司門員外郎臣白居易等狀奏。重考定科目官、將仕郎守尚書祠部員外郎上護軍臣李虞仲。（卷60，頁1264～1265）

白居易「重考」之奏狀除此文外，尚有〈舉人自代狀〉、〈論重考進士事宜狀〉等，皆是向君王說明事實陳述意見的文書。此篇論狀的特點是詳述事件的原委，直陳白居易自己觀感，不為聳動之辭，不為過高之論，指事造實，平鋪直敘，提出補救辦法和建議。激憤之情雖不甚流露，但不平之氣亦自不能遮掩。此類文章，本屬公文性質，大都沒有文學價值，但其中也有不少篇章言

〔註20〕陶敏、魯茜：《新譯白居易詩文選》（臺北：三民書局，2009年11月），頁465～466。

辭懇切，情感動人，不失爲好文章。白居易狀奏之文，在唐代諫書文中，是寫得較質樸溫厚的一類，是值得加以研究與探討。

唐書奏以「表」替代，當代古文家少有人注意此體之寫作，唯白居易不以爲然，故能不落俗套，創造特殊的寫作。如〈忠州刺史謝上表〉云：

> 殊恩特獎，非次昇遷，感戴驚惶，隕越無地。臣誠喜誠懼，頓首頓首。臣性本疏愚，識惟褊狹，早蒙採錄，擢在翰林，僅歷五年，每知塵忝，竟無一事，上答聖明。……方今淮蔡底定，兩河乂寧，臣得爲昇平之人，遭遇已極；況居符竹之寄，榮幸實多。誓當負刺愼身，履冰厲節；下安凋瘵，上副憂勤。未死之間，期展微劾。跼身地遠，仰首天高；蟻螻之誠，伏希憐察。無任感激懇款彷徨之至！謹遣某官某乙奉表陳謝以聞。（卷61，頁1281～1282）

表用於陳述事情，有所請求和薦舉人才等作用。此表爲白居易向穆宗皇帝謝恩，並表明其心志：「況居符竹之寄，榮幸實多。誓當負刺愼身，履冰厲節；下安凋瘵，上副憂勤。未死之間，期展微劾」此時白居易仍是貶官身分，卻無陳情請求之心，唯有感恩圖報。此表以務實爲主，言辭懇切，情感動人，文字簡白，不失爲一篇好文章。

白居易「表」之創作可謂推陳出新，匠心獨運，創造出特有的風格，不獨寫作方法不同，內容也頗豐富。他如：〈杭州刺史謝上表〉、〈爲宰相謝官表〉等，亦是以文情並茂，感情眞實，成爲當世及後人競相模仿習作的範本。

## 二、平實淺易的詔誥

明・吳訥《文章辨體序說》云：「按周官太祝六辭，二曰『命』，三曰『誥』考之於書『命』者，以之命官，若畢命、冏命是也。『誥』則以之播誥四方，若大誥、洛誥是也。漢承秦制，有曰『策書』，以封拜諸侯王公；有曰『制書』，用載制度之文。若其命官，則各賜印綬而無命書也。迨唐世，王言之體曰『制』者，大賞罰、大除授用之；曰『發制』者授六品以下官用之，即所謂『告身』也。」〔註21〕以今日應用文言之，詔誥係公文之一種，爲上級對屬下有所任命、指派之文書。

白居易在其一生中有二次爲皇上、宰相撰寫詔、誥文書，分別於憲宗元和三年（807年）至六年召爲翰林學士時，爲期約三年半。依唐制，翰林學士

---

〔註21〕 〔明〕吳訥：《文章辨體序說》（臺北：長安出版社，1978年12月），頁36。

乃是一般行政系統以外的差遣，不計官階，也無官署，只是輪班在宮廷內的學士院住宿，以待皇帝不時宣召，爲皇帝草擬各類詔令。〔註22〕翰林學士爲「內制」，專掌五種事項：一是人事：如立后、建儲、冊妃、封親王、郡王、拜免三公將相以及上述人員兼職、加官、日封等任免。白居易所作，如〈與吉甫詔〉，爲李吉甫「志惟經國，謀不忘君」入爲宰相的制詔。二是號令：凡大赦、曲赦、布大政令、號令征伐、誡勵百官、曉喻軍民、減名租稅、勞問臣下等事項。如白居易所作〈與茂昭詔〉，即是號召易定節度使張茂昭討伐王承宗的詔書等。三是批答：主要是對高級官員表疏所作的批示，或對較有具體問題之處理意見與對上疏人誡勵勞問之事。如白居易所作〈答裴垍讓中書侍郎平章事表〉，即是其例。文中指出裴垍：「卿自登臺輔，每竭忠貞，一身秉彝，百度惟序。致君盡力，久積股肱之勤；憂國勞心，微生膝理之疾。暫從休告，遽獻表章。所陳雖是卿心，所請殊非朕意。宜加調攝速就平和；以副虛懷，無爲固讓。」（卷 56，頁 1191）即是也。四是藩書：此是與境內其他政權或境外政權之書信，也就是有關外事活動之文書。白居易所作境內文書如〈代王佖答吐蕃北道節度論贊勃箋書〉、〈與吐蕃宰相尙綺心兒等書〉、〈代忠亮答吐蕃東道節度使論結都離等書〉，皆是與吐蕃相關之文書，多半討論邊境問題而作書，但內容各異。

　　其次，是境外民族之文書，如白居易所作〈與新羅王金重熙等書〉，所言是新羅王金重熙「進獻精珍」憲宗回贈禮物之內容，是應酬文字。五是實用文書：此乃朝廷舉行典禮、朝會或重大的祭祀活動、宗教活動時臨時應命撰制之文書。如白居易〈畫大羅天尊贊〉、〈畫大羅天尊讚文〉等。白居易任此職務時，所作的相關詔誥約有二百餘篇。

　　白居易文集卷五十四翰林制詔中有：〈除裴武太府卿制〉，旨在褒美裴武「有通敏之職，有倚辯之才」，並要言不煩概述太府卿之職能。詔文云：

　　　聚九州之賦，辯百貨之名，按其度程，謹其出納：孰爲主者？外府上卿。務殷秩崇，不易其選。某官裴武：有通敏之識，有倚辯之才：以茲器用，早膺任使。小大之務，罔不勵精：累有勤績，存乎官次。而受藏之府，國用所資；若非使能，何以集事？俾昇顯列，仍委劇務。爾宜率其官屬，欽乃職司，會帑藏出入之要，修權量平校之法，以遵成式，無使改易，謹而守之，斯爲稱職。（卷 54，頁 1144）

---

〔註22〕黃本驥：《歷代職官表》（臺北：洪氏出版社印行，1983 年 11 月），頁 15。

由詔文可知，太府卿事繁務劇、職重責大之工作特點。據李林甫《唐六典》記載：「太府卿之職，掌邦國財貨之政令，總京都四市、平准、左右藏、常平八署之官屬，舉其綱目，修其職務；少卿爲之貳。以二法平物：一曰度量，二曰權衡。金銀之屬謂之寶，錢帛之屬謂之貨。……凡四方之貢賦，百官之俸秩，謹其出納，而爲之節制焉。」〔註 23〕兩相比照，詔文所記載太府卿的職能，較《唐六典》詳密。

其次，是在穆宗長慶元年（821 年）至長慶二年（822 年）於長安期間，是白居易爲官另一得意之時；也就是在穆宗長慶元年十月十九日至二年七月十四日，拜尙書主客郎中，到出刺杭州止，前後具草詔資格的時間爲一年零七月。中書制誥爲「外制」文書，專管人事，主要任務有三：一是將相以下百官之任免。如白居易所作〈馮宿除兵部郎中知制誥制〉、〈王公亮可商州刺史制〉、〈張籍可水部員外郎制〉等，皆是其例。二是將相以下百官的黜徙、加勳、加階、封爵等。

白居易所作如〈邵同轉連州司馬制〉，是將邵同從衛州刺史貶爲連州司馬；〈王起賜勳制〉，則是加勳的制誥書；〈李益、王起、杜元穎等賜爵制〉等，則是封爵之制誥。三是高級官員親屬與命婦之封贈等，如白居易所作〈劉悟妻馮氏可封長樂郡夫人制〉，是對高官的母親贈常封號，在制中最常見；〈劉總弟約等五人并除刺史賜紫男及姪六人除贊善大夫洗馬衛佐賜緋同制〉，是對官員之妻給與封號。他如〈楊造等亡母追贈太君制〉，則是封賞給其他親屬之封號。總之，此期間白居易所作之新、舊制書，共有六卷，計二百三十三道。

在一年七個月的時間內，白居易所創制的「中書制誥」竟有二百三十三道，其工作量可謂大矣。然白居易的中書制誥，有新舊之異。所謂舊制，共有三卷，八十五篇，係沿用魏晉南北朝以來的文體，即是駢體。如〈張籍可水部員外郎制〉文云：

> 勑：登仕守國子博士淫籍：文孝興則儒行顯，王澤流則歌詩作。若上以張教流爲意，則服儒業詩者，宜稍進之。頃籍校祕文而訓國冑，今又覆名揣稱，以水曹郎處焉。前年已來，凡文雅之選三矣，然人皆爾爲宜。豈非篤於學，敏於行，而貞退之道勝也？與寵名者，可以獎夫不汲汲於時者。可守尚書水部員外郎，古官、勳如故。（卷

---

〔註23〕〔唐〕李林甫：〈太府卿〉《唐六典》（北京：中華書局，1992 年 7 月），卷 20，頁 540。

49，頁 1031）

此係以四六駢文撰寫，渲染成分多，句句有對偶。所謂新體，即是元稹所主張，爲白居易所附從的復古改良文體，亦即駢古兼用的文體。是採用自初唐以來，爲古文倡導者所使用的文體，即是古文。如：〈薛伯高等亡母追贈郡夫人制〉，即是白居易對爲人妻、爲人母在家庭、社會上的貢獻予以肯定。詔云：「敕：某夫人某氏等：始播婦儀，終垂母道，教其令子，爲我良臣。而皆茂著才名，榮居爵位，永言聖善，宜及顯揚。俾追啓邑之封，式表統家之訓。可依前件。」（卷 53，頁 1110）此文爲白居易新制的詔誥，以駢古兼顧的文體寫作。又如〈武昭除石州刺史制〉：

> 勅：某官武昭：王師伐蔡，爾在行間，致命奮身，挑戰當寇，
> 忠憤所感，卒獲生全：求之軍中，不可多得。司馬以爾信直謹厚，
> 可領邊城。爾宜酬乃己知，副我朝獎：撫獷戎雜居之俗，安離石重
> 困之人。勉而蒞之，其任不細！可石州刺史。（卷 51，頁 1070）

此詔文鋪敍內容較舊制明顯增多，新制於末句，爲加強語氣而使用一句對偶。總而言之，新體均有明顯古文化的特徵。但是，由於當時舊體積深受駢文的影響，改之不易，欲有重大改變並不容易。由於駢文便於含糊其辭，所以即使是新體，也不免有駢儷句式。《舊唐書・元稹、白居易傳》云：「元和主盟，微之、樂天而已……元之制策，白之奏議，極文章之壺奧，盡治亂之根荄。非徒謠頌之片言，盤盂之小說。」此是正對元、白二人所作制誥，給予極高的評價，對宋代詔誥文的撰寫影響極爲深遠。

其實，白居易於元和三年（807 年）至元和六年（811 年）擔任翰林學士之際，所創制的翰林制詔，有一部分是以駢古夾雜之「混合文體」，但可肯定的是，率以駢體爲是。至於白居易於元和十五年（西元 806 年）至長慶二年（西元 822 年）任知制與中書舍人期間所創制的中書制誥，則有新舊之異。可見白居易在這時期，對詔、誥文已有改變的觀念，已着手創新公文式的詔誥文體。新詔誥文是實用文，可說是白居易的古文體（即是古文），與韓愈、柳宗元古文之不同地方，乃在於「實用文」。

由於制誥的代言性質特殊，在唐代非常重視。元稹、白居易二人曾於元和初年，任翰林學士，掌制誥。元和末年，元稹、白居易二人任中書舍人，亦曾一起對制詔文的寫作進行改革，提倡駢、古兼顧、自然流暢、內容充實的風格。但未能改變以駢體寫作之慣例，所以元、白二人的制誥文仍是以非

常精致的駢文寫作；此中以駢古兼用的寫作方式，對當代及後世尤其影響深遠。

　　白居易曾自編《白朴》一書，即是專門教授制誥文的作法，人們求訪寶重，過於《六典》。策、判、制誥皆是唐代非常重要的文體，也是以富艷淺易為風格的流行文體；而白居易以「駢古兼顧的句法」所作制誥，與時流行的文風相吻合，故能為士子所喜愛。其次，由詔誥文中，可得知中唐官制、民情風俗的重要資料與知識。同時由制詔文可以見識到白居易撰寫詔誥文時，仍以儒家思想為主，呈現「平實淺易」的風格。

# 第三節　記敘文

　　記敘文是各種文體中用敘最廣的一種，它也是一切文學寫作的基礎。它有描寫、刻劃、解釋、說明、批評以及感動人的文章，通常記敘文可分為兩大類：一是記事文，屬於靜態的，它是將人、物的空間、情動、性質、效用等一一說出；二是記事文，屬於動態的，它的功用是將事情發生的經過逐步的寫下來。白居易記敘文有祭銘傳、雜記序等二類。

## 一、真情流露的祭銘

　　祭文，乃古代為祭奠死者而寫的哀悼文章。古代祭祀天地山川時，皆有祝禱性之文字，稱祭文、祈文或祝文。如：白居易〈禱仇王神文〉、〈祈皋亭神文〉、〈祭龍文〉、〈祭浙江文〉〈祭城北門文〉、〈祭匡山文〉、〈祭廬山文〉」等篇章，即是祭山川之文。茲舉〈祭龍文〉為例：

> 維長慶三年，歲次癸卯，八月，癸未朔，二日甲申，朝議大夫、使持節杭州諸軍事、守杭州刺史、上柱國白居易，率寮吏，薦香火，拜告於北方黑龍。惟龍：其色玄，其位坎，其神壬癸，與水通靈。昨者歷禱四方，寂然無應。今故虔誠潔意，改命於黑龍。龍無水，欲何依？神無靈，將恐歇。澤能救物，我實有望於龍。物不自神，龍豈無求於我？若三日之內，一雨霶沱，是龍之靈，亦人之幸。禮無不報，神其聽之。急急如律令！（卷40，頁901～902）

此文作於白居易任杭州刺史時，為當地百姓因亢旱不竭，而向黑龍潭祭拜，祈禱降水以解決旱災。祭山川文須真誠，虛心默禱，虔誠祈求。由祭文前之告詞可知，「朝議大夫、使持節杭州諸軍事、守杭州刺史、上柱國白居易，率

寮吏薦香火拜告於北方黑龍。」白居易是誠心誠意向黑龍禱祭。

　　其次是，喪後葬親，有以祭文致追念哀悼之意。祭文是於祭奠時宣讀用，故有表示祭享的格式。白居易所作祭文有三體，一曰騷體，此體源於楚屈原離騷；二曰駢體：此體始於六朝；三曰古體，此體不專用對偶，亦不用韻，純以氣勢行文。白居易碑誌銘、祭文，皆能抒發悃誠悽愴之心情，兼具哀悼與追思。如〈祭李司徒文〉：

> 維大和四年，歲次庚戌，七月，癸酉朔，十九日辛卯，中大夫、守太子賓客、分司東都、上柱國、賜紫金魚袋白居易，內重表弟朝請大夫、守少府監、上柱國李翱：謹以清酌庶羞之奠，敬祭於故相國、興元節度、贈司徒李公：惟公之生，樹名致節，忠貞諒直，天下所仰。惟公之歿，遭罹禍亂，冤憤痛酷，天下所知。雖千萬其言，終不能盡；故茲奠次，但寫私誠。居易應進士時，以鄙劣之文，蒙公稱獎。在翰林日，以拙直之道，蒙公扶持。公雖徇公，愚則授賜。或中或外，或合或離；契闊綢繆，三十餘載。至於豆觴之會，軒蓋之遊，多奉光塵，最承歡惠。眷遇既深於常等，痛憤實倍於眾情。永決奈何？長慟而已！翱情兼中外，分辱眷知，綿以歲時，積成交舊。敢申薄奠，庶鑒微衷！嗚呼哀哉！伏惟尚饗。（卷69，頁1456）

白居易以古文體來寫此祭文，無字數、句數、對仗、平仄、押韻之限制，敘述自然流利，較易表達悲哀之情，與普通古文無異。又，白居易祭小弟文，感情真摯，不以華藻為高；而以樸實之古文表達內心之沈痛：「……嗚呼！川水一逝，不復再還；手足一斷，無因重連。惟吾與爾，其苦亦然！黃墟白日，相見無緣。每一念至，腸熱骨酸……」（卷40，頁894），此祭文以四言句法呈現，與〈祭李司徒文〉句法不同，然皆是一字一淚，真情流露，悽愴哀矜，可謂至情之作。又其〈祭李郎侍文〉云：「……男女七人，五珠二玉。年重壽考，公亦云老；心雖壯健，髮已華皓……花寺春朝，松園月夕；大開口笑，滿酌酒喫。言約則然，心期未獲。嗚呼杓直！而忍遺我？棄我何處？捨我何之？豈反真歸，莫然而無所為？」（卷40，頁898～899）讀此祭文，又可知，白居易用字遣詞，除以白描敘述外，更見情真意真；同時也以非常通俗的語言寫作，如「大開口笑，滿酌酒吃」等用語，已有口語白話的韻味。

　　墓誌銘為祭弔文中之最隆重者，傳世之作，亦遠較他體為多。銘文之作有其目的，是為後人尋找之便。墓誌銘之寫作，必以死者的「世系、名字、

里籍、行誼、年壽、卒葬年月、與子孫大略」爲主；而後將銘文平放於柩前，使日後有所稽考。「誌文似傳，銘語類詩」，然古之有誌者不必有銘，有銘者不必有誌，亦有誌銘俱備者。白居易生前即已寫〈醉吟先生墓誌銘〉，文中已將其一生行狀詳述，而後在誌文末段自撰墓銘曰：「樂天樂天，生天地中，七十有五年。其生也浮雲然，其死也委蛻然。來何因，去何緣？吾性不動，吾形屢遷。已焉已焉！吾安往而不可？又何足厭戀乎其間？」〔註24〕此墓誌銘之作，駢古均宜，不必押韻。銘辭則爲死者生平事蹟之濃縮，並須稍加揄揚；其體以四言句最爲通行，間有三言、五言、六言、七言者，惟偶數句均須押韻，可一韻到底，亦可換韻，銘文有韻是可理解的。

「傳」者，紀載也。徐師曾言：「按字書云：『傳者，傳也，紀載事，以傳於後世也。』自漢司馬遷作《史記》，創爲〈列傳〉以紀一人之始終，而後世史家卒莫能易。嗣是山林里巷，或有隱德而弗彰，或有細人而可法，則皆爲之作傳以傳其事，寓其意；而馳騁文墨者，間以滑稽之術雜焉，皆傳體也。」〔註25〕然文學人士所撰者的傳，與正史之別，在於立傳對象不限帝王將相，達官顯宦，或高士名流，而擴及農夫工匠、老嫗等下層社會人物，對其主要

---

〔註24〕〈醉吟先生墓誌銘并序〉見錄於《白居易集》（新北市：漢京文化事業有限公司，1984年3月），卷71，頁1503～1505。「先生姓白，名居易，字樂天。其先太原人也。秦將武安君起之後。高祖諱志善，尚衣奉御。曾祖諱溫，檢校都官郎中。王父諱鍠，侍御史，河南府鞏縣令。先大父諱季庚，朝奉大夫、襄州別駕、大理少卿、累贈刑部尚書右僕射。先大夫人陳氏，贈潁川郡太夫人。妻楊氏，弘農郡君。兄幼文，皇浮梁縣主簿。弟行簡，皇尚書膳部郎中。一女，適監察御史談弘謩。三姪：長曰味道，盧州巢縣丞。次曰景回，淄州司兵參軍；次曰晦之，舉進士。樂天無子，以姪孫阿新爲之後。樂天幼好學，長工文。累登進士、拔萃、制策三科，始自校書郎，終以少傅致仕。前後歷官二十任，食祿四十年。外以儒行修其身，中以釋教治其心，旁以山水風月歌詩琴酒樂其志。前後著文集七十卷，合三千七百二十首，傳於家。又著事類集要三十部，合一千一百三十門，時人目爲《白氏六帖》，行於世。凡平生所慕所感所得所喪所經所遇所通，一事一物已上，布在文集中，開卷而盡可知也。故不備書。大曆七年正月二十日，生於鄭州新鄭縣東郭宅。以會昌六年月日，終於東都履道里私第，春秋七十有五。以某年月日，葬於華州下邽縣臨津里北原，祔侍御、僕射二先塋也。啓手足之夕，語其妻與姪曰：吾之幸也，壽過七十，官至二品，有名於世，無益於人，褒優之禮，宜自貶損。我歿，當斂以衣一襲，送以車一乘，無用鹵簿葬，無以血食祭。無請太常謚，無建神道碑；但於墓前立一石，刻吾〈醉吟先生傳〉一本可矣。語訖命筆。自銘其墓云。」

〔註25〕〔明〕徐師曾《文體明辨・傳》（臺北：長安出版社，1978年12月），頁153。

事蹟作突出式的敘寫。如韓愈的〈圬者王承福傳〉、柳宗元的〈種樹郭橐駝傳〉等文即是。

開成三年（西元 838 年），白居易年六十七，爲太子少傅，分司東都洛陽，寫了一篇〈醉吟先生傳〉：

> 醉吟先生者，忘其姓字、鄉里、官爵，忽忽不知吾爲誰也。宦遊三十載，將老，退居洛下。所居有池五六畝，竹數千竿，喬木數十株，臺榭舟橋，具體而微，先生安焉。家雖貧，不至寒餒；年雖老，未及昏耄。性嗜酒、耽琴淫詩，凡酒徒、琴侶、詩客，多與之游。游之外，棲心釋氏，通學小中大乘法……妻孥弟姪，慮其過也，或譏之，不應；至於再三，乃曰：「凡人之性，鮮得中，必有所偏好。吾非中者也。設不幸，吾好利，而貨殖焉；以至於多藏潤屋，賈禍危身：奈吾何？設不幸，吾好博弈，一擲數萬，傾財破產，以致於妻子凍餓，奈吾何？」……遂率弟子，入酒房，環釀甕，箕距仰面，長吁太息曰：「吾生天地間，才與行，不逮於古人遠矣；而富於黔婁，壽於顏回，飽於伯夷，樂於榮啟期，健於衛叔寶：幸甚幸甚！餘何求哉？若捨我所好，何以送老？」因自吟〈詠懷〉詩云：「抱琴榮啟樂，縱酒劉伶達。……」故自號爲「醉吟先生」。

> 於時開成三年，先生之齒，六十有七，鬚盡白，髮半禿，齒雙缺；而觴詠之興猶未衰。顧謂妻子云：「今之前，吾適矣；今之後，吾不自知其興何如？」（卷 70，頁 1485～1487）

這是白居易的自傳，仿陶淵明〈五柳先生傳〉而作，記敘退居洛陽後十年的生活，描述自己沉湎詩酒之狀況，說明自號「醉吟先生」的原因。首段記醉吟先生其人其居和嗜酒、耽琴、淫詩三大嗜好。第二段，回答家人的責難，說明嗜酒耽琴淫詩的好處和自號醉吟先的原因。末段，記作傳之時間，並以自己身體情況與精神狀態作結。白居易經歷貶謫江州，以及宦海風波，晚年更親見朝廷黨派鬥爭激烈，「官員朝爲卿相，夕貶遐方」，甚至在「甘露之變」中大批朝官遭屠殺。文章中所表現縱酒放誕的人生態度，正是白居易憂慮時局，內心憤懣痛苦，而又無能爲力之表現〔註 26〕。由文中可知，白居易無奈之情，悲痛之情，歷歷可見矣！

---

〔註 26〕陶敏、魯茜：《新譯白居易詩文選》，頁 538。

## 二、清新雋永的記序

記文，即記事狀物之文。《文體明辨》云：「其文以敘事爲主，後人不知其體，顧以議論雜之。」〔註 27〕漢魏以前，作者尚少，唐以後始盛。內容或記敘亭臺、樓閣，或記山水之勝，以及書畫雜物、人生百事等。行文之際，常融記敘、議論、抒情於一體，爲古文家運用最廣的文體。白居易文集中的記敘文，有：記集、序、書信等文體。

白居易的記敘文，無論寫景、狀物，皆能情景交融，富有詩意；敘事則紆徐不迫娓娓動人；抒寫友情，善言契闊，如話家常。呈現平易近人，情意深切、清新雋永的特色。如〈吳郡詩石記〉：

> 貞元初，韋應物爲蘇州牧，房孺復爲杭州牧，皆豪人也。韋嗜詩，房嗜酒，每與賓友一醉一詠，其風流雅韻，多播於吳中，或目韋、房爲詩酒仙。時予始年十四五，旅二郡，以幼賤不得與遊宴。尤覺其才調高而郡守尊。以當時心言，異日蘇、杭，苟獲一郡，足矣。及今自中書舍人，間領二州。去年脫杭印，今年配蘇印；既醉於彼，又吟於此：酣歌狂什，亦往往在人口中。則蘇、杭之風景，韋、房之詩酒，兼有之矣；豈始願及此哉？然二郡之物狀人情，與曩時不異，前後相去三十七年，江山是而齒髮非：又可嗟矣！韋在此州，歌詩甚多，有〈郡宴〉詩云：「兵衛森畫戟，燕寢凝清香。」最爲警策。今刻此篇于石，傳貽將來。因以予〈旬宴〉一章，亦附于後。雖雅俗不類，各詠一時之志；偶書石背，且償其初心焉。寶曆元年，七月二十日，蘇州刺史白居易題。（卷 68，頁 1430～1431）

此篇詩碑題記。作於寶曆元年（西元 825 年）七月，白居易在蘇州刺史任上。文章追憶早年對蘇、杭二州刺史韋應物、房孺復的豔羨，記敘了自己任二州刺史的情況，並說明刻詩立碑的原因與經過，躊躇滿志之心態躍然可見。白居易年少時旅居蘇、杭，對當時刺史韋應物、房孺復的官位尊崇，兩人的風流儒雅，心儀已久。如今自己既已大得詩名，又先後任蘇、杭刺史，所以將韋應物所作的詩〈郡齋〉刻於石上，同時將自己的詩作〈旬宴〉也刻於石上，並作文以記之。

文中雖有「雅俗不類」的自謙語，然其愉悅志得意滿的神情，在文中處

---

〔註 27〕〔明〕徐師曾：《文體明辨序說》（臺北：長安出版 1978 年 12 月），頁 145。

處可見。文章末段記以償「初心」之目的，緊扣中心。文章以對比手法呈現，將三十七年來心願，以二百七十餘字，翔實敘述，處處連貫照應，並刻石爲記。全文敘事簡潔，抒情自然，文字清麗流暢，寫得眞切生動，堪稱唐代小品古文中的佳作〔註28〕。

「序」又稱「敘」、「引」，係寫於書或詩文之前的說明文字，或評述著作，或揭發文的要旨、體例，或記敘寫作經過等。其寫作的模式大概是敘述：緣起、全書目錄、提要等。如：司馬遷《史記・太史公自序》，就詳細敘述自己的身世、經歷、寫書的體例等。詩、書序之文的寫作，貴在詳總書旨，闡發精要，以條理暢達的筆致，據實論事；或藉辭敘義，以表達己意，使人一目瞭然。也有人將「序」作爲「題辭」，如趙歧《孟子題辭》，即是《孟子序》。

此類文章比較私人化，所涉及題材皆非重大嚴肅的社會題材，而是以「富艷平易」表現白居易個性的眞實體現。白居易所作的「序」有：遊記、詩文序、送友人等三類，其中以詩序十篇爲數最多，如：〈放言五首并序〉：

> 元九在江陵時，有〈放言〉長句詩五首，韻高而體律，意古而詞新。予每詠之，甚覺有味，雖前輩深於詩者，未有此作。唯李頎有云：「濟水至清河自濁，周公大聖接輿狂。」斯句近之矣。予出佐潯陽，未屆所任，舟中多暇，江上獨吟，因綴五篇，以續其意耳。（卷15，頁318）

〈放言五首〉是一篇由五首七律組成的政治抒情組詩。序文說明組詩寫作的原因和創作的地點。詩作於元和十年（西元 815 年）秋，白居易赴江州途中爲和元稹〈放言〉五首而作。如五首之第三首云：「贈君一法決狐疑，不用鑽龜與祝蓍。試玉要燒三日滿，辨材須待七年期。周公恐懼流言後，王莽謙恭未篡時。向使當初身便死，一生眞僞復誰知！」（卷15，頁319）白居易以含有理趣的比喻與史實，說明全面認識人、事、物，往往要長時間觀察，方能知其眞僞，時間即最佳試金石。詩中連用「試玉」、「辨材」、「周公」、「王莽」四例，如懸流飛瀑，一瀉而下，勢不可擋〔註 29〕。白居易此五首詩的內容，也針對社會人生的眞僞、禍福、貴賤、貧富、生死等問題議論，相信隨著時間的遷移而有變化，一切皆可隨時間的不同而轉化，表現出一種豁達、開朗的人生觀與處世態度。（同《新譯白居易詩文選》，頁 203）詩序之作，則是說

---

〔註28〕陶敏、魯茜：《新譯白居易詩文選》，頁 523。
〔註29〕陶敏、魯茜：《新譯白居易詩文選》，頁 203。

明作此詩組的原因與創作的特點，以平易淺近爲主。

白居易尚有其他詩序，如〈和答元九詩序〉、〈新樂府詩序〉、〈效陶公體詩序〉、〈琵琶引序〉、〈十蓮花詩序〉、〈禽蟲十二章并序〉等，皆以明志、敘情，或諷喻、寄意，或託情、寫意。如〈和答詩敘〉云：「……頃者，在科試間，常與足下同筆硯；每下筆時，輒相顧，共患其意太切而理太周。故理太周則辭繁，意太切則言激。然與足下爲文，所長在於此，所病亦在於此。足下來序，果有詞犯文繁之說。今僕所和者，猶前病也。待足下相見日，各引所作，稍刪其煩而晦其義焉。餘具書白」（卷2，頁39～40）此序，以敘情、寫意爲主。對元稹的詩文給與正面的評論，將其優、缺點給與清楚指出。此外，白居易尚有〈荔枝圖序〉、〈箴言序〉、〈中和節頌序〉、〈三遊洞序〉、〈唐江州興果寺律大德湊公塔碣銘并序〉、〈哀二良文并序〉、〈續座右銘并序〉、〈池下篇序〉等五十餘篇，皆以生動形象，如詩如畫之語言，撰成序。因此，語言詩化，便成爲白居易此類古文在語言方面最突出的風格。

白居易的記、序，多言情述志之作，以平易流暢、意興灑然見長。其他如〈江州司馬廳記〉、〈許昌縣令新廳壁記〉、〈養竹記〉、〈汎渭賦并序〉、〈三遊洞記〉、〈三謠并序〉等，皆爲白居易貶謫後所創作的古文，以人性、理性、感悟、情趣爲其寫作的靈動力。此類文體的創作，篇篇無空言，具有明確針對目標，或具有強烈的時代氣息，或洋溢濃厚的生活情趣，或飽含深沉的抒情意味；或有其情感的寄託，或藉山水言志，將內心情感真實表達出來。誠如元稹所言「長於實」，對後世古文產生極大的影響，尤其對晚明李贄、袁宗道、宏道、中道、張岱等人的小品文創作更是影響深遠。

# 第四節　抒情文

抒情文就是作者抒寫情懷與描述情緒的一種文體。白居易抒情文有古文賦、箴贊等二種文類。

## 一、情理有韻的散賦

所謂唐律賦，是唐代適應科舉考試的要求，由駢賦衍變而來，帶有固定格律要求的一種文體。其格式限制大致有三：其一，脫胎於駢賦，自然要求對偶；其二，受近體詩影響，用韻與平仄皆有講究，其中韻數多變，平仄的次敘，均有限定；其三，是字有定數，通常是三百字至四百字之間。

　　依據《舊唐書》記載，貞元、元和之際，是律賦最鼎盛時期，白居易、元稹、劉禹錫、李紳等人，都是當時的律賦名家。《白居易集》賦有十五篇，依其內容可分爲：體物、言情、紀事、說理、論文五大類；此中謂說理賦有：〈動靜交相養賦〉、〈省試性習相遠近賦〉、〈求玄珠賦〉、〈大巧若拙賦〉、〈君子不器賦〉五篇。

　　依〈動靜交相養賦〉而言，賦前小序言道：「居易常見今之立身從事者，有失於動，有失於靜，斯由動靜俱時與理也。因述其所以然，用自儆導，命曰〈動靜交相養賦〉」云：

　　　　天地有常道，萬物有常性：道不可以終靜，濟之以動；性不可以終動，濟之以靜。養之則兩全而交利，不養之則兩傷而交病。故聖人取諸〈震〉以發身，受諸〈復〉而知命。所以《莊子》曰：「智養恬」《易》曰：「蒙養正。」吾觀天文，其中有程：日明則月晦，日晦則月明。明晦交養，晝夜乃成。吾觀歲功，其中有信：陽進則陰退，陰進則陽退。進退交養，寒暑乃順。且躁者、本於靜也。斯則躁爲民，靜爲君。

　　　　以民養君，教化之根：則動養靜之道斯存。且有者，生於無也。斯則無爲母，有爲子；以母養子，生成之理，則靜養動之理明矣。所以動之爲用，在氣爲春，在鳥爲飛，在舟爲楫，在弩爲機。不有動也，靜將疇依？所以靜之爲用，在蟲爲蟄，在水爲止，在爲鍵，在輪爲柅。不有靜也，動奚資始？則知動分靜所伏，靜分動所倚。吾何以知交養之然哉以此。有見人之生於世，出處相濟，必有時而行，非匏瓜不可以長繫。人之善其身，枉直相循，必有時而屈，故尺蠖不可以長伸。

　　　　嗟夫！今之人，知動之可以成功，不知非其時，動必爲凶。知靜之可以立德，不知非其理，靜亦爲賊。

　　　　大矣哉！動靜之際，聖人其難之。先之則過時，後之則不及時，交養之間，不容毫釐。故老氏觀妙，顏氏知機。噫！非二君子，吾誰與歸？（卷38，頁861～863）

白居易說理賦所以有儒、道思想，與唐代儒、道、佛三者兼行有關，又與中唐進士試制，以律賦檢測有關。對晚唐律賦之寫作，有其深厚之影響。白居

易對其賦之受時人，甚至官方重視，頗感意外。〈與元九書〉曾云：「日者，又聞親友間說：禮部、吏部舉選人，多以僕私試賦判，傳為准的。」唐人賦中，能如白居易取得如此成就者，恐不多矣！

　　至於白居易的「言情」賦，則有〈泛渭賦〉、〈傷遠行賦〉二篇。〈傷遠行賦〉作於貞元十五年（西元 799 年）間，白居易從饒州浮梁回洛陽的路上。抒寫旅途艱危與思鄉念親之情。「⋯⋯噫！昔我往兮，春草始芳。今我來兮，秋風其涼。獨行踽踽兮惜晝短，孤宿煢煢兮愁夜長。況太夫人抱疾而在堂。自我行役，諒風夜而憂傷。惟母念子之心，心可測而可量。⋯⋯無羽翼以輕舉，羨歸雲之飛揚。惟晝夜與寢食之心，曷其弭忘？投山館以寓宿，夜縣縣而未央。獨展轉而不寐，侯東方之晨光。雖則毆征車而遵歸路，猶自流鄉淚之浪浪！」（卷38，頁865）此〈傷遠行賦〉為白居易遠行思念母親而作。此賦特色已具有明顯的古文化特質。「賦」具有用韻、駢偶、鋪陳等特徵。白居易抒情賦之作，雖以鋪陳手法呈現，但未有漢賦之體式，亦無律賦的程式，全以白描語言道情，更加古文化，此為白居易賦文之特色，對宋以後的抒情古文賦影響深遠。如歐陽脩的〈秋聲賦〉文中云：「歐陽子方夜讀書，聞有聲自西南方來者，悚然而聽之，曰：『異哉！初淅瀝以蕭颯，忽奔騰而砰湃，如波濤夜驚，風雨驟至。其觸於物也，鏦鏦錚錚，金鐵皆鳴。又如赴敵之兵，銜枚疾走，不聞號令，但聞人馬之行聲。』余謂童子曰：『此何聲也？汝出視之！』童子曰：『星月皎潔，明河在天，四無人聲，聲在樹間。』」〔註30〕又如蘇軾的〈後赤壁賦〉末段文曰：「時夜將半，四顧寂寥。適有孤鶴，橫江東來，翅如車輪，玄裳縞衣，戛然長鳴，掠予舟而西也。須臾客去，予亦就睡。夢一道士，羽衣蹁躚，過臨皋之下，揖予而言曰：『赤壁之遊樂乎？』問其姓名，俛而不答。『嗚呼，噫嘻！我知之矣。疇昔之夜，飛鳴而過我者，非子也耶？』道士顧笑，予亦驚寤。開戶視之，不見其處。」〔註31〕，即是受白居易以古文句入駢賦，或駢古句兼用的創作手法所影響。過商侯曰：「再遊赤壁，仍將山川風月說個不了，便是印板文字。看其節節變換，絕不雷同。前賦已入悟界，猶未仙也；此則翩翩乎仙矣。在彼落筆時，不知其然，吾故不能名

---

〔註30〕　〔宋〕歐陽脩：《歐陽脩全集》（臺北：河洛圖書出版社，1975 年 3 月）居士集卷 1，頁 114～115。

〔註31〕　〔宋〕蘇軾：《蘇東坡全集》（臺北：河洛圖書出版社，1975 年 9 月），前集卷19，頁 268～269。

其所以然。」過氏所即是。

　　詩賦、策論、書判，是唐代科舉考試所採用的主要文體，也是當時文風流行的重要場域。此四種文體白居易都非常擅長，白詩的「富艷平易」已是眾所周知，茲不贅論。然白居易古文賦（或稱律賦），也呈現「富艷平易」的風格。李調元《賦話》云：「唐時律賦，字有定限，鮮有過四百者，馳騁才情，不拘繩尺，亦惟元、白爲然。」〔註32〕又，《唐摭言》卷三亦載：「樂天時年二十七。省試〈性習相近遠〉賦，〈玉顏記方流〉詩。攜之謁李涼公逢吉。公時爲校書郎，於時將他適。白遽造之，逢吉行攜行看，初不以爲意；及覽賦頭，曰：「噫！下自人上，達由君成；德以愼立，而性由習分。」逢吉大奇之，遂寫二十餘本。其日，十七本都出。」〔註33〕是知，白居易古文賦在當時頗受士人、學子所喜愛，更深深影響到宋以後文賦的發展。

## 二、詩韻濃厚的箴贊

　　箴，按許愼《說文》云：「箴，誡也。」蓋箴者，規誡之辭，若鍼之療疾，故以爲名。白居易〈續虞人箴〉，仿魏徵諫太宗而作。《資治通鑑》載：「其說曰：『太宗嘗得佳鷂自臂之，望見魏鄭公來，匿懷中。公奏事故久不已，鷂死懷中。』」此乃言太宗、魏徵，溫言聽納，獻替從容之舉也〔註34〕。白居易〈續虞人箴〉蓋諷穆宗好畋獵之游，而荒政務不顧民生疾苦，文末以感嘆之語氣，將其心中急劇之情緒全盤托出：「……噫！逐獸于野，走馬于路；豈不快哉？銜橛可懼！噫！夜歸禁苑，朝出皇都，豈不樂哉？冠戎可虞！臣非獸臣，不當獻箴；輒思出位，敢諫從禽。螻蟻命小，安危計深。苟禆萬一，臣死甘心。」（卷39，頁881）可知白居易對穆宗一片忠誠，他以沉痛的心，提出自己的意見，希望穆宗能有所作爲。

　　贊：按贊者，贊美之辭，班固《漢史》以論爲贊，至宋范曄更出以韻語。唐德宗建中年間（西元780～783年）試進士，以箴、論、表、贊代詩賦，而無頌題。迨後復置博學宏詞科，則頌贊二題出矣。贊頌體式相似，貴乎贍麗宏肆，而有雍容俯仰、頓挫起伏之態，乃爲佳作。大抵贊有二體：若作古文，

〔註32〕〔清〕李調元：《賦話》（臺北：臺灣商務印書館，1965年5月），卷4，頁82。
〔註33〕〔宋〕王保定撰，姜漢椿注譯：《新譯唐摭言》（臺北：三民書局印行，2005年1月），卷三，頁126～127。
〔註34〕〔宋〕宋司馬光：《資治通鑑》（北京：中華書局，1997年11月），卷193，頁1542。

當祖班固史評；若作韻語，當推東方朔〈畫象贊〉〔註35〕。《白居易集》中有佛教頌贊文之寫作，皆仿自東方朔〈畫象贊〉。如〈畫水月菩薩贊〉云：「淨渌水上，虛白光中：一觀其相，萬緣皆空。弟子居易，誓心歸依；生生劫劫，長長我師。」（卷39，頁888）〈佛光和尚眞贊〉云：「會昌二年春，香山寺居士白樂天命繢以寫和尚眞而贊之。和尚姓陸氏，號如滿，居佛光寺東芙蓉山蘭若，因號焉。我命工人，與師寫眞。師年幾何？九十一春。會昌壬戌，我師尚存。福智壽臘，天下一人。靈芝無根，寒竹有筠：『溫然言語，嶷然風神。師身是假，師心是眞；但學師心，勿觀師身。』」（卷71，頁1503）此贊前序，先簡述大師行狀，而後是贊文之作，以四言六句、雙句押韻（神、眞、身），即有濃厚的詩味。由此可知，白居易信佛是十分之虔誠的。

謠，按歌謠者，乃朝野詠歌之辭也。《廣雅》云：「聲比於琴瑟曰歌。」《爾雅》云：「徒歌謂之謠。」《韓詩・章句》云：「有章曲謂之歌，無章曲謂之謠。」則歌與謠之辨，其來尚矣〔註36〕。白居易〈自誨〉之作，是在長安等候發落江州之時，心情苦悶頹喪至極，精神瀕於崩潰。其詞云：「……汝今年已四十四，卻後二十六年能幾時？汝不思二十五、六年來事，疾速倏忽如一寐。往日來日皆瞥然，胡爲自苦於其間？樂天樂天，可不大哀！而今而後，汝宜飢而食，渴而飲，晝而興，夜而寢。無浪喜，無妄憂；病則臥，死則休。此中是汝家，此中是汝鄉。汝何捨此而去，自取其遑遑？遑遑兮欲安往哉？樂天樂天歸去來！」（卷39，頁885）此爲一首歌謠體之韻文，傾瀉世間事物與自己帶來種種痛苦，其用語有平和、有激動、有感嘆、有憤懣，將其內心的苦楚一瀉而出。其所謂歸去來，係指歸去和歸來，棄朝官爲去，回歸自然爲來之意，同時也有意學陶淵明「隱居」的作爲。

偈，譯曰頌。定字數結四句者，不問三言、四言乃至多言，要必四句。頌者，美歌也。白居易〈六讚偈〉中之前二偈：「讚佛偈：十方世界，天上天下：我今盡知，無如佛者。堂堂巍巍，爲天人師；故我禮足，讚歎歸依。讚法偈：過見當來，千萬億佛；皆因法成，法從經出。是大法輪，是大寶藏：故我合掌，至心迴向。」（卷71，頁1502）此乃白居易情感之寄託，以詩的句法創作，將其感情寄託於韻文之中。

---

〔註35〕　〔明〕吳訥：《文章辨體序說》（臺北：長安出版社，1978年12月），頁47～8。又見《歷代辭賦鑑賞典》（安徽：文藝出版社，1992年8月），頁736～737。
〔註36〕　〔明〕徐師曾：《文體明辨序說》（臺北：長安出版社，1978年12月），頁98。

　　綜上所述，可知白居易古文體風格多樣有：議論文：百道判、策林等，實用文：奏表狀、詔誥等記敘文：祭銘碑文、書傳、記序等抒情文：古賦、贊箴謠偈等九種，足證他是一位多文體的大家。又勇於突破陳規，以平易語詞，表達自己眞實的理念、思想與感情，將他寄託於文章中。如：〈忠州刺史謝上表〉、〈除裴太府卿制〉、〈祭李司徒文〉、〈醉吟先生墓誌銘〉等，皆是其例。至於其他久已定型的體類，也能以靈活的布局，多樣的手法，進行改造，使其風貌煥然一新。如以古體單行的議論入律賦，開宋人文賦的先河，如王禹偁、歐陽脩、蘇軾等人的古文即深受其影響。又，所作碑誌銘文、祭文等，揚棄碑誌板重的格式，化爲因人而異的寫作方式，與古句單行入文，開後世以傳記方式寫作祭、銘、碑誌的文體。如北宋六大家歐陽脩、曾鞏、王安石、蘇洵、蘇軾、蘇轍等，爲人寫作的古文體祭、銘、碑誌文等，即是以平易自然的古文寫作。可見，白居易淺易、通俗、平易的古文寫作風格與特色，深受後人重視與模仿。

　　律賦的古文化，更深深影響宋代的古文賦。清代李調元曾於所著《賦話》一書，盛讚白居易〈斬白蛇賦〉：「踔厲發揚，有凌轢一切之慨」（《賦話》卷四）；〈雞距筆賦〉「通篇變化縱橫，亦不似律賦尋常蹊徑」；〈黑龍飲渭賦〉：「英氣逼人，光明俊偉」（《賦話》卷三）；〈敢諫鼓賦〉：「取材經籍，撰句絕工，所謂不煩繩削而自合者」（《賦話》卷一）。凡此，都是針對白氏律賦這種縱橫恣肆，變化多端的古文傾向而言的。白賦這種「破其拘攣」，力求變化的傾向，對宋代文賦（亦稱「新文賦」）的興起，無疑起到了「導夫先路」的作用。〔註37〕至於與佛教相關的「贊、箴、謠、偈」等文體，皆以「平實淺易」的語言表達，唯一不同的是以「韻」寫作，這是白居易體現他對佛學的體悟與造詣而有所創作的。

---

〔註37〕褰長春：《白居易評傳》（南京：南京大學出版，2002 年 5 月），頁 527。

# 第五章　白居易古文的特色

　　白居易識度恢宏，繼杜甫後以寫實爲務，其詩文之創作，皆以民生爲主題，特出於中唐；白居易古文的寫作，皆以平易自然、通俗淺近的語言表達。而其古文的創作，流譽八大家之外，豈非才由天縱、筆臻化境所致？本章參考傅興林《白居易散文研究》、徐柏泉《白居易經濟思想研究》、林巧玲《白居易碑誌文研究》、施鳩堂《白居易研究》、楊宗瑩《白居易研究》、劉崇維《白居易評傳》、蹇長春《白居易評傳》、《中國道教史》、《唐代士大夫與佛教》等書，故論其古文，具有其特色，以下分四節言之。

## 第一節　經世濟民

　　據《舊唐書·白居易傳》載：「貞元十四年，始以進士就試，禮部侍郎高郢擢升甲科，吏部判入等，授秘書省校書郎。元和元年四月，憲宗策試制舉人，應才識兼茂明于體用科，策入第四等，授盩厔縣尉、集賢校理。」〔註1〕此傳翔實記錄了白居易的行實。又，據李商隱〈唐刑部尙書致仕贈尙書右僕射太原白公墓志銘并序〉也有類似記載：「公字樂天，諱居易，前進士，避祖諱，選書判拔萃，注秘省校書。元年，對憲宗詔策，語切不得爲諫官，補盩厔尉。明年試進士，取故蕭邃州澣爲第一。事畢，帖集賢校理。一月中，詔由右銀臺門入翰林院，試文五篇。明日，以所試制〈加段佑兵部尙書領涇州〉，

---

〔註1〕　〔後晉〕劉昫：《舊唐書·白居易傳》卷 166，（臺北：鼎文出版社，1979 年 12 月），頁 4340。

逐爲學士，右拾遺。」﹝註2﹞所謂「前進士」，係指白居易以進士及第；所謂「選書判拔萃」，係指白居易參加科目選登書判拔萃科；所謂「對憲宗詔策」，係指白居易參加制舉才識兼茂明於體用科考試也。

白居易在數年之間，以進士及第、書判拔萃登第、才識兼茂明於體用科考等方式，躋身朝廷，方能施展抱負，爲國爲民服務。白居易早年意氣風發，身居要職而有「兼善」天下之志，由所撰的「百道判」、「策林」、「奏狀」、「記序」等文體，不難見到白居易「經世濟民」的古文。本文參考《唐代文選》、《白居易的經濟思想研究》、《論白居易古文》、《白居易古文初探》、《白居易散文研究》等書申論之。今就上述所言文體提出有關經世濟民的特色有：民本思想、農業與資源、防災與水利、財政與吏治、藩鎮的跋扈、宦官的亂政、賦稅的災害等，茲舉證說明如次：

## 一、民本思想

白居易《文集》六十六、六十七兩卷中的百道判，就其思想而言，有：家庭、婚姻、科舉、教育、喪禮、禮儀、爲政、軍政、品行、操守、犯禁等方面的探討。百道判雖是白居易參加「書判拔萃」科考前的模擬習作，也是白居易對當時社會問題提出解決之道，也可作爲白居易早年從政研究的探討。

白居易以爲施政的良善與失道，直接關係著民生的甘苦與國家長治久安與否？他以爲善政者，懂得因勢利導，爲民服務，解決民生疾苦；無心爲政者，則會生事擾民，瀆職慢政，造成民怨四起，爲害天下百姓。

白居易在「百道判」中，對於善政者給予稱道、肯定。屬於此一類書判有：第十三、十七、十八、二十七、五十三、五十六道等。如：第十三道判題云：〈得丁爲郡守，行縣，見昆弟相訟者，乃閉閣思過。或告其矯。辭云：欲使以田相讓也〉；白居易的判詞云：

> 化本自家，政先爲郡。禮寧下庶，宜寬不悌之刑；訓在知非，是長人之道。況天倫不睦，地訟攸興：利方競於膏腴，恩難虧於骨肉。教宜引古，過貴自新。雖聞爭以鬩牆，有傷魯衛之政；庶使愧而讓畔，將同虞芮之風。苟無訟之可期，則相容而何遠。推田以讓，

---

﹝註2﹞ 〔唐〕李商隱：《樊南文集》，錢振倫、錢振常箋注：（上海：上海古籍出版社，1979年6月），頁468～9。又見劉學鍇、余恕誠著：《李商隱文編年校注》北京：中華書局，第四冊，頁1808。

　　爾誠謝於孟光；閉閣而思，吾何慚於延壽？宜嘉靜理，勿謂矯証。（卷

　　66，頁1384）

就判題而言，是郡守丁為處理某兄弟因田產相爭、相訟，思為其解決家庭糾
紛，卻自惹困擾的問題。就判詞而言，其旨落在稱道郡守「過責自新」的為
政態度，以及「長人之道」的為政精神。依《唐律疏議》：「諸公事失錯，自
覺者，原其罪」，疏議云：「公事失錯，謂緣公事，致罪而無私曲者，事未發
露而自覺者，所錯之罪得免；覺舉之義，與自首有殊，自首者知人將告，減
二等；覺舉既無此文，但未發自言，皆免其罪。」〔註3〕郡守丁為依此律，為
自己辯護，捍衛自己權益，同時可規避被糾彈劾的責任。

　　又，第五十三道判題云：〈得甲為邠州史，正月令人修耒耜。廉使責其
失農候。訴云：土地寒〉，因廉使責甲失農候，白居易不認為甲有失職，於
其判詞中言道：「教有權節，業無易宜。地苟異於寒溫，農則殊於早晚。甲
分憂率職，從俗勉人。天時有常，農宜先定。地氣不類，寒則晚成……循諸
《周禮》修耒雖在於季冬；訓此豳人，於耜未乖於正月。責則迂也，訴之宜
哉！」（卷67，頁1402～1403）判中白居易肯定邠州刺史甲，能根據地氣寒
熱的變化，適時隨機應變，調整時間，勸農整治農具的時間，並稱頌甲「分
憂率職，從俗勉人」的為官能力與施政風格。同時引《周禮·地官司徒第二》
的制度：「司稼巡邦野之稼，而辨穜稑之種。周知其名，與其所宜地以為法，
而縣於邑閭。」〔註4〕為邠州刺史辯護，認為邠州刺史是一位熟悉農事，能
恪盡職守的父母官。

　　其次，白居易對為政不善、不用心於政務者；或以沽名釣譽，博得美名，
其實是一位瀆職懈責的官吏，都給與予無情斥責與批評。此類書判有：第五
十四、六十六、八十三、九十三等。如，第八十三道判所云：〈得丁為刺史，
見多涉者，哀之，下車以濟之。觀察使責其不順時修橋，以徼小惠。丁云：
恤下〉，對失職官吏自我的辯說：「恤下」。白居易於判詞中嚴屬予以斥責：

　　　津梁不修，何以為政？車服有命，安可假人？丁職是崇班，體

　　非威重；輕漢臣之寵，失位於高車；徇鄭相之名，濟人於大水。志

〔註3〕　〔唐〕長孫無忌：《唐律疏議》（臺北：商務印書館，2005年4月九次印刷），
　　　　卷5，頁84。

〔註4〕　〔清〕阮元：《十三經注疏》（北京：中華書局，1991年6月第五次印刷），卷
　　　　16，頁750。

雖恤下，道昧叶中。與其能軾涉川，小惠未遍；曷若虹橋通路，大
道甚夷。啓塞既關於日修，揭厲徒哀其冬涉：事關失政，情近沽名。
宜科十月不成，庶辨二天無政。（卷67，頁1415）

《論語・泰伯》曰：「不在其位，不謀其政。」不在其位，則不任其事。若君、
大夫問而告者，則可矣。據此，今丁在其位，則需有謀於政，爲民服務，爲
民造福，才是爲政之道。從判題可知，刺史丁見冬天涉水過河之人，便不顧
威儀，以專車載人渡過。觀察使責難刺史丁不按時修橋渡人，卻以讓車載人
求取小惠之名，丁申辯純屬體恤百姓。以理而言，刺史丁讓車載人，仍忍仁
之心的表現，應給予褒揚。然依官府體而言，官吏坐車乃朝廷所賜，假車以
人，已失體統。白居易以爲刺史乃專一方的大臣，應謀大事，做出對百姓有
利的大事，豈能以婦人之仁，哀憫恤下。何況「以徼小惠」，沽名釣譽，施小
惠而遺大政，盡失職責，有害百姓，有負朝廷所託。

　　杜佑《通典・選舉三・歷代制（大唐）》云：「其制詔舉人，不有常制，
皆標其目而搜揚之。試之日，或在殿廷，天子親臨觀之。試已，糊其名於中
考之，文策高者，特授以美官，其次與出身。開元以後，四海晏清，士無賢
不肖，茟不以文章達，其應詔而舉者，多則二千人，少猶不減千人，所收百
才有一。」〔註5〕由此可知，所謂制舉，是皇帝下詔甚至親臨主持選拔人才之
特殊考試，所試內容主要是密切結合現實政治之策論，考核應試者之才能。
由於「文策高者」，可以不拘限，故「特授以美官」。

　　白居易《策林》七十五篇，是依據當時中唐的社會實況而創作，也是有
心提供給皇上閱讀，爲治國之道用的。後人研究白居易《策林》的思想內容
有：爲君爲聖之道、施政化民之略、求賢選能之方、整肅吏治之法、省刑慎
罰之術、治軍御兵之要、矜民恤情之核、禮樂文教之功等。今以君道、治道
分述於后：

## （一）君道

　　白居易以先秦儒家「仁政」爲其民本思想的淵源，同時結合當時社會政
治濟經現狀，闡發其濟世思想。白居易始終牢記人民乃是社稷根本的觀念，
他以爲皇帝惟有以民爲本，方能使天下大治。《策林》中有關君道的篇章有：
〈策頭〉、〈策項〉、〈策尾〉、〈美謙讓〉、〈塞人望歸眾心〉、〈王澤流人心感〉、

---

〔註5〕　〔唐〕杜佑：《通典》（臺北：臺灣商務印書館，1987年12月）又見（北京：
　　　　中華書局，1988年），卷15，頁357。

〈辨興亡之由〉等篇。《策林》前三篇〈策頭〉、〈策項〉、〈策尾〉，實際是教人如何寫作制策的指導性文字。然從文章內容而言，《策林》之文字是給皇上閱讀的：如〈策頭〉結尾「唯以直辭，昧死上對」；〈策尾〉：「仰冒宸嚴，伏待罪戾」及「聖黜聖鑒，俯伏待罪」等，皆是向皇上表明自已的心志與建言。

　　《策林》前四篇，白居易分別從「德行」、「教化」、「政令」、「納諫」等方面論述其眼中的為君之道，向皇帝提出建議。如〈美謙讓〉云：「蓋自謂理且安者，則自驕自滿，雖安必危。自謂亂且危者，則自戒自強，雖亂必理。理之又理，安之又安，則盛德大業，斯不遠矣。」（卷 62，頁 1291），提出皇帝唯有以民為本，自誠自強，方能使民安康。又如〈納諫〉云：「所謂用天下之耳聽之，則無不聰也；用天下之目視之，則無不明也；用天下之心識思謀之，則無不聖神也。聖神啓於上，聰明達於下：如此，則何壅蔽之有耶？」（卷 65，頁 1372），即是強調為人君者，應謙沖自牧，虛心納下。其次，〈辨興亡之由〉則是誠懇告知君王為政之首要在於：「邦之興，由得人也；邦之亡，由失人也。得其人，失其人，非一朝一夕之故，其所由來者漸矣……君苟有善，人必知之。知之又知之，其心歸之。歸之又歸之，則載舟之水，由是積焉。」（卷 62，頁 1300～1301）明白指出，國家興亡之道，在於君主是否以「人心」為主；人心的得失，關係國之存亡。又〈王澤流人心感〉云：

　　　夫欲使王澤旁流，人心大感，則在陛下恕已及物而已。夫恕已
　　及物者無他，以心度心，以身觀身，推其所為以及天下者也。故已
　　欲安，則念人之重擾也。已欲壽，則念人之嘉生也。已欲逸，則念
　　人之憚勞也。已欲富，則念人之惡貧也。已欲溫飽，則念人之凍餒
　　也。已欲聲色，則念人之怨曠也。陛下念其重擾，則煩暴之吏退矣。
　　念其嘉生，則苛虐之官黜矣。（卷 62，頁 1297）

「將心比心，推及與人」此君王為政之道也。文中提出為政在「恕己及物」，所謂「物」就是百姓。聖人之道在於「恕己」，勸君王以仁政為務，能「恕己」則王澤自能流於人心。

　　其次，〈號令〉一文，白居易認為政策推出以後，一定要對政策之實施進行監管，強調誠信的重要性。因此提出「故以禮自修，以法自理，慎其所好，重其所為，有諸已而後求諸人，責於下者必先禁於上。是以推之而往，引之而來，導之斯行，禁之斯止。使天下之心，顒顒然唯望其令、聽其言而已。」（卷 62，頁 1300）白居易主張號令之執行，在於君王必須身教為先，言行合

一，才能使百姓信服，否則亡矣。又於〈典章禁令〉云：「典章不能自舉，待教令而舉；教令不能自行，待誠信而行。今百王之典具存，列聖之法明備；而禁未甚止，令未甚行者，臣愚以爲待陛下誠信以將之。」（卷 65，頁 1376～1377）再次強調爲政者於政策執行上，勿必以人本思想爲是，「誠信」是政令實踐的根本；所謂「不誠無物」、「無信不立」，孔子曰：「人而無信，不知其可也。」更何況身爲國君者。他如〈去諂佞從諫直〉所主張：「君以諫安，以佞危……是以明王知君子之守道也，雖違於己，引而進之，知小人之徇惑也，雖從於命，推而遠之；知諫言之爲良藥也。」（卷 65，頁 1373）盛明之時也有小人，昏衰之代亦有君子，明君如去分辨君子與小人，在於用賢黜愚。即是忠言逆耳之意，勸誡君王應虛心納諫，亦即是「廣開諫路，去佞尙諫」之意也。又如〈興五福銷六極〉云：「聖人興五福，銷六極者，在乎立大中，致大和也。至哉中和之爲德！不動而感，不勞而化；以之守則仁，以之用則神；卷之可以理一身，舒之可以濟萬物。然則和者，生於中也；中者，生於不偏，不邪也，不過也，不及也。」（卷 62，頁 1305）探討國君、人民與天地之關係。白居易以爲「君得其中，則人得其所；人得其所，則和樂生焉。若君人之不和，則天地之氣不和；天地之氣不和，則萬物之生不和。」君人、天地二者之間的關係是相輔相成的。又如〈君不行臣事〉、〈決壅蔽〉、〈尊賢〉、〈請以族類求賢〉、〈牧宰考課〉、〈達聰明呡理化〉等篇，皆是論爲君者所宜遵知之事，故不再贅舉。

## （二）治道

白居易《策林》中有關治道的篇章，包括：〈黃老術〉、〈教必成化必至〉、〈風化澆樸〉、〈不勞而理〉、〈致和平，復雍熙〉、〈採詩〉、〈達聰明致理化〉、〈忠敬質文損益〉等。茲舉〈風化澆樸〉爲例：

> 臣聞代澆醨，人朴略，由上而下，在教而不在時。蓋政之臧否定於中，則俗之厚薄應於外也。……迨於文帝、景帝，始思道，躬行慈儉，人用富安，禮讓自興，刑罰不試：升平之美，鄰於成康……迨於太宗、玄宗，抱聖神文武之姿，用房、杜、姚、宋之佐，謀猷啓沃，無息於心；德澤施行，不遺於物。所以刑措而百姓欣戴，兵偃而萬方悅隨，近無不安，遠無不服；雖成、康、文、景，無以尙之。載在國史，陛下知之矣……故魏徵有云：若言人漸澆訛，不反質樸，至今應爲鬼魅，寧可復得而教化耶？斯言至矣。故太宗嘉之。

（卷 62，頁 1294～1296）

此文引歷代明君、賢臣爲政之道，強調以「教化」、「慈儉」、「用賢」、「用心」、「澆樸」等，施之以政，則萬民服從王化，如百穀之歲功；故教化優深，則廉讓興而仁義作，百姓亦惟聖心所向，此係於「由教而不由時也」，誠如魏徵所言：「若言人漸澆訛，不反質樸，至今應爲鬼魅，寧可復得而教化耶？」由此可知教化的重要。其次，〈採詩〉明白說出爲政之道問曰：「聖人之理也，在乎酌人言、察人情，而後行爲政，順盪教者也。然則一人之耳，安能遍聞天下之言乎？一人之心，安得盡知天下之情乎？今欲立採詩之官，開諷刺之道，察其得失之政，通上下之情：子大夫以爲如何？」（卷 65，頁 1370），白居易以爲君主應當重視百姓，施行仁政。因此主張設置「採詩官」，以察知民情的哀樂、風俗的盛衰、政教的得失，同時有諷諭之意，白居易以爲：

> 大凡人之感於事，則必動於情；然後興於嗟嘆，發於吟詠，而形於歌詩矣。故聞〈蓼蕭〉之詩，則知澤及四海也。聞〈禾黍〉之詠，則知時和歲豐也。聞〈北風〉之言，則知威虐及人也。聞〈碩鼠〉之刺，則知重歛於下也。聞『廣袖高髻』之謠，則知風俗之奢蕩也。聞『誰其穫者婦與姑』之言，則知征役之廢業也。故國風之盛衰，由斯而見也；王政之得失，由斯而聞也；人情之哀樂，由斯而知也。然後君臣親覽而斟酌焉：政之廢者修之，闕者補之，人之憂者樂之，勞者逸之。（卷 69，頁 1370）

白居易認爲只有恢復採詩制度以充分實行以詩進諫的主張，就可以達到「上下交和，內外胥悅」天下就可以大治，也就達到國泰民安的境地。

白居易除以儒家爲政之思想外，尚有老莊之思想。在〈黃老術〉文中，以漢文之治爲例，說明爲政之道在於得民心，得民心之道在於「無爲」，在於「順其自然」，讓百姓有「養息」的機會。文曰：

> 夫欲使人情儉樸，時俗清和，莫先於體黃老之道也。其道在乎尚簡，務儉素，不眩聰察，不役智能而已。蓋善用之者，雖一邑一郡一國至於天下，皆可以致清靜之理焉。昔宓賤得之，故不下而單父之化人。汲黯得之，故不出閤而東海之政成。曹參得之，故獄市勿擾而齊國大和。漢文得之，故刑罰不用而天下大理。其故無他，清靜之所致耳。（卷 62，頁 1298）

白居易以爲君王若能依「無爲」、「好靜」、「無事」、「無欲」，施之以政，則可

爲百官表率。所謂：「蓋善用者，雖一邑一郡一國，至於天下，皆可以致清靜之理焉」，此觀念不就是老子所言：「我無爲而人自化，我好靜而民自正，我無事而民自富，我欲不欲而民自樸。」〔註6〕能如此，則國家昌盛，百姓安居樂業，由文可知，此四者皆黃老之道，也是施政的良方。

　　白居易將黃老之道，作爲治理天下的指導思想，此一思想反映在經濟領域，便是白居易先前參加禮部考試時，於策論文中所言：「利用厚生，教之本也；從宜隨俗，政之要也」（〈禮部試策第五道〉卷 47，頁 994～995），如何達到此境地？白居易以爲爲政者當以「辨九土之宜，別四人之業，使各利其利焉，各適其適焉，猶懼生生之物不均也，故日中爲市，交易而退：所以通貨食，遷有無，而後各得其所矣。」（〈禮部試策第五道〉卷 47，頁 994～995）以「無爲」施政，不擾民方是爲政之道。

　　白居易推崇黃老之術，如〈黃老術〉中所言「尚寬簡，務清靜」，以及強調「天道」、「自然」、「無爲」、「貴柔」、「守雌」的黃老思想的政治觀，以道家立場突出法治與德治結合的特點，這與唐代中期動蕩的社會現實有密切關係。行儒家的「仁政」與黃老「無爲」之術的思想相同，是白居易長期觀察當時社會經濟實況，所提出的主張，也是主要的思想基礎之一。

## 二、農業與資源

　　白居易〈杜陵叟〉詩云：「杜陵叟，杜陵居，歲種薄田一頃餘。三月無雨旱風起，麥苗不秀多黃死。九月降霜秋早寒，禾穗未熟皆青幹。長吏明知不申破，急斂暴徵求考課。典桑賣地納官租，明年衣食將如何？剝我身上帛，奪我口中粟：虐人害物即豺狼，何必鉤爪鋸牙食人肉！不知何人奏皇帝，帝心惻隱知人弊；白麻紙上書德音，京畿盡放今年稅。昨日里胥方到門，手持敕牒榜鄉村。十家租稅九家畢，虛受吾君蠲免恩。」（卷 4，頁 79）爲解決麥苗黃死，白居易於擬作的《策林》文中提出施政化民之略，有關農業與資源之篇章有：〈議井田阡陌〉、〈不奪人利〉、〈立制度〉、〈養動植之物〉、〈息游惰〉等，茲分述如次：

### （一）農業

初唐土地制度爲「均田制」，這是沿襲北齊均田與吸取南朝土地制度，並

---

〔註6〕蘭喜并《老子解讀・第五十七章》（北京：中華書局，2005 年 10 月），頁 206。

根據初唐現況進行改良的制度，「從而使中國歷史上的均田制度發展得最完善」〔註7〕。中唐時期，隨著官田的日益減少，均田制度屢遭破壞，玄宗時代，農民土地不斷被地主兼併。杜佑曾指出：「開元之季、天寶以來，法令弛壞，兼併之風有逾於漢哀之間」〔註8〕，安史之亂以後更為嚴重。

　　白居易對於土地制度有他的見解，他以為土地是人類的生存之本，土地對國家的繁榮富強，與統治者政權的鞏固有著重要關係。白居易曾於《策林》第五十二篇〈議井田阡陌〉中明白指出：「三代之牧人也，立井田之制……自秦壞井田，漢修阡陌，兼併大啓，游惰實繁……王者之貴，生於人焉；王者之富，生於地焉。故不知地之數，則生業無從而定，財徵無從而計，軍役無從而平也。不知人之數，則食力無從而計，軍役無從而平也。」（卷 64，頁1349～1351）白居易肯定「井田制度」，有利農業發展，也才能解決「生業」、「財徵」、「軍役」等困境，因而提出：

> 　　　然臣以為井田者廢之頗久，復之稍難，未可盡行，且宜漸制。
> 何以言之？昔商鞅開秦之利也，蕩然廢之；故千載之間，豪奢者得
> 其計。王莽革漢之弊也，卒然復之；故一時，農商者失其業。斯
> 則不可久廢，不可速成之明驗也。故臣請斟酌時宜，參詳古制：大
> 抵人稀土曠者，且修其阡陌；戶繁鄉狹者，則復以井田。使都鄙漸
> 有名，家夫漸有數。夫然，則井邑兵田之地，眾寡相維；門閭族黨
> 之居，有亡相保。相維則兼併者何所取？相保則游者何所容？如此，
> 則庶乎人無浮心，地無遺力，財產豐足，賦役平均；市利歸於農，
> 生產著於地者矣。（卷 64，頁 1349～1350）

白居易的土地政策是恢復周代時期的「井田制度」，惟有井田之制，農民才有地耕種，才能盡地之利，也自有收獲。地利足以食人，人力足以闢土；邑居足以處眾，人力足以安家。野無餘田，以啓專利；邑無餘室，以容游人。逃刑避役者，往無所之；敗業遷居者，來無所處。於是生業相固，食力相濟。如此，就能解決「游惰、軍役、財賦」等問題。白居易試圖恢復「井田制度」來解決土地兼併問題在當時是行不通的，這只是白居易一種美好的理想而

〔註7〕　唐任伍：《唐代經濟思想研究》（北京：北京師範大學出版，1996 年 6 月版），
　　　　頁 24。
〔註8〕　〔唐〕杜佑：《通典·食貨六·賦稅下》（臺北：臺灣商務印書館，1987 年 12
　　　　月），卷 6，頁典 33。

已，對中唐政局而言，是無法實施，無法接受。

　　其次，白居易認爲解決農耕土地問題，惟有「立制度」，方能達到。至於「節財用，均貧富，禁兼併，止盜賊，起廉讓」的作用，也只能依據「立制度」來施實。因此，白居易提出：

　　　夫制度者，先王所以下均地財，中立人極，上法天道者也。且天之生萬物也，長之傷風雨，成之以寒燠；聖人之牧萬人也，活之以衣食，濟之以器用。……聖人制五等十倫，所以倫衣食，等器用，不使之踰越爲害也。此所謂法天而立極也。然則地之生財有常力，人之用財有常數：若羨於上，則耗於下也；……聖王知其然，故天下奢則示之以儉，天下儉則示之以禮。俾乎貴賤區別，貧富適宜；上下無羨耗之差，財力無消屈之弊。而富安溫飽、廉恥禮讓，盡生於此矣。然則制度者，出於君而加於臣，行於人而化於天下也。是以君人者，莫不唯欲是防，唯度是守。守之不固，則外物攻之。（卷63，頁 1320～1321）

白居易以建立制度管理土地，人與土地是立國基礎，因而定出「地力人財」的方法。白居易以爲國家統治者必須依法行事，定出一套完善的土地制度，方能達到王者之貴，生於人焉；王者之富，生於地焉。而富安溫飽，盡生於土地制度的建立；節財用，均貧富，止盜賊，起禮讓，是白居易最期待的盛世局面。

## （二）資源

　　白居易以爲天育物有一定時期，地生財有一定時限，至於人之欲望則是無窮的。以有限的土地養無限欲望，是無法滿足百姓的需求，而且是有時限、有時盡的。因此，白居易在〈養動植之物〉文中提出，以「法制」控制一切，他以爲：「先王惡其及此，故川澤有禁，山野有官；養之以時，取之以道。是以豺獺未祭，罝網不布於野澤；鷹隼未擊，矰弋不施於山林；昆蟲未蟄，不以火田；草木未落，不加斤斧；漁不竭澤；畋不合圍。至於麛卵蚳蝝，五穀百果，不中殺者，皆有常禁。」（卷63，頁 1321～1322。）若依白居易所言，徹底執行，則禽獸魚鼈，不可勝食；財貨器用，不可勝用。古之聖王，所以能王天下，即在於「使信及豚魚，仁及草木；鳥獸不狨，胎卵可窺，麟鳳效靈，龜龍爲畜者，亦由此途而致。」（卷 63，頁 1322）白居易以爲只要依四時養殖，供應民生所需，就不必憂慮貨物的短缺，民可勝用。此與孟子給梁

惠王的建議：「不違農時，穀不可勝食也；數罟不入洿池，魚鱉不可勝食也；斧斤以時入山林，材木不可勝用也。穀與魚鱉不可勝食，材木不可勝用，是使民養生喪死而無憾也。養生喪死而無憾，王道之始也。」〔註9〕具有同樣的思想。

其次，在〈議鹽法之弊〉中提出：「自關以東，上農大賈，易其資產，入為鹽商。率皆多藏私財，別營稗販，少出官利，唯求隸名，居無征徭，行無榷稅；身則庇於鹽籍，利盡入私室。此乃下有耗於農商，上無益於筦榷明矣。蓋山海之饒，鹽鐵之利，利歸於人，政之上也。利歸於國，政之次也。若上既不歸於人，次又不歸於國；使幸人姦黨，得以自資：此乃政之疵，國之蠹也。」（卷 63，頁 1318）白居易對一群「鹽商」進行無情的批評。因鹽商之利厚，人人皆從商而不從事農業的生產，造成人力資源的嚴重浪費，同時導致因利而爭奪的不良情事發生。白居易以「山海之饒，鹽鐵之利」應歸國有，從而主張改革交易弊端，才能淘汰販鹽奸商，使天之利歸於百姓。

## 三、防災與水利

白居易《策林》中，有關防災與水利的篇章有：〈議祥瑞，辨妖災〉、〈辨水旱之災，明存救之術〉、〈議罷漕運可否〉、〈革官吏之弊〉等。以〈議祥瑞，辨妖災〉為例，白居易以為：「國家將興，必有禎祥；國家將亡，必有妖孽者，非孽生而後邦喪，非祥出而後國興。蓋瑞不虛呈，必應聖哲；妖不自作，必候淫昏。則昏聖為祥孽之根，妖瑞為興亡之兆矣。」（卷 62，頁 1303）白居易以為「瑞為福先，妖為禍始」，將興將廢，實先啟於執政者施政之勤奮與怠惰、用心與苟澳來決定禍福的主要因素。

### （一）防災

白居易以為明聖之朝，不能無小災小沴；衰亂之代，也必有小瑞小祥；故帝王應明天地之意，隨時修改政策，因時、因勢引導，方能脫離困境，遠離災害。因此，白居易提出「王者但外思其政，內省其身；自謂德之不修，誠之不著；雖有區區之瑞，不足嘉也。自謂政之能立，道之能行，雖瑣瑣之妖，不足懼也。」（卷 62，頁 1304）以為妖祥廢興之由，實在於君王是否以修身為首要功課。

---

〔註9〕 〔清〕阮元〈孟子梁惠王章句上〉《十三經注疏》（北京：中華書局，1991 年 6 月第 5 次印刷），卷一上，頁 2665。

農業災害，自古以來，深深影響農業生產與發展，尤其是在以自然經濟為主的農業社會中。救災思想在白居易的農業思想中占有非常重要之地位，對於天災之防患，在〈辨水旱之災，明存救之術〉提出其解決之道：「水旱之災，有小有大。大者由運，小者由人。由人者，由君上失道，其災可得而移也。由運者，由陰陽之定數；其災不可得而遷也。」（卷62，1307）白居易將天然災害歸於「人君失道」，其災可得而移。由運者，由陰陽之定數，其災不可得而遷。主要原因在：或兵戈不戢，軍旅有強暴者；或誅罰不中，刑獄有冤濫者；或小人入用，讒佞有得志者；或君子失位，忠良有放棄者；或男女臣妾，有怨曠者；或鰥寡孤獨，有困死者；或賦歛之法無度焉；或土木之功不時焉。此乃人君失道所致，於是乎以憂傷之氣，憤怨之誠，積以傷和，變而為沴，來警示人君，期能以仁為念，用心於國事，方能避免天災與人禍的到來。

白居易以為「堯之水九年，湯之旱七年，此陰陽定數，不由於人也。」古之君人者，逢一災，偶一異，則收視反聽，察其所由。因此提出：

> 聖人不能遷災，能禦災也；不能違時，能輔時也。將在乎廩積有常，仁惠有素；備之以儲蓄，雖凶荒而人無菜色；固之以恩信，雖串難而人無離心。儲蓄者，聚於豐年，古於歉歲。恩信者，行於安日，用於危時。夫如是，則雖陰陽之數不可遷，而水旱之災不能害。故曰：「人強勝天。」蓋是謂矣。（卷62，頁1308）

以為君王應採有儲蓄者，聚於豐年，古於歉歲的辦法。才能及早防患未然，才能避災害；即使有水旱之災，百姓也不至於流離失守。白居易以為古者聖王在上，而下不凍餒者，何哉？非家至日見，衣之食之；蓋能均節其衣食之原也。夫天之道無常，故歲有豐必有凶；地之利有限，故物有盈必有縮。白居易認為天災可以避免，人禍則難以防禁，唯有明白〈人之困窮由君之奢欲〉以及做到〈使官吏清廉〉；再進行〈議罷漕運可否〉、〈革官吏之弊〉等事宜，方能杜絕人禍。

## （二）水利

白居易主張興修水利，防禦自然災害，他在〈議罷漕運可否〉中明白指出，欲解決江淮之租，贍關輔之食。唯有：

> 夫費歛糴之，省漕運之費，非無利也；蓋利小而害大矣。……
> 大凡事之大害者，不能無小利也；事之大利者，不能無小害也。蓋

恤小害則大害不去，愛小利則大利不成也。古之明王，所以能興利
除害者非他，蓋棄小而取大耳。今著恤汎舟之役，忘移穀之用，是
知小計而不知大會矣。此臣所謂若以為長久之法，則不知其可也。(卷
63，頁 1319)

以此解決「淮以南逾年旱歉；自洛而西，仍歲豐稔」之道。據《新唐書‧白
居易傳》載：「四年，天子以旱甚，下詔有所蠲貸，振除災沴。居易見詔節未
詳，即建言乞盡免江淮兩賦，以救流瘠，且出宮人。憲宗頗采納。」〔註 10〕
當時白居易向憲宗上書解決水旱之災的奏文，即是依此策文而來。

　　穆宗長慶二年至四年（西元 822～824 年），白居易任杭州刺史期間，始
築堤捍錢塘湖，洩湖水，溉田千頃；復浚李泌六井，民賴其汲，造福百姓與
農民。當白居易刺史期滿，離杭州時，百姓依依不捨，夾道歡送。白居易賦
〈別州民〉詩云：「耆老遮歸路，壺漿滿別筵。甘棠無一樹，那得淚潸然？稅
重多貧戶，農饑足旱田。唯留一湖水，與汝救凶年。」此詩作於長慶四年五
月，白居易自杭州刺史除太子左庶子分司東都，詩中描繪離開杭州時與百姓
依依惜別的場景，也總結了白居易為刺史三年之功過，表現其愛民恤民之高
尚情懷，思緒真摯、情意綿綿的贈別詩。杭州百姓為感謝白居易治湖、浚井
恩德，特將錢塘湖堤，命名為「白堤」，作為紀念。白居易離開杭州時，曾撰
寫一篇〈錢塘湖石記〉，此文是白居易民本思想的重要資料，也是有關水利工
程的記載：俗云：決放湖水，不利錢塘縣官。縣官多假他詞，以惑刺史。或
云：魚龍無所託。或云：茭菱失其利。且魚龍與生民之命孰急？茭菱與稻梁
之利孰多？斷可知矣。又云：放湖即郭內六井無水，亦妄也。且湖底高，井
管低，湖中又有泉數十眼，湖耗則泉湧，雖盡竭湖水，而泉用有餘；況前後
放湖，終不至竭。而云井無水，謬矣！其郭中六井，李泌相公典郡日所作，
甚利於人，與湖相通，中有陰竇。往往埋塞：亦宜數察而通理之：則雖大旱，
而井水常足。湖中有無稅田，約數十頃：湖淺則田出，湖深則田沒。田戶多
與所由計會，盜洩湖水，以利私田。其石函、南筧、并諸小筧闥，非澆田時，
並須封閉築塞，數令巡檢：小有漏泄，罪責所由，即無盜洩之弊矣。又若霖
雨三日已上，即往往堤決。須所由巡守，預為之防。其筧之南，舊有缺岸：
若水暴漲，即於缺岸洩之；又不減，兼於石函南筧洩之，防堤潰也。予在郡

〔註10〕〔宋〕歐陽脩等：《新唐書‧白居易傳》（臺北：鼎文書局，1979 年 12 月），
　　　　卷 119，列傳 44，頁 4300～4307。

三年,仍歲逢旱;湖之利害,盡究其由。恐來者要知,故書於石,欲讀者易曉,故不文其言。長慶四年,三月十日,杭州刺史白居易記。(卷68,頁1431～1432)

白居易以三年治湖心得,清楚告知來者:其石函、南筧并、諸小筧闥,非澆田時,必須封閉築塞,數令巡檢;小有漏洩,罪責所由,就無盜洩之弊矣。又若霖雨三日已上,即往往堤決。須由巡守,預先爲之防患。又在筧之南,舊有缺岸,若水暴漲,即於缺岸洩之,以減少湖堤壓力;同時在石函、南筧兩處,應立即洩水,以防堤潰。由此可知,白居易對治湖、治井、養殖、灌溉農田的用心,真非他人所能企及的。

## 四、財軍與吏治

白居易〈秦中吟〉詩序曰:「貞元、元和之際,予在長安,聞見之間,有足悲者。因直歌其事,命爲〈秦中吟〉」。詩篇中有關財軍官吏之諷諭詩則有:〈重賦〉、〈傷宅〉,〈不致士〉、〈輕肥〉等,又其「新樂府」詩所諷諭者,皆與官吏、軍政有關,茲分述如次:

### (一)財稅

中唐時期,社會政治發生極大變化,社會動蕩不安,皆緣財軍與官吏使然。白居易明白其中道理,故《策林》七十五門中,就有二十篇是有關財經、官吏等問題的見解。如〈平百貨之價〉云:「穀帛者,生於農也;器用者,化於工也;財物者,通於商也;錢刀者,操於君也。君操其一,以節其三;三者和鈞,非錢不可也。夫錢刀重則穀帛輕,穀帛輕則農桑困。故古錢以斂之,則下無棄穀遺帛矣。……斂古得其節,輕重便於時,則百貨之價自平,……今國家行挾銅之律,執鑄器之禁,使器無用銅。銅既無利也,則錢不復銷矣。此實當今權節重輕之要也。」(卷63,頁1313～1314)以當時朝政與社會局勢而言,白居易認爲財經的解決,應以「陳斂古之法,請禁銷錢爲器」,方能解決「田疇不加闢,而菽粟之估日輕;桑麻不加植,而布帛之價日賤。是以射時利者,賤收而日富;勤力稼者,輕用而日貧」(卷63,頁1313)的困境。

其次,〈息游墮〉中對貨幣作爲徵稅載體的制度提出建言。白居易認爲:

所以傷者,由天下錢刀重而穀帛輕也。所以輕者,由賦斂失其本也。夫賦斂之失其本者,量桑地以出租,計夫家以出庸:租庸者,穀帛而已。今則穀帛之外,又責之以錢。錢者,桑地不生銅,私家

不敢鑄；業於農者，何從得之？至乃吏胥追徵，官限迫蹙，則易其
所有，以赴公程。當豐歲，則賤糶半價，不足以充緡錢；遇凶年，
則息利倍稱，不足以償逋債。豐凶既若此，爲農者何所望焉？……
（卷 63，頁 1311～1312）

由文敘述，可知白居易主張「穀帛之外又責之以錢」的政策，建議恢復「穀
帛」徵稅的措施。因以穀帛徵稅，可避免商人、官吏從中剝削，減輕農民的
負擔，方能興利除害。白居易此措施是好的，然而對中唐當局而言是無法施
行，因改變稅賦的政策，無法解決當時社會及民生的問題。

### （二）軍政

　　白居易提出精簡官員的計畫，同時也主張軍政之改革。《策林》中相關的
篇章有：〈議兵〉、〈銷兵數〉、〈復府兵置屯田〉、〈選將帥之方〉、〈御功臣之術〉、
〈禦戎狄〉、〈備邊併將置帥〉、〈議守險〉等。如其〈銷兵數〉即針對「省軍
費，斷招募，除虛名」而提出建言：

　　　　臣伏見自古以來，軍兵之眾，資糧之費，未有如今日者。時議
　　者皆患兵之眾，而不知眾之由；皆欲兵之銷，而不得銷之術。故古
　　之則軍情怨而戎心啓，聚之則財用竭而人力疲。爲日既深，其弊亦
　　甚。臣以爲銷兵省費者，在乎斷召募，去虛名而已。伏以貞元軍興
　　以來，二十餘年，陛下念其勞劾，固不可古棄；幸以時無戰伐，又
　　焉用增加？臣竊見當今募新兵，占舊額，張虛簿，破見糧者，天下
　　盡是矣。斯則致眾之由，績費之本也。今若去虛名，就實數，則一
　　日之內，十已減其二三矣。若使逃不補，死不填，則十年之間，十
　　又銷其三四矣。故不古棄之，則軍情無怨也；不增加之，則兵數自
　　銷也。去虛就實，則名不詐，而用不費也。故臣以爲銷兵之方，省
　　費之術，或在於此。爲陛下詳之。（卷 64，頁 1341）

自古以來，軍兵之眾，資糧之費，未有如今者。因此，白居易主張精兵制，
軍隊數量過多，既加重政府的財政支出，同時也造成社會民怨四起的局面。
提出銷兵數，以減輕財政支付。同時主張恢復〈復府兵、置屯田〉以分兵權、
存戎備、助軍食：

　　　　況今關畿之內，鎮壘相望，皆仰給於縣官，且無用於戰伐。若
　　使反兵於舊府，興利於廢田，張以簿書，頒其廩積：因其卒也，安
　　之以田宅；因其將也，命之以府官。始復於關中，稍置於天下。則

> 兵權漸分，而屯聚之弊日銷矣；戎備漸修，而訓習之利日興矣；軍
> 實漸給，而飛輓之費日省矣。一事作而三利立，唯陛下裁之。」（卷
> 64，頁 1342）

白居易認爲府兵制的恢復，既可以節省軍開銷，減少財政不必要的支出，同時也可以恢復與發展社會的生產動力，促進社會的安定。其次，在安邊的政策上，藉〈議守險〉一文，白居易提出「德與險兼用」之主張：

> 臣以爲險之爲用，用捨有時，恃既失之，棄亦未爲得也。何者？
> 夫險之爲利大矣，爲害亦大矣。故天地閉否，守之則爲利；天地交
> 泰，用之則爲害。蓋天地有常險，而聖人無常用也。然則以道德爲
> 藩，以仁義爲屏，以忠信爲甲冑，以禮法爲干櫓者，教之險，政之
> 守。以城池爲固，以金革爲備，以江河爲襟帶，以丘陵爲咽喉者：
> 地之險，人之守也。王者興也，必兼而用之。（卷 64，頁 1346～1347）

白居易以爲險隘只是爲國家邊境安定之外部因素，而且險隘若依刀劍、弓弩守邊，則爲利大，爲害亦大。故而提出邊境之守要能「德險兼用」的主張。山河之阻可用而不可恃，唯有以道德之藩、仁義之屏、忠心之甲；唯有施禮法爲干櫓，方能保證國家的安全，此乃孟子「仁義」思想的主張。

### （三）官吏

白居易〈杜陵叟〉詩云：「昨日里胥方到門，手持敕牒榜鄉村。十家租稅九家畢，虛受吾君蠲免恩。」他深深體會到官吏給百姓帶來極大的痛苦，爲解決問題，白居易《策林》中有不少相關的篇章，如〈審官〉、〈大官乏人〉、〈革吏部之弊〉、〈議庶官遷次之遲速〉、〈使百職修皇綱振〉、〈達聰明致理化〉、〈決壅蔽〉、〈使官史清廉〉、〈省官併俸減使職〉等，翔實提出解決之道。如在〈使官吏清廉〉提出他的見解：

> 臣以爲去貪致清者，在乎厚其祿，均其俸而已。夫衣食關於家，
> 雖嚴父慈母不能制其子，況君長能撿其臣吏乎？凍餒切於身，雖巢
> 由夷齊不能固其節，況凡人能守其清白乎？臣伏見今之官吏，所以
> 未盡貞廉者，由祿不均而俸不足也。不均者，由所在課料重不齊也；
> 不足者，由所在官長侵刻不已也。（卷 64，頁 1337）

唯有均天下課料輕重相齊，方能使百姓安心。如何實施？必禁天下官長侵刻，使天下之吏溫飽充於內，清廉形於外。白居易以君王的寡欲、節制、儉樸乃天災、人禍的主要原因。他認爲人君能「節儉」，才能爲百官之表率，此與《論

語‧爲政篇》所云：「爲政以德，譬如北辰，居其所而眾星共之」的思想是相同的。

其次，是造成國家財政困難的是冗員太多，郡縣官吏的人數過於腐濫。因此，白居易提出「省官、併俸，減使職」的計畫。白居易以爲「古者計人而置官，量賦而制祿。故官之省置，必稽人户之眾寡；祿之厚薄，必稱賦入之多。俾乎官足以理人，人足以奉吏。吏有常祿，財有常征；財賦吏員，必參相得者也。」（卷 64，頁 1338）若能如此施政，就能做到官省則事簡，事簡則人安；祿厚則吏清，吏清則俗阜，俗阜則天下太平。

白居易在主張省官之同時，也提出豐厚官吏俸祿，使其能知「清廉」，亦即實行厚祿養廉的政策。所謂厚祿養廉，白居易認爲：

> 臣聞爲國者，皆患吏之貪，而不知去貪之道也；皆欲吏之清，而不知致清之由也……。陛下今欲革時之弊，去吏之貪；則莫先於均天下課料重輕，禁天下官長侵刻，使天下之吏，溫飽充於內，清廉形於外。然後示之以恥，糾之以刑。如此，則縱或爲非者，百無一二也。（卷 64，頁 1337）

白居易以爲「去貪者致清者，在乎厚其祿，均其俸而已」，此種思想是建立在他對中唐時期社會現實的認知上。中唐官吏之薪酬，是由職田、祿米、俸料綜合所得。白居易在《策林‧議百官職田》文中提出：「國家多事以來，厥制不舉。故稽其地籍，而田則俱存；考以户租，而數多古失。至有品秩等，官署同，廩祿厚薄之相懸，近乎十倍矣。今欲辨內外之職，均上下之田，不必乎創新規，其在乎舉舊典也。」（卷 64，頁 1339）的建議，由於田制被破壞，造成「不均」與「不足」，以致官吏俸祿不足、欠俸現象嚴重，因而造成貪官腐敗的情形不斷的發生。解決之道，就是「內外之職，均上下之田」，不必創新規，主要是舉用舊典的方式來實行。

白居易雖主張厚祿養廉，但並非無限制增加官吏俸祿。過度的增加官吏的俸祿，容易造成政府財政的困難。官吏的貪污腐敗與收入過低是有一定的關係，但是官吏的自律和制度的監督也頗有關係。白居易主張官吏厚祿與官吏倫理的教化，是有必要的，如此方能達到自律的要求。將國家的法律、刑法、監督三者有效結合起來，即：「使天下之吏溫飽充於內，清廉形於外，然後示之以恥，糾之刑」，此三者是相輔相成、缺一不可的，如果只重視教化和法律監督，而沒有提高其待遇，給予其厚祿，則會「雖日用刑罰，不能懲貪

而勸清矣。」因此，只有把三者有效結合，才能眞正達到治理官吏貪污、腐敗，並促其保持清廉的目的〔註11〕。

## 五、藩鎭的跋扈

白居易於元和三年（西元 807 年）任翰林學士、左拾遺時，見藩鎭跋扈，自專不從朝命，於是上表奏狀討論藩鎭事務，相關文章有：〈論于頔、裴均狀〉、〈論王鍔欲除官事宜狀〉、〈論裴均進奉銀器狀〉、〈論于頔所進歌舞人狀〉、〈論魏徵舊宅狀〉、〈請罷兵第二狀〉、〈請罷兵第三狀〉等數十篇。這是白居易身居朝廷，耳有所聞，目有所見，故對貪暴不法、謀權不良之徒多有揭露與糾彈。如〈請罷兵第二狀〉：

> 以臣愚見，速須罷兵。若又遲疑，其害有四；可爲陛下痛惜者二，可爲陛下深憂者二。何則？若保有成功，即不論用度多少；既的知不可，即不合虛費貲糧。悟而後行，事亦非晚。今遲校一日，有一日之費；更延旬月，所費滋多。終須罷兵，何如早罷？臣伏見陛下比來愛人省用，發自深心。至於聖躬，每事節儉。今以府庫錢帛，百姓脂膏，資助河北諸侯，轉令富貴強大。臣每念此，不勝憤歎！此所爲陛下痛惜者一也。臣伏恐河北諸將，見吳少陽已受制命，必引事例輕重，同詞請雪承宗。若章表繼來，即議無不許；請而後捨，模樣可知，轉令承宗膠固同類。如此，則與奪皆由鄰道，恩信不出朝廷。實恐威權，盡歸河北。臣每念此，實所疚心！其爲陛下痛惜者二也。（卷 59，頁 1251）

此罷兵奏即是白居易見主帥吐突承璀開戰後，折將損威，其餘平叛之將或逗留不進，或力屈難進，河北戰事遂陷入被動情況下，遂提出「速須罷兵」之主張，并警告憲宗「若遲疑，其害有四」。第一、終須罷兵，可省府庫錢帛；第二、因罷兵，可使皇上恩信不出朝廷；第三、因天氣暑熱，若兵士或有奔逃，百人相扇，諸軍必動搖；第四、軍事秘密應該嚴加保守，不應爲西戎北虜一一知之。此爲白居易見藩鎭跋扈專權，憂慮軍國，建言獻策之狀書。結果誠如白居易所言，吐突承璀師久無功，當年七月，復王承宗官，還其二州，罷諸道征討軍，藩鎭的跋扈可想而知。

---

〔註11〕徐柏泉：《白居易經濟思想研究》（重慶：重慶師範大學，2007 年 4 月），頁31～32。

　　元和三年（西元 808 年），白居易上〈論于頔裴均狀〉，係因于頔、裴均
等人，欲入朝事宜而作此文。其主旨在於揭露時爲山南東道節度使之于頔，
及時爲荊南節度使之裴均，二人假借入覲之際，希圖攫取權勢之貪欲。其中
以于頔爲主，以裴均爲輔；于頔乃貞元、元和之際，爲貪婪跋扈之方鎮。《舊
唐書・于頔傳》載：

> 　　貞元十四年，爲襄州刺史，充山南東道節度觀察。地與蔡州鄰，
> 吳少誠之叛，頔率兵赴唐州，收吳房、郎山縣，又破賊於濯神溝。
> 於是廣軍籍，募戰士，器甲犀利，儼然專有漢南之地。小失意者，
> 皆以軍法從事。因請升襄州爲大都督府，府比鄆、魏。時德宗方姑
> 息方鎮，聞頔事狀，亦無可奈何，但允順而已。頔奏請無不從，于
> 是公然聚歛，恣意虐殺，專以凌上威下爲務。〔註12〕

憲宗即位後，于頔雖有所戒懼收歛，但仍通過與憲宗聯姻之關係，謀求靠山，
伺機入相。憲宗本想藉機允諾于頔所求，以削弱藩鎮勢力，但白居易認爲此
舉弊大於利，并陳述三不可之理由：其一，加重民困：因于頔入朝之目的，
在於「仰希聖恩，傍結權貴」及「奉君上權貴之有餘。伏料聖心知之，深所
不忍」；其二，擾亂人心，「今倖門已開矣，速杜之又今于頔等開之。臣必恐
聖心有時而悔矣」，人心豈不亂、大壞；其三，權重難制：「今于頔任兼將相，
來則總朝廷之權；家通國親，入則連戚里之勢。」必形成內外迎附，難以制
御之被動局面。不僅會使君臣之心面臨考驗，而且朝廷法度亦將爲其所敗。
故而上書〈論于頔、裴均狀〉：

> 　　又聞于頔、裴均等，數有進奉。若又許來，荊襄之人，必重困
> 於剝削矣。奪軍府疲人之不足，奉君上權貴之有餘。伏料聖心知之，
> 深所不忍。此不可一也。臣又竊聞時議云：近日諸道節使，或以進
> 奉希旨，或以貨賄藩身。謂恩澤可圖，謂權位可取，以入覲爲請，
> 以戀闕爲名，須來即來，須住即住，要重位則得重位，要大權即得
> 大權；進退周旋，無求不獲。天下節使，盡萌此心。不審聖聰，聞
> 此議否？……且于頔身是大臣，子爲駙馬，性靈事跡，陛下素諳。
> 一朝到來，權兼內外：若繩以規制，則必失君臣之心；若縱其作爲，
> 則必敗朝廷之度。進退思慮，恐貽聖憂。其不可三也。凡此三不可，

---

〔註12〕　〔後晉〕劉昫：《舊唐書》（臺北：鼎文書局，1979 年 12 月），卷 156，列傳
　　　　106，頁 4130。

事實不細；伏乞聖覽，再三思之。臣今所言，皆君臣之密機，安危
之大許；伏望秘藏此狀，不令左右得知。況臣以疏議親，以賤論貴，
語無方便，動有悔尤，言出身危，非不知耳；但以職居近密，身被
恩榮，苟有聞知，即合陳露。儻言而得罪，亦臣所甘心；若默而負
恩，則臣所不忍。伏希聖鑒，俯察愚誠。謹具奏聞。謹奏。（卷 58，
頁 1233～1234）

白居易密書面陳，結果不甚理想，因憲宗仍以虛位賜于頓。但是白居易不顧
生命危險，「以疏議親，以賤論貴」，極力阻諫，言出身危，非不知耳，係是
愚誠忠君之忱所致。尚能正面影響憲宗之決斷，仍有其功能。

其次，是〈論王鍔欲除官事宜狀〉，更顯示藩鎮乖揆跋扈。元和三年，白
居易以王鍔欲除官一事上奏，其主旨亦爲揭露時爲淮南節度使之王鍔入朝除
平章事之貪婪本性。其文云：

右，臣竊有所聞，云：王鍔見欲除平章事。未知何故，有此商
量。臣伏以宰相者，人臣極位，天下具瞻；非有清望大功，不合輕
授。王鍔既非清望，又無大功，若加此官，深以爲不可。昨日裴均
除平章事，內外之議，早已紛然。今王鍔若除，則如王鍔之輩，皆
生冀望之心矣。若盡與，則典章大壞，又未感恩；若不與，則厚薄
有殊，或生怨望。倖門一啓，無可奈何。臣又聞：王鍔在鎮日，不
卹凋殘，唯務差稅。淮南百姓，日夜無憀。五年誅求，百計侵削，
錢物既足，部領入朝，號爲羨餘，親自進奉。凡有耳者，無不知之。
今若授同平章事，臣恐四方聞之，皆謂陛下得王鍔進奉而與宰相也。
臣又恐諸道節度使，今日已後，皆割剝生人，營求宰相；私相謂曰：
誰不如王鍔邪？故臣以爲深不可也。其王鍔歸鎮與在朝，伏望並不
除宰相。臣尚未知所聞信否，貴欲先事而言，或恐萬一已行，即言
之無及。伏惟聖鑒，俯察愚衷。謹具奏聞。謹奏。（卷 58，頁 1240）

王鍔於貞元、元和時，是一位自肥歛財、權欲甚熾之節度使。據《新唐書‧
王鍔傳》云：「廣人與蠻雜處，地征薄，多年利於市，鍔租其廛，權所與人常
賦埒，以爲時進，衷其餘悉自入。諸蕃舶至，盡有其稅，於是財蓄不貲，日十
餘艘載皆犀象珠琲，與商賈雜出於境。數年，京師權家無不富鍔之財。」〔註13〕

---

〔註13〕 〔宋〕歐陽脩、宋祁：《新唐書》（臺北：鼎文書局，1979 年 12 月），卷 170，
頁 5169。

又《資治通見鑒・唐紀五十三》載：「淮南節度使王鍔入朝。鍔家巨富，厚進奉及賄賂宦官，求平章事」〔註14〕由引文可知，王鍔爲節度使，先貪財，後貪勢，前者爲害百姓，後者紊亂朝綱，如此之人，豈可爲相？白居易不忍憲宗淪爲不義，上書力諫，從四方面提出己見，絕不讓王鍔得乘。其一，望乏功缺：「王鍔既非清望，又無大功，若加此官，深以爲不可」；其二，敗典破法：「若盡與，則典章大壞，又未感恩；若不與，則厚薄有殊，或生怨望。」；其三，歛多誅廣：「不卹凋殘，唯務差稅。淮南百姓，日夜無惉。五年誅求，百計侵削，錢物既足，部領入朝，號爲羨餘，親自進奉」；其四，害深危重：「今若授同平章事，臣恐四方聞之，皆謂陛下得王鍔進奉而與宰相也。」白居易之奏狀論理深入而具體，揭批尖銳，既立足於維護朝綱，又能體恤百姓，終就破王鍔美夢。得到憲宗帝以「王鍔歸鎮與在朝，伏望并不除宰相」。〔註15〕

## 六、宦官的亂政

　　白居易是「永貞革新」的同情者，對宦官操控朝政、仗勢凌人之行徑極爲痛心，故而在其上表的奏章中，對宦官涉及不法，揭斥不遺餘力。如〈論太原事狀三件〉、〈論承璀職名狀〉、〈論元稹第三狀〉、〈論嚴綬狀〉等，皆是其例。以〈論太原事狀三件〉爲例：

> 右，嚴綬、輔光太原事跡，其間不可，遠近具知。臣前日對時，已子細面奏。今奉宣：輔光已替，嚴綬續追。此皆聖鑒至明，左右不能惑聽。合於公議，斷自宸衷；內外人心，甚爲愜當。其嚴綬，早須與替，不可更遲。緣與輔光，久相交結，軍中補署職掌，比來盡由輔光。今見別除監軍，小人乍失依託，或恐嚴綬相黨，曲爲妄陳。軍情事宜之間，須過防慮。伏望聖恩，速令貞亮赴本道，便許嚴綬入朝。（卷58，頁1236）

據《通鑑》卷二三七載：「元和四年二月，河東節度使嚴綬，在鎮九年，軍政補署一出監軍李輔光，綬拱手而已。裴垍具奏狀，請以李鄘代之。三月，乙

〔註14〕〔宋〕司馬光：《資治通鑑》（北京：中華書局1997年11月1版），卷237，頁1942。

〔註15〕〔後晉〕劉昫：《舊唐書・憲宗紀》（臺北：鼎文書局，1979年），卷14，頁426。

酉，以綏爲左僕射，以鳳翔節度使李鄘爲河東節度使。」〔註16〕又嚴綏於元和四年，自河東節度使入拜尚書右僕射。綏以不存名節，爲當時人士所薄。嘗預百寮廊下食，上令中使馬江朝賜櫻桃，綏居兩班之首，在方鎮識江朝，敘語次，不覺屈膝而拜。是日爲御史所劾，綏待罪於朝，命釋之。元和六年二月，出爲江陵節度使〔註17〕。由此可知，白居易將嚴綏自棄權柄以及李輔光專橫霸道之醜行一并說出，更揭發其相互交結之默契關係。其言曰：「其嚴綏早須與替，不可更遲。綏與輔光久相交結，軍中補署職掌，比來盡由輔光。今日見別除監軍，小人乍失依託。或恐嚴綏相黨。」不僅指斥嚴綏奸詐，同時指出李輔光貪權，當時李輔光名爲監軍，實已是太原府最高行政長官。

其次，〈論太原事狀三件〉寫於憲宗元和四年（西元 809 年），由三狀構成，其中前兩狀爲〈嚴綏、輔光〉及〈貞亮〉是針對宦官李輔光、劉貞亮之揭斥。李輔光與劉貞亮俱是資深而又跋扈大宦官，在結交閹宦以圖固位速遷之風頗盛當時，白居易既無所求更無所畏，直斥其專擅劣跡，給與痛擊。如對劉貞亮之不齒，而上書直言道：

> 右，貞亮元是舊人，曾任重職。陛下以太原事弊，使替輔光。然臣伏聞貞亮先充汴州監軍日自置親兵數千；又任三川都監日，專殺李康兩節度使，事跡深爲不可。爲性自用，所在專權。若貞亮處事依前，即太原卻受其弊。雖將追改，難以成功。其貞亮發赴本道之時，恐須以承前事切加約束，令其戒懼。此事至要，伏惟聖心不忘。（卷58，頁1237）

劉貞亮於德宗時即受寵信，爲扼殺「永貞革新」與導演永貞內禪之閹宦領袖，可謂是輔助唐憲宗登基嗣位之功臣。即使有皇權撐腰，白居易亦未對劉貞亮有所畏懼，仍依其職權上奏彈劾其不法舉止。故於劉貞亮事件中，白居易歷數其斑斑劣跡，鄭重提醒憲宗對劉貞亮要多加節制，並規範其行爲，避免以狼易虎，繼續爲害一方。再者，白居易針對憲宗欲受吐突承璀，充諸軍行營招討處置使一事提出見言，而有〈論承璀職名狀〉其文云：

> 伏乞聖慮，又以此思之。臣伏以陛下自春宮以來，則曾驅使承璀，歲月既久，恩澤遂深。望陛下念其勤勞，貴之可也；陛下憐其

---

〔註16〕〔宋〕司馬光：《資治通鑑・唐紀53》（北京：中華書局，1997年11月1版），卷237，頁7656～7。

〔註17〕朱金城：《白居易集箋校》（上海：古籍出版社，1988年12月），頁3337。

忠赤，富之可也。至於軍國權柄，動關於治亂；朝廷制度，出自祖宗：陛下寧忍徇下之情，而自隳法制；從人之欲，而自捐聖明？何不思於一時之間，而取笑於萬代之後？今臣忘身命，瀝肝膽，爲陛下痛言者，非不知逆耳，非不知危身；但以蟻螻之命至輕，社稷之計至重。伏乞聖慮，又以此思之。陛下必不得已，事須用之，即望改爲都監，且徇舊例。雖威權尚重，而制度稍存。天下聞之，不甚驚聽。如蒙允許，伏望速宣與中書，改爲諸軍都監。臣不勝憂迫懇切彷徨之至。（卷 59，頁 1247～1248）

由此奏文可知，憲宗對承璀之信任異於尋常，甚至授予軍權徵討藩鎮。因憲宗在東宮時，承璀即服侍左右；歲月既久，恩澤遂深，遂成爲憲宗最依賴之內侍。白居易則無此顧慮，乃依制度、典章言之，認爲憲宗隳墮朝制，令中使者出任統帥、監軍職務。白居易對此前無史例之舉，頗不以爲然，故而上奏陳述，對吐突承璀出任招討使一職直言不諱，並加以諫阻，期憲宗取銷此人事命令。白居易言辭懇切，據理力爭，「以蟻螻之命至輕，社稷之計至重」，終教憲宗改變心意，收回成命，改承璀爲充鎮州招撫處置使。

白居易之諫阻打亂憲宗委親信以實之企圖，從而招致憲宗對白居易的忌恨與不滿。憲宗曾謂李絳曰：「白居易小子，是朕拔擢致名位，而無理於朕，朕實難奈。」李絳對曰：「居易所以不避死亡之誅，事無巨細必言者，蓋酬陛下特力拔擢耳，非輕言也。陛下欲開諫諍之路，不宜阻居易言。」上曰：「卿言是也。」由是多見聽納。〔註 18〕

由上例可知，中唐以後藩鎮之亂，即是「安史之亂」的延伸。其次是「宦官之禍」，乃因帝王身處深宮，唯宦官日夜服侍，自幼及長，是其最親近、最信賴、最可靠者。而宦官得寵忘責，得權則驕，氣炎高漲，全無國家百姓之思，但憑一己之私欲，目無法紀，唯「權勢」與「金錢」是問，唐帝國之所以衰敗滅亡原因在此。

## 七、賦稅的災害

白居易於元和五年（西元 810 年）前後，完成〈秦中吟〉十首，與《新

---

〔註 18〕　〔後晉〕劉昫：《舊唐書・元稹傳》（鼎文書局，1979 年 12 月），卷 166，列傳 116，頁 4344。「王承宗拒命，上令神策中尉吐突承璀爲招討使，諫官上書章者十七八，居易面論，辭情切至。既而又請罷河北用兵，凡數千言，皆人之難言，上多聽納。唯諫承璀事切，上不悅。」

樂詩》五十首同屬諷諭詩組，並積極反映社會現實，極富批判性。白居易在
組詩序文中十分得意言道：「貞元、元和之際，予在長安，聞見之間，有足悲
者，因直歌其事，命爲〈秦中吟〉。」其〈重賦〉詩又言：

> 厚地植桑麻，所要濟生民。生民理布帛，所求活一身。身外充徵賦，
> 上以奉君親。國家定兩稅，本意在憂人。厥初防其淫，明勅內外臣：
> 稅外加一物，皆以枉法論。奈何歲月久，貪吏得因循。浚我以求寵，
> 斂索無冬春。織絹未成疋，繅絲未盈斤；里胥迫我納，不許暫逡巡。
> 歲暮天地閉，陰風生破村。夜深烟火盡，霰雪白紛紛。幼者形不蔽，
> 老者體無溫；悲端與寒氣，并入鼻中辛。昨日輸殘稅，因窺官庫門：
> 繒帛如山積，絲絮似雲屯。號爲羨餘物，隨月獻至尊。奪我身上暖，
> 買爾眼前恩，進入瓊林庫，歲久化爲塵！（卷2，頁31）

本詩暴露兩稅法施行後之弊端，苛捐雜稅給與百姓帶來禍害，亦指出皇帝設
置私庫是其根源之一。而各級官員在法定之正稅外多方搜刮，大飽私囊，藉
以求寵，榨取百姓到無以維生的地步。詩先議論兩稅法之弊端。再以平民口
氣訴說衣不蔽體之困苦，繼而指出官庫中衣帛如山積雲屯，對比之下，引出
「奪我身上暖，買爾眼前恩」兩句，憤慨直率；末尾則以庫中財物多到朽爛
作結，尤爲沉痛。白居易在〈奏閿鄉等縣禁囚狀〉提到賦稅相關問題：

> 欠負官錢，誠合塡納；然以貧窮孤獨，唯各一身，債無納期，
> 禁無休日。至使夫見在而妻嫁，父已死而子囚。自古罪人，未聞此
> 苦。行路見者，皆爲痛傷。況今陛下愛人之心，過於父母；豈容在
> 下有此窮人？古者一婦懷冤，三年大旱………伏乞特降聖慈，發使
> 一時放免。一則使縲囚獲宥，生死皆知感恩。二則明天聽及卑，遠
> 近自無冤滯。事關聖政，不敢不言。臣兼恐度支鹽鐵使下，諸州縣
> 禁囚，更有如此者，伏望便令續條疏具事奏上。（卷59，1246）

白居易於奏章中，不僅痛心疾首，揭露朝廷刑獄制度之殘酷性、黑暗性，而
且觸及封建社會慘無人道之作法。更展現白居易對下層百姓之關懷與同情，
爲其鳴冤、請命的人道精神。其實早在白居易創作《策林‧止獄惜刑》中即
提及有關刑法一事，其言云：

> 及我太宗之朝，勤儉化人，人用富庶，加以德教，致於升平：
> 故一歲斷刑，不滿三十。雖則明聖慎刑，賢良恤獄之所致也；然亦
> 由天下之人，生厚德正而寡過也。當桀、紂之時，暴徵讎斂，萬姓

窮苦，有怨無恥，奸宄並興：故是時也，比屋可戮。及秦之時，厚
賦以竭人財，遠役以殫人力；力殫財竭，盡爲寇賊，羣盜滿山，赭
衣塞路；故每歲斷罪，數至十萬。雖則暴君淫刑，姦吏弄法之所致
也；然亦由天下之人，貧困思邪而多罪也。（卷65，頁1355）

文中明白告知執政者，暴徵黷斂，百姓窮苦，盡爲寇賊，羣盜滿山。賦稅絕
非一般百姓的小事，而是執政當局所宜深思的大事，豈能輕忽了事！

　　白居易在其章表、奏狀中所建言者，無非是對君王提出良策；對貪暴權
貴的惡行，則是進行無情的打擊與揭發。白居易敢與跋扈的藩鎮、敗壞朝綱
的宦官對抗，不畏權勢、不計利害，以行儒家民本主義思想爲理念，造福百
姓，減少遭剝削，以盡爲官的職責，是仁愛的表現。他的經世濟民思想，殊
值後人景仰、光大。

　　白居易經世濟民之思想，以傳統的經濟思想爲依託，建立在中唐時期特
殊的時代背景下。它源於現實，但又不完全拘泥於傳統經濟思想，在某些經
濟問題與農業、財稅、軍政方面的闡述上，甚至有突破傳統思想的界限，提
出自己創新的見解與主張。雖然有些見解或意見未必可行，或只是白居易個
人的理想，對當時執政者的保守思想而言，白居易經世濟民的觀念，是正確
而進步的，誠屬難能可貴。由以上論述可知，白居易經世濟民的思想，具有
很大的歷史意義；研究白居易既具有學術的依據，對當時社會也有一定的影
響。

# 第二節　關懷女性

　　白居易婦女詩文之寫作對象有：貴婦、商婦、農婦、織婦、征人之婦、
宮女，婢女與爲人妻等，涵蓋上下階層之婦女。反映婦女問題，爲白居易詩
文之重要內容之一。〈百道判〉所收集之文章，雖爲白居易模擬試題之習作，
但對當時社會、政治、教育等事項均曾提出其見解，對女性之體恤更爲明顯，
如對女性婚姻問題之判決，以維護女性權益爲主；〈翰林制誥〉與〈中書制詔〉，
則提出婦道母儀之思想觀念；其他章、表、奏、議，亦時見體恤民情、爲婦
女請命之文字；碑志、銘文，尤多表彰婦女特有之精神，皆能彰顯白居易對
婦女權益之維護及重視。

　　本文特以白居易〈百道判〉、〈翰林制誥〉與〈中書制詔〉以及章、表、

奏、議、碑誌、銘文等,有關古文中所涉及「女性」之議題提出說明如次:

## 一、關懷女性的百道判

白居易〈百道判〉中約有十六道判是家庭、婚姻問題,分別見於一、二、三、二十二、三十六、三十八、四十三、五十一、五十二、五十九、六十六、七十四、九十、九十二、九十五及百零一等。白居易所關注家庭問題有兩種:一為婦女權益、二為子女孝道問題。如第一道「得甲去妻後,妻犯罪請用子蔭贖罪,甲怒不許」。判詞如下:

> 二姓好合,義有時絕;三年生育,恩不可遺。鳳雖阻於和鳴,烏豈忘於反哺?旋觀怨偶,遽抵明刑。王吉去妻,斷絃未續;孔氏出母,疏網將加。誠鞠育之可思,何患難之不救?況不安爾室,盡孝猶慰母心;薄送我畿,贖罪寧辭子蔭?縱下山之有怒,曷陟屺之無情?想〈棠棣〉之歌,且聞樂有其子;念〈葛藟〉之義,豈不忍疵于根?難抑其辭,請敦不匱。(卷66,頁1378)

原題申述判之事由,是此道判之「由頭」。因虛擬之試題,故而於題前加一「得」字。據《唐律疏議》卷二《名例》二「其婦人犯夫及義絕者,得以子蔭(雖出亦同)」條《疏議》曰:「婦人犯夫及與夫家義絕,并夫在被出,並得以子蔭者,為母子無絕道故也。」[註19]意謂當法律規定,即使被出之婦也得以子蔭贖罪。白氏此判即堅持此條法律根據,認為不能因個人之喜而隨便加以更改。白氏集中所保存之百道判與其《策林》四卷相同,最初原為供自己準備考試使用,後來竟成為進士、制科試舉子之學習規範。

宋洪邁稱讚白氏之百道判「不背人情,合於法意,援經引史,比喻甚明」(見《容齋隨筆》卷十二,頁359)。明蔣一葵《堯山堂偶雋》則引此判補充洪說云:「白樂天甲乙判凡數十條(按:現存白氏集中共收錄判二卷,凡一百一道),按經引史,比脫甚明,此洪景廬(即洪邁)謂其非青錢學士(青錢學士,即唐‧張鷟別稱)所能及也。《甲去妻後,妻犯罪,請甲子蔭贖罪,甲怒不許。判云:『不安爾室,盡孝猶慰母心;薄送我畿,贖罪寧辭子蔭?縱下山之有怒,曷陟屺之無情。』……若此之類,皆不背人情,合於法意,真老吏

---

[註19] 〔唐〕長孫無忌:《唐律疏議》(臺北:臺灣商務印書館發行1965年5月),卷1,頁32。

判案，若金粉淋漓，又質事耳。」》〔註20〕

　　由判詞可知，甲與前妻已情斷義絕，但母與子之間血肉關係永不能割捨。母親有三年生育之鞠養之恩，爲人子者理當反哺盡孝。因此，當母親犯罪請求用子蔭贖罪時，爲人子自當反哺盡孝，義不容辭，甲不得干涉阻撓。「難抑其辭，請敦不匱」，即表明白居易對母親之同情與支持，及敦促兒子應盡孝道之態度，十分明顯，此亦是白居易對女性同胞之關懷。

　　又，五十一道判文，亦關乎人倫孝道之訴訟。判題爲「得乙在田，妻餉不至。路逢父告飢，以餉饋之。乙怒，遂出妻。妻不伏」。其判詞云：

　　　　象彼坤儀，妻惟守順；根乎天性，父則本恩。饌宜進於先生，
　　饎可報於田畯。夫也望深饁彼，方期相敬如賓；父兮念切囂然，旋
　　聞受哺於子。義雖乖於齊體，孝則見於因心。盍嘉陟岵之仁，翻肆
　　送畿之怒。孰親是念，難忘父一之言；不爽可徵，無效士二其行。
　　犬馬猶能有養，爾豈無聞？鳳凰欲阻于飛，吾將不取。（卷 66，頁
　　1401）

從判詞中得知，此爲小事，僅因妻將送飯與田中勞作之丈夫；途中遇見飢餓之老父，遂將飯送與老父。因而觸怒其夫，並休其妻。白居易肯定乙妻根乎天性，有孝養之心；同時批評乙無人飢己飢之心，殊不可取。對乙而言，其出妻是「士二其行」，否定其不義之舉。所謂「七出」，即古代丈夫離妻之七種理由：不順父母，去；無子，去；淫，去；妒，去；有惡疾，去；多言，去；竊盜，去。不順父母，爲其逆德也；無子，爲其絕世也；淫，爲其亂族也；妒，爲亂家也；有惡疾，不可與粢盛也；口多言，爲其離親也；盜竊，爲其反義也。〔註21〕白居易據此而提反駁不許出妻，而肯定乙妻孝道行爲。

　　又於〈百道判〉中之最后一道「得甲將死，命其子以嬖妾爲殉，其子嫁之。或非其違父之命。子云：不敢陷父於惡」，反映出「子道」與「孝道」之衝突，人性與邪欲之對抗。其判詞云：

　　　　觀行慰心，則稟父命；辨惑執禮，宜全子道。甲立身失正，沒
　　齒歸亂：命子以邪，生不戒之在色；愛妾爲殉，死而有害於人。違

---

〔註20〕 《叢書集成續編》（臺北：新文豐出版公司印行 1989 年 4 月），卷 200 頁 1258
　　　　～1260。
〔註21〕 〔漢〕戴德撰・清孔廣森：《大戴禮禮記補注・本命》（濟南：山東友誼書社
　　　　2002 年 3 月），卷 13，第 80，頁 699～701。

則棄言，順為陷惡。三年之道，雖奉先而無改；一言以失，難致親
於不義。誠宜嫁是，豈可順非？況孝在慎終，有同魏顆理命；事殊
改正，未傷莊子難能。宜忘耳之言，庶見因心之孝。（卷 67，頁 1423）

原題意謂：甲將死之時，命其子於其死後，以嬖妾為殉葬品。其子於父死後，
將父嬖妾改嫁與人，有人即以此違拗父命，對甲子加以非難。白居易以「觀
行慰心」為其子辯白。所謂觀行，係指觀察兒子行為舉止。《論語・學而》篇
云：「父在，觀其志；父沒觀其行。三年無改於父之道，可謂孝矣。」並讚美
其子義舉「有同魏顆理命」〔註 22〕。白居易明確讚揚甲子，合乎人道又盡孝
道，不陷父於不仁；因人命關天，豈能以病危所言，而實踐甲非理性之訴求；
將愛妾嫁人，不為甲殉葬。對甲以「愛妾為殉，死而有害於人」予以斥責，
顯示白居易對女性生命之重視與尊重。同時以「況孝在慎終」為甲子力爭，
以慎重考量事情後果，與居喪能盡禮之事宜，與以肯定甲子作為。《論語・學
而》篇曾子曰：「慎終追遠，民德歸厚矣。」〔註 23〕並以「未傷莊子難能」〔註
24〕讚美甲子。

　　此外三十六與七十三道道判中，白居易對弱勢女性給予最大同情、理解
與支持。其三十六道言：「得甲妻於姑前叱狗，甲怒而出之。訴稱非七出，甲
云：不敬。」白居易判詞云：

　　　細行有虧，信乖婦順；小過不忍，豈謂夫和？甲孝務恪恭，義
輕好合：饋豚明順，未聞爽於聽從；叱狗愆儀，盍勿庸於疾怨。雖
怡聲而是昧，我則有尤；若失口而不容，人誰無過？雖敬君長之母，
宜還王吉之妻。（卷 66，頁 1394～1395。）

〔註22〕〔清〕阮元：《十三經注疏・春秋左傳正義》（北京：中華書局，1979 年 11
　　　月）「魏武子有愛妾，無子。武子疾，命顆曰：『必嫁是』。疾病則曰：『必以
　　　為殉。』及卒，顆嫁之。曰：『疾病則亂，吾從其治也。』及輔氏之役，顆見
　　　老人結草以亢杜回，杜回躓而顛，故獲之。夜夢之曰：『余而所嫁婦人之父也。
　　　爾用先人之治命，余是以報。』」，頁 1888。

〔註23〕〔清〕阮元：《十三經注疏・論語注疏》「慎終者，終謂父母之喪也。以死者
　　　人之終，故謂之終，執親之喪，禮須謹慎盡其哀也；追遠者，遠謂親終既葬
　　　日月已遠也。孝子感時念親，追而祭之，盡其敬也。民德歸厚矣者，言君能
　　　行此，慎終追遠二者，民化其德皆歸厚矣。言不偷薄也。」，卷 1，頁 2458。

〔註24〕〔清〕阮元：《十三經注疏・春秋左傳正義》（北京：中華書局，1979 年 11
　　　月），頁 2532。曾子曰：「吾聞候夫子，孟莊子之孝也，其他可能也：其不改
　　　父之臣，與父之政，是難能也。」孟莊子，魯大夫仲孫連也。謂在諒陰之中，
　　　父臣及父政雖不善者，不忍改也。

從判題、判詞所陳述之原委論之，甲妻於婆婆前叱狗，引起甲不悅，繼而出妻；甲妻申述，言己之失未於七出之列。甲辯言其妻對婆婆不敬是以出之。古代妻對夫之義務有：妻從夫居、妻從夫姓、嚴守貞潔、曲從丈夫、孝順公婆、生育子嗣之義務〔註 25〕。白居易則判定甲出妻之不當，蓋甲妻叱狗確乎有虧細行，有乖婦順，然「人誰無過」，終為甲妻開脫；同時提出「義輕好合」之忠告。由此可知，白居易對甲小題大做，導致毀掉婚姻，舉動顯然過當，是不可取也。

　　又如卷六十六第七十三判題：「得景娶妻三年，無子，舅姑將出之。訴云：『歸無所從』。」由判題可知，婦屬七出之一，景妻三年無子（景為虛擬之人），其舅姑即欲休之，引起家庭風暴。無奈之下，景妻以「歸無所從」爭取自己之婚姻權利。古代有七出之規定，同時亦有所謂「三不去」。婦有三不去：有所娶，無所歸，不去（即娘家無人，無家可歸，不去）；與更三年喪，不去（即為公婆守三年喪者，不去）；前貧賤後富貴，不去（即娶妻時夫家貧，娶後夫家富，不去）〔註 26〕。白居易對景妻之訴求，秉持人道、人性之態度與對女性之關懷，其詞云：

　　　　承家不嗣，禮許仳離；去室無歸，義難棄背。景將崇繼代，是用娶妻：百兩有行，既啟飛鳳之兆；三年無子，遂操〈別鵠〉之音。將去舅姑，終鮮親族。雖配無生育，誠合比於斷絃；而歸靡適從，庶可同於束蘊。固難效於牧子，宜自哀於鄧攸。無抑有辭，請從不去。」（卷 67，頁 1411）

《唐律疏議》卷十四戶婚下「諸妻無七出及義絕之狀，而出之者，徒一年半。雖犯七出，有三不去而出之者杖一百，追還，合。……」條疏議曰；「……雖犯七出，有三不去。三不去者，謂一經持舅姑之喪，二娶時賤後貴，三有所受無所歸。而出之者杖一百，並追還合。若犯惡疾及姦者，不用此律。謂惡疾及姦，須有三不去亦在出限，故云不用此律。」〔註 27〕

　　白居易對景娶妻繼代之正當要求予以理解，並對其「配無生育」、「比於斷絃」之尷尬處境深感同情，對於婦人「歸無所從」，面臨婚姻破裂、無處可

〔註 25〕任寅虎：《中國古代婚姻》（臺北：商務印書館，1998 年 9 月），頁 115～46。

〔註 26〕〔漢〕戴德撰、清孔廣森：《大戴禮禮記補注・本命》《大戴禮禮記補注・本命》（濟南：山東友誼書社 2002 年 3 月），頁 701。

〔註 27〕〔唐〕長孫無忌：《唐律疏議》，頁 184～185。

去之處境，給予諸多之關懷與聲援。白居易於其他判文中，有關女性、婚姻、家庭等問題皆多所論述。而判文雖是白氏模擬之作，然於此中不難看出彼對女性同胞之重視與關懷，自當時社會背景衡量之，誠屬難能可貴！

## 二、標舉母儀的詔誥

白居易前期創作《秦中吟》、《新樂府》等作品，取材廣泛，鋒芒銳利，對當時社會、政治諸多不合理現象，皆能大膽揭露。其中有一部分詩，還尖銳觸及當時婦女問題。此類詩中，白居易以十分同情之態度，真實描述封建壓迫下婦女痛苦生活與悲慘命運；對摧殘婦女、壓迫婦女之殘酷封建制度，作無情之鞭撻。

白氏古文凡八百五十四餘篇，翰林制誥與中書制詔，共有四百三十三篇，於比重而言，占有半數以上。翰林制誥與中書制詔，雖是官方應用文，然對白居易而言，其創作態度亦極認真而費心；尤其對女性同胞之關懷與重視，影響後世頗為深遠！

白居易肯為婦女發聲代言，誠為難得，此種進步之婦女觀所以能夠形成，亦是白居易對於人性之自覺；自然與唐代開放之思想風氣有關。秉持此種進步之婦女觀，創造制誥、詔文，雖不能左右詔文內容、精神，但對女性所持有之認同態度，經由其生花妙筆已能充分表達，足以印證白居易對婦人同胞之關懷。總計白居易所作誥、詔文中，有十六篇關於女性之文字，此中卷五十二「烏重胤妻張氏封國夫人制」詔文言：

> 敕：古者夫為大夫，則妻為命婦。況在小君之位，未加大國之封；豈唯有廢徽章，抑亦無勸忠力也。某官某妻某氏，以鳲鳩之德，作合邦君，輔成勳猷，馴致爵位。雖從夫貴，未授國封。今以南陽，本邦善地，錫為湯沐，加號夫人；茲乃殊榮，足光閭閻。可封鄧國夫人。（卷52，頁1104）

我國素有夫貴妻榮之傳統觀念，朝廷加封命官之妻亦屬典制。白居易主筆此詔文，幽微洞悉，且合情合理揭示夫妻之間相互依存之關係，以及為人妻者輔助夫君事業所作之貢獻。詔文云：「以鳲鳩之德，合作邦君，輔成勳猷，馴致爵位」，是對烏重胤妻張氏為家庭乃至社會所作之貢獻與以頌揚；而「錫為湯沐，加號夫人」之殊榮，正是朝廷給予之褒勉。舊唐書載：「烏重胤潞州牙將也。元和中，王承宗叛，王師加討。……其妻賦束縛於樹，爨食至死，將

絕猶呼曰：『善事烏僕射。』其人心如此。」〔註28〕此固爲烏重胤妻之榮耀，
然亦可視爲女性之光榮。

又：卷五十三，中書制詔中有〈薛伯高等亡母追贈郡夫制〉，則是對爲人
妻、爲人母於家庭、社會之貢獻予以肯定。詔文云：

> 敕：某夫人某氏等：始播婦儀，終垂母道，教其令子，爲我良
> 臣。而皆茂著才名，榮居爵位。永言聖善，宜及顯揚。俾追啓邑之
> 封，式表統家之訓。可依前件。（卷53，頁1110）

從詔文可知，此爲薛伯高等一批朝廷命官對亡母之追贈，所涉及之對象乃一
群女性；非限於爲人母之角色，而是對家庭、社會付出代價者。「始播婦儀」
在強調爲人妻之價值，「終垂母道」則是凸顯人母之價值；而「茂著才名，榮
居爵位」則道出爲人妻、爲人母，爲社會爲國家所付出之貢獻及影響。閻愛
民於所著《中國古代家教》一書中云：「古人的家教之道，發蒙教育與終身受
誨中指示：教兒於稚、成人之道、終身受訓、勸夫教子等責任。」〔註29〕蓋
爲人之婦時，克盡相夫之責任；爲人母時，又克盡教子之責任。閻氏書中又
言：「古代家教的基本內容中有關倫理道德的教誨：義方廉潔、志存高遠、砥
礪磨練、家睦孝道、忠君信實等。」此重責大任皆由女性同胞所負擔，無論
夫君之發展，或嗣子之成長，均離不開爲人婦、爲人母之關懷，顯見女性對
家庭、社會、國家之重要性。卷五十七，翰林制誥中〈祭咸安公主文〉則是
贊頌婦道時，將重點置於女性對國家與民族大業所作之貢獻。誥文云：「維和
元三年，歲次戊子，三月，癸未某日，皇帝遣某官某以庶羞之奠，致祭于故
咸安大長公主觀溚毗伽可敦之靈，曰：惟姑柔明立性，溫惠保身，靜修德容，
動中規度。組紃之訓，既習於公宮；湯沐之封，遂開於國邑。及禮從出降，
義重和親；承渥澤於三朝，播芳猷於九姓。遠修好信，既申協比之姻；殊俗

---

〔註28〕〔後晉〕劉昫：《舊唐書》（臺北：鼎文書局，1979年12月），卷161傳111，
　　　頁4223～4224。「烏重胤出自行間，及奠長帥，赤心奉上。能與下同甘苦，所
　　　至立功，未嘗矜伐。而善待賓僚，禮分同至，當時名士，咸願依之。身歿之
　　　日，軍士二十餘人，皆割股肉以爲祭酹，雖古之名將，無以加焉。」又見《新
　　　唐書》卷171，頁5188～9，「重胤出行伍，善撫士，與下同甘苦。蔡將李端
　　　降重胤，蔡人執其妻殺之，妻呼曰：『善事烏僕射！』得士心大抵如此。待官
　　　屬有禮，當時有名士如溫造、石洪皆在幕府。既歿，士二十餘人刲股以祭。
　　　子，漢弘嗣爵。居母喪，奪爲左領軍衛將軍，固辭，帝嘉許之。」
〔註29〕閻愛民：《中國古代的家教》（臺北：臺灣商務印書館，1998年9月），頁97
　　　～113。

保和，實賴肅雍之德。方憑福履，以茂輝榮；宣降永年，遽歸長夜。悲深訃告，寵極哀榮。爰命使臣，往申奠禮。故鄉不返，烏孫之曲空傳；歸路雖遙，青塚之魂可復。遠陳薄酹，庶鑒悲懷。嗚呼！尚饗！」(卷57，頁1211～1212。)誥文簡述咸安公主成長之經歷〔註30〕，且極盡渲染之能事：咸安公主身居深宮時，情溫性柔，潔身自愛；雖貴爲皇室千金，不僅無驕縱求羈之弊，且於婦德、婦容、婦功諸多方面多所修習追求。回紇可汗於貞元四年十月求和親〔註31〕，咸安公主遠嫁回紇，身負姻親之重責大任，長達二十餘年。咸安公主主動傳播美德，樹立誠信，贏得回紇信任，充分扮演和平使者之角色，方能圓滿完成睦鄰修好之重責。

回紇自咸安公主歿後，屢歸款請繼前好，久未之許。至元和末，其請彌切，憲宗以北虜有勳勞於王室，又西戎比歲爲邊患，遂許以妻之。既許而憲宗崩。穆宗即位，踰年乃封第十妹爲太和公主，將出降。回紇登邏骨沒密施合毗可汗遣使，伊難珠、句錄都督思結并外宰相、駙馬、梅錄司馬，兼公主一人、葉護公主一人，及達干并駝馬千餘來迎。太和公主發赴迴紇國，穆宗御通化門左個臨送，使百僚章敬寺前立班，儀衛甚盛，士女傾城觀焉。(同回紇傳頁5210) 由上述可知，中唐之際，以公主和親政策，爲其外交手段，是合乎國家利益，足見女性同胞於當時外交政治上有其重要地位。

白居易詔誥文中涉及女性相關事宜，有國母、宮妃、官婦等，挖掘出諸多女性於家庭、社會、國家、民族中所扮演之角色極具有意義。蓋由歌頌婦道母儀而道出有關女性更多、更大之貢獻，復經由貢獻而確定女性於家庭、社會、國家及政治上有其重要之地位。

## 三、爲女請命的奏狀

白居易奏狀凡五十八道。以應用文言之，詔、誥、制、敕屬皇帝發布之下行文，章、表、奏、狀則是由臣下呈皇帝之上行文。是知白居易之翰林制誥與中書制詔，係屬爲皇帝服務之文章；章、表、奏、狀則是白居易向皇帝

---

〔註30〕〔後晉〕劉昫：《舊唐書・德宗本紀》(臺北：鼎文書局，1979年12月)，卷12，本紀，頁358。「貞元三年九月，癸亥，迴紇可汗遣使合闕將軍請婚於我，許以咸安公主降之。」

〔註31〕〔後晉〕劉昫：《舊唐書》(臺北：鼎文書局，1979年12月)，卷145，頁5208。「乙未，德宗召迴紇公主、出使者對於麟德殿，各有頒賜。庚子，詔咸安公主婚禮使，關播檢右僕射、送咸安公主及冊迴紇可汗使。」

陳請、論諫之文章，其自主性較詔誥文更具有自我之意念。傅興林於所著《白
居易古文研究》第四章言及奏狀及章表研究之價值，中有「體恤人情，爲民
請命」一節〔註32〕，道及白居易爲宮女請命之奏章。茲舉〈請揀放後宮內人
狀〉云：

> 右，伏見大曆已來，四十餘載，宮中人數，稍久漸多。伏慮驅
> 使之餘，其數猶廣。上則虛給衣食，有供億糜費之煩；下則離隔親
> 族，有幽閉怨曠之苦。事宜省費，物貴遂情。頃者已蒙聖恩，量有
> 揀放。聞諸道路，所出不多。臣伏見自太宗、玄宗已來，每遇災旱，
> 多有揀放。書在國史，天下稱之。伏望聖慈，再加處分；則盛明之
> 德，可動天心，感悦之情，必致和氣。光垂史冊，美繼祖宗。貞觀、
> 開元之風，復見於今日矣。非小臣愚懇，不能發此言；非陛下英明，
> 不能行此事。如蒙允許，便請於德音中，次第處分。謹具奏聞，伏
> 待進旨。謹奏。（卷58，頁1238）

白居易於新樂府詩中〈上陽白髮人〉即是一首同情、憐憫宮女之諷諭詩。於
詩之標題下，以「愍怨曠也」解說：「愍」，是同情、憐憫之意，「怨」，指怨
女，「曠」係指曠夫。在古代，成年而無丈夫之女子曰怨女，成年而無妻之男
人曰曠夫。詩中所言怨女，非一般之怨女，而是指封建最高統治者，皇帝選
入宮廷而被幽禁之宮女。〈請揀放後宮內人狀〉中指出，宮中幽禁大批宮女「上
則虛給衣食，有供億糜費之煩；下則離隔親族，有幽閉怨曠之苦」白居易敦
請憲宗放出宮女，於國可省卻龐大財政開支，於民可順遂輿情，讓百姓受享
天倫之樂，誠屬一舉兩得之美事。從人道關懷而言，亦可見白居易對女同胞
之關心與同情。此事肇因於元和四年三月，上以久旱，欲降德音，白居易趁
機上言。〔註33〕對民生安樂、疾苦之事多所關注陳請，遂促成君臣默契之一
段佳話。

又，於奏文〈論姚文秀打殺妻狀〉云：

> 據刑部及大理寺所斷，准律：「非因鬥爭，無事而殺者，名爲故
> 殺。今姚文秀有事而殺者，則非故殺。」據大理司直崔元式所執，

---

〔註32〕傅興林：《白居易散文研究》（北京：中國社會科學出版社，2007年12月），
　　　　頁540～545。

〔註33〕〔宋〕司馬光：《資治通鑑》（北京：中華書局，1997年，11月）「欲令實惠
　　　　及人，無如減其租稅，又言宮人驅使之餘，其數猶廣，事宜省費，物貴徇情。」，
　　　　卷237，頁1943。

准律:「相爭爲鬥,相擊爲毆,交鬥致死,始名鬥殺。今阿王被打狼藉,以致於死。姚文秀檢驗身上,一無損傷。則不得名爲相擊。阿王當夜已死,又何以名爲相爭?既非鬥爭,又蓄怨怒,即是故殺者。」右按律疏云:「不因爭鬥,無事而殺,名爲故殺。」此言「事」者謂爭鬥之事,非該他事。今大理、刑部所執,以姚文秀怒妻有過,即不是無事;既是有事,因而毆死,則非故殺者。此則唯用「無事」兩字,不引爭鬥上文。如此,是使天下之人,皆得因事殺人。殺人了,即曰:我有事而殺,非故殺也。如此可乎?且天下之人豈有無事而殺人者?足明事謂爭鬥之事,非他事也。……今姚文秀怒妻頗深,挾恨既久,毆打狼藉,當夜便死;察其情狀,不是偶然。此非故殺,孰爲故殺?……奉敕:「姚文秀殺妻,罪在十惡;若從宥免,是長兇愚。其律縱有互文,在理終須果斷。宜依白居易狀,委所在決重杖一頓處死。」(卷60,頁1273~1274)

從文中知古代中國對待女性同胞極欠公允,白居易對婦女同胞之尊重與關懷,誠屬難得。依狀可知,姚文秀殺妻,於當時男權爲尊而言,純爲小事一件,不足爲奇;對白居易而言,誠爲大事,故而上書奏明,爲阿王申冤;又依《唐律疏議》卷二,名例二:「諸犯十惡、故殺人、反逆緣坐,……獄成者,雖會赦猶除名。……」疏議曰:「故殺人,謂不因鬥競而故殺者。……」〔註34〕此狀主要係陳述姚文秀打死妻子後,大理寺與崔元式各執一詞。原因是在「故殺」問題上,雙方意見相左,而進行辯駁。對姚文秀打殺其妻阿王,與阿王是否屬故殺之認定,不僅牽涉阿王之冤情,同時亦涉及對兇手之懲處,更關係對法律之理解與運用。

白居易於奏狀開頭,先介紹彼此對立之兩種量刑原則與量刑結果:一爲准律:非因鬥爭,無事而殺者,名爲故殺,姚文秀則因有事而殺;其二爲准律:相鬥爭爲鬥,相擊爲毆,交鬥致死,「始名鬥殺」。今阿王被打狼藉,以致於死。姚文秀檢驗身上,一無損傷,則不得名爲相擊。阿王已死,又何以名爲相鬥,既非鬥爭,又蓄怨怒,即是故殺。因姚文秀對阿王心懷怨怒,自屬於故殺。白居易又進一步從「怒妻頗深,挾恨既久,毆打狼藉,當夜便死」之事實,以詰問之語氣,斷姚文秀殺妻乃「故殺」行爲,爲阿王申辯。

---

〔註34〕 〔唐〕長孫無忌:《唐律疏議》(臺北:臺灣商務印書館發行1965年5月),卷2,頁37。

此慘絕人寰之家庭悲劇，對婦女悲苦命運深切同情，企盼爲政者能以平等合理重判此案。白居易於奏狀末載云：奉敕：「姚文秀殺妻罪在十惡，若從宥免，是長兇愚。其律縱有互文，在理終須果斷。宜依白居易狀，委所在決重杖一頓處死。」可見此案經白居易之辨析釐清，得到穆宗理解、認同，並作出明快之決斷。

白居易一向對普通婦女，極爲關懷，尤其是處於生活底層與遭受生活磨難之女性，寄予較多之關注與同情，本文爲最眞實寫照。白居易於〈婦人苦〉詩中嘆云：「須知婦人苦，從此莫相輕」〔註35〕，一語道盡古代女人之處境。於封建社會，處於社會底層之女性之命運是極爲悲慘。於此，白居易有其深刻認識。對廣大婦女，特別是勞動婦女之悲慘處境，寄予極大同情與關注，此舉值得後人重視。

## 四、歌頌婦德的碑誌

有關中國古代婦女碑誌銘文之研究，爲數殊寡。古人立碑刻銘之目的，無非爲流芳、爲標榜、爲教化。撰寫碑誌之文人，皆有其個人流傳後世之理念，以及其背後所隱含之社會價値。考察白居易爲人撰寫碑誌銘文之象有：爲親友、爲女性、爲有功於世者，非隨意而爲也。本節的論述參考林巧玲的《白居易碑誌文研究》而來，白居易所撰寫女性碑誌，幾乎從女性爲人女、爲人婦、爲人妻、爲人母之身分勾勒其一生，並敘述其敬父母、孝舅姑、從丈夫、教子女之行止，爲白居易主要撰寫之目的。然此類文體之創作，皆以男性之觀點書寫，但不因此而否定其爲女性撰寫碑誌銘文之意義。

高世瑜於所著《中國古代婦女生活》一書中云：「中國古代的婦女教育以『德育』爲主體，所謂『女教』其實也就是禮教。所謂禮法，概括說來，無非是要女子懂得男尊女卑之道，甘心居於卑下地位，柔順服從，遵守『三從』（從父、從夫、從子）與『四德』（婦德、婦容、婦言、婦功）的道德準則。」

---

〔註35〕　朱金城：《白居易集箋校》（上海：上海古籍出版社，1988 年 12 月）「蟬鬢加意梳，蛾眉用心掃，幾度曉粧成，君看不言好。妾身重同穴，君意輕偕老。惆悵去年來，心知未能道。今朝一開口，語少意何深？願引他時事，移君此日心。人言夫婦親，義合如一身。及至死生際，何曾苦樂均？婦人一喪夫，終身守孤子。有如林中竹，忽被風吹折。一折不重生，枯死猶抱節。男兒若喪婦，能不暫傷情？應似門前柳，逢春易發榮。風吹一枝折，還有一枝生。爲君委曲言，願君再三聽。須知婦人苦，從此莫相輕。」卷 12 頁 681。

〔註 36〕白居易所撰女性之碑誌銘文有：父母膝下之孝女，公婆面前之順婦，
丈夫身邊之賢妻，兒女心中之慈母，此與其所受儒家經典教育有關。今分別
概述於后：

## （一）孝女

白居易爲其好友元稹母親撰寫碑文，其孝女之特徵：爲孝順、憫靜、乖
巧。即元稹母親滎陽鄭氏而言：「初，夫人爲女時，事父母以孝聞。友兄弟姐，
睦弟妹，以悌聞。發自生知，不由師訓，其淑性有如此者。」（卷 42，頁 925）；
爲親人所撰寫如白季康之妻高陽敬氏：「夫人在室，以孝敬奉親，爲淑女；既
嫁，以柔和從夫，爲順婦。及主家，以慈正訓子，爲賢母。」（卷 70，頁 1473）；
再如〈唐故坊州鄜城縣尉陳府君夫人白氏墓誌銘〉中言：「惟夫人在家，懷和
順奉父母，故延安府君視之和子。既笄，以柔正從人；故鄜城府君敬之和賓。
泊延安終，夫人哀毀過禮，爲孝女。」（卷 42，頁 930）

上述所言皆以孝女、淑女爲是，對父母至孝至敬，萬一父母不幸亡故，
彼等皆哀痛不已，且越哀痛越顯越其孝順美德。《儀禮・喪服・子夏傳》載女
子必遵之三禮教爲：未嫁從父（在家從父）、既嫁從夫（出嫁從夫）、夫死從
子〔註37〕。又有四德首見於《周禮・天官・內宰》，即：「婦德、婦言、婦容、
婦功。」〔註 38〕而一切女子教育皆以「柔順」爲是，亦以「柔順」爲四德之
首。白居易撰寫婦女碑誌、銘文，亦體現此種社會價值觀念，推崇「柔順」
之婦女爲是，充分顯示當時社會對婦女之期待，盼彼能身體力行而實踐之。

## （二）順婦

主婦之德：以「順婦」爲貴，其「順」之展現，對人而言，首先要能孝
順舅姑，與夫家成員和睦相處，末則與丈夫白首偕老。對事而言，則以女功爲
是。而家能興旺，所賴者「情理」與「事理」。然「情理」、「事理」之重擔又以
主婦爲主。王玉波先生於所著《中國古代的家》書中云：「日常生活中的禮：一

---

〔註36〕高世瑜：《中國古代婦女生活》（臺北：臺灣商務印書館，1998 年 12 月），頁
68。
〔註37〕〔清〕阮元：《十三經注疏・儀禮・喪禮》（北京：中華書局，1979 年 11 月）
「妻之尊敬以其在家夫，父出則天夫，又婦人有三從之義：在家從父；出嫁
從夫，夫死從子，是其男尊女卑之義。故云夫至尊同之於君父也。」，頁 157。
〔註38〕〔清〕阮元：《十三經注疏・周禮天官・內宰》（北京：中華書局，1979 年 11
月）「九嬪掌婦學之法，以教九御，婦德・婦言・婦容・婦功・各帥其屬，而
以時御敘於王所。」，頁 49。

是敬順父母之禮、二是晨省昏定之禮、三是衣食住行及節日之禮」〔註39〕由此可知，婦女於平日作息，皆須遵禮而爲。又見高世瑜於所著《中國古代婦女生活》勞動篇云：「婦女的勞動有：婦職蠶桑紡織、手工業勞動、農業勞動與勞役、商業活動及其他職業與勞動等工作」〔註40〕，主婦於家庭中，實處於舉足輕重之地位及煩重之家務。故云：「婦人，從人者也。幼從父兄，嫁從夫，夫死從子。夫也者，夫也；以知帥人者也」〔註41〕於是在家庭倫理規範下，主婦可謂有責無權；然爲成「順婦」，只能委曲求全而已〔註42〕。「男治外，女治內」，一向被國人視爲天經地義之分工模式。女性於家中，專司處理家務；繁瑣又重複之家事，耗費女性之一生，而其貢獻亦在此。白居易於其碑誌銘文中，亦撰寫女性善於治內之行止如：〈海州刺史裴君夫人李氏墓誌銘〉云：

> 夫人爲相門女，邦君妻，不以華貴驕人；能用恭儉克己。撫下若子，敬夫如賓；衣食之餘，傍給五服親族之飢寒者。又有餘，古霑先代僕使之老病者，又有餘，分施佛寺僧徒之不足者。澣衣菲食，服勤禮法。禮法之外，諷釋典，持眞言，棲心空門，等觀生死。故治家之日，欣然自適；捐館之夕，恬然如歸。……夫人之從裴君也，歷官九任，凡三十一年，族睦家肥，輔佐之力也。由此而上，得於裴君狀云。（卷68，頁1427。）

從引文可知，李氏對於資源之運用與分配之原則極清楚，包含：親疏之別、遠近之異，輕重緩急之序，合情合理。又其持家之態度，以守禮法爲務；與族人之相處，以敦睦爲是，故能「家肥」，而使裴公無後顧之憂，得以專心推行政務，遂進名相之列。又如：〈唐河南元君府君夫人滎陽鄭氏墓誌銘〉云：

> 長女既適陸氏，陸氏有舅姑，多姻族；於是以順奉上，以惠逮下，二紀而歿，婦道不衰。內外六姻，仰爲儀範。非夫人恂恂孜孜，善誘所至；則曷能使子達於邦，女宜其家哉？其教誨有如此者。既而諸子雖迭仕，祿稍甚薄，每至月給食，時給衣，皆始自孤弱者，

〔註39〕王玉波：《中國古代的家》（臺北：臺灣商務印書館，1998年9月），頁124～129。

〔註40〕高世瑜《中國古代婦女生活》，頁34～66。

〔註41〕〔清〕阮元：《十三經注疏・禮記・郊特牲》（北京：中華書局，1979年11月），頁228。

〔註42〕林巧玲：《白居易碑誌文研究》（臺中：國立中興大學中國語文碩士論文，2007年6月），頁138。

次及疏賤者。由是衣無常主，廚無異膳，親者悅，疏者來。（卷 42，
頁 925～926。）

由文中可知，中國婦女一旦嫁爲人妻，其一生將奉獻於夫家；而原來之母家
完全脫離，進入丈夫家庭，從屬於丈夫，事奉丈夫之父母如己之父母。對子
女之教養亦負重大之責任，其恂恂孜孜之善誘，方能使子達於邦家，女宜其
適家；對於丈夫之功名、子女之教育，皆一肩挑起，所負之責任堪稱遠重矣！

### （三）賢妻

對已婚女性而言：除生兒育女外，守婦道、恪遵婦德，以賢妻爲務，尤
其重要。如白居易所撰〈大唐故賢妃京兆韋氏墓誌銘〉云：

妃先以〈采蘩〉之誠奉于上，故能助霜露之感，薦于九廟。次
以〈樛木〉之德逮于下，故能分雲雨之澤，洽于六宮。其餘坐論婦
道，行贊內理；服用必中度，故組紃有常訓；言動必中節，故環珮
有常聲。七十二年，禮無違者。冊命曰賢，不亦宜哉！（卷 42，頁
920）

是知身爲人妻，才慧亦重要。唐人除以「賢能」要求爲人妻者外，亦要求富
有智慧才能，方能輔佐丈夫，成就其事業。又如〈唐故武昌軍節度處置等使、
正議大夫、檢校戶部尚書、鄂州刺史兼御史大夫、賜紫金袋、贈尚書右僕射、
河南元公墓誌銘并序〉云：「今夫人河東裴氏，賢明知禮，有輔佐君子之勞，
封河東郡君。」（卷 70，頁 1468）即稱裴氏有輔佐其夫元稹之功勞，使其無
後顧之憂，得於專心發展其事功。於〈海州刺史裴君夫人李氏墓誌銘并序〉
復稱賞裴克亮之妻李氏云：「夫人之從裴君也，歷官九任，凡三十一年，族睦
家肥，輔佐之力也。由此而上，得於裴君狀云。」（卷 68，頁 1427）即因夫
人能治理家庭，盡心盡力扮演「賢內助」之角色，俾夫君仕途順利，歷官九
任，凡三十一年無憂無慮；又使夫家、家族和睦、安康富利，洵爲「賢內助」。

以儒家正統觀念思而言，女子預政係屬「牝雞司晨，唯家是索」，危害極
大，因而極力反對。妻子協助夫君，則視爲理當然而被肯定，斯亦足以反映
士大夫重視女性存在之價值。「男治外，女治內」，被視爲天經地義之分工模
式，女性於家中專門處理家務；繁瑣又重複之家事，耗費女性之一生，而其
貢獻亦在此。

《易經·家人》云：「女正位乎內，男正位乎外，男女正，天地之大義也。
家人有嚴君焉，父母之謂也。父父子子，兄兄弟弟，夫夫婦婦，而家道正，

正家而天下定矣。」〔註 43〕治內之婦必以治外之男意願爲依歸，無獨立自主
之權，唯從屬家庭地位，且遵守之。《禮記・曲禮》云：「外言不入於梱（門
限），內言不出於梱」爲準的。即於此種情況下，一旦國出亂，或家庭破敗，
男子可將責任推與婦女，彼以爲此婦人之禍所導致。《尚書・牧誓》記載：「牝
雞無晨。牝雞之晨，惟家之索。」即是最佳之證明〔註 44〕，足見古代婦女地
位之卑微，可見一斑。白居易能以同理心，肯爲默默貢獻其一生於家庭、子
女、夫婿之婦女撰寫碑誌銘文，誠爲難能可貴矣！

## （四）慈母

　　古代社會中，生育功能被視爲女性最重要之功能，唐人心目中亦不例外。
女性於家庭與社會中值得尊重，端由「慈母」之角色。身爲人母者，對子女
有教誨之權，其目的無非在鞭策兒子學有所成，庶無愧死後之夫君與先人。
而其子一旦功成名就，不但自己能「從子」安享晚年，亦能擁有社會地位。
白居易碑誌銘文中，亦見載記母儀與表彰母德者〔註 45〕。如〈唐贈尚書工部
侍郎吳郡張公神道碑銘〉中云：

　　　　公有三子，曰：平仲、平叔、平季。夫人陸氏，即國子司業、
　　　　集賢殿學士善經之女，賢明有法度。初，公既歿，諸子尚幼；夫人
　　　　勤求衣食，親執《詩》、《書》，諷而導之，咸爲令子。又常以公遺志，
　　　　擇其子而付之。故平叔卒能振才業，致名位，追爵命，碣碑表，繼
　　　　父志，揚祖德：此誠孝子順孫之道也。亦由夫人慈善教誘之德，浸
　　　　漬而成就之。不其然乎？居易常辱與戶部游，而知其家事治。（卷
　　　　41，頁 910。）

在封建社會中，對子女之教育與懲戒權，本屬父親之權力。然於「男治外，
女治內」之分工下，孩子與母親之關係較父親相對密切；故由母親教導子女，
更爲適合。從碑文可知，張公卒後，撫育與教導孩子之責，完全由其夫人承
擔；所謂「親執《詩》、《書》，諷而導之」，即見身負教養之責。又如〈唐故

---

〔註 43〕〔清〕阮元：《十三經注疏・易》（北京：中華書局，1979 年 11 月），頁 50，
　　　　「巽離，家人利女貞。」
〔註 44〕顧鑒塘・顧鳴塘：《中國歷代婚姻與家庭》（臺北：臺灣商務印書館，1994 年
　　　　4 月），頁 46。
〔註 45〕林巧玲：《白居易碑誌文研究》（臺中：國立中興大學中國語文碩士論文，2007
　　　　年 6 月），頁 140。

溧水縣令、太原白府君墓誌銘并序〉云：

> 夫人在室，以孝敬奉親，爲淑女；既嫁，以柔和從夫，爲順婦。
> 及主家，以慈正訓子，爲賢母。故敏中遵其教，飭其身，升名甲科，
> 歷聘公府，以文行稱於眾，以祿養榮於親。雖自有兼材，然亦由夫
> 人誨導之所致也。夫人以大和七年，正月某日，寢疾，終于下邽別
> 墅，享年若干。（卷 70，頁 1473。）

由於男性在外負責生計，居家之時日較少，因之教養兒女之職責，便由母親
擔任。對於慈母之褒獎，有一部分自著重於肯定女性在家庭中所扮演之角色，
亦可見男權爲中心之文化背景下，對女性角色之期待。然而更重要者，是男
性心目中女性價值觀之表述，道出男權爲中心之文化背景下，對女性角色之
期待。其次，在白居易筆下，元稹之母鄭氏，其教育子女方式爲：

> 自夫人母其家，殆二十五年，專用訓誡，除去鞭扑。常以正顏
> 色訓諸女婦，諸女婦其心戰兢，如履于冰。常以正辭氣誡諸子孫，
> 諸子孫其心愧恥，若撻于市。由是納下於少過，致家於大和。婢僕
> 終歲，不聞忿爭。童孺成人，不識檟楚。閨門之內，熙熙然如太古
> 時人也。其慈訓有如此者。噫！昔漆室、緹縈之徒，烈女也；及爲
> 婦，則無聞。伯宗、梁鴻之妻，哲婦也；及爲母，則無聞。文伯、
> 虛氏之親，賢母也；爲女爲婦時，亦無聞。今夫人，女美如此，婦
> 德又如此，母儀又如此，三者具美，可謂冠古今矣！嗚呼！惟夫人
> 道移於他，則何用而不藏乎？（卷 42，頁 926。）

鄭氏教育子女不以「檟楚」爲是，而以循循善誘爲務，故其子孫皆有愧恥之
心，所謂「諸子孫其心愧恥，若撻于市」是也。此種教育方式類似今日「愛
的教育」、「感化教育」。此外，鄭氏擁有「烈女」、「哲婦」、「賢母」三種情操：
「今夫人女美如此，婦德又如此，母儀又如此，三者具美，可謂冠古今矣！
嗚呼！惟夫人道移於他人，則何用而不藏乎？」無怪乎白居易如此稱譽鄭氏。

　　白居易碑誌銘文中，將女性同胞之一生歸納爲：「孝女」、「順婦」、「賢妻」、
「慈母」四類角色，各角色往往相互重疊，主次交加，盡善盡美。如稱頌白
季康之妻高陽敬氏：「夫人在室，以孝敬奉親爲淑女。既嫁，以柔和從夫爲順
婦。及主家，以慈正訓子爲賢母。」；稱頌元稹之母親滎陽鄭氏：「今夫人女
美如此，婦德又如此，母儀又如此，三者具美，可謂冠古今矣！嗚呼！惟夫
人道移於他人，則何用而不藏乎？」是知其撰寫女性碑誌銘文之目的，乃在

建構女性典範之形象及肯定其一生爲社會、國家、人類之犧牲與貢獻。如〈海州刺史裴君夫人李氏墓誌銘并序〉銘曰：「高邑之祥，降於李氏。相門之慶，鍾于女子。女子有行，歸我裴君。君亦良士，宜賢夫人。夫人雖歿，風躅具存。勤名泉戶，作範閨門。」（卷68，頁1427）又，〈唐河南元府君夫人滎陽鄭氏墓誌銘并序〉文中所言：「嗚呼！斯文之作，豈直若是而已哉！亦欲百代之下，聞夫人之風，過夫人之墓者，使悍妻和，嚚母慈，不遜之女順云爾。銘曰：「元和歲，丁亥春。咸陽道，渭水濱。云誰之墓，鄭夫人。」（卷42，頁926。）凡此，皆可見白居易爲文之目的，在於任同女性之地位，肯定其爲家庭、爲社會、爲國家犧牲奉獻之精神。

白居易爲唐代繼杜甫之後，一位社會寫實主義者。其詩文集中，直接觸及婦女問題者，概略統計約有百餘處，其古文亦有四十三篇，數據頗夥。且能用深邃目光觀察社會，以平易筆調剖析婦女生活，眞實紀錄、撰寫，唐代婦女之問題，斯乃前代文人所少有，亦唐代作家所罕見，足以說明白居易對婦女問題之重視與關切。本文特就其〈百道判〉、〈翰林制誥〉、〈中書制詔〉，以及〈章、表、奏、議〉等文類中，有關婦女問題之文字，予以舉例論析，茲略綴數總結如次：

其一，白居易古文〈百道判〉十六篇中，有關家庭、婚姻等問題，屢見不鮮。如第一道判：「得甲去妻後，妻犯罪請用子蔭贖罪，甲怒不許」，白居易基於父母三年鞠養之恩，爲人子女理當反哺盡孝，義不容辭救母，甲不得干涉阻撓。又如五十一道判：「得乙在田，妻餉不至。路逢父告飢，以餉饋之。乙怒，遂出妻。妻不伏」，白居易肯定乙妻根乎天性，餉饋其父之孝行等，皆以女性觀點，處理案件。

其二，於〈翰林制誥〉與〈中書制詔〉中，白居易對烏重胤之妻、薛伯高等人之亡母及咸安公主等，於家庭、國家、民族中所扮演之角色予與肯定，且歌頌其爲家、爲國所作之犧牲貢獻。

其三，於章、表、奏、議等文中，白居易爲宮人請命，爲阿王申辯，皆屬替低層婦女伸張正義，維護其基本人權而作。至於碑誌銘文等，將婦人分爲：孝女、順婦、賢妻、慈母等四類，歌頌其爲人女、爲人妻、爲人母之際，在不同時間、場合所扮演之角色，及其爲家、爲社會、爲國家所付出之貢獻。

總之，白居易所撰寫有關婦女事宜，以現代人之觀點而言，係屬「有關女性權益」之專題報導。因白氏之文章有：忠實表達事實眞相之信念、強烈

社會感情與大眾關切之題材，且能以高超寫作之藝術，忠實報導之，誠然符合「文章合為事而作」之要求；不僅為弱勢團體之代言者，亦可謂為女性發言者也。

## 附：關懷婦女古文表格

表 5-1：

| 編號 | 文體 | 卷數 | 題目 |
|---|---|---|---|
| 1 | 百道判 | 66 | 得甲去妻後妻犯罪請用子蔭贖罪甲怒不許 |
| 2 | | 66 | 得辛氏夫遇盜而死遂求殺盜者而為之妻或責其失貞行之節不伏 |
| 3 | | 66 | 得景妻有喪景於妻側奏樂妻責之不伏 |
| 4 | | 66 | 得乙女將嫁於丁既納幣而乙悔丁訴之乙云未立婚書 |
| 5 | | 66 | 得甲妻於姑前叱狗甲怒而出之訴稱非七出甲云不敬 |
| 6 | | | 得甲在獄病久請將妻入待法曹不許素稱三品以上古官 |
| 7 | | 66 | 得丁母乙妻俱為命婦每朝參丁母云母尊婦卑請在婦上乙妻云夫官高不合在下夫知孰是 |
| 8 | | 66 | 得乙以庶男冒婚丁女事發離之丁理饋賀衣物請以所下聘財折之不伏 |
| 9 | | 66 | 得乙在田妻餉不至路逢父告飢以餉饋之乙怒遂出妻妻不伏 |
| 10 | | 66 | 尊婦卑請在婦上乙妻云夫官高不合在下未知孰是 |
| 11 | | 67 | 得乙出妻妻訴云無失婦道乙云父母不悅則出何必有過 |
| 12 | | 67 | 得景有姊之喪合除而不除或非之稱吾寡兄弟不忍除之 |
| 13 | | 67 | 得景娶妻三年無子舅姑將出之訴云歸無所從 |
| 14 | | 67 | 得甲居家破妻毆笞之鄰人告其違法縣斷徒三年妻訴云非夫告不伏 |
| 15 | | 67 | 得景訂婚訖未成而女家改嫁不還財景訴之女家云無故三年不成 |
| 16 | | 67 | 得甲將死命其子以嬖妾為殉其子嫁之或非其違父之命子云不敢陷父於惡 |
| 1 | 制詔制誥 | 48 | 鄭餘慶楊同懸等十人亡母追贈郡國夫人制 |
| 2 | | 48 | 高釴等一十人亡母鄭氏等贈太君制 |
| 3 | | 50 | 韓愈等二十九人亡母追贈國郡太夫人制 |

| 4 | | 50 | 鄭絪烏重胤馬總劉悟李佑田布薛不等亡母追封國郡太夫人制 |
|---|---|---|---|
| 5 | | 50 | 楊造等亡母追贈太君制 |
| 6 | | 50 | 張植李翱等二十人亡母追贈郡縣夫人制 |
| 7 | | 50 | 劉總外祖母李氏贈趙國夫人制 |
| 8 | | 52 | 楊於陵亡祖母崔氏等贈郡夫人制 |
| 9 | | 52 | 劉悟妻馮氏可封長樂郡夫人制 |
| 10 | | 52 | 烏重胤妻張氏封鄧國夫人制 |
| 11 | | 53 | 薛伯高等亡母追贈郡夫人制 |
| 12 | | 53 | 馬總亡祖母韋氏贈夫人制 |
| 13 | | 53 | 封太和長公主制 |
| 14 | | 外集卷下 | 第十二妹等四人各封長公主制 |
| 15 | | 57 | 祭故贈婕妤孟氏文 |
| 16 | | 57 | 祭咸安公主文 |
| 1 | 奏狀 | 58 | 請揀放後宮內人 |
| 2 | | 60 | 論姚文秀打殺妻狀 |
| 1 | 碑誌銘文 | 40 | 祭楊夫人文 |
| 2 | | 41 | 唐贈尚書工部侍郎吳郡張工神道碑銘 |
| 3 | | 42 | 唐河南元府君夫人滎陽鄭氏墓誌銘 |
| 4 | | 42 | 唐故坊州鄜城縣尉陳府君夫人白氏墓誌銘 |
| 5 | | 42 | 大唐故賢妃京兆韋氏墓誌銘 |
| 6 | | 68 | 海州刺史裴君夫人李氏墓誌銘 |
| 7 | | 70 | 唐故武昌軍節慶處置等使正議大夫檢校戶部尚書鄂州刺史兼御史大夫賜紫金魚袋贈尚書右僕射河南元公墓誌銘 |
| 8 | | 70 | 唐故溧水縣令太原白府君墓誌銘 |
| 9 | | 71 | 不能忘情吟 |

（本表依現存《白居易集》繪製而成，由表中可知，白居易於中唐之際，文士能關注婦女生存問題，誠屬難得，又肯為女性發言爭取權益者，也唯有白居易一人，誠為可貴。製表人：王偉忠）

# 第三節　兼融佛道

　　文宗太和元年（西元 827 年）白居易於任秘書監時，曾奉詔與安國寺沙

門義林、太清宮楊弘元於十月十日文宗誕日，於麟德殿討論儒、釋、道三教教義。白居易於〈三教論衡〉中有翔實論述，他說：「夫儒門、釋教，雖名教則有異同；約義立宗，彼此亦無差別。所謂同出而異名，殊途而同歸者也。」（卷68，頁1436）白居易認爲儒與佛二者異出而同歸於善。

白居易將佛教視同是一種人生哲學，於〈醉吟先生傳〉中曾清楚說出：「外以儒行修其身，中以釋教治其心間法，旁以山水風月歌詩琴酒樂其志。」（卷71，頁1503～1505），白居易將儒家世間法，與佛教出世法加以調和，明白表明自己的人生態度與處世之道。

其次，是白居易調和佛、道兩教之情形。白居易曾云：「道書云：『無何有之鄉』，禪經云：『不用處』，二者殊名而同歸。」所謂「無何有之鄉」是「坐忘」之境界，是遁入「本無」的默然契合；「不用處」是悟得清淨心時，言語道斷，心行滅處的境界。白居易將佛、道兩家調合起來，將「無何有之鄉」與「不用處」的境界看成一致，坐忘名利、安貧樂道、獨善其身的人生哲學。因此在他的生活中，奉佛與學道是可以並行不悖的。〔註46〕

白居易立足於儒教，欲致兼濟之志，惜壯志未成而身受貶謫。一旦失去政治地位，翻然知命守分，遂超然自處，終得「獨善」的結果。此雖出於本性，然白居易受道教思想影響也深有關係。如早年所作《策林》有關道教思想的篇章，除〈黃老術〉外，他如：〈風化澆朴、由教不由時〉文中所云：「魏徵有云：『若言人漸澆訛，不反質樸，至今應爲鬼魅，寧可復而教化耶？斯言至矣，故太宗嘉之。』」（卷62，頁1295）；又，〈政化速成〉云：「夫欲使政化速成，則在乎去煩擾，弘簡易而已。」（卷62，頁1298）此中所稱：「煩擾、弘簡」之概念，即是黃老思想。再如〈人之困窮、由君之奢欲〉云：「蓋百姓之殃，不在乎鬼神；百姓之福，不在乎天地；在乎君之躁靜奢儉而已。」（卷63，頁1315）此中的「躁靜奢儉」，就是簡樸之意，此乃老莊的主張，也是順其自然的觀念。又如〈議兵〉云：「用捨，逆順，興亡……老子曰：『兵者，不祥之器，不得已用之。』斯則不好之明訓也。」文中以儒教思想爲主，然亦有道教去兵的思維。所謂：「無欲者，在其寬簡清淨，應用於政治，則人民儉素、樸俗，而致天下和平」，此乃黃老無爲極致之道。白居易少壯時，即有黃老之思想，貶官以後，與方士交往頻繁；至老年更生儒、道兩教折衷的意見，其〈遇物感興因示子弟〉詩云：「強弱剛柔間。上遵周孔訓，旁鑒老莊言；

---

〔註46〕林巧玲：《白居易碑誌文研究》（臺中：國立中興大學，2006年6月），頁109。

不唯鞭其後，亦要軏其先。」（卷 36，頁 819～820）詩中即深有：迎合世俗，明哲保身的思想。由上舉例可知白居易儒、道交融之思想，老而彌堅，深信不移。

## 一、白居易與佛教

　　佛教大盛於唐代，白居易生長其間，自然有所接觸。白居易中年之時已皈依佛門，同時經常與僧徒交往，持續不絕。

### （一）與佛結緣

　　白居易與佛結緣年代，無從考證，較可信的說法是德宗貞元十六年左右（西元 800 年），年二十九歲；較直接的文獻資料是〈八漸偈〉〔註47〕序：

　　　　唐貞元十九年秋八月，有大師曰凝公，遷化于東都聖善寺鉢塔院。越明年二月，有東來客白居易，作〈八漸偈〉，偈六句四言以讚之。初，居易常求心要於師，師賜我八言焉：曰觀、曰覺、曰定、曰慧、曰明、曰通、曰濟、曰捨。繇是入於耳，貫於心，達於性，於茲三四年矣。嗚呼！今師之報身則化，師之八言不化。至哉八言！實無生忍觀之漸門也。故自觀至捨，次而讚之；廣一言爲一偈，謂之〈八漸偈〉。蓋欲以發揮師之心教，且明居易不敢失墜也。既而升于堂，禮于牀，跪而唱，泣而去。（卷 39，頁 885～886）

此文作於貞元十九年（西元 803 年），年三十三歲，居長安。自文中敘述可知，白居易年輕時即是虔誠的佛教徒。〈八漸偈〉所表達的皆屬大乘佛教教義，足證白居易此時已深通佛理。由白居易對凝公大師之崇敬與哀思，即知此八字心訣對白居易之意義頗爲深遠。此偈用詞情深韻遠，語淡格高，所謂淒而不厲，哀而不傷，使人讀之但覺其委婉，別饒風致，反而易忽略其沉痛之內涵。

〔註47〕《白居易集》偈曰：「觀偈：以心中眼，觀心外相。從何而有？從何而喪？觀之又觀，則辯眞妄。覺偈：惟眞常在，爲妄所蒙。眞妄苟辯，覺生其中，不離妄有，而得眞空。定偈：眞若不滅，妄即對起。六根之源，湛如止水。是爲禪定，乃脫生死。慧偈：慧之以定，定猶有繫。濟之以慧，慧則無滯。如珠在盤，盤定珠慧。明偈：定慧相合，合而後明。照彼萬物，物無遁形。如大圓鏡，有應無情。通偈：慧至乃明，明則不昧。明至乃通，通則無礙。無礙者何？變化自在。濟偈：通力不常，應念而變。變相非有，隨求而見。是大慈悲，以一濟萬。捨偈：衆苦既濟，大悲亦捨。苦既非眞，悲亦是假。是故衆生，實無度者。」，卷 39，頁 885～886。

## （二）與僧交游

白居易〈醉吟先生墓誌銘并序〉明白說出其一生生活方式，其文云：「樂天幼好學，長工文累登進士、拔萃、制策三科，始自校書郎，終以少傅致仕，前後歷官二十任，食祿四十年；外以儒行修其身，中以釋教治其心，旁以山水風月歌詩琴酒樂其志。」白居易生前寫下此文字，內容是回顧自己一生行跡，並將其生平印象最深、影響其人生最重要之事件記下，傳中云：「以釋教治其心」，此乃白居易對佛教所懷抱的信念。白居易〈東林寺白氏文集記〉說明得更清楚：

> 昔余爲江州司馬時，常與廬山長老於東林寺經藏中，披閱遠大師與諸文士唱和集卷。時諸長老請余文集，亦置經藏。唯然心許他日致之，迨茲餘二十年矣。今余前後所著文，大小合二千九百六十四首，勒成六十卷。編次既畢，納於藏中。且欲與二林結他生之緣，復曩歲之志也，故自忘其鄙拙焉。仍請本寺長老及主藏僧，依遠公文集例，不借外客，不出寺門，幸甚！大和九年夏，太子賓客、晉陽縣開國男、太原白居易樂天記。（卷70，頁1479）

此文作於太和九年（西元835年）。白居易自元和十年（西元815年），初貶江州司馬起至此年，前後二十一年，故曰「餘二十」。白居易爲使文集保存完善，故有依遠公文集例，不接外客，不出寺門之要求，足見白居易對佛門之信任。又於〈聖善寺白氏文集記〉云：「樂天曰：吾老矣。將尋前好，且結後緣；故以斯文寘於是院。其集七褒、六十五卷，凡三千二百五十五首。題爲《白氏文集》，納於律疏庫樓。仍請不出院門，不借官客；有好事者，任就觀之。開成元年，閏五月十二日，樂天記。」（卷70，頁1479）此文作於開成元年間（西元836年），由文中敘述可知，白居易晚年對佛家的依賴是深刻的，同時將自己畢生最重視的文集，安心存放於佛寺中，白居易顯然是一位虔誠的佛教徒。

白居易晚年，整理其一生所作詩文集，編輯成五本，其中三本存於佛寺。白居易〈南禪院白氏文集記〉說的更清楚：

> 唐馮翊縣開國侯、太原白居易，字樂天，有文集七褒，合六十七卷，凡三千四百八十七首。其間根源五常，枝派六義，恢王教而弘佛道者，多則多矣。然寓興放言，緣情綺語者，亦往往有之。樂天，佛弟子也，備聞聖教，深信因果。懼結來業，悟知前非，故其

集，家藏之外，別錄三本：一本寘于東都聖善寺鉢塔院律庫中，一
本寘于廬山東林寺經藏中，一本寘于蘇州南禪院千佛堂內。夫惟悉
索弊文，歸依三藏者，其意云何？且有本願，願以今生世俗文字，
放言綺語之因，轉爲將來世世讚佛乘，轉法輪之緣也。三寶在上，
實聞斯言。開成四年，二月二日，樂天記。（卷 70，卷 1489）

白居易之所以將其畢生詩文創作，安置於佛寺，除本身爲佛弟子外，備聞聖
教，深信因果，願以今生世俗文字，放言綺語之因，轉爲來世，更有意將其
畢生著作流傳於後世。白居易與佛門僧眾的往來，由早年進士第以至老死，
從未中斷。白居易相信命運，這可能與他信佛有著密切關係。

　　宋·蘇轍《欒城後集》曾云：

　　　　樂天少年知讀佛書，習禪定。既涉世，履憂患，胸中了然，照
　　諸幻之也。故其還朝爲從官，小不合，即捨去，分司東洛，優遊終
　　老，蓋唐世士大夫達者，如樂天寡矣。〔註48〕

由蘇轍敘述可知，白居易在處世上受佛教的影響是深遠的，白居易的文學與
佛教關係是不容忽視的，白居易與佛教徒的往來，在當時文壇是一件引人注
目的事。白居易所以能接近佛教，主要是與佛教徒有關，此爲白居易與佛教
徒交往的原動力。宋·釋普濟《五燈會元·卷四》云：

　　　　杭州刺史白居易，字樂天。久參佛光，得顯心法，兼稟大乘金
　　剛寶戒。元和中，造於京兆興善法堂，致四問。十五年，牧杭州，
　　訪鳥窠和尚，有問答語句。嘗致書於濟法師，以佛無上大慧演出教
　　理，安有狗機高下，應病不同，與平等一味之說相。援引維摩及金
　　剛三昧等六經，關二義而難之。又以五蘊十二緣說名色前後不類，
　　立理而徵之，並鉤深索隱，通幽洞微，然未覩法師醻對，後來亦鮮
　　有代答者，復受東部凝禪師八漸之目，各廣一言，而爲一偈，釋其
　　旨趣，自淺之深，猶貫珠焉。凡守任處，多訪祖道，學無常師，後
　　爲賓客分司東都，罄己俸，修龍門香山寺。寺成自撰記，凡爲文，
　　動關教化，無不贊美佛乘，見於本集。〔註49〕

---

〔註48〕〔宋〕蘇轍：《欒城後集》，參見陳友琴編：《白居易資料彙編》（北京：中華
　　　　書局，1986 年），頁 44。

〔註49〕〔宋〕釋普濟：《五燈會元·卷四》（臺北：文津出版社，1986 年 1 月），頁
　　　　221。

由此文可知，白居易因師事僧如滿以後，更加深對佛教的認識與造詣，而且白居易將當時之心境通過各種方式表現出來。《五燈會元》中所出現之「京兆興善法堂」在《白居易文集》第卷四一〈傳法堂碑〉中亦見之，文字與此文相同：

> 王城離域有佛寺，號興善。寺之次也，有僧舍，名傳法堂。先是，大徹禪師宴居於是寺，說法於是堂，因名曰焉。有問師之名跡。曰：號惟寬，姓祝氏，衢州信安人。……師既歿後，予出守南賓郡，遠託譔述，迨今而成。嗚呼！斯文豈直起師教，慰門子心哉？抑且志吾受然燈記，記靈歟會於來世，故其文不避繁。銘曰：佛以一印付迦葉，至師五十有九葉；故名師堂為傳法。（卷 41，卷 911～913）

文中詳述興善寺的法堂，元和九年（西元 814 年），白居易任贊善大夫時，曾出入此僧舍。此外，在《宋高僧傳》裡出現的文人名字當中，白居易的名字出現比較多，此說明在釋教界白居易具有廣大的名聲。白居易不但禮佛虔誠，讀佛懇切，而且經常勤於訪佛寺，交遊僧侶，此類詩文甚多。如〈遊寶稱寺〉詩云：「竹寺初晴日，花塘欲曉春。野猿疑弄客，山鳥似呼人。酒懶傾金液，茶新碾玉塵。可憐幽靜地，堪寄老慵身。」（卷 16，頁 330）再如〈宿東林寺〉詩云：「經窗燈焰短，僧爐火氣深。索落廬山夜，風雪宿東林。」（卷 10，頁 200）由上述舉例的詩文可知白居易常與寺僧交游，或優遊以題詠，或修養而寄宿，或與之參論佛法，不一而足。

白居易任蘇州刺史時，曾作〈如信大師功德幢記〉：

> 有唐東都臨壇開法大師，長慶四年，二月十三日，終於聖善寺花嚴院，春秋七十有五，夏臘五十二。……由是禪與律交修，定與慧相養，蓄為道粹，揭為僧豪。自建中訖長慶，凡九遷大寺居，十補大德位，蒞法會、主僧盟者二十二年。勤宣佛命，卒復祖業。……同學大德，繼居本院者曰智如；弟子上首者曰嚴隱，暨歸靖、藏周、常賞、懷嵩、圓恕、圓昭，貞操等若干人，聚謀幢事。琢刻既成，將師理命，請蘇州刺史白居易為記。記既訖，因書二四句偈以讚云：師之度世，以定以慧。為醫藥師，救療一切。師之闍維，不塔不祠。作功德幢，與眾共之。（卷 68，頁 1428～1428）

此記讚美主持僧盟二十二年的如信大師，「禪與律交修，定與慧相養，蓄為道粹，揭為僧豪」，同時肯定大師作為，以不塔不祠為願，終成大德。寶曆二年

（西元 826 年）白居易作〈華嚴經社石記〉，讚美八十一歲高僧南操，發願勸
十萬人諷誦《華嚴經社石記》，並募財給齋之功德。其文云：

> 有杭州龍興寺僧南操，當長慶二年，請靈隱寺僧道峰，講《大
> 方廣佛華嚴經》至《華藏世界品》，聞廣博嚴淨事。操歡喜發願，願
> 於白黑眾中，勸十萬人，人轉《華嚴經》一部。十萬人又勸千人，
> 人諷《華嚴經》一卷。每歲四季月，其大眾會於是：攝之以社，齊
> 之以齋。」（卷 68，頁 1429～1430）

此外，白居易尚有〈蘇州重玄寺法華院石壁經碑文〉、〈大唐泗州開元寺臨壇
律德，徐、泗、濠、三州僧正，明遠顯師塔碑并序〉、〈東都十律大德長聖善
寺鉢塔院主智如和尚茶毗幢記〉等有關僧侶祭文碑銘文的創作。

　　白居易貶至江州任司馬時，也曾應廬山東林寺僧道深等人之邀請，作〈唐
撫州景雲寺故大德上宏和尚石塔碑銘〉。又，江州興國寺神湊公，於《宋·高
僧傳》卷十六有傳，文中記載：「白樂天為典午於郡，相善，及終，悲悼作〈塔
銘〉」〔註 50〕，所謂〈塔銘〉即是《白居易文集》，第四十一卷所載的〈唐江
州興國寺律大德湊公塔碣銘并序〉，序中白居易明白說出與大師相識、相遇、
相知之情況：「如來滅後五百歲，有持戒見性者，曰興果律師……以先師常辱
與予游，託為銘碣。初，予與師相遇，如他生舊識，一見訢合，不知其然。
及遷化時，予又題四句詩為別；蓋欲會前心，集後緣也。不能改作，因取為
銘。銘曰：『本結菩提香火社，共嫌煩惱電泡身。不須戀戀從師去，先請西方
作主人。』」神湊曾幫白居易營建草堂，並傳禪法與居易；其弟子道建、利辨、
元審、元惣、通辨等寺僧，皆與白居易有交游。

## （三）皈依佛門

　　白居易貶江州司馬後，兼善天下、經世濟民的理想受到重大挫折，精神
也深受打擊，因而將儒家思想轉為佛教出世的另一種精神領域。白居易於所
作〈自覺二首〉詩中清楚說道：

> 朝哭心所愛，暮哭心所親。親愛零落盡，安用身獨存？幾許平生歡，
> 無限骨肉恩；結為腸間痛，聚作鼻頭辛。悲來四支緩，泣盡雙眸昏
> 所以年四十，心如七十人。我聞浮圖教，中有解門：置心為止水，
> 視身如浮雲；抖擻垢穢衣，度脫生死輪。胡為戀此苦，不去猶逡巡？

〔註 50〕〔宋〕贊寧：《宋高僧傳》卷十六〈唐江州興果寺神湊傳〉（北京：中華書局，
　　　　1987 年 3 月），頁 756。又見錄於《白居易集》，卷 41，頁 916～917。

> 回念發弘願，願此見在身；但受過去報，不結將來因。誓以智慧水，
> 永洗煩惱塵。不將恩愛子，更種憂悲根！（卷10第二首，頁195）

由詩的內容可知，白居易經過此重大打擊後，極思遁入空門，並以逃避的心態，解脫精神上的桎梏。白居易晚年崇佛、拜佛、禮佛，同時自稱「香山居士」，而且不惜一切財物精神，誠心投入空門。如捨俸錢三萬，命工人依《阿彌陀經》、《無量壽經》之故事，畫出高九尺、寬一丈三尺的西方極樂世界圖一幅。其〈畫西方幀記〉明白記載：

> 彌陀尊佛坐中央，觀音、勢至二大士侍左右。天人瞻仰，眷屬
> 圍繞，樓臺妓樂，水樹花鳥，七寶嚴飾，五彩彰施，爛爛煌煌，功
> 德成就。弟子居易焚香稽首，跪於佛前，起慈悲心，發弘誓願：願
> 此功德，迴施一切眾生。一切眾生，有如我老者如我病者，願皆離
> 苦得樂，斷惡修善，不越南部，便睹西方。白毫大光，應念來感；
> 青蓮上品，隨願往生。從見在身，盡未來際，常得親近而供養也。
> 欲重宣此願而偈讚云：極樂世界清淨土，無諸惡道及眾苦。願如老
> 身病苦者，同生無量壽佛所。（卷71，頁1496～1497）

由此記可知，圖中阿彌陀佛居中，觀音、勢至菩薩侍執左右，百萬人恭敬圍繞，七寶莊嚴。畫成後，白居易焚香稽首，對圖中佛像虔心發願，願「一切眾生，有如我老者，如我病者，願皆離苦得樂，斷惡修善，不越南部，便睹西方。」又於讚中虔誠祝禱：「極樂世界清淨土，無諸惡道及眾苦。願如老身病苦者，同生無量壽佛所。」足見白居易無私心，而有菩薩心，更有儒家「人飢己飢」、「忠恕」的仁愛之心。又於〈畫彌勒上生幀記〉又載：

> 南贍部洲大唐國東都香寺居士、太原白樂天，年老病風，因身
> 有苦，遍念一切惡趣眾生，願同我身離苦得樂。由是命繪事，按經
> 文，仰睨兜率天宮，想彌勒內眾，以丹素金碧形容之，以香火花果
> 供養之。一禮一贊，所生功德，若我老病苦者，皆得和本願焉。本
> 願云何？先是，樂天歸三寶，持十齋，受八戒者有年歲矣。常日日
> 焚香佛前，稽首發願，願當來世，與一切眾生，同彌勒上生，隨慈
> 氏下降：生生劫劫，與慈氏俱；永離生死流，終成無上道。今因老
> 病，重此證明，所以表不忘初心，而必果本願也。慈氏在上，實聞
> 斯言。言訖作禮，自為此記。時開成五年，三月日，記。（卷71，
> 頁1497～1498）

由此記可知，白居易歸佛之心是虔誠的，心願解脫一切老病苦死，不再為世間一切苦而煩心，願永離生死之流，樂歸三寶，終成無上道。晚年白居易自稱佛弟子，與詩僧如滿等一四八人結成香火社，念佛誦咒，不食葷腥。七十歲時曾作〈六讚偈序〉：「樂天常有願，願以今生世俗文筆之因，翻為來世讚佛乘轉法輪之緣也。今年登七十，老矣病矣，與來世相去甚邇。故作六偈，跪唱於佛法僧前，欲以起因發緣，為來世張本也。」而其偈文云：

讚佛偈：十方世界，天上天下；我今盡知，無如佛者。堂堂巍巍，
　　　　為天人師；故我禮足，讚歎歸依。

讚法偈：過見當來，千萬億佛：皆因法成，法從經出。是大法輪，
　　　　是大寶藏；故我合掌，至心迴向。

讚僧偈：緣覺聲聞，諸大沙門：漏盡果滿，眾中之尊。假和合力，
　　　　求無上道；故我稽首，和南僧寶。

眾生偈：毛道凡夫，火宅眾生；胎卵濕化。一切有情。善根苟種，
　　　　佛果終成。我不輕汝，汝無自輕。

懺悔偈：無始劫來，所造諸罪：若輕若重，無小無大。我求其相，
　　　　中間內外；了不可得，是名懺悔。

發願偈：煩惱願去，涅槃願往；十地願登，四生願度。佛出世時，
　　　　願我得親；最先勸請，請轉法輪。佛滅度時，願我得值。
　　　　最後供養，受菩提記。（卷71，頁1502～1503）

由讚偈可知，白居易所讚者為「佛、法、僧、眾生」四種人，末載「懺悔」與「發願」，是自我的檢視。此時白居易的心境與精神完全寄託於禮佛、參佛中，日日跪唱六偈以修來世。

會昌二年春，白居易七十三歲時，命人畫佛光如滿和尚之像，為文贊之。「我命工人，與師寫真。師年幾何？九十一春。會昌壬戌，我師尚存。福智壽臘，天下一人。靈芝無根，寒竹有筠：溫然言語，凝然風神。師身是假，師心是真，但學師心，忽觀師身。」（卷71，頁1503）日：同時發願學其心，施家財、開龍門八節石灘，以利舟楫。其〈開龍門八節石灘詩二首〉詩云：「鐵鑿金鎚殷若雷，八灘九石劍稜摧。竹篙桂檝飛如箭，百筏千艘魚貫來。振錫導師憑眾力，揮金退傅施家財。他相逐西方去，莫慮塵沙路不開。七十三翁旦暮身，誓開險路作通津。夜舟過此無傾覆，朝脛從今免苦辛。十里叱灘變

河漢，八寒陰獄化陽春。我身雖歿心長在，闇施慈悲與後人。」〔註 51〕此詩為即事詠懷的七言律詩，會昌四年（西元 844 年）作於洛陽，時白居易以刑部尚書致仕。原為二首，詩寫白居易垂暮之年，出資開鑿石灘以免除船工百姓之苦難，歡悅之情，詩中可見。起首先敘開鑿龍門八節灘之原因、經過，此與杜甫〈茅屋為秋風所破〉詩所稱：「安得廣廈千萬間，大庇天下寒士盡歡顏」的精神全然相同。

白居易雖是儒家的代表，但他不排斥佛家，且力圖將二者合而為一。其〈三教論衡〉云：「……《毛詩》三百篇，其旨要亦不出六義內。故以六義，可比十二部。又孔門之有四科，亦猶釋門之有六度。六度者，六波羅蜜。六波羅蜜者，即檀波羅蜜、尸波羅蜜、羼提波羅蜜、毗梨耶波羅蜜、禪定波羅蜜、般若波羅蜜。以唐言譯之即布施、持戒、忍辱、精進、禪定、智慧是也。故以四科，可比六度。又如仲尼之有十哲，亦猶如來之有十弟子，即迦葉、阿難、須菩提、舍利弗、迦旃延、目乾連、阿那律、優波離、富樓那是也，故以十哲，可比十大弟子。」（卷 68，頁 1436）白居易以儒門、釋教，雖名數有異同，但約義立宗，彼此亦無差別；所謂同出而名異，殊途而同歸者也。「人生七十古來稀」，白居易此時已七十高齡，回首檢視其一生，經歷貞元改革、江州貶謫、牛李黨爭、甘露事變、朝官宦官爭權等事件，竟能安身立命於其間，除具儒家「獨善其身」之修為、道家「自然無為」之態度外，還有佛教「知足、樂天、安命」的觀念，才能無入而不自得。

白居易接受佛學，除時代背景外，另有三因：

一則以性情有相似之處：白居易自謂其性情云：「今日階前紅芍藥，幾枝欲老幾花新。開時不解比色相，落花始知如幻身。空門此去幾多地？欲把殘花問上人。」（卷 13，頁 265）白居易寫此詩時年紀不大，莫約貞元十六年（西元 800 年）於長安，年二十九歲，由芍藥花的開落，體會到人生的短促與虛幻，於是，便產生皈依佛門的念頭。又於同年認識東都聖善寺凝公禪師，求得八字（觀、覺、定、慧、明、通、濟、捨）心要，足見白居易於青年時期

---

〔註51〕 《白居易集》序文曰：「東都龍門潭之南有八節灘、九峭石，船筏過此，例反破傷。舟人楫師，推挽束縛，大寒之月，躶跣水中，飢凍有聲，聞於終夜。予嘗有願，力及則救之。會昌四年，有悲智僧道遇適同發心，經營開鑿，貧者出力，仁者施財。嗚呼！從古有礙之險，未來無窮之苦，忽乎一旦盡除去之。茲吾所用適願快心、拔苦施樂者耳，豈獨以功德福報為意哉？因作二詩，刻題石上。以其地屬寺，事因僧，故多引僧言見志。」，卷37。頁 845。

既有信佛之思想，又其所作「八漸偈」於貞元二十年（西元 804 年），年三十三歲，於長安，其在序言中云：「唐貞元十九年秋八月，有大師曰凝公，遷化於東都聖善寺塔院。越明年二月，有東來客白居易作〈八漸偈〉。偈六句四言以讚之，初，居易常求心要於師，師賜我八言焉……蓋欲以發揮師之心教，且明居易不敢失墜也。既而升於堂，禮於牀，跪而唱，泣而去。」（卷 39，頁 885）由此可知，白居易於壯年之時，已是一位虔誠之佛教徒。

二則與白居易所處環境有關：白居易於四十歲丁憂退居渭村時，為解除煩惱而棲心佛門，於《自覺》其二云：「朝哭心所愛，暮哭心所親；親愛零落盡，安用身獨存？幾許平生歡，無限骨肉思；結為腸間痛，聚作鼻頭辛。悲來四支緩，泣盡雙眸昏。所以年四十，心如七十人。我聞浮圖教，中有解脫門，置心為止水，視身如浮雲；斗藪垢穢衣，度脫生死輪。胡為戀此苦，不去猶逡巡？迴念發弘願，願此見在身；但受過去報，不結私來因。誓以智慧水，永洗煩惱塵。不將恩愛子，更種憂悲根。」〔註52〕母親去世，女兒夭折，此種骨肉死亡之悲痛，使四十歲的白居易，已心境蒼老，有如七十歲之人，而有「前歲二毛生，今年一齒落。形骸日損耗，心事同蕭索」之感嘆。佛教有解脫之門，教人「置心如止水，視身如浮雲。」可忘卻塵世之惱，因此發願信佛。由此可知，其四十歲時皈依佛家，成為佛門弟子。

三則以平生遭遇多困躓之故：白居易貶江州時，嘗登謁會禪師，聽講佛法以解心中疑惑。白居易自謂性情與佛法有相近之處，自然而然能接受佛教思想，由其所作〈贈曇禪師詩〉可知，詩云：「五年不入慈恩寺，今日尋師始一來。欲知火宅焚燒苦，方寸如今化作灰。」〔註53〕此詩作於元和十三年，四十七歲，江州司馬任內，白居易與佛教有緣，經常造訪佛寺，與師談佛事、聽佛理、誦佛經，為其精神寄記所在。

白居易於七十三歲高齡，仍有為民解憂解難之佛心，其〈開龍門八節石灘·并序〉云：「東都龍門潭之南，有八節灘、九峭石，船筏過此，例反破傷。舟人檝師，推挽束縛，大寒之月，躶跣水中，飢凍有聲，聞於終夜。予嘗有

---

〔註52〕《白居易集》，卷 10，頁 195。又《白香山詩集》（臺北：世界書局，1961 年 1 月），卷 10，頁 96。其一：「四十未為老，憂傷早衰惡。前歲二毛生，今年一齒落。形骸日損耗，心事同蕭索。夜寢與朝飧，其間味亦薄。同歲崔舍人，容光方灼灼。始知年與貌，衰盛隨憂樂。畏老老轉迫，憂病病彌縛。不畏復不憂，是除老病藥。」

〔註53〕《白香山集》（臺北：世界書局，1961 年 1 月），卷 17，頁 365。

願，力及則救之。會昌四年，有悲智僧道遇，適同發心，經營開鑿，貧者出力，仁者施財，嗚呼！從古有礙之險，未來無窮之苦，忽乎一旦盡除去之。茲吾所用適願快心、拔苦施樂者耳；豈獨以功德福報爲意哉？因作二詩，刻題石上。以其地屬寺，事因僧，故多引僧言見志。」（卷 37，頁 845～846）龍門八節石灘，在洛陽龍門山下，其詩之二云：「七十三翁旦暮身，誓開險路作通津。夜舟過此無傾覆，朝脛從今免苦辛。十里叱灘變河漢，八寒陰獄化陽春。（八寒地獄，見《佛名》及《涅槃經》，故以八節灘爲比。）我身雖歿心長在，闍施慈悲與後人。」此組即事詠懷七言律詩，作於會昌四年（西元844 年），在洛陽，時以刑部尙書致仕。詩乃抒發白居易垂暮之年，出資開鑿石灘，免除百姓苦難之歡悅心情。

宋計有功《唐詩記事》記載：「會昌元年辛酉，年七十，以刑部尙致仕。〈達哉樂天行〉云：『分司東都十三年，七旬纔滿冠已掛。』又〈香山寫眞贊序〉云：『會昌二年，罷太子少傅，爲白衣居士，寫眞香山寺藏經臺。』又〈初致仕贈留守牛丞相〉，時年七十一。則樂天七十致仕矣。致仕詩云：『南北東西無所羈，掛冠自在勝分司。探花嘗酒多先到，拜表行香盡不知。炮笋烹魚飽飧後，擁袍枕臂醉眼時。報君一語君應笑，兼亦無心羨保釐。』又〈醉中吟〉：『一生耽酒客，五度棄官人。』」（注云：蘇州、刑侍、河南尹、同州刺史、太子少傅，皆以病免）〔註54〕白居易晚年依佛爲生，是其生活中不可缺的。

白居易一生自與佛結緣，直至臨終仍與佛門僧眾往來，從未中斷，對佛經之研究亦未曾終止。白居易對於佛學素無排斥之意，在學佛、拜佛、參佛中，白居易對人生有其深切的體會，是在他貶江州之後。學佛對白居易而言，是可補儒學之不足，一則示人以目標，一則示人以方法，二者雖不同，然亦不相悖。其次，白居易將其一生最重視之著作，寫成五份之中，有三份寄存於佛寺中：有〈東林寺白氏文集記〉、〈聖善寺白氏文集記〉及、〈蘇州南禪院白氏文集記〉由此可知，白居易從佛之心是堅貞不移，誠心向佛。

## 二、白居易與道教

道教於唐代，始終爲皇室所尊奉。李唐皇室之所以支持道教，一來因皇室與老子同姓，甚至自謂爲老子後裔。二來因唐代皇帝皆喜食丹藥，以求長

---

〔註54〕陳友琴《白居易資料彙編》（北京：中華書局，2004 年 1 月），頁 98。

生，而此類丹藥之製造，正爲道士所專長，因而頗得皇帝接近而受寵信。

## （一）受道家的影響

唐代統治者狂熱崇道，對道家思想頗有推波助瀾之功。因著帝王之提倡，「上有好者，下必有甚焉。」於此風氣下，白居易自然會受到感染，而接納道教與老莊思想。白居易受道家思想影響是何時開始，至今仍無法確定，但有一點可以肯定的是，晚於佛教。元和四年（西元 809 年），白居易三十八歲，創作「新樂府」五十首，中有一首〈海漫漫〉：

> 海漫漫，直下無底旁無邊；雲濤煙浪最深處，人傳中有三神山。山
> 上多生不死藥，服之羽化爲天仙。秦皇漢武信此語，方士年年采藥
> 去。蓬萊今古但聞名，烟水茫茫無覓處。海漫漫，風浩浩，眼穿不
> 見蓬萊島。不見蓬萊不敢歸，童男丱女舟中老。徐福文成多誑誕，
> 上元太一虛祈禱。君看驪山頂上茂陵頭，畢竟悲風吹蔓草。何況玄
> 元聖祖五千言：不言藥，不言仙，不言白日昇青天。（卷 3，頁 57）

詩中末句所言「聖祖五千言」，即指老子所著之《道德經》。詩中將老子與道德經分開看待，換言之，白居易是不相信神仙之說，對道家仍舊半信半疑。

元和十一年（西元 816 年），白居易在江州有〈尋王道士藥堂因有題贈〉詩云：「行行覓路緣松嶠，步步尋花到杏壇。白石先生小有洞，黃牙姹女大還丹。常悲東郭千家塚，欲乞西山五色丸。但恐長生須有籍，仙臺試爲撿名看。」（卷 16，頁 337）從詩句可知，白居易對生神仙、死問題已有改變，白居易想解決生命短促的矛盾，故而找王道士，「欲乞西山五色丸」，以求長生不老。但又害怕「但恐長生須有籍」，表現出懷疑的態度。雖然如此，白居易往後仍舊與道士、煉藥師有密切往來，甚而曾有煉丹之經驗。白居易〈同微之贈別郭虛舟煉師五十韻〉：

> 我爲江司馬，君爲荊判司；俱當愁悴日，始識虛舟師。師年三十餘，
> 白皙好容儀；專心在鉛汞，餘力工琴棋。靜彈絃數聲，閑飲酒一巵。
> 因指塵土下，蜉蝣良可悲。不聞姑射上，千歲冰雪肌？不見遼城外，
> 古今塚纍纍！嗟我天地間，有術人莫知。得可逃死籍，不唯走三尸。
> 授我參同契，其辭妙且微。六一閟扃鐍，子午守雄雌。我讀隨日悟，
> 心中了無疑。黃牙與紫車，謂其坐致之。自負因自歎，人生號男兒。
> 若不珮金印，即合翳玉芝……孤雲難久留，十日告將歸。款曲話平
> 昔，殷勤勉衰羸。後會杳何許？前心日磷緇。俗家無異物，何以充

別資？素牋一百句，題附元家詩；朱頂鶴一隻，與師雲間騎。雲間
鶴背上，故情若相思；時時摘一句，唱作步虛辭。（卷 21，頁 457
～458）

此詩作於元和十三年（西元 818 年）任江州司馬時，白居易時年四十七歲。
由詩句可知，白居易確實曾盡心竭力煉丹，此為不爭之事實，不過他從未成
功。白居易於六十六歲時有〈燒藥不成，命酒獨醉〉詩：「白髮逢秋王，丹砂
見火空。不能留姹女，爭免作衰翁？賴有盃中綠，能為面上紅。少年心不遠，
只在半酣中。」（卷 33，頁 761）從詩內容可知，白居易煉丹不成，遂感嘆借
酒自解。白居易受道家思想影響，大約在他貶到江州以後，此時白居易已是
四十五歲了。

道教是中國土產的宗教，與外來佛教將現實視為「夢幻」、追求解脫的消
極厭世思想不同。道教肯定生命，追求永生，此種理念合乎人的欲望，容易
為人所接受。道教宣揚的道術、符法、服丹、升仙，雖是無稽之談，然亦存
在某種誘惑人心的魅力。白居易自然也不免俗，其所創的《長恨歌》，有「臨
邛道士鴻都客，能以精誠致魂；為感君王展轉思，遂教方士殷勤覓……樓閣
玲瓏五雲起，其中綽約多仙子；中有一人字太真，雪膚花貌參差是。」（卷 12，
頁 238～239）詩中將楊貴妃說成仙子，道士用法術找貴妃，即是受道思想的
影響所致。再如白居易所作〈唐故虢州刺史、贈禮部尚書崔公墓誌并序〉：

公夙慕黃老之術，齋心受籙，伏氣煉形，暑不流汗，冬不挾纊，
膚體顏色，冰清玉溫，未識者望之如神仙中人也。在湖三歲，歲修
三元道齋，輒有彩雲靈鶴，迴翔壇上，久之而去。前後致齋七八，
而鶴來儀者凡三百六十，其內修外感也如此，可不謂通於大道乎？
（卷 70，1472）

此序對仙境、仙女、神仙等描述，不難發現世人對世俗的強烈欲望。人們沉
溺於塵世的欲望中，期能長生不老、榮華富貴而無止境，並能安逸享用人世
間所有的一切。由序中亦可窺探唐代無論世俗人士，抑或王公貴族、仕宦學
子無不「慕仙成道」，此風氣也非他所能及。

道家思想與白居易的影響可言不小。然欲探研白居易與道家接處，始於
何時？則難有肯定的答案。若依儒、釋、道三教與白居易接觸時間而言，與
白居易影響最深者，首推儒家，其次是佛家，至於道家則於貞元十八年（西
元 802 年）作〈動靜交相養賦〉，白居易於序文中云：居易常見今之立身從事

者，有失於動，有失於靜，斯由動靜俱不得其時與理也。因述其所以然，用自儆導，命曰〈動靜交相養賦〉云。說明動靜相濟之理，白居易以爲「天地有常道，萬物有常性：道不可以終靜，濟之以動；性不可以終動，濟之以靜。養之則兩而交利，不養之則兩傷而交病。故而文中以莊子「智養恬」與文末有「故老氏觀妙，顏氏知幾。噫！非二君子，吾誰與歸？」（卷38，頁861～862）之語來自勉、自勵與自惕，可說白居易對黃老思想最清楚表態信任與支持。

白居易於貞元十六年禮部試，高侍郎郢試及第，試策問制誥五道之第三問曰：

> 問：聖哲垂訓，言微旨遠。至於禮樂之同天地，易簡之在《乾》、《坤》，考以何文，徵於何象？絕學無憂，原伯魯豈其將落？仁者不富，公子荊曷云苟美？朝陽之桐，聿來鳳羽；泮林之椹，克變鴞音。勝乃俟乎木雞，巧必資於瓦注。咸所未悟，庶聞其說。

> 對：古先哲王之立彝訓也，雖言微旨遠；而學者苟能研精鉤深，優柔而求之，則壼奧指趣，將焉廋哉？然則禮樂之同天地者，其文可得而考也。豈不以樂作於郊而天神和焉，禮定於社而地祇同焉，上下之大同大和，由禮樂之馴致也。易簡之在《乾》、《坤》者，其象而得而徵也。豈不以《乾》以柔克，而運四時，不言而善應；《坤》以陰騭，而生萬物，不爭而善勝。柔克不言之謂易，陰騭不爭之謂簡。簡易之道，不其然乎！老氏絕學無憂，儆其溺於時俗之習也。原伯魯不學將落，戒其廢聖哲之道也。孟子不富之說，慮蘊利而生孽也。公子荊苟美之言，嘉安人而豐財也。鳳鳴朝陽，非梧桐而不棲；擇木而集也。鴞止泮林，食桑椹而好音；感物而變也。事有躁而失、靜而得者，故木雞勝焉。有貴而失、賤而得者，故瓦注巧焉。雖去聖逾遠，而大義斯存。是故遠旨微言可明徵矣。謹對。（卷47，頁995～996）

此對策所言者以「簡易」、「柔克」老氏思想爲其論述之依據，白居易長慶年間，所作〈大巧若拙賦〉文中，提出「郢人之術」、「老氏之言」、「巧之小者有爲，可得而闚；巧之大者無跡，不可得而知，蓋取之於《巽》，授之以《隨》，動而有度，舉必合規。故曰『大巧若拙』……且夫大盈若沖，大明若蒙，是以大巧，棄其末工。則知巧在乎不違天眞，非勞形於木人之內；巧在乎無枉

物情，非役神於棘刺之中。豈徒與班倕之輩，騁技而校功哉？」（卷 38，頁 871～872），之理論是相同的，均可視爲白居易初次對道家思想之體認。

元和年間白居易與元稹，居華陽觀，撰寫「策林」即有黃老的思想，《策林‧十一、黃老術》云：

> 夫欲使人情儉樸，時俗清和，莫先於體黃老之道也。其道在乎尚寬簡，務儉素，不眩聰察，不役智能而已。蓋善用之者，雖一邑一郡一國至於天下，皆可以致清淨之理焉。昔宓賤得之，故不下堂而單父之人化。汲黯得之，故不出閣而東海之政成。曹參得之，故獄市勿擾，齊國大和。漢文得之，故刑罰不用而天下大理。其故無他，清淨之所致耳。故《老子》曰：『我無爲而人自化，我好靜而人自正，我無事而人自富，我無欲而人自樸。』此四者皆黃老之要道也。陛下誠能體而行之，則人儉樸而俗清和矣。（卷 62，頁 1298）

文以漢初爲例說明在位者，執政在「尚寬簡，務清淨；則人儉樸，俗和平。」百姓方有安居樂業的生活。與《策林‧十二、政化速成》由不變禮，不易俗的主張，以「黃老思想」爲主。白居易認爲：「欲使政化速成，則在乎去煩擾，弘簡易而已。臣請以齊、魯之事明之。伯禽之理魯也，變其禮、革其俗，三年而政成。太公之理齊，簡其禮、從其俗，五月而政成。周公歎曰：「夫平易近人，人必歸之。魯後代其北面事齊！」此則煩簡遲速之効明矣。伏惟陛下鑒之。」（卷 62，頁 1298）以上二徵文雖是白居易模擬之政論文，也說明白居易早年，已有黃老思想的觀念。

白居易黃老之觀念，又與《策林‧二十一人之困窮，由君之奢欲》的理論相似：「蓋百姓之殃，不在乎鬼神；百姓之福，不在乎天地；在乎君之躁靜奢儉而已。是以聖王之修身化下也，宮室有制，服食有度，聲色有節，畋遊有時；不徇己情，不窮己欲，不殫人力，不耗人財。夫然，故誠發乎心，德形乎身，政加乎人，化達乎天下。以此禁吏，則貪欲之吏不得不廉矣；以此牧人，則貧困之人不得不安矣。困之由，安之術，以臣所見，其在茲乎！」（卷 63，頁 1315）白居易以上行下效，以身作則，養心自牧乃君王爲政之道。

元和十年（八一五）白居易因貶官，由長安至江州途中而作「歲暮道情二首」云：「壯日苦曾驚歲月，長年都不惜光陰。爲學空門平等法，先齊老少死生心；半故青衫半白頭，雪風吹面上江樓。禪功自見無人覺，合是愁時亦不愁。」（卷 15，頁 319）在詩中不難發現，白居易此時心境，是心灰意冷的；

又，白居易其於「強酒」詩中有所及「若不坐禪銷妄想，即須行醉放狂歌。不然秋月春風夜，爭那閑思往事何」（卷 15，頁 320）其心的迷惑與不解，唯有以酒澆愁。依上述二首詩而言，很清楚知道，白居易至此年為止，未曾與道家發生聯係，因其所提及「空門」、「坐禪」唯文字表達而已，未曾與道士有正面往來。直至元和十年白居易貶官到江州時才與道家真正發生聯繫。

白居易既然膺服儒、釋、道三家思想，他的思想不但不矛盾，而且是以儒家為主。白居易以為儒家思想完全可以包括佛家、道家的思想，甚至可替代佛家、道的思想。白居易〈策林・六十七議釋教〉云：「然則根本枝葉，王教備焉，何必使人去此取彼？若欲以禪定復人性，則先王有恭默無為之道在。若欲以慈忍厚人德，則先王有忠恕惻隱之訓在。若欲以報應禁人僻，則先王有懲惡勸善之刑在。若欲以齋戒抑人淫，則先王有防欲閑邪之禮在。雖臻其極則同歸，或能助於王化；然於異名則殊俗，足以貳乎人心：故臣以為不可者以此也。」（卷 65，頁 1368）白居易於文中提及「王化」、「王教」、「先王之道」等字句，顯然白居易是以儒家思想為主，認為儒家是可包容一切外來思想，其中含括佛、道二教，就不必「去此取彼」。儒家對佛家、道家並沒有不調和與矛盾，反而有相融相合的事實。

白居易與道家之辯論中，盛讚道家楊弘元法師，其言曰：「道心精微，真學奧秘，為仙列上首，與儒爭衡。居易竊覽道經，粗知玄理。」白居易於此次論辯中表現出對道家的高度評價：「居易論難鋒起，辭辯迫注」（舊唐書・白居易傳）其實真正值得稱道的，不是在於「論難」，而在白居易自謙素無志，乏才能；實則巧妙闡明儒、釋、道三者的關係，同時將三者結合在一起的本領。

### （二）悟老子的知足

白居易受老子知足思想的薰陶，認同淡泊名利之士的作風。如〈故饒州刺史吳府君神道碑銘并序〉云：

> 既冠，喜道書，奉真籙，每專氣入靜，不粒食累歲；顏氣充而丹田澤，飄然有出世心。既壯，在家為長，屬有三幼弟、八稚姪，嗷嗷懍懍，不忍見其饑寒，慨然有干祿意。乃曰：肥遁不可以立訓，吾將業儒以馳名；名競不可能恬神，吾將體玄以育德；凍餒不可以安道，吾將強學以徇祿；祿位不可以多取，吾將知足守中。由是去江湖，來京師：求名得名，求祿得祿。身榮家給之外，無長物，無

越思。素琴在左，《黃庭》在右；澹乎自處，與天和始終。履仕途二
十七年，享壽命八十二歲。無室家累，無子孫憂；屈伸寵辱，委順
而已。未嘗一日戚戚其心，至於歸全反眞；故子所謂達人之徒歟，
信矣！（卷69，頁1446～1448）

由此序可知，白居易欣賞好友吳丹能以「祿位不可以多取，吾將知足守中」
的精神自處，故能「屈伸寵辱，委順而已。未嘗一日戚戚其心，至於歸全反
眞」，也就因爲吳丹能「知足守中」，所以爲白居易所敬慕。白居易而後爲人
處世的態度以及出處進退、安身立命之道，亦據此而有準的可遵循。

白居易除受老子知足思想薰陶外，尚有老子寡欲之思想。〈醉吟先生墓誌
銘〉中白居易明白指出其死後，將以「我歿，歛以衣一襲，送以車一乘，無
用鹵簿葬，無以血食祭，無請太常諡，無建神道碑」，對於一切其他身外之物，
無過奢求之欲，僅要求「但於墓前立一石，刻吾《醉吟先生傳》一本可矣！
語訖命筆，自銘其墓云：『樂天樂天，生天地中，七十有五年。其生也浮雲然，
其死也委蛻然。來何因，去何緣？吾性不動，吾形屢遷。已焉已焉！吾安往
而不可？又何足厭戀乎其間？』」這是白居易能夠克制嗜欲，胸懷沖蕩、心源
澄澈所至，也是老莊思想使然。

## （三）承莊子的隱居

老子認爲聖人之所以能不朽，是因爲能「處無爲之事，行不言之教。」〔註
55〕而且有「生而不有爲而不恃，功成而弗居」〔註56〕之美德，故能功蓋天下
而不朽。所謂大道應是「功成而不有，衣養萬物而不爲主」〔註57〕、「生而不
有，爲而不恃，長而不宰」〔註58〕之境界，此即是「隱居」之主張。

莊子外篇第十七〈秋水〉云：「……夫物，量無窮，時無止，分無常，終
始無故。是故大知觀於遠近，故小而不寡，大而不多，知量無窮……由此觀
之，又何以知毫末之足，以定至細之倪！又何以知天地之足，以窮至大之域！」
〔註59〕此文以寓言方式寫作，旨在示人知道、知天、歸眞返璞的修養方法，
發揮齊物的觀念；說明道體不可言說，唯有無爲反眞，才是道之本源。

---

〔註55〕〔晉〕王弼注：《老子帛書》（臺北：學海出版社，1994年7月），頁2。
〔註56〕〔晉〕王弼注：《老子帛書》（臺北：學海出版社，1994年7月），頁26。
〔註57〕〔晉〕王弼注：《老子帛書》（臺北：學海出版社，1994年7月），頁39。
〔註58〕〔晉〕王弼注：《老子帛書》（臺北：學海出版社，1994年7月），頁10。
〔註59〕〔清〕郭慶藩輯：《莊子集解》（臺北：河洛圖書出版社，1974年3月臺景印
　　　　一版），頁568。

又〈雜篇・第二十五・則陽〉主張大道不可用言語表達，人應當止於他所不知道的地方，不可強為解說，不可求表面跡象，更不可求之於事物，必得「言默兩忘」。所謂：「古之君人者，以得為在民；以正為在民，以枉為在己；故一形有失其形者，退而自責。今則不然。匿為物而不愚不識，大為難而罪不敢，重為任而罰不勝，遠其塗而誅不至。民知力竭，則以偽繼之，日出多偽，士民安取不偽！」（《莊子集解》，頁 902～903）蓋人心善偽，因不能知道；唯有言默兩忘，方能合乎道的要求，同時也是彰顯道的方法。

其次，是第二十八〈讓王〉，就是辭讓帝王的名位。所謂：「堯以天下讓許由，許由不受。又讓於子州支父，子州支父曰：『以我為天子，猶之可也。雖然，我適有幽憂之病，方且治之，未暇治天下』夫天下至重也，而不以害生，又況他物乎！唯無以天下為者，可以託天下也。」《莊子集解》，頁 965）說明富貴、名位、榮譽皆是外在的事物，應鄙視外在的富貴，而重視養生之道，以保全身軀，「安貧樂道」，才是養身之道。

莊子有「大隱隱於市廛」的主張，白居易在動盪不安的年代，即受莊子隱於市廛的觀念影響。在他讀《莊子》、學莊子定居永安里時，就悟到「真隱豈長遠？至道在冥搜，身雖世界住，心與虛無遊」的道理。（卷 5，頁 93）而後方能享受「朝飢有蔬食，夜寒有布裘；幸免凍與餒，此外復何求？寡欲雖少病，樂天心不憂。何以明吾志？《周易》在床頭」的境遇。

白居易任杭州刺史時，也曾提出「吏隱」的思想，以為「箕潁人窮獨，蓬壺路阻難；如何兼吏隱？復得事躋攀？」（卷 20，頁 448）所謂「吏隱」，即是身居閒宦，不必勞心費力，可以享受「巖樹羅階下，江雲貯棟間。似移天目石，疑入武丘山」的樂趣，又不致貧窮孤獨；可以遊山玩水，與僧道交往，與友人吟誦唱和。

文宗大和三年（西元 829 年）秋，白居易在洛陽太子賓客分司東都任上，曾作〈中隱〉一詩以明志，詩云：「大隱住朝市，小隱入丘樊；丘樊太冷落，朝市太囂諠。不如作中隱，隱在留司官。」（卷 22，頁 490）此為白居易晚年宦情日減、閒適度日的心境。其〈洛下卜居〉詩又言：「三年典郡歸，所得非金帛，天竺石兩片，華亭鶴一隻；飲啄供稻粱，苞裹用茵蓆。誠知是勞費，其奈心愛惜！遠從餘杭郭，同到洛陽陌。下檐拂雲根，開籠展霜翮。貞姿不可雜，高性宜其適。遂就無塵坊，仍求有水宅。東南得幽境，樹老寒泉碧；池畔多竹陰，門前少人跡。未請中庶祿，且脫雙驂易。豈獨為身謀，安吾鶴

與石。」（卷 8，頁 162）由詩中可知，白居易晚年已成為一名隱於朝野間之隱士。詩中所謂「卜居」，即是「隱居」之意，白居易此時正從杭州刺史任滿而歸，深居簡出，過著退休生活，誠如他在〈池上篇并序〉所云：「每至池風春，池月秋，水香蓮開之旦，露清鶴唳之夕：拂楊石，舉陳酒，援崔琴，彈姜《秋思》，頹然自適，不知其他。酒酣琴罷，又命樂童登中島亭，合奏《霓裳・古序》聲隨風飄，或凝或古，悠揚於竹烟波月之際者久之。曲未竟，而樂天陶然已醉，睡於石上矣。睡起偶詠，非詩非賦。阿龜握筆，因題石間。視其粗成韻章，命為《池上篇》云爾。」（卷 69，頁 1450～1451）

此是白居易自杭州歸來，安居洛陽永安里的生活寫照。白居易提出「中隱」之論，主要是表達其處世原則：「達則兼善天，窮則獨善身」，當兼濟之志無法實現時，即退而求其次，「獨善」是也；當外在世界遭遇有所不順時，白居易遂以「委順」處之，以求內心的平衡。

文宗於「甘露之變」四年後抑鬱而死。宰相楊嗣復、李珏等欲遵文宗旨意奉皇太子（文宗無子，以敬宗六子成美為皇太子）監國，宦官仇士良、魚弘志等以為擁立之功不在己，便矯詔立穆宗第五子李瀍為皇太弟，即皇帝位，是為武宗。文宗楊賢妃、陳王成美、安王溶被賜死，楊嗣復、李珏等被遠貶，李德裕被任命為相。白居易見狀為表明心志而作〈閑題家池，寄王屋張道士〉一首（張道士，名抱子），詩曰：「有石白磷磷，有水清潺潺，有叟頭似雪，婆娑乎其間。進不趨要路，退不入深山。深山太濩落，要路多險艱。不如家池上，樂逸無憂患。有食適吾口，有酒酡吾顏。恍惚五醉鄉，希夷造玄關。五千言下悟，十二年來閑。富者我不攀；唯有天壇子（當時是張道士之道號），時來一往還。」（卷 36，821）詩中白居易明確表明其態度；描繪白居易安居履道宅，優遊於池上之美景，重申其「吏隱」生活，留在司官之眾多世俗樂趣中，與險惡朝局形成顯明對比，誠有天壤之別。白居易為表明自己安於現狀，無意攀附進取之胸懷；「吏隱」生活由此可見，亦是其生活寫照與感受；也是他晚年生活處世的態度，無為順其自然，不問世事。又於〈唐故銀青光祿大夫、太子少保、安定皇甫公墓誌銘并序〉云：「初，元和中，公始因郎官分司東洛，由是得伊嵩趣，愜吏隱心。故前後歷官八九，凡二十五年，優游洛中，無哂笑意，忘喪窮達，與道始終，澹然不動其心，以至於考終命。聞者慕之，謂之達人。……及仲之失寵得罪也，從而緣坐者有之；公獨暸然，雖骨肉之親不能累。識者心伏，號為偉人。」（卷 70，頁 1481）文中所謂「達

人」、「偉人」，即是吏隱之意，也是白居易有心習皇甫氏的作爲。唐代隱逸之風流行於文士之間，是一種時興的文化及個人的人生選擇。

翻開唐代史書中有關隱逸之人士的記載可謂多矣，《新唐書・隱逸傳》載有二十三人之多〔註60〕、《舊唐書・隱逸傳》亦載有二十餘人。〔註61〕扣除記載重複者，唐代隱士見載者就三十人之多。此外，《唐語林》之〈栖逸〉〔註62〕，也記載當時隱士之事跡。胡適《白話文學史》指出，唐朝隱逸風氣爲歷代之冠，他說：「中國的思想界經過佛教大侵入的震驚之後。已漸漸恢復了原來的鎮定，仍舊繼續東漢魏晉以來的自然主義的趨勢，承認自然的宇宙論與適性的人生觀。禪宗的運動與道教中的智識分子都是朝著這方向上走的。在這個空氣裡，隱逸之士遂成了社會上的高貴階級。聰明的人便不去應科第，卻去隱居山林，做個隱士。隱士的名氣大了，自然有州郡的推薦，朝廷的徵辟；即使不得徵召，而隱士的地位很高，仍不失社會的崇敬。〔註63〕」白居易在〈醉吟先生墓誌銘〉中，說自己是一位「外以儒行修其身，中以釋教治其心」之人士。自幼稟受孔孟遺教，言行忠信，以身許國的白居易，卻因直言方行而遭人讒謗，貶謫江州。他遭到這樣的打擊，思想自然會有所改變：以前剛直用事，以後轉爲柔屈；以前排斥佛禪，以後篤信佛禪；以前雖也仰慕老莊，但未深入，以後則潛心研究，致力辟穀煉丹之術。

白居易遭遇仕途坎坷、政治受挫折時，兼濟天下、積極用世的熱情便消退，虛無恬淡的道家思想由是而產生，與看破人生超越塵俗的佛教思想冥合，逐漸占據他整個思維。所以他到了晚年，便集儒、釋、道三教於一身，過著處行於儒、置心於佛、浪跡於道的生活。白居易立身處世，眞如丹桂之

---

〔註60〕 楊家駱主編：《新校本新唐書》，（臺北：鼎文書局出版，1985 年 4 版）共有「王績、朱桃椎、孫思邈、田游巖、史德義、孟詵、王友貞、王希夷、李元愷、衛大經、武攸緒、白履忠、盧鴻、吳筠、潘師正、劉道合、司馬承禎、賀知章、秦系、張知和、孔述睿、陸羽、崔覲、陸龜蒙。」等二十三人。卷 196，列傳 121，隱逸，頁 5593。

〔註61〕 楊家駱主編：《新校本新唐書》，（臺北：鼎文書局出版，1985 年 4 版）共有「王績、田游巖、史德義、盧鴻一、王友貞、王希夷、李元愷、衛大經、白履忠、吳筠、潘師正、劉道合、司馬承禎、王守愼、徐仁紀、孫處玄、王遠知、孔述睿、崔覲、陽城。」等二十人。卷 192，列傳 142，隱逸，頁 5115。

〔註62〕 〔宋〕王讜撰，周勛初校證：〈栖逸〉《唐語林校證》（北京：中華書局出版，1987 年 1 版），頁 393～403。

〔註63〕 胡適：《白話文學史上卷/第二篇・唐朝》（臺北：遠流出版社，1986 年），頁 76。

芬芳，不偏不倚，峻節凜然，「故君子和而不流，強哉矯！中立而不倚，強哉矯！」〔註64〕白居易不汲汲於進，而志在於退，又能見機而爲，及時湧退，故能在黨爭數十年之中，安然屹立於洛陽家中。在「甘露之變」中，株連甚廣，而白居易卻能置身於事外，悠遊於池上之樂，此與所奉行「獨善其身」與「吏隱」態度有關，白居易之所以能處世如此，「強哉！」二字，可當之無愧矣！

## 附：白居易有關佛道作品編年對照表：

表 5-2：

| 年代 | 歲 | 地點 | 與道家思想、道教有關作品 | 與佛家思想、佛教有關作品 |
|---|---|---|---|---|
| 德宗貞元十六年（800） | 29 | 京途 | | 客路感秋問準上人（九）題贈寶光上人（九）旅次景空寺宿幽上人院（一三）感芍藥花寄正一上人（一三） |
| 十八年（802） | 31 | 洛京 | 動靜交相養賦（三八） | |
| 十九年（803） | 32 | 京 | 大巧若拙賦（三八） | 送文暢上人東遊（一三） |
| 二十年（804） | 33 | 洛 | | 八漸偈（三九） |
| 順宗永貞（805） | 34 | 京 | 永崇里觀居（五） | |
| 憲宗元和元年（806） | 35 | 京 | 黃老術（六二卷策林・六七） | 議釋教（六五策林六十七） |
| 三年（808） | 37 | 京 | 夏日獨直寄蕭侍御（五） | |
| 四年（809） | 38 | 京 | 海漫漫（三） | |
| 五年（810） | 39 | 京 | 題贈鄭秘書徵君石溝溪隱居（五）和思歸樂（二）隱几（六） | 新磨鏡（一四） |

---

〔註64〕謝冰瑩等編譯《新譯四書讀本》（臺北：三民書局，2000 年 8 月），頁 32～33。

| 六年<br>（811） | 40 | 下邽 | 養拙（五）贈王山人（五）<br>村居寄張殷衡（一四） | 自覺二首之二（一○） |
|---|---|---|---|---|
| 七～八年<br>（812-3） | 41<br>42 | 下邽 | 對酒（一○）效陶潛體十六<br>首之六、十二、十四（五） | |
| 九年<br>（814） | 43 | 下邽 | 遊悟眞寺（六）渭村退居<br>寄……錢舍人詩百韻（一五） | |
| 十年<br>（815） | 44 | 京　江<br>州 | 重讀莊子（一五）歲暮道情<br>二之一（一五） | 贈杓直（六）、罷藥（一五）、<br>歲暮道情二之二（一五）、苦<br>熱題恒寂禪師至（一五）、放<br>旅雁（一二）、閑吟（一六） |
| 十一～十<br>二年<br>（816-7） | 45<br>46 | 江州 | 宿簡寂觀（七）尋李道士山<br>居兼呈元明府（一六）尋王<br>道士藥堂因有題贈（一六）<br>詠意（七）齊物二首（七） | 江州興果寺律大德湊公塔碣<br>銘序（四一）遊大林寺序（四<br>二）因沐感髮寄朗上人二首<br>之二（一○）晚春登大雲寺<br>南樓贈常禪師（一六）宿西<br>林寺早赴滿上林之會因寄崔<br>二十二員外（一六）呈智滿<br>禪師（一六） |
| 十二～十<br>三年<br>（817-8） | 46<br>47 | 江州 | 送毛仙翁（六九）潯陽歲晚<br>寄元八郎中庾三十三員外<br>（一七）贈內子（一七）酬<br>贈李鍊師（一七）贈韋鍊師<br>（一七）睡起晏坐（七）對<br>酒（一七）尋郭道士不遇（一<br>七）郭道士相訪（一七）達<br>理二首（七）送蕭鍊師步虛<br>詩十首卷後以二絕繼之（一<br>七） | 自到潯陽生三女子……（一<br>七）廬山草堂夜雨獨宿（一<br>七）放魚（一）贈雞（七）<br>唐故撫州景雲寺律大德上弘<br>和尙塔碑銘并序（四一）<br>唐江州興果寺律大德湊公塔<br>碣銘并序（四一） |
| 十四～十<br>五<br>（819-20） | 48<br>49 | 忠州<br>京 | | 西京聖善寺傳法堂（四一）<br>錢虢州以三堂絕句見寄因以<br>本韻和之（一八）傳法堂碑<br>（四一） |
| 穆宗長慶<br>元年<br>（821） | 50 | 京 | | 祭中書韋處厚文（六九）贈<br>僧五首之一（二七）春憶二<br>林寺舊遊因寄……（一九）<br>新昌新居書事四十韻（一九）<br>蕭相公宅遇自遠禪師（一九）<br>有感贈（一九） |

| 二年<br>（822） | 51 | 京杭 | 予與故刑部李侍郎早結道友以藥術……（一九）贈江州李十使君……（二〇）宿竹閣（二〇）玉眞張觀主下小女冠阿容（一九） | 寓言題僧（二〇）龍花寺主家小尼（一九） |
|---|---|---|---|---|
| 三年<br>（823） | 52 | 杭 | 新秋病起（二〇）無可奈何（三九）贈蘇鍊師（二〇） | 與濟法師書（四五）題靈隱寺紅辛夷花戲酬光上人（二〇）繡阿彌陀佛贊并序（三九） |
| 四年<br>（824） | 53 | 杭洛 | 竹樓宿（二〇）贈李建元宗簡（一九）味道（二三）自詠（二〇） | 內道場永讙上人就郡見善說維摩經臨別請詩因以此贈（二〇）天竺寺送堅上人歸廬山（二三）題清頭陀（二〇）仲夏齋戒月（八）遠師（二三）問遠師（二三）東都聖善寺如信大師功德幢記（六八） |
| 敬宗寶曆<br>元年<br>（825） | 54 | 蘇 | 同微之贈別郭虛舟鍊師五十韻（二〇） | 如信大師德幢記（六八） |
| 二年<br>（826） | 55 | 蘇 | 吳興靈鶴贊（六八） | 感悟妄緣題如上人壁（二五）華嚴經社石（六八） |
| 文宗太和<br>元年<br>（827） | 56 | 京 | 黃老術（六二策林・十一） | 三教論衡（六八）畫水月菩薩贊（三九）繡觀音菩薩像贊（三九） |
| 二年<br>（828） | 57 | 京洛 | 雨中招張司業宿（二六）和元稹送劉道士遊天臺（二二）和元稹櫛沐寄道友（二二）贈朱道士（二六）贈王山人（二六）北窗閒坐（二五） | 齋月靜居（二六）觀幻（二六）題道宗上人十韻（九） |
| 二、三年<br>（828-9） | 57<br>58 | 京 | 和朝迴與王鍊師遊南山（二二）對酒五首之三（二六） | 和知非（和微之詩二十三首之十三（二二）繡西方幀贊（七〇） |
| 四年<br>（830） | 59 | 洛 | 不如來飲酒七之五（二七）朝課（二二）勸酒十四之五（二七） | 對小潭寄逴上人（二八）僧院花（（二六）蘇州重玄寺法華陀石壁經碑文（六九） |
| 五年<br>（831） | 60 | 洛 | 府齋感懷酬夢得（二八）與諸道者同遊二室至九龍潭作（二八） | 齋居（二八） |

| | | | | |
|---|---|---|---|---|
| 六年<br>（832） | 61 | 洛 | 早多遊王屋……（二二）寄溫谷周尊師中書李相公（二二）狂言示諸姪（三〇） | 修香山寺記（六八）贈僧五首（二七）重修香山寺畢題二十二韻以記之（三一）沃洲山禪院記（六八） |
| 七年<br>（833） | 62 | 洛 | 把酒（二九）吟四雖（二九） | 喜照密閒實四上人見過（三一）香山寺二絕之二（三一） |
| 八年<br>（834） | 63 | 洛 | 讀老子（三二）讀莊子（三二）負春（三一）思舊（二九）早服雲母古（三一） | 讀禪經（三二）神照禪師同宿（二九）閒臥（三二）畫彌勒上生幀贊并序（七〇）大唐泗州開元寺臨壇律德徐泗濠三州僧正明遠大師塔碑銘并序（六九） |
| 九年<br>（835） | 64 | 洛 | 犬鳶（三〇） | 五月齋戒罷宴樂聞韋賓客……欲攜酒饌……先以長句呈謝（三二）因夢有悟（三〇）東林寺白氏文集紀（七〇） |
| 文宗開成元年<br>（836） | 65 | 洛 | 隱几贈客（三〇）清明日登老君閣望洛城贈韓道士（三二） | 東都聖善寺……智如和尚茶毗幢記（六九）聖善寺白氏文集紀（七〇）宿香山寺酬廣陵牛相公見寄（三三）齋戒滿夜招夢得（三三）長齋月滿……（三三）戲贈夢得（三三） |
| 二年<br>（837） | 66 | 洛 | 燒藥不成命酒獨醉（三三）感事（三三） | 醉吟先生傳（七一）蘇州南禪陀千佛堂轉輪經藏石記（七〇） |
| 三年<br>（838） | 67 | 洛 | 自題小園（三六） | 酬夢得以予五月長齋……見戲十韻（三四）九月八日酬皇甫十見贈（三四）早春持齋答皇甫十見贈（三四） |
| 四年<br>（839） | 68 | 洛 | 對鏡偶吟贈張道士抱元（三五）戒藥（三六）白髮（三四） | 齋戒（三五）蘇州南禪院白氏文集紀（六九）病中詩十五首序（三五）病中詩十五首之十——罷灸（三五） |
| 五年<br>（840） | 69 | 洛 | 閒題家池寄王屋張道士（三六） | 香山寺白氏洛中集紀（六一）畫彌勒上生幀記（七一）在家出家（三五）改業（三五）畫西方幀記（七一）香山寺新修經藏堂記（七一）唐東 |

| | | | | 奉國寺禪德大師昭公塔銘（七一） |
|---|---|---|---|---|
| 武宗會昌元年（841） | 70 | 洛 | 病中數會張道士見譏以此答之（三六）遇物感興因示弟子（三六） | 六讚偈序（七一）山下留別佛光和尚（三五） |
| 二年（842） | 71 | 洛 | 官俸初罷親故見憂以詩諭之（三六）讀道德經（三七） | 病中看經贈諸道侶（三六）出齋日喜皇甫十訪（三六）劉禹錫、白居易聯句（香山集補遺下）答客說（三六）佛光和尚眞贊并序（七一） |
| 四年（844） | 73 | 洛 | | 開龍門八節石灘二首并序（三七）歡喜二偈（三七）道場獨坐（三七） |
| 五年（845） | 74 | 洛 | | 齋居春夕感事遣懷（三七） |
| 六年（846） | 75 | 洛 | | 齋居偶作（三七） |

（本表參考羅聯添先生所作〈白居易與佛道關係重探〉一文製作而成，頁 587～646。以四部刊要集部・別集類《白居易集》爲主要參考資料來源，卷數也以此書爲主。）

製表人：王偉忠

# 第四節　小品平易

　　陳柱在他所著《中國散文史》一書中，將白居易的古文列入「淺易派」云：「白樂天之淺易。惟淺易與草率不同，第一要件即是在眞切。眞切則文字雖淺易而意味實深長，此實爲最高之文境。反是，則可謂以艱深之文字其淺陋耳。白樂天之文，自來論文者不選而吾則以爲陶淵明以後一人而已。」陳氏對白居易所創作的古文是十分定肯的。又，大陸學者朱金城於《白居易集箋校》一書中言及：「白居易的古文，在當時也享有很高的聲譽。他的小品文如〈廬山草堂記〉、〈冷泉亭記〉、〈遊大林寺序〉等清新雋永，在唐古文中別具特色。」〔註65〕是知白居易古文在當時文壇，實占有一席之地。

　　小品本指佛經簡略而言〔註66〕，以後爲文士採用，將短小的文章稱爲「小

---

〔註65〕朱金城：《白居易集箋校》（上海：上海古籍出版社，1988 年 12 月），頁 12。
〔註66〕楊勇：《世說新語校箋・文學》（臺北：明倫出版社 1972 年），「殷中軍讀小品，下二百籤，皆是精微，世之幽滯。嘗欲與支道林辯之，竟不得，今小品猶存。」

品文」，今亦稱隨筆、雜感等短篇文字曰小品文。〔註67〕本文撰寫參考《唐代
文選》、《唐代古文選注》、《白居易詩文選注》、《新譯白居易詩文》、《古代小
品文鑑賞辭典》、《古文鑑賞辭典》、《古文鑑賞辭典》等書而撰寫。本節僅就
白居易文集中，率眞有韻味的短小文章，提出說明，如清新雋永的記序書牘、
情理兼顧的制詔表奏、文小旨大的道判策林、言簡意賅的雜記傳奇及有情有
理的文賦小賦等文體，說明如次：

## 一、清新雋永的記序書牘

白居易「記」類文章於貶謫後，創作最爲深刻，如〈草堂記〉、〈江州司
馬廳記〉、〈冷泉亭記〉、〈吳郡詩石記〉、〈錢塘湖記〉等，茲以〈江州司馬廳
記〉爲例：

> 自武德以來，庶官以便宜制事，大攝小，重侵輕；郡守之職，
> 總於諸侯帥；郡佐之職，移於部從事。故自五大都督府至于上中下
> 郡，司馬之事盡去，唯員與俸在。凡内外文武官左遷右移者第居之。
> 凡執伎事上，與給事於省寺軍府者遙署之。凡仕久資高，耄昏軟弱
> 不任事，而時不忍棄者寘蒞之。蒞之者，進不課其能，退不殿其不
> 能，才不才，一也。若有人畜器貯用，急於兼濟者居之，雖一日不
> 樂。若有人養志忘名，安於獨善者處之，雖終身無悶。官不官，繫
> 乎時也；適不適，在乎人也。

> 江州左匡廬，右江湖，土高氣清，富有佳境。刺史，守土臣，
> 不可遠觀遊；羣吏，執事官，不敢自暇佚；惟司馬綽綽可以從容於
> 山水詩酒間。由是郡南樓山、北樓水、溢亭、百花亭、風篁、石巖、
> 瀑布、廬宮、源潭洞、東西二林寺、泉石松雪，司馬盡有之矣。苟
> 有志於吏隱者，捨此官何求焉？案《唐六典》：上州司馬，秩五品。
> 歲廩數百石，月俸六七萬。官足以庇身，食足以給家。州民康，非
> 司馬功；郡政壞，非司馬罪。無言責，無事憂。

---

劉孝標注：「釋氏辯空經，有詳者焉，有略者焉。詳者爲大品，略者爲小品。」，
頁 178。

〔註67〕徐鶴仙等《辭海》：（臺北：臺灣中華書局，1978 年），「佛教經典，詳者曰大
品，略者曰小品；如鳩摩羅什譯之《摩訶盤若波羅密經》有二十七卷本與十
卷本二經，一曰《大品般若經》，一曰《小品般若經》，今亦謂隨筆、雜感等
文字曰小品文。」，頁 946。

> 噫！爲國謀，則尸素之尤蠹者；爲身謀，則仕之優穩者。予佐
> 是郡，行四年矣，其心休休如一日二日，何哉？識時知命而已。（卷
> 43，頁932）

本文先以總體論敍述司馬官職之特殊情況，並將其「兼濟」、「獨善」聯繫，同時指出此官適於「獨善」者。以下即寫江州有美景，司馬「可以從容於山水詩酒間」，言明居此閒官能享「吏隱」之樂，待遇優厚；並道出「識時知命而已，又安知後之司馬，不有與吾同志者乎？因書所得以告來者。」的心情而言，文中實亦隱露尸位素餐而不能實現「兼濟」有志難伸的苦悶，生活更無奈，唯有自我消遣渡日。

長慶三年（八二三），白居易在杭州刺史任內，屢遊西湖，寫下許多詩文名篇，如〈禱仇王神文〉、〈祭龍文〉、〈郡中即事〉、〈錢塘湖春行〉、〈冷泉亭記〉等。茲錄〈冷泉亭記〉爲例，說明如次：

> 東南山水，餘杭郡爲最。就郡言，靈隱寺爲尤。由寺觀，冷泉
> 亭爲甲。亭在山下，水中央，寺西南隅。高不倍尋，廣不累丈；而
> 撮奇得要，地搜勝概，物無遁形。春之日，吾愛其草薰薰，木欣欣，
> 可以導和納粹，暢人血氣。夏之夜，吾愛其泉淳淳，風泠泠，可以
> 蠲煩析酲，起人心情。山樹爲蓋，巖石爲屏，雲從棟生，水與階平。
> 坐而玩之者，可濯足於牀下；臥而狎之者，可垂釣於枕上。矧又潺
> 湲潔澈，粹冷柔滑。若俗士，若道人，眼耳之塵，心舌之垢，不待
> 盥滌，見輒除去。潛利陰益，可勝言哉？斯所以最餘杭而甲靈隱也。
>
> 杭自郡城抵四封，叢山複湖，易爲行勝。先是，領郡者，有相
> 里君造作虛白亭，有韓僕射皐作侯仙亭，有裴庶子棠棣作觀風亭，
> 有盧給事元輔作見山亭，及右司郎中河南元藇最後作此亭。於是五
> 亭相望，如指之列，可謂佳境殫矣，能事畢矣。後來者，雖有敏心
> 巧目，無所加焉。故吾繼之，述而不作。長慶三年，八月十三日記。
> （卷43，頁944～945）

文章以記冷泉亭爲主，先以整齊、排比句描述冷泉亭的位置，令人嚮往。其次，說明「餘杭爲最而甲靈隱」之原因，乃位置、景色始然，更在於清涼冷泉水。冷泉之所以迷人，它可以洗心滌塵「吾愛其草薰薰，木欣欣，可以導和納粹，暢人血氣」，它可以消除世俗煩惱「吾愛其泉淳淳，風泠泠，可以蠲煩析酲，起人心情」。最後說明，因前已有虛白、侯仙、觀風、見山、冷泉五

亭，而以「佳境彌矣」，所以「述而不作」，點明為記之由，與前文「冷泉亭為甲」、「餘杭為最而甲靈隱」迴環照應，針線綿密，構思精巧，令人讀之回味無窮。

「序」緒也。係寫於書或詩文前之說明文字。書前稱大序，篇章前則稱小序。白居易其他短文亦殊有可觀。如〈和答元九詩〉、〈新樂府〉、〈效陶公體詩〉、〈琵琶引〉、〈和夢遊春詩〉、〈燕子樓詩〉、〈放言詩〉、〈題詩并〉、〈木蓮花詩〉、〈策林〉等已上十序，各列在本詩篇首或文首此不贅述，今就〈荔枝圖序〉為例：

> 荔枝生巴峽間，樹行團團如帷蓋。葉如桂，冬青。華如橘，春榮。實如丹，夏熟。朵如葡萄，核如枇杷，殼如紅繒，膜如紫綃。瓤肉瑩白如冰雪，漿液甘酸如醴酪。大略如彼，其實過之。

> 若離本枝，一日而色變，二日而香變，三日而味變；四五日外，色香味盡去矣。

> 元和十五年夏、南賓守樂天命工吏圖而書之，蓋為不識者與適而不及一二三日者云。（卷45，頁973～974）

據朱金城《白居易箋校》稱：「白居易云：『忠州有荔枝一株，槐一株。自忠州之南更無槐，自忠州之北更無荔枝。』」〔註68〕此序作於元和十五年（西元820年），年四十九歲，任忠州刺史；此文當是離忠州前所作，同時繪圖為記。

文章主次分明，篇章完整，平易近人，樸實無華，以百五十文字將荔枝巨細靡遺寫出。白居易先寫荔枝之產地，而後進入本文。以譬喻手法，描繪荔枝本身之各部位及其特點：連用「如」字有十餘處，由樹、葉、花、實、朵、核、殼、膜、瓤肉、漿液等展示荔枝特有之形質。以細微處見匠心，如「花如橘」、「實如丹」，色階變化於毫釐之間；又「殼如紅繒」，「膜如紫綃」，繒與綃皆絲織品，而綃為生絲織之綢，更加透明晶瑩，果肉則從顏色來撰寫，漿液以味道來比擬。全文運用十個比喻，句子結構於整齊勻稱中又有參差變化，讀之琅琅上口，頗有節奏感與韻味感。

白居易自貶謫後，其人生態度，由極積轉為消極，誠如〈江州司馬廳記〉所云「苟有志於吏隱者」，以得過且過之心，平淡度日，晚年更甚，更以閒適為其生活的重心，以「吏隱」為其處世的態度。白居易身體越衰弱，然隨年

---

〔註68〕 朱金城《白居易集箋校》（上海：上海古籍出版社，1988年12月），頁2819。

歲增長，有感於歲月無多，有感發隨性而爲的心態日愈高漲。遂於開成二年（西元 837 年），六十六歲，定居洛陽時，任太子少傅分司而作〈齒落辭并序〉一文：

> 開成二年，予春秋六十六。瘠黑衰白，老狀具矣。而雙齒又墮，慨然感嘆者久之！因爲〈齒落辭〉以自廣。其辭曰：

> 嗟嗟乎雙齒！自吾有之爾，俾爾嚼肉咀蔬，銜盃漱水；豐吾膚革，滋吾血髓。從幼逮老，勤亦至矣。幸有輔車，非無斷齶；胡然捨我，一旦雙落？齒雖無情，吾豈無情？老與齒別，齒隨涕零。我老日來，爾去不迴。嗟嗟乎雙齒！孰謂而來哉？孰謂而去哉？

> 齒不能言，請以意宣：爲君口中之物，忽乎六十餘年。昔君之壯也，血剛齒堅；今君之老矣，血衰齒寒。輔車斷齶，日削月朘：上參差而下脆脆，曾何足以少安？嘻！君其聽哉：女長辭姥，臣老辭主；髮衰辭頭，葉枯辭樹：物無細大，功成者去。君何嗟嗟！獨不聞諸道經：「我身非我有也，蓋天地之委形。君何嗟嗟！又不聞諸佛說：是身如浮雲，須臾變滅。由是而言，君何有焉？所宜委百骸而順萬化，胡爲乎嗟嗟於一牙一齒之間？」吾應曰：「吾過矣！爾之言然。」（卷 70，頁 1484～1485）

此文以問答方式表現白居易內心的體悟。年紀大，髮禿、齒落，乃自然現象。人與萬物之生命相同，必然有其生死過程，但白居易以「我身非我有也，蓋天地之委形。」看得開想得遠，同時白居易體會人生短暫，身體的變化「是身如浮雲，須臾變滅。由是而言，君何有焉？」其後又言「所宜委百骸而順萬化，胡爲乎嗟嗟於一牙一齒之間？」此種感言，誠出自內心。正是白居易能夠退出紛亂之政爭，此決定非一時情感衝動，而是經過深思熟慮。白居易於貶謫後，所創作之古文，完全以人性、理性、感悟、情趣爲其寫作之靈動力。由此文可知，白居易之記序文，多言情述志之作，以平易流暢、意興灑然見長，以平實爲其古文特色。

白居易的書信體文章獨具一格，他善於把豐富複雜的感情，包容於文章中，以敘事、議論、抒情等手法交織而成；盡情有序的表達，其長於實、直、盡之特色。元和十年（西元 815 年）白居易貶江州（今江西省九江市）司馬後寫給元稹的一封著名的長信，《與元九書》即是也。其文重點在於論說詩歌創作理論，總結了《詩經》以來反應現實的文學創作經驗；他認為文學必須

爲政治服務，必須爲現實而使用，它是用來「補察時政，洩導人情」；使它成爲一種改造社會的工具和功能，決不能爲藝術而藝術。信中同時敘述身世行藏，抒發感慨，表現自身以及他人對社會、對生活所遭遇的不平，表達朋友之間惦念之情，寫得情文並茂，眞摯感人，揚揚灑灑，滾滾而來，氣勢貫通，句句眞流露。

白居易於元和十二年（西元 817 年）四月十日在江州草堂，再次寫信給元稹，《與元微之書》則較單純寫友誼，寫離別之思，寫坎坷遭遇，文中充滿悲痛哀傷之情，尤其是寫讀微之所寄書詩，感傷之情，動人心魄。元稹卒後，晚年白居易與劉禹錫交游最爲深厚，有「劉白」之稱，爲後人所羨慕、學習的對象，尤其宋代的士子們，如王禹偁與羅處約、李昉與李至等人的唱和詩即是。

劉、白之交誼，始自唐敬宗寶曆二年（西元 826 年）。當時劉禹錫卸任和州刺史，奉詔回洛陽。路經秣陵（現今江蘇南京）至揚州，恰巧此時白居易因病罷蘇州刺史，回洛陽途中路過揚州。二位詩人互相傾慕已久，不期而遇，兩人一見如故，欣喜萬分，暢飲敘懷。白居易爲劉禹錫憔悴面容，想起劉氏坎坷經歷；胸中充滿不平之氣，醉飲狂歌之際，賦詩一首〈醉贈劉二十八使君〉：「爲我引杯添酒飲，與君把箸擊盤歌。詩稱國手徒爲爾，命壓人頭不奈何！舉眼風光長寂寞，滿朝官職獨蹉跎。亦知合被才名折，二十三年折太多！」（卷 25，頁 557）此詩一面稱讚劉禹錫才氣名望，另一方面又爲劉之不幸命運深感痛惜。末句「亦知合被才名折，二十三年折太多」劉因才名高，二十三年貶謫留置南荒，實在太長久。敘事中洋溢著不平之氣，同情中包含讚美之情，顯得十分委婉感人。

劉禹錫捧讀白居易之詩，百感交集，立即賦詩唱和，題名〈酬樂天揚州初逢席上見贈〉：「巴山楚水淒涼地，二十三年棄置身。懷舊空吟聞笛賦，到鄉翻似爛柯人〔註69〕，沈舟側畔千帆過，病樹前頭萬木春。今日聽君歌一曲，暫憑杯酒長精神。」〔註70〕此詩酬答，首聯承白詩之話頭，敘述自己二十三年被拋棄僻遠地遭受淒涼境遇，並以「竹林七賢」之一向秀爲悼念嵇康寫〈思

---

〔註69〕爛柯人：指晉人王質。相傳他進入山砍柴，見兩個童子下棋，停下觀看，棋至終局，王質發現握在手裡的斧柄已爛掉，回到村裡，才知已過去了一百年。

〔註70〕瞿蛻園：《劉禹錫集箋證・外集》（上海：上海古籍出版社，2005 年 4 月），卷1，頁 1047～1049。

舊賦〉之典故，懷念永貞革新之舊友，對句則用晉人王質觀棋，而爛柯之故事，感嘆自己長期被放逐，今日回京已如隔世之人。此詩「沈舟側畔千帆過，病樹前頭萬木春」一聯爲白居易所極稱，取譬精切而有生氣，誠爲名句。

劉禹錫與白居易在揚州流連數日後，一起回洛陽。劉、白唱和，則始於元和三年（西元 808 年）兩人詩酒不絕。唐文宗開成元年（西元 836 年），劉禹錫以太子賓客之職名分司東都，白居易其時已在洛陽，兩人再次相聚，詩篇唱和，交往甚密，劉白之深契主要是此後一段時間。白居易於大和六年（西元 832 年），六十一歲，居洛陽，除河南尹。此時劉禹錫在蘇州任刺史，白居易曾〈與劉蘇州書〉云：

> 夢得閣下：前者枉手扎數幅，兼惠答〈憶春草〉、〈報白君〉已下五六章，發函批文，而後喜可知也。又覆視書中，有攘臂痛拳之戲，笑與拃會，甚樂甚樂！誰復知之，因有所云，續前言之戲耳，試爲留聽。

> 僕與閣下在長安時，合所著詩數百首，題爲《劉白唱和集》卷上、下。去年冬，夢得由禮部郎中、集賢學士遷蘇州刺史，冰雪塞路，自秦徂吳。僕方守三川，得爲東道主。閣下爲僕稅駕十五日，朝觴夕詠，頗極平生之歡，各賦數篇，視草而別。

> 歲月易得，行復周星，一往一來，忽又盈篋。誠知老醜冗長，爲少年者所嗤。然吳苑、洛城相去二三千里，捨此何以啓齒而解頤哉？

> 嗟乎！微之先我去矣，詩敵之勍者，非夢得而誰？前後相答，彼此非一。彼雖無虛可擊，此亦非利不行；但止交綏，未嘗失律。然得雋之句，警策之篇，多因彼唱此和中得之，他人未嘗能發也。所以輒自愛重，今復編而次焉，以附前集。合前三卷，題此卷爲「下」，還前「下」爲「中」。命曰《劉白吳洛寄和卷》。自大和五年冬，送夢得之任之作始。居易頓首。（卷 68，頁 1444～1445）

所謂「酒逢知己飲，詩向會人吟。相識滿天下，知心能幾人？」人生在世，唯有知己、知心好友最爲可貴。此文雖爲詩集而作，然行文中「僕方守三川，得爲東道主。閣下爲僕稅駕十五日，朝觴夕詠，頗極平生之歡。各賦數篇，視草而別。」處處流露二人眞誠情誼。「嗟乎！微之先我去矣，詩敵之勍者，

非夢得而誰？前後相答，彼此非一。」即可證明二人和詩創作合作無間，默契、志趣相投，所謂：「與閣下在長安時，合所著詩數百首，題爲劉白唱和集卷上下」、「今復編而次焉，以附前集。合前三卷，題此卷爲「下」，遷前「下」爲「中」。命曰《劉白吳洛寄和卷》」，由此可知，劉白二人相知相惜，詩趣又相同，即屬最佳證明，豈他人所能知也。

## 二、情理兼顧的制詔表奏

　　《白居易集》制詔與制誥文共四百三十三篇，就白居易古文八百五十四篇而言，比率可謂多矣！長者約千字，短者三十餘字，乃屬當時官方典型之實用文。詔令、制誥都是皇帝發布的政令。起草詔令、制誥的人，皆由翰林學士、中書舍人起草，白居易曾擔任過這樣的職務，所以才有四百餘篇的創作。詔令、制誥雖是實用的文字，然而白居易寫作時皆能以感性、靈性筆調爲文，苦費心機，將其內心所欲表達的意念，完全呈現於文章中。又他十分珍視，他所撰寫的詔誥文，並且妥善保藏，此種認真慎重之態度，我們豈能以等閒的態度看待他的文章！今舉爲例〈鄭覃可給事中制〉爲例：

　　　　勅：給事中之職，凡制勅有不便於時者，得封奏之。刑獄有未
　　合於理者，得駁正之。天下冤滯無告者，得與御史糾理之。有司選
　　補不當者，得與侍中裁退之。率是而行，號爲稱職；固不專於掌侍
　　奉，讚詔令而已。中大夫、行諫議大夫、雲騎尉、滎陽縣開國男、
　　食邑三百戶鄭覃，清節直行，正色寡言；先臣之風，藹然猶在。自
　　居首諫，益勵謇諤；擢領是職，必有可觀。亦欲天下聞之，知吾獎
　　骨鯁之臣，來諫諍之道也。可給事中、古官、勳如故。（卷 48，頁
　　1010）

鄭覃，爲故相鄭珣瑜之子。以父廕補弘文校理，歷拾遺補闕，考功員外郎、刑部郎中。元和十四年（西元 819 年）二月，遷諫議大夫。寶曆元年，拜京兆尹……覃少清苦貞退，不造次與人款狎。位至相國，所居未嘗增飾，纔庇風雨。家無媵妾，人皆仰其素風。然嫉惡太過，多所不容，眾憚而惡之〔註71〕。由此可知，鄭覃爲人與其現有官職，同時從文中得知，唐代給事中具有掌侍奉、贊詔令，封還制敕，駁正刑獄、糾理冤滯、裁退選補不當等權力，若無

---

〔註71〕劉昫：《舊唐書》（臺北：鼎文書局，1979 年 12 月），卷 154，列傳 104，頁
　　　　4099～4103。

公正廉明的人，掌管給事中之職，將無法勝任的。

　　白居易於詔文中對給事一職，主要職能作概括簡明、準確；將中唐給事中官職，提供給後人參考研究之重要資料。由上述引文可知，白居易詔誥文之寫作的技巧與態度。其次是〈除許孟容河南尹兼常侍制〉：

　　　昔吳公、袁安爲河南尹守，皆能以廉平清肅，馭吏教人。孰能繼之？我有良史。某官許孟容：才志甚大，言論甚高，在臺閣間，藹然公望。嘗尹京邑，觀其器用，臨事能守，當官敢言；不吐剛以茹柔，不附上以急下：政無煩碎，甚合眾心。及是轉遷，頗有遺愛。河洛千里，都畿在焉；凡所選任，必歸望實。考前詢事，非爾而誰？不忘舊政，可立新績。仍以騎省，申而寵之。（卷54，頁1139）

許孟容字公範，京兆長人也。……少以文詞知名，舉進士甲科，後究《王氏易》，登科授祕書郎。……李納屯兵境上，揚言入寇。建封遣將吏數輩告諭，不聽。於是遣孟容單車詣納，爲陳逆順禍福之計，納即日發使追兵，因請修好。遂表孟容爲濠州刺史。無幾，德宗其才，徵爲禮部員外郎。……上以其守正，許之。自此豪右斂跡，威望大震。改兵部侍郎。俄以本官權知禮部貢舉，頗抑浮華，選擇才藝。出爲河南尹，亦有威名。俄知禮部選事，徵拜吏部侍郎。〔註72〕

　　許孟容於元和七年（西元812年）二月，由兵部侍郎遷河南尹。全文以敘事句法呈現，先以長短句相間寫作，其長句輒以古句行之，而後即以四六言體書寫：「才志甚大，言論甚高，在臺閣間，藹然公望。嘗尹京邑，觀其器用，臨事能守，當官敢言。不吐剛以茹柔，不附上以急下。政無煩碎，甚合眾心。及是轉遷，頗有遺愛。河、洛千里，都畿在焉。凡所選任，必歸望實。考前詢事，非爾而誰？不忘舊政，可立新績。仍以騎省申而寵之。」本是一篇公文式的行文，但在白居易精心撰寫下，竟成一篇雋永有味的小品文。白居易的小品文無論言人敘事，都以平鋪直述，用語純淨，抒寫自如。白居易撰寫詔誥類文章，皆以「直、實」爲是，「駢、古」兼顧，內容充實，文辭質樸自然，以抒發感情爲務。元稹言白居易制詔之文「長於實」，而且有創新之作，係指此類文體而言，是呼應古文運動而爲的。

　　奏議文是古代朝廷中臣下向君王言事的公文。奏狀文比制誥文更能體現個人精神。白居易奏狀文最富有人道主義精神，如〈論和糴狀〉即是體恤下

────────────────

〔註72〕〔後晉〕劉昫：《舊唐書》，卷173，傳125，頁4489～4493。

民的政策文，〈奏閺鄉縣禁囚狀〉文為縣獄鄉有囚數十人，積年禁繫求請；〈論承璀名狀〉，白居易更是將矛頭指向皇上寵信的宦官吐突承璀，終於引起皇帝的不悅。白居易的奏狀文在《文集》有五十八餘篇；而此類的文章的創作，都是白居易為民請命的寫作，同時也可見到白居易剛正不阿的性格。今特以奏表文中有關小品文說明如下。如〈為崔相陳情表〉文云：

> 臣植言：臣有情事，久未敢言；今輒陳露，伏增戰灼。臣亡父某官、亡妣某氏，是臣本生。亡伯某官某贈某官，臣今承後。建中初，德宗皇帝念臣亡伯位高無後，以猶子之義，命臣繼紹，仍賜臣名。嗣襲雖移，孝思則在。上荷君命，永承繼絕之宗；中奪私恩，遂阻劬勞之報。歲月曠久，情禮莫申。自去年巳來，累有慶澤；凡在朝列，再蒙追榮。或有陳乞，皆許迴授。況臣猥當寵擢，謬陟臺階。爵祿之榮，實有踰於同輩；顯揚之命，獨未及於先人。飲泣茹悲，哀慚兩極！臣今請以在身官秩，并前後合敘勳封，特乞聖慈，迴充追贈。儻允所請，無幸於斯！則臣烏鳥之心，猶再生而展養；犬馬之力，誓萬死以酬恩。踣地仰天，不勝感咽！披陳誠懇，煩黷宸嚴。無任惶懼激切之至！謹奉表陳露以聞。（卷61，頁1280～1281）

表是一種敘述性文字，用來表述某種情緒或者事件。白居易在表達情緒與事件皆與政治相關，本文即是為崔植所作，是為崔植的父母乞求追贈的文章。文字淺易真情流露，如文中的「臣烏鳥之心，猶再生而展養；犬馬之力，折萬死以酬恩。踣地仰天，不勝感咽！」真實感情，令人讀後有感同身受。

其次，是白居易為自己陳請的奏表。依據《舊唐書・白居易傳》云：「元和五年，當改官，上謂崔羣曰：居易官卑俸薄，拘於資地，不能超等，其官可聽自使奏來。居易奏曰：「臣聞姜公輔為內職，求為京府判官，為奏親也。臣有老母，家貧養薄，乞如公輔例。」於是除京兆府戶曹參軍。」白居易於元和五年四月二十六日奏云：

> 右，今日守謙奉宣聖旨：以臣本官合滿，欲議改轉。知臣欲有陳露，令臣將狀來者。臣有情事，不敢不言，伏希聖慈，俯察愚懇。臣母多病，臣家素貧；甘旨或虧，無以為養；藥餌或闕，空致其憂。情迫於中，言形於口。伏以自拾遺授京兆府判司，往年院中，曾有此例：資序相類，俸祿稍多。儻授此官，臣實幸甚。則及親之祿，稍得優豐；荷恩之心，不勝感激！輒敢塵黷，無任兢惶。謹具奏陳，

伏在聖旨。(卷59,頁1257)

元和五年年五月五日,白居易改官京兆府戶曹參軍,仍充翰林學士,此文之作稍異唐書所言。然就文字表達而言,詞語肯切而真誠。白居易行文樸實簡直,平易流暢,而以實情陳述;同時做到「孝當竭力,非徒養身」,他的母親患有輕微的神經衰弱症,白居易感到不安,真誠、真實將當家境情況說出:「資序相類,俸祿稍多。儻授此官,臣實幸甚。則及親之祿,稍得優豐;荷恩之心,不勝感激!」乞皇上在職務調動時,能做到上述的要求。

其次,是元稹所謂「表狀長於直」,即直言敢諫也,白居易在這一年有〈請罷兵第二第三狀〉、〈論元稹第三狀〉、〈祭吳少文誠文〉、〈哭孔戡〉、〈初除戶曹喜而言志〉、〈秦中吟〉等詩文的創作。此亦白居易儒家思想之表現,所謂「人溺己溺」,塡然於胸,為民代言,誠左拾遺之責也!白居易撰寫此類文章,皆以「直、實」為是,「駢、古」兼顧,以抒發感情為務,內容充實,文辭質樸自然,為創新之作。

## 三、文小旨大的道判策林

白居易現存詩文集中,第六十六、六十七兩卷《百道判》,可視為現存白居易早期思想重要之文獻,文中凸顯白居易對當時社會問題之重視,如:家庭、婚姻、科舉、教育、政治、法律、水利等,皆能提出與眾不同之見解;又能顯明表達其法治觀念、儒家思想、人文精神,以及強烈之使命感。此外,《百道判》之藝術成就亦十分突出:文筆簡易,駢古兼顧,說理清晰,引典論述,一目瞭然,令人難以反駁;而其判詞隨事而異,合情合理,因事異而有不同情感流露。如第四十八道判,判題:「得景與乙同賈,景多收其利,人刺其貪。辭云:知我貧也。」

> 仁無貪貨,義有通財。在潔身而雖乖,於知己而則可。景乙奇贏何業,氣類相求。競以錐刀,始聞小人喻利;推其貨賄,終見君子用心。情表深知,事符往行。如或貧富必類,自當興讓立廉。今則有無相懸,固合損多益寡。是為徇義,豈曰竭忠?受粟益親,孔氏用敦吾道,分財損己,叔牙嘗謂我貧。無畏人言,俾彰交態。(卷66,頁1399)

由此文可知,白居易此道判詞實際上是一篇短小精悍的駁論,以「仁」為主,說友誼。仁,人也。人之本,在於仁。《易》曰:「敦乎仁,故能愛。」仁愛

之行，在於致利除害，兼愛無私，普及眾人，化於萬物。君子之行仁愛也，以天地生物之心而爲心，誠如漢董仲舒所云：「正其誼，不謀其利；明其道，不計其功」，是謂之仁人的表現。

　　判詞中白居易以「奇贏何業，氣類相求」說明兩人志趣、意見相同，互相響應，自然地結合在一起。又引《史記・第六十二管仲傳》文云：「吾始困時，嘗與鮑叔賈，分財利多自與，鮑叔不以我爲貪，知我貧也。」更以「俾彰交態」一貧一富，乃知交態，而以管、鮑之友愛爲喻，爲乙解脫貧財的惡名，以交態之情誼言友情。其次，是第四道以「得丁冒名事發，法司准法科罪。節度使奏丁在官有美政，請免罪眞授，以勸能者。法司以亂法，不許。」

　　　宥則利淫，誅則傷善；失人猶可，壞法實難。丁僭濫爲心，俛
　　俛從事：始假名而爲作僞，咎則自貽；終勵節而爲官，政將可取。
　　節使以功惟補過，請欲勸能；憲司以仁不惠姦，議難亂紀。制宜經
　　久，理貴從長。見小善而必求，材雖苟得；踰大防而不禁，弊將若
　　何？濟時不在於一夫，守法宜遵乎三尺。盡懲行詐，勿許拜眞。（卷
　　66，頁1379）

誠者信之體，信者誠之用；《說文》曰：「信，誠也。」班固曰：「信者誠。」二者相生相成，不可分割。夫誠信者，所以固德也。天道貴誠，地道貴信，不誠不信，萬物不生；故曰：「不誠無物。」「無信不立。」誠信所至：可以踐交遊之然諾，可以化倫類之猜嫌，可以孚州里蠻貊之心意。故孔子曰：「人而無信，不知其可也。」《唐律疏議》卷二五《詐僞》云：「諸詐假官，假與人及受假者，流二千里。」疏議曰：「詐假官謂虛僞詐假以得官，若虛假授與人官及受詐假官者，並流二千里。」〔註73〕據此，可知此判中所謂「冒名事發」即屬「詐假官」之類，當然要按律判罪。誠如所管節度使稱此人任官期間有美政，亦是不能以違反法紀來抵銷其罪名。白居易以爲法令，是人人務必遵守，豈能因人而異，網開一面，今後如何令人服從？故以「守法宜遵乎三尺。盡懲行詐，勿許拜眞。」誠明智之見，不以感情用事，堅持原則是爲官之道。

　　白居易《策林》七十五篇，是對當時之經濟、政治、軍事、外交、文化、水利、教育等方面之觀點提出己見。茲以第五十四篇論〈刑、禮、道〉爲例：

〔註73〕〔唐〕長孫無忌：《唐律疏議・詐僞》（臺北：臺灣商務印書館），1965年，頁
　　　13、卷25，頁313。「凡二十七條，爲第九條」。

問:「聖王之致理也,以刑糾人惡,故人知勸懼;以禮導人情,故人知恥格;以道率人性,故人反淳和:三者之用,不可廢也。意者:將偏舉而用耶?將並建而用耶?從其宜,先後有次耶?成其功,優劣有殊耶?然則相今日之所宜,酌今日之所急,將欲致理,三者奚先?」

臣聞:人之性情者,君之土田也。其荒也,則薙之以刑;其闢也,則蒔之以禮;其植也,則穫之以道。故刑行而後禮立,禮立而後道生。始則失道而後禮,後則失禮而後刑,終則修刑以復禮,修禮以復道。

故曰:刑者,禮之門;禮者,道之根。知其門,守其根,則王化成矣。然則王化之有三者,猶天之有兩曜,歲之有四時,廢一不可也,並用亦不可也;在乎舉之有次,措之有倫而已。何者?夫刑者,可以禁人之惡,不能防人之情;禮者,可以防人之情,不能率人之性;道者,可以舉人之性,又不能禁人之惡。循環表裏,迭相爲用。故王者觀理亂之深淺,順刑禮之後先,當其懲惡抑淫,致人於勸懼,莫先於刑。劃邪窒慾,致人於恥格,莫尚於禮。反和復朴,致人於敦厚,莫大於道。是以衰亂之代,則弛禮而張刑;平定之時,則省刑而弘禮;清淨之日,則殺禮而任道。亦如祁寒之節,則疏水而附火;徂暑之候,則遠火而狎水。順歲候者,適水火之用;達時變者,得刑禮宜。適其用,達其宜,則天下之理畢矣,王者之化成矣。

將欲較其短長,原其始終,順其變而先後殊,備其用而優劣等。離而言之則異致,合而理之則同功。其要者,在乎舉有次,措有倫,適其用,達其宜而已。方今華夷有截,內外無虞,人思休和,俗已乎泰:是則國家殺刑罰之日,崇禮樂之時。所以文易化成,道易馴致者,由得其時也。今其時矣,伏惟陛下惜而不失焉。(卷64,頁1352~1353)

本文以「刑」、「禮」、「道」(即是王化)三項進行,而以「刑糾人惡」、「以禮導人情」、「以道率人性」三者交相爲用是治國、理天下最好之方法。因爲刑、禮、道各有利弊,交相爲用方能互相補充、互相協調,才能治國平天下。夫厚性寬中近於仁,犯而不較鄰於恕。厚以固本,恕以養心;修德行道,以是爲歸,此乃禮教仁化之道也。白居易以刑法與禮道的相輔相成,交替使用之

建議，誠是開明之舉。又其於〈止獄措刑〉文中更明確以教化之用，更重於刑法之舉用，白居易於中提出法亂之源，文云：

> 故人苟富，則教斯興矣；罪苟寡，則刑斯省矣。是以財產不均，貧富相併，雖堯舜爲主，不能息忿爭而省刑獄也。衣食不充，陳餒並至，雖皋陶爲士，不能止姦宄而去盜賊也。若失之於本，求之於末：雖聖賢並生，臣竊以爲難矣。至若察小大之獄，審輕重之刑，定加減於科條，得情僞於察色：此有司平刑之要也，非王者恤刑之法也。……非聖人措刑之道也。必欲端影於表，澄流於源：則在乎富其人，崇其教，開其廉恥之路，塞其冤濫之門；使人內樂其生，外畏其罪，則必過犯自省，刑辟自措。斯所謂致群心於有恥，立大制於不嚴。古者有畫衣冠、異章服，而人不犯者，由此道素行也。（卷65，頁1356）

白居易認爲只有「教化」方能使民易治，也有「教化」之意，才能令人心悅誠服。同時提出，財產分配不均會引起人們紛爭，探尋治亂的經濟基礎以後，就能減少犯罪。若要減少百姓犯罪，根本的途徑在於「富人」，唯有發展經濟，人們富裕了，而後施教於其身，自然知榮知恥，自然厚德寡過矣。以富而好禮爲施政最高理想，是儒家爲之道也。《禮記》曰：「君子不以其所病人，不以人之所不能愧人。」又如《論語》所云：「己所不欲勿施於人」此「將心比心」仁恕之行也。《策林》文之創作，雖爲模擬考試之練習，由策文中可知，白居易行文無論用典造詞，皆以淺易爲務；駢古間用，行文錯落有致，醇正流暢，說理深入，是白氏政論文之代表作，亦是其早期爲政的理論依據。

## 四、言簡意賅的雜記傳奇

雜著者，詞人所著之雜文也；以其隨事命名，不落體格，故謂之雜著。然名稱雖雜，而其本乎義理，發乎性情，則自有致一之道焉。〔註74〕在古代文體分類中，屬於雜記類之作品，其內容有記事、隨筆、傳奇、故事、筆記等小品文。此類文體多以隨意不拘來寫作，篇幅短小、質樸自然、富有知識性、趣味性。此類文體在白居易文集，卷四十三，僅有二篇。以〈記異〉爲例：

> 華州下邽縣東南三十餘，里曰延平里。里西南，有故蘭若，而

---

〔註74〕〔明〕徐師曾：《文體明辨序說》（臺北：長安出版社1978年12月），頁137。

無僧居。元和八年秋，七月，予從祖兄曰晫，自華州來訪予，途出於蘭若前。及門，見婦女十許人，服黃綠衣，少長雜坐，會語於佛屋下，聲聞于門。

兄熱行方渴，將就憩，且求飲。望其從者蕭士清未至，因下馬，自繫韁於門柱。舉首忽不見，意其退藏於窗闥之間，從之，不見；又意其退藏於屋壁之後，從之，又不見；周視其四旁，則堵牆環然，無隙缺。覆視其族談之所，則塵壤冪然無足迹。由是知其非人，悸然大異之，不敢留，上馬疾驅，來告予。予亦異之，因訊其所聞。

兄曰：云云甚多，不能殫記；大抵多云王胤老如此。觀其辭意，若相與數其過者。厥所去予舍八九里，因同往訪焉。果有王胤者，年老，即其里人也。方徙居於蘭若東百餘步，葺牆屋，築場藝樹僅畢，明日而入。既入，不浹辰而胤死，不越月而妻死，不逾時而胤之二子與二婦一孫死。餘一子曰明進，大恐懼，不知所爲；意新居不祥，乃撤屋拔樹，夜徙去，遂獲全焉。

嘻！推而徵之，則眾君子謀於社以亡曹，婦人來焚麋竺之室，信不虛矣。明年秋，予與兄出遊，因復至視。是胤之居，則井湮竈夷，闃然唯環牆在，里人無敢居者。

異乎哉！若然者，命數耶？偶然耶？將所徙之居非吉土耶？抑王氏有隱慝，鬼得謀而誅之耶？茫乎不識其由。且志於佛室之壁，以俟辨惑者。九月七日，樂天云。（卷 43，頁 938～939）

本文以平鋪直敘法，將鄉野奇談，以志怪、筆記方式呈現。所謂筆記，即是一種隨筆而錄，雜談瑣語性質之古文。其創作乃作者隨心所欲，信筆而書，可視爲一種簡雜短文。如：「因下馬，自繫韁於門柱，舉首，忽不見，意其退藏於窗闥之間。從之，不見，又意其退藏於屋壁之後。從之，又不見，周視其四旁，則堵牆環然無隙缺。覆視其族談之所，則塵壤冪然無足跡。由是知其非人。」此段文字以平淡淺易表達，內容則有誌異、傳奇、筆記之韻味，此種文體興起魏晉，繁盛唐宋；明清蔚爲大觀。

筆記之創作是自由發揮，不受思想束縛，行文自由，記人記事、立論發議，皆能信手拈來，書寫隨意，無拘無束，而箇中有性情、有意境，嬉笑怒罵，亦莊亦諧，誠屬別有情趣的文體。又，白居易〈記異〉寫作以古文句法敘述，如文中所言：「既入，不浹辰而胤死，不越月而妻死，不逾時而胤之二

子與二婦一孫死。餘一子曰明進，大恐懼，不知所爲，意新居不祥，乃撤屋拔樹夜徙去，遂獲全焉」，又稱「抑王氏有隱慝，鬼得謀而誅之耶？茫乎不識其由，且志於佛室之壁，以俟辨惑者。」由引文可知，傳奇之作，語言明顯借鑒於駢文，而以古文排比、比喻、對偶等修辭寫作技巧，可視爲白居易筆記小品古文之創作。另有〈記畫〉之寫作與〈記異〉手法相似：

> 張氏子得天之和，心之術，積爲行，發爲藝；藝尤者，其畫歟？
> 畫無常工，以似爲工；學無常師，以眞爲師。故其一措一意，狀一
> 物，往往運思，中與神會：髣髴焉若驅和役靈於其間者。時予在長
> 安中，居甚閒，聞其熟，乃請觀於張。張爲予盡出之。厥有山水、
> 松石、雲霓、鳥獸，暨四夷、六畜、妓樂、華蟲咸在焉。凡十餘軸。
> 無動植，無小大，皆曲盡其能：莫不向背無遺勢，洪纖無遁形。迫
> 而視之，有似乎水中了然分其影者。然後知學在骨髓者，自心術得；
> 工侔造化者，由天來和。張但得心，傳於手，亦不自知其然而然也。
> 至若筆精之英華，指趣之律度，予非畫之流也，不可得而知之。今
> 所得者，但覺其形眞而圓，神和而全，炳然儼然，如出於圖之前而
> 已耳。張始年二十餘，致功甚近。予意其生知之藝，與年而長，則
> 畫必爲希代寶，人必爲後學師。恐將來者失其傳，故以年月名氏記
> 於圖軸之末云。……（卷43，頁937～938）

陳寅恪在《元白詩箋證稿》中云：「所謂唐代小說者，亦起於貞元元和之世，與古文運動實同一時，而其時最佳小說之作者，實亦即古文運動中之堅人物是也。」此時古文之健者爲「韓柳」、「元白」〔註75〕。此文爲白居易早期作品，其筆記寫作之跡，無形中於文字、語言中流露情趣，往往於敘述中夾雜議論文字，此種文體於白居易文集中，已有徵象矣。也就是在古文運動之下，以古文句法寫作小品筆記的最佳表現，此種隨筆而作、隨意而爲的創作風格。

元和年間，元稹寫了傳奇名篇《鶯鶯傳》，楊巨源爲之作《崔娘詩》、李紳作《鶯鶯歌》，元稹還配合其他作家作了《李娃行》、《崔徽歌》。白居易同時也寫下了不朽的名作《長恨歌》，陳鴻爲此寫了《長恨歌傳》。此外白居易也寫下〈記異〉、〈記畫〉二篇傳奇〔註76〕深深影響了宋代的筆記、詩話、話本，

〔註75〕陳寅恪：《元白詩箋證稿》（臺北：世界書局2010年1月三版），頁2。
〔註76〕劉曙初《論元白文與傳奇的交叉影響──唐傳興盛的一種新考察》（阜陽師範學院學報）總第108期。

明、清的章回小說的創作。

　　白居易早年「急於兼濟」，晚乃「養志忘名，安於獨善」，此一百八十度之轉變，端爲貶謫之故也。而後之作品，即充滿脫離塵世，歸山隱居之意願，由〈與元微之書〉可知；而白居易與空門往來頻仍，亦由此始；〈祭匡山文〉，即是對空門之嚮往。據《太平御覽》卷四一載：「匡俗，周武王時人，屢逃徵聘，結廬此山。後登仙，空廬尚在，弟子等呼爲廬山。又名匡山，蓋稱其姓。」〔註77〕茲引錄如次：

　　　　維元和十二年，歲次丁酉，二月，辛酉朔，二十一日，將仕郎
　　　　守江州司馬白居易，謹以清酌之奠，敢昭告于匡山神之靈：

　　　　恭惟神正直聰明，扶持匡廬，福利動植。居易賦命寒連，與時
　　　　參差；願於靈山，棲此陋質。遺愛寺側，既置草堂，欲居其中，參
　　　　禪養素。而開構池宇，在神域中。往來道途，由神門外。輒用酒脯，
　　　　告虔于神。神其聽之，歆此薄奠。非敢徼福，所期薦誠。尚饗。（卷
　　　　40，頁 897）

全文百六十餘字，開首以長句呈現，而後即以四字短言陳述，「與時參差，願於靈山，棲此陋質」將其心志寓意於此，以平實簡易的文字敘述，文末以虔誠之心「輒用酒脯，告虔于神。神其聽之。歆此薄奠，非敢徼福，所期薦誠。尚饗。」告之神明。由此文可知，其心靈平靜與對佛的虔誠，已無雜念，完全爲佛教思想之呈現。

## 五、有情有理的文賦小賦

　　辭賦介於詩文之間的文體，與詩詞同屬韻文，簡宗梧先生〈賦體之典律作品及其因子〉文中分析，賦體之特質「用韻爲主」應是它的必要條件。至於「恢廓聲勢」、「微言諷諭」、「徵材聚事」則爲賦體主要的充分條件。前人所云：「以賦爲詞」意涵主要指「恢廓聲勢」的鋪敘筆法。以詞體製觀察，惟有長調體製字數較多，方能有利於鋪敘。〔註78〕簡氏所言是賦體創作之旨歸，

---

〔註77〕〔宋〕李昉：《太平御覽》（臺北：臺灣商務印書館 1974 年 10 月）「廬山記曰：
　　　　山高七二千三百六十丈，周迴二千五十里，東南三十二里，張僧鑒尋陽記云：
　　　　匡俗，周武王時人，屢逃徵聘結廬此山，後仙，空廬尚在，弟子等呼爲廬山
　　　　又名匡山，蓋稱其姓。」，卷 41，頁 325。
〔註78〕簡宗梧：〈賦體之典律作品及其因子〉《逢甲大學人文社會學報》（臺中：逢甲
　　　　大學人文社會學院）第六期，2003 年 5 月，頁 1～28。

可說言簡意賅。唐代律賦之作，除用韻之外，尚有字數之限制，而白居易的
律賦的創作，在有條件的限制下，已有古文化的趨勢，給賦體帶來靈動的活
力。本節的寫作參考傅興林《白居易散文研究》、《白居易古文初探》、《論白
居易的古文》、《元白派古文研究》、《歷代辭賦鑑賞辭典》等書而撰寫。

　　白居易的十五篇賦，除〈宣州試射中正鵠賦〉、〈省試性習相遠近賦〉兩
篇是應試之作外，其餘的都是私賦的習作。白居易的賦除了具有唐人律賦的
特色外，尚有他自己獨特的寫作技巧。一是，注重立意，以論見長；立意為
先，能文並舉。如〈動靜交相感賦〉，富有哲理與辯證的思維，又如〈大巧若
拙賦〉，則以道家精神，抱樸守拙的思維作為真諦。二是，以古文句法入賦。
唐人律賦，篇幅狹小又限制多。唯有少數文人才子，能騁其才思，打破四六
對偶的常格，以古文化的筆法求其變化。給板滯的體制帶入一線生機，白居
易就是其中最突出的一位。三是，致力於篇章結構的定型化，白居易的律賦，
於重視布局謀篇為主。如何開頭、如何展開、如何收束，都有定格，白居易
都有新的創作。今特以白居易十五篇賦中的說理、抒情兩種小品賦說明如次：

## （一）說理文賦

　　白居易賦文創作於文集中有十五篇，就說理而言有〈動靜交相養賦〉、〈省
試性習相遠近賦〉、〈求玄珠賦〉、〈大巧若拙賦〉、〈君子不器賦〉等。茲以〈君
子不器賦〉（以「用之則行無施不可」為韻）。為例：

> 君子哉！道本生知，德唯天縱；抱乎不器之器，成乎有用之用。
> 不器者通理而黃中；有用者，致遠而任重。蓋由識包權變，理蘊通
> 明；業非學致，器異琢成。審其時，有道舒而無道卷；慎其德，捨
> 之藏而用之行。語其小，能立誠以修辭；論其大，能救物而濟時。
> 以之理心，則一身獨善；以之從政，則庶績咸熙。既居家而必達，
> 亦在邦而允釐。彼子貢雖賢，唯稱瑚璉之器；彥輔信美，空標水鏡
> 之姿。是謂非求備者，又何足以多之。

> 豈如我順乎通塞，含乎語默；何用不藏，何響不克。施之乃伊
> 呂事業，蓄之則莊老道德。雖應物而不滯，終飾躬而有則。若止水
> 之在器，任器方圓；如良工之用材，隨材曲直。

> 原夫根淳精於妙有，宅元和於虛受；內弘道而惟新，外濟用而
> 可久。鄙斗筲之篾算，哂摰瓶之固守。何器量之差殊，在性情之能

不。豈不以神爲玄樞，智爲心符。全其神，則爲而勿有；虛其心，則用當其無。故動與時合，靜與道俱，時或用之，必開臧武之智；道不行也，則守甯子之愚。

至乎哉！冥心無我，無可而無不可；應用不疲，無爲而無不爲。信大成而大受，非小惠而小知。故庶類曲從，則輪轅適用；若一隅偏執，則鑿枘難施。是以《易》尚隨時，《禮》貴從宜。盛矣哉！君子斯焉取斯。（卷38，頁876）

由賦題內容可知，白居易有儒、道二家思想。《論語・爲政篇》載子曰：「君子不器」。所謂「不器」，指有德有才者，非如器具一般，僅限於某方面功能，餘者闕如。白居易在賦中時時流露出老莊的思維，特將儒家所提的君子才智，不限一隅；君子行藏，以時進退應變。刻意將孔孟「有爲」與老莊「無爲」之觀念融合一體，故此賦乃是儒、道合璧的創作。

文章先以讚嘆語氣開端：「君子哉！道本生知，德唯天縱，抱乎不器之器，成乎有用之用。」引出懷抱大器的君子有上天賦予的美德與智慧，爲智德兼備之賢者。再以「不器者通理而黃中，有用者致遠而任重。蓋由識包權變，理蘊通明。業非學致，器異琢成。審其時，有道舒而無道卷；愼其德，捨之藏而用之行。語其小，能立誠以修辭；論其大，能救物而濟時。以之理心，則一身獨善；以之從政，則庶績咸熙。既居家而必達，亦在邦而允釐。」說明「不器者」有不凡氣度，通達事理，懷抱美德，故有大小能耐，小者以立誠修身、修德養性，理家則家和事興；大者救世濟人，有立人及人之心，治國則國富民強。

其次，以「彼子貢雖賢，唯稱瑚璉之器〔註79〕；彥輔信美，空標水鏡之姿。」〔註80〕論證，言子貢、彥輔之徒能以一器而爲，與「不器」君子相對照，深入淺出論述「不器者」能變通不拘，隨時適性以處世；展志則能建伊、

---

〔註79〕〔清〕阮元：《十三經注疏・論語・公冶長》（北京：中華書局，1980年9月）「賜也如何？瑚璉也！」，卷5，頁2475。

〔註80〕〔唐〕房喬等：《晉書・列傳・樂廣》（臺北：洪氏出版社，1974年10月）「樂廣字彥輔，南陽淯陽人。父方，參魏征西將軍夏侯玄軍事。廣時年八歲，玄常見廣在路，因呼與語……方早卒。廣孤貧，僑居山陽，寒素爲業，人無知者。性沖約，有遠識，寡嗜慾，與物無競。尤善談論，每以約言析理，以厭人心，其所不知，默如也……曰：【此人之水鏡，見之瑩然，若披雲霧而觀青天也。】」王衍自言：「與人語甚簡至，及見廣，便覺己之煩。」其爲識者所歎美如此。卷43第13，頁1243。

呂事業，養晦則有老、莊之道德。應物通脫，處事有則，本於天性，順才曲直；內修道而外致用，豈斗筲之人所能相提比論。如此對映，更顯君子才能，以動靜進退，守道有則；用則光大智慧、出謀獻策，退則韜光養晦、藏智守拙；冥心清神，忘我存眞，用無不週之處世原則，既有儒家思想，又貼近老莊思維，誠儒道之璧合也〔註81〕。

又次，以「全其神，則爲而勿有；虛其心，則用當其無」爲神與心、有與無之別存乎於「心」，並以動靜、合時與不合時有異，而後引用典故「開臧武之智」〔註82〕、「守甯子之愚」〔註83〕，再以「無我」、「無不可」相比較，以引典、分析、說理方式論述，不作人云亦云論調，誠爲高明之擧。文末以總括方式論述：「冥心無我，無可而無不可；應用不疲，無爲而不爲」的應世態度，唯有洞悉世態者能爲之；以「信大成而大受，非小惠而小知。故庶類曲從，則輪轅適用；若一隅偏執，則鑿枘難施。以易尚隨時，禮貴從宜」，蓋隨時治事，乃智者能明也。結句以「盛矣哉！君子斯焉取斯」呼應首句，有前後呼應之意，頗耐人尋味。

再者，如〈大巧若拙賦〉爲白居易私試之作品。由題目可知，是以老莊思想而創作，由此可知，白居易的思想中已有老莊的存在，其文云：

> 巧之小者有爲，可得而闚；巧之大者無跡，不可得而知。蓋取之於《巽》，授之於《隨》；動而有度，擧必合規。故曰：「大巧若拙」，其義在斯。爾乃掄材於山木，審器於軌物；將務乎心匠之忖度，不在乎手澤之翦拂。故爲棟者，資其自天之端；爲輪者，取其因地之屈。其公也，於物無情；其正也，依法有程。既游藝而功立，亦居肆而事成。
>
> 小大存乎目擊，材無所棄；取捨資乎指顧，物莫能爭。然後任道弘用，隨形制器；信無爲而爲，因所利而利。不凝滯於物，必簡

〔註81〕傅興林《白居易散文研究》（北京：中國社會科學出版社，2007 年 12 月），頁 645～651。

〔註82〕〔清〕阮元：《十三經注疏・論語・憲問》（北京：中華書局，1980 年 9 月）「子路問成人。子曰：【若臧武仲之知，公綽之不欲，卞莊子之勇，冉求之藝，文之以禮樂，亦可以爲成人矣！】曰：今之成人者，何必然？見利思義，見危授命，久要不忘平生之言，亦可以爲成人矣！」，卷 14，頁 2511。

〔註83〕〔清〕阮元：《十三經注疏・論語・公冶長》（北京：中華書局，1980 年 9 月）「子曰：【甯武子，邦有道則知；邦無道則愚。其知可及也，其愚不可及也。】」，卷 5，頁 2475。

易於事。亦猶善從政者，物得其宜；能官人者，才適其位。嘉其尺度有則，繩墨無撓。工非剖厥，自得不矜之能；器靡雕鎪，誰識無心之巧？眾謂之拙，以其因物不改；我為之巧，以其成功不宰。不改、故物全，不宰、故功倍。遇以神也，郢人之術攸同；合乎道焉，老氏之言斯在。

　　噫！舟車器異，杞梓材殊；圓枉柄以鑿，圓破圓為舳。必將考廣狹以分寸，審刓方以規模。則物不能以長短隱，材不能以曲直誣。是謂心之術也。豈慮手之傷乎？且夫大盈若沖，大明若蒙，是以大巧，棄其末工。則知巧在乎不違天真，非勞形於木人之內；巧在乎無枉物情，非役神於棘刺之中。豈徒與班倕之輩，騁技而校功哉？

（卷38，頁871～872）

《老子》第四十五章有云：「大成若缺，其用不敝；大盈若沖，其用不窮。大直若詘，大巧若拙，大贏若肭。」〔註84〕白居易以隨物順形，尊重物之本性，其本質而言，乃老子自然無為思想之依據。又以《莊子·胠篋》篇有云：「擢亂六律，鑠絕竽瑟，塞瞽曠之耳，而天下始人含其聰矣。滅文章，古五采，膠朱之目，而天下始人含其明矣。毀絕鉤繩而棄規矩，攦工倕之指，而天下始人有其巧矣。故曰大巧若拙。」〔註85〕由文中可知，白居易以莊子大巧拙，是以拙為退，以愚為是的處世態度。

　　白居易對老莊思想是有其深入體會，尤其是老子崇尚自然無為思想更能通達，對不違天真、不枉物情之思想的演繹更為深入。以開門見山法破題，「巧之小者有為，可得而闚；巧之大者無跡，不可得而知。」以大巧不刻意於表現自己，是故常與人「拙」劣之感，而事實是，大巧對自然屬性守度合規矩之展示。同時，說明大拙是對物之潛能，是最大功能的發揮，同時也做了最大的啟示作用。

　　其次，是文章的結尾，更明確揭示大巧之實質核心，在於「夫大盈若沖，大明若蒙，是以大巧，棄其末工。則知巧在乎不違天真，非勞形於木人之內；巧在乎無枉物情，非役神於棘刺之中。」崇尚自然的本性，看似愚拙，實則是明智之大巧者；是魯班、工倕之輩的小巧者，將永遠無法達到的境界。

　　再者，白居易在「大巧若拙」命題上，除依老莊思想外，尚有「人法地，

〔註84〕蘭喜并：《老子解讀》（北京：中華書局，2005年10月），頁167。
〔註85〕〔清〕王先謙：《莊子集解》（臺北：世界書局印行，1978年10月），頁60。

地法天，天法道，道法自然」之意，同時，亦有萬物尊道的觀念。以治國而言，則是以「順天意，順物情」為其主要思想之寄託。本文是白居易才華表現外，亦是其抒情表志的另一種方式，也是他思想感情的寄託。

### （二）抒情小賦

貞元十五年春（西元 799 年），白居易至長兄饒州浮梁縣主簿白幼文處，秋參加宣州進士選拔考試，獲得解送資格，於是從浮梁回洛陽探親，而寫下〈傷遠行賦〉其文為：

> 貞元十五年春，吾兄吏於浮梁；分微祿以歸養，命予負米而還鄉。出郊野兮愁予，夫何道路之茫茫！茫茫兮二千五百，自鄱陽而歸洛陽。朝濟乎大江，暮登乎高崗，山險巇，路屈曲，甚孟門與太行。楓林鬱其百尋，涵瘴煙之蒼蒼。其中闃其無人，唯鷦鴻之飛翔。水有含沙之毒蟲，山有當路之虎狼。況乎雲雷作而風雨晦，忽黭靄兮不見暘。涉泥濘兮僕夫重腪，陟崔嵬兮征馬玄黃。步一步兮不可進，獨中路兮傍徨！
>
> 噫！昔我往兮，春草始芳。今我來兮，秋風其涼。獨行踽踽兮惜晝短，孤宿煢煢兮愁夜長。況太夫人抱疾而在堂。自我行役，諒夙夜而憂傷。惟母念子之心，心可測而可量。雖割慈而不言，終蘊結于中腸。曰予弟兮侍左右，固就養而無方。雖溫清之靡闕，詎當我之在傍？無羽翼以輕舉，羨歸雲之飛揚。惟晝夜與寢食之心，曷其弭忘？投山館以寓宿，夜縣縣而未央。獨展轉而不寐，候東方之晨光。雖則驅征車而遵歸路，猶自流鄉淚之浪浪。（卷 38，頁 865）

此篇小賦具有顯著古文化特點，名為賦，亦具有賦用韻、駢偶、鋪陳等特徵。然從結構布局而言，既無漢賦分類鋪陳，亦無律賦之程式，以平易清新抒情，少用典，語言為古文表現。文中寫旅途充滿危險艱辛，又遠離家鄉與親人，使出行者產生強烈陌生感、孤獨感與飄泊感，更加深白居易對家人之思念。文雖分為兩段抒寫，相輔相成，相得益彰；對景物描寫與氣氛渲染，十分生動而感人。不寫思念母親，卻寫母親念子，擔心小弟侍候不周，恨自己不能脅翼飛回母親的身旁；以及晝夜思念之情，層層遞進鋪陳，將遠行遊子傷痛寫得十分感人〔註86〕。其次是，〈汎渭賦〉序云：

---

〔註86〕陶敏、魯茜：《新譯白居易詩文選》，頁408。

右丞相高公之掌貢舉也，予以鄉貢進士舉及第。左丞相鄭公之領選部也，予以書判拔萃選登科。十九年，天子並命二公對掌鈞軸；朝野無事，人物甚安。明年春，予為校書郎，始徙家於秦中，卜居於渭上。上樂時和歲稔，萬物得其宜；下樂名遂官閒，一身得其所。既美二公佐清淨之理，又荷二公垂特達之恩。發於嗟嘆，流於詠歌。於時，汎舟於渭，因為《汎渭賦》以導其意。」（卷38，頁863）

由序文中可知，此時是白居易最得意、順心之際。文中又清楚交代該賦產生之背景與原因。其次是，白居易將其興奮心情，作賦以記之，而其所樂之事有：其一，連登科第；其二，新獲任命；其三，徙家秦中；其四，二位座師掌左、右相位；其五，時和歲稔，萬物得其宜。白居易在志得意滿、心悅氣暢之時，創作此賦，有歌頌聖朝、抒發感激之情、表達慶賀之意。其賦詞云：

亭亭華山下有人，跂兮望兮，愛彼三峰之白雲。汎汎渭水上有舟，沿兮泝兮，愛彼百里之清流。以我為太平之人兮，得於斯而優遊。又感陽春之氣熙熙兮，樂天和而不憂。曰：予生之年兮，時哉時哉！

當皇唐受命之九葉兮，華與夷而無氛埃。及帝纘位之二紀兮，命高與鄭為鹽梅。二賢兮爰立，四門兮大開。凡讀儒書與履儒行者，率充賦而四來。雖片藝而必收兮，故不棄予之小才。感再遇於知己，心慚祚以徘徊。登予名於太常，署予職於蘭臺。臺有蘭兮閣有芸，芳菲菲其可襲。備一官而無一事，又不維而不繫。家去省兮百里，每三旬而一入。川有渭兮山有華，澹悠悠其可賞。目白雲兮漱清流，其或偃而或仰。門去渭兮百步，常一日而三往。夜分兮叩舷，天無雲兮水無煙。遲遲兮明月波，澹艷兮棹寅緣。日暮兮舟泊，草萋萋兮沙漠漠。習習兮春風，岸柳動兮渚花落。發浩歌以長引，舉濁醪而緩酌。春冉冉其將盡，予何為乎不樂？

鳥樂兮雲際，鳴嚶嚶兮飛裔裔。魚樂兮泉底，鬐撥撥兮尾潎潎。我樂兮聖代，心融融兮神泄泄。伊萬物各樂其樂者，由聖賢之相契。賢致聖於無為，聖致賢於既濟，凝為和兮聚五福，發為春兮消六沴。不我後兮不我先，適當我兮生之代。彼鱗蟲兮與羽族，咸知樂而不知惠。我為人兮最靈，所以愧賢相而荷聖帝。樂乎樂乎！汎於渭兮詠而歸，聊逍遙以卒歲！（卷38，頁863～864）

由文中可知，白居易心情是愉悅而得意的。其一，是二位主座，高、鄭二人位居要職，白居易有稱頌與致謝之意；其二，白居易於暮春之際泛舟渭水，晝夜觀賞美景而與精彩描繪；其三，則是對幸逢君臣遇合之時代感激之情的傾吐。

白居易以情生景，由景抒情，以層次清晰、弛張有度；同時以情景交融的手法，將渭水美景給與烘染、調適、泛溢、彌漫；又以抒生逢盛世的時代之情，將〈汎渭賦〉的主題凸顯出來。文字以淺易平實、白描爲務，以狀物、抒情、議論交融寫作，將情與景給表現出來，對後世古文賦的寫作影響很大，尤其是宋代的古文賦更是深遠。

小品文一詞，源於佛家，稱其經典的「詳者爲大品，略者爲小品。」後人遂視小品爲文體之一種。然小品文之特徵在於「簡」，在於「略」，在於「言簡意賅」、「文小而旨大」。由此可知，小品文之藝術精髓，須具備天眞無邪之赤子心，爲創作者肺腑之言，眞情流露之古文；且須具有眞實感情，撼人心扉，沁人心脾，方能成爲小品文的上乘之作。總之，小品文，兼賅抒情、時事、歷史、遊記、禪學、書牘、說理、敘事、筆記等之內涵，蘊藏作者眞實的感情與風趣之寓意。

白居易是一位主張實行仁政的人，他以爲政府一切政治設施，應以人民的利害爲取捨，應該以愛民爲出發點。所以白居易的政治主張，是建立在民意上。白居易《策林》的創作即是最佳的證明。如採官制度、立制度、平百貨之價、辨興亡之由等建議的提出，皆是治國的良策。又，其奏狀文中，所提出的諫言，也是白居易爲國、爲君、爲民的建議。他所有策文、奏文、書論等意見，都是針對當時政治亂象一針見血，命中要害的見解，也是對國政提出的諫言。可惜的是，執政當局並未採納，不但不接受，反而視他爲絆腳石，憎恨他、排擠他。終就使白居易「志未就而悔已生，言未聞而謗已成。」貶官到江州爲司馬，這是白居易始料所未及的。

綜上所述，由現存《白居易文集》，我們可以整理出其古文特色如次：

白居易經世濟民的古文：在奏狀中，處處以儒家「仁愛」思想爲基礎，以濟世愛民見其抱負，如〈奏閿鄉等縣禁囚狀〉、〈奏請加德音中節目二件〉，即是其例。有關稅賦問題的諫言：由〈緣今時旱，請更減放江淮旱損州縣百姓今年租稅〉及〈請放後宮內人〉二件奏狀及〈論和糴狀〉等，即是其例。

白居易在其章表、奏狀中所建言者，無非是對君王提出良策；對貪暴權

貴的惡行，則是進行無情的打擊與揭發。白居易敢與跋扈的藩鎮、敗壞朝綱的宦官對抗，不畏權勢、不計利害，以行儒家民本主義思想爲理念，造福百姓，減少遭剝削，以盡爲官的職責，是仁愛的表現。白居易不但只是獨善其身，而還要兼善天下。尤其是對貧苦百姓更爲同情，在上述舉例中，他常將百姓疾苦告知執政者，期待政府官員救助無辜的百姓，解決民間疾苦，方是爲政之道。

其次，是白居易關懷女性的古文在〈百道判〉十六篇中，有關家庭、婚姻等問題，屢見不鮮，足見其對婚姻、家庭的重視；其次，〈翰林制誥〉、〈中書制詔〉二種文體中，肯定烏重胤之妻、薛伯高等人之亡母及咸安公主等，對家庭、國家、民族中所扮演之角色予與肯付出，且歌頌其爲家、爲國所作之犧牲貢獻。在章、表、奏、議等文中，白居易爲宮人請命，爲阿王申辯，皆屬替低層婦女伸張正義，維護其基本人權而作。至於碑誌銘文等，將婦人分爲：孝女、順婦、賢妻、慈母等四類，歌頌其爲人女、爲人妻、爲人母之際，在不同時間、場合所扮演之角色，及其爲家、爲社會、爲國家所付出之貢獻。

換言之，白居易所撰寫有關婦女事宜，以現代人之觀點而言，係屬「有關女性權益」之專題報導。因白氏之文章有：忠實表達事實真相之信念、強烈社會感情與大眾關切之題材，且能以高超寫作之藝術，忠實報導之，誠然符合「文章合爲事而作」之要求；不僅爲弱勢團體之代言者，亦可謂爲女性發言者也。

再者，有關白居易佛道的古文：白居易早年信佛，但未深入，直到元和六年，母喪、女兒病故，退居渭村下時，爲要解脫憂傷，因而發弘願，投身浮圖。白居易四十五歲貶官江州以後，投身空門，苦學佛法；夜半紗燈，松房坐禪，身被青衫，無異僧人，可見其信奉之誠。由其詩文，可知他自五十五歲開始，專心坐禪禮佛。罷蘇州刺史回洛陽故宅，身體多病，依舊閉門坐禪，一則養身，二則養性。閒居洛陽時，白居易的嗜好是吟詩與禮佛。晚年參佛、拜佛、禮佛、誦經爲其日常生活中不缺少的功課。六十餘歲以後，結交香山高僧，自稱「香山居士」，經常著白衣入香山寺與高僧學道。至七十歲以後，對家事不聞不問，形成在家出家的情況。

至於對道教的信仰，早年受老子知足思想的薰陶，認同淡泊名利之士的作風，由〈故饒州刺史吳府君神道碑銘〉文中可知，白居易欣賞好友吳丹對

祿位不可多取，「守中知足」與「榮辱委順」的處世態度，極爲推崇而奉行之。對莊子隱居的哲學更是嚮往，由他的〈洛下卜居〉詩及〈池上篇幷序〉文可知，「隱居」的觀念，是從杭州刺史任滿歸洛陽，即已過深居簡出的退隱生活。

白居易遭遇仕途坎坷、政治受挫折時，兼濟天下、積極用世的熱情便消退，虛無恬淡的道家思想由是而產生，與看破人生超越塵俗的佛教思想冥合，逐漸占據他整個思維。所以他到了晚年，便集儒、釋、道三教於一身，過著處行於儒、置心於佛、浪跡於道的生活。

小品文一詞，源於佛家，稱其經典的「詳者爲大品，略者爲小品。」後人遂視小品爲文體之一種。小品文，兼賅抒情、時事、歷史、遊記、禪學、書牘、說理、敘事、筆記等之內涵，蘊藏作者眞實的感情與風趣之寓意。白居易小品文，以淺易眞切爲主，文字雖淺易而意味實深遠，此爲行文最高境界。白居易小品文：有清新雋永的記序書信、有說理抒情的制誥表奏、文小旨大的道判策林、有言簡意賅的雜記傳奇，對中唐以後的宋、元、明、清的詩話、筆記、小說等創作影響深遠，其次，有情有理的律賦小賦等文體的寫作，對宋代古文賦影響更是深鉅。大凡人之爲文，各有所長，白居易之長，可謂多矣。白居易小品文，以平直樸實、明白易曉、富於感情，爲其風格與特徵。其實白居易小品文特點，非止限於此，往往因文而異，故其成就是多方面的。

白居易小品文記敘體之平實，抒情體之深刻，議論體之思辨，抑或是古賦體，皆以質樸的外表下，含藏耐人咀嚼的旨意與文采，是有他獨特的風貌，在他文集中，遊記、序體值得重視，他不特意於景物刻劃，反著力於呈現個人的所見所聞所思所感，頗能顯示上述的特色。對晚明李贄、三袁、張岱，清初的古文家鄭燮、袁枚等人的影響更是顯著。